湖北省教育厅哲学社会科学重大项目结题成果
武昌首义学院校级科研孵化基金资助
武昌首义学院新闻与法学学院专项资助

海外湖北作家小说研究

Haiwai Hubei Zuojia Xiaoshuo Yanjiu

江少川 等 著

WUHAN UNIVERSITY PRESS
武汉大学出版社

图书在版编目(CIP)数据

海外湖北作家小说研究/江少川等著.—武汉：武汉大学出版社，
2019.11

ISBN 978-7-307-21193-3

Ⅰ.海… Ⅱ.江… Ⅲ.华文文学—小说研究—世界—现代
Ⅳ.I106.4

中国版本图书馆 CIP 数据核字(2019)第 213349 号

责任编辑:聂勇军　　　责任校对:李孟潇　　　版式设计:马　佳

出版发行:**武汉大学出版社**　　(430072　武昌　珞珈山)
　　　　(电子邮箱:cbs22@ whu.edu.cn　网址:www.wdp.com.cn)
印刷:武汉中科兴业印务有限公司
开本:720×1000　1/16　　印张:15.5　　字数:270 千字　　插页:2
版次:2019 年 11 月第 1 版　　2019 年 11 月第 1 次印刷
ISBN 978-7-307-21193-3　　定价:46.00 元

看到故园的不同风景

聂华苓

2018年深秋，我托女儿蓝蓝（王晓蓝）回大陆故园，我的祖籍地湖北应山（今广水市）祭祖。她打电话告诉我，家乡正在积极筹建聂华苓文学馆，武昌首义学院也计划成立聂华苓研究中心，而且江少川教授领衔编写的《海外湖北作家小说研究》一书收录了研究我的6篇论文。

家乡的一系列举动让我确知：我和故乡的联系始终未断，当晓蓝告诉我江教授有意请我为该书作序时，我便欣然答应了。

没曾想到，湖北籍的海外华人作家竟已有几十位之多。他们从湖北不同地域出发，最终定居在全球不同的大洲、国度、城市，其间必然发生了许许多多精彩的故事，这些故事又化作小说、诗歌、散文……在他们身上我看到了自己一路走来的身影。作为其中的一员，我虽听闻过他们其中部分人的信息，却不曾想象过整体的"湖北籍的海外华人作家"。江教授辛苦地将他们汇集起来，并组织学者进行研究，真是用心良苦。

通过该书，我了解到文学同乡们对家乡的情感和我不尽相同，但我们的作品共同表现了对故园的情感复杂性，这是我乐意见到的。能通过一本书看到故园的不同风景，领悟到他人对它的理解，真是一件幸事。

湖北文学研究和海外华文
文学研究的新收获

刘川鄂

　　我对海外华文文学素无研究，仅仅有一些关于张爱玲的文字勉强与这个研究领域沾点边。江少川教授长期致力于海外华文文学研究，成果丰硕。他的大作《台港澳暨海外华文文学教程》《台港澳暨海外华文文学作品选》和《海山苍苍——海外华裔作家访谈录》，我都认真拜读过。海外华裔作家访谈录，是目前大陆唯一一部对新移民作家的集中访谈的实录，其材料之扎实，访谈之深入，具有很高的史料价值和学理价值，在海外华文文学研究界具有开拓性意义，受到海内外作家和学者的高度评价。2016 年夏天，承蒙引介，我和他出席了在捷克、斯洛伐克、奥地利、匈牙利四国举办的首届欧华文学高端研讨会。2015 年他主持申报的湖北省教育厅高等学校哲学社会科学研究重大项目"楚文化视域中的湖北籍海外作家小说研究"获批，开题时我也忝为嘉宾一起参加过学习讨论。

　　这一部海外湖北作家小说研究专著，是江少川教授和他的团队又一个新的研究成果。既有对海外湖北籍作家创作的整体性描述，也有对其创作特征的概括性分析，对楚文化与海外湖北文学的关系，作了细致的梳理，还注重全球化语境中地域文学书写的独特性，女作家的女性主义叙事的特异性，扩大了海外湖北作家研究的新视野，是当代湖北文学研究的新收获，也是世界华文文学研究的新成果。

　　20 世纪 80 年代中期，我在湖北大学攻读中国现当代文学硕士学位。我的硕士导师组的成员李恺玲教授，跟本书的重要研究对象聂华苓，在 40 年代是南京中央大学的同学。1986 年夏，李恺玲老师邀请聂华苓到湖北大学讲学。我清楚记得，正值盛年的聂华苓那天穿的是绿色的旗袍裙，流光溢彩、儒雅有型。我们的具有女汉子一般性格的李老师，浓眉大眼，精神抖擞。两人的聚谈相映成趣、相得益彰，我们大饱眼福，收获满满，成为我研究生期间的美好回忆之一。我们都知道聂华苓是海外移民文学的重要开拓者。本书多处探究了聂华苓对楚风楚物的形象书写、楚人楚魂的性格展示、楚文化的刚烈倔强特点描绘，以及聂华苓对楚文学放逐母题的继承与拓展。漂泊之于聂华苓及新老移民作家，不仅是一种生活写照，而且还是一种心灵状态。聂华苓"三生三世"的漂泊人生及其文学创作所体现和弘扬的，正是这种源自楚文化的中华民族的伟大精神。本书关于聂华苓的这样一些论述，视野开阔，有理有据，说服力强。这种由点及面有理有据的分析，在书中随处可见。

本书研究的另外一位海外作家张劲帆，是我大学的低一年级同学，他在湖北省社会科学院工作的时候，我们还有交集，30 年不见，我们在江教授的书中相见，我对他此后的生活道路和创作成就有了更深切的了解。书中的另外一位研究对象是女作家吕红。她在武汉电视台做编导的时候，我曾经做过电视台的嘉宾。湖北省作家协会邀请她回来参与文学活动，我们也曾见过面。她的《美国情人》这一部长篇小说，我也有过拜读。本书对这本书的分析，加深了我对这部作品的理解，对我有很好的启发意义。历史的视野、文化的观照、审美的评判互为关联、相互渗透，是本书的有意追求和特色。

在 1949 年，部分鄂籍知识分子远赴海外，比如彭邦桢、聂华苓、王默人、周愚、荆棘等，他们是当代意义上的第一代去海外的鄂籍作家。虽然身居海外，有着长期在国内生活的经历，目睹或亲历了战乱所导致的人民的流离失所，因此他们对祖国对故乡怀有深厚的感情，乡愁和乡恋往往是他们创作的共同主题。第二代海外鄂籍作家多出生于国内，对战乱和去国离乡缺乏父辈那样深刻的记忆，他们积极主动地融合迁徙地文化，学习西方文学的结构技巧，形成了创作上的中西交融，如程宝林、吕红、陈谦、欧阳昱、张劲帆、欧阳海燕等。虽然当代海外鄂籍作家人数不是很多，但他们创作成就还是令人瞩目的。在诗歌方面，彭邦桢的乡愁诗、杨允达的本色诗、欧阳昱的现代诗共领风骚，风靡一时；在小说创作方面，聂华苓的家园寻觅题材、王默人的乡土小说及吕红、陈谦等人的作品等，百花齐放，异彩纷呈；散文方面，以生活题材写作的女性散文和参与时代记录的杂文各抒胸怀，流光溢彩。其人其作，丰富了湖北文学的内涵，开拓了湖北文学的视野，与湖北本土作家共同为湖北文学的繁荣作出了卓越的贡献，为湖北当代文学的发展注入了生机与活力。在我主编的《湖北文学通史·当代卷》第十三章，专门讨论当代台湾与海外鄂籍作家。本书的研究，对相关课题有新的发现新的拓展，是湖北文学研究和海外华文文学研究的新收获。如果将来有机会，我们重新修订这本书的时候，一定会认真汲取这本书的相关成果，予以丰富和扩展。我们所从事的都是优秀文学文化的弘扬和传承，所以我们乐意互相学习，互相借鉴。祝福江少川教授身健笔健，有更多更好的学术著作问世。

楚人楚魂：从聂华苓到新移民文学创作

吕　红

古往今来，荆楚大地孕育了无数文人墨客，在文学史上留下鲜明印迹；楚辞被喻为中国浪漫主义文学的源头，瑰丽奇异、大气磅礴的风格不仅对汉赋产生影响，并延伸至近代海外的华文文学，甚至对世界文明发展都产生了跨文化交流的影响。

由江少川教授主持的"湖北省教育厅高等学校哲学社会科学研究重大项目"圆满结项，并将出版《海外湖北作家小说研究》，我倍感欣慰。这部研究文集主要集中研究聂华苓及近年比较活跃的作家包括程宝林、欧阳昱、欧阳海燕、陈谦、吕红、蔡铮、施定柔、张劲帆、张月梅、孙志卫等（在海外还有一些比如从湖北辗转到台湾，后又到北美欧洲的王默人、荆棘、周愚、祖尉等，专家们也作了大量的案头工作）。生性达观行走四方的海外华人作家默默耕耘，为传承中华民族文化作出了独具特色的贡献。江少川教授与他的研究团队潜心钻研，克服了诸多困难，发表多篇介绍华文作家的文章，在海内外开花结果。这部二十多万字的研究论述，视野开阔、内容翔实、角度新颖，展现了世界各地具有代表性的荆楚作家作品概貌，体现了世界华文文学多元性的文化内涵。

"我这辈子恍如三生三世——大陆、台湾、爱荷华，几乎全是在水上度过的。长江，嘉陵江，爱荷华河。"聂华苓自述，"我是一棵树，根在大陆，干在台湾，枝叶在爱荷华。"创办爱荷华大学国际写作计划、具有"世界文学组织之母"的聂华苓，可谓照亮华人文学创作之旅的一盏明灯。

聂华苓 1925 年出生于武汉，因战乱等变故 1949 年迁居台湾，之后定居美国爱荷华。1967 年她和丈夫保罗·安格尔（Paul Engle）创办国际写作计划，迄今已有超过一千五百多位作家参加，萧乾、艾青、丁玲、王蒙、茹志鹃、王安忆、汪曾祺、冯骥才、北岛、苏童、莫言、迟子建，台湾作家白先勇、余光中，香港作家潘耀明等先后来到爱荷华大学，并有作家获得诺贝尔文学奖。聂华苓被称为20世纪华人文学世界最重要的推手。

国际写作计划让作家接触面广了，思维更活跃了。聂华苓对人类处境的看法，也比从前宽阔了。她说："对中国人的处境关心到入魔的程度，从第一次回去到现在，我仍然如此。在知识上、人事上、文学上，我和我的祖国那一份血缘总是很密切的。"

正如学者专家所概括的：作为楚人后裔，聂华苓是海外湖北籍作家的典型代表。其文学创作与楚文化有着千丝万缕的联系。聂华苓笔下的苓子和桑青（桃红）是华文文学世界里的"楚人"后裔，是"不服周"的"楚魂"再现。（胡德才语）

原《长江文艺》主编、老作家洪洋先生表示，聂华苓作品进入美国高校作为教材，华人创作进入主流，不仅是华人的骄傲，更是我们湖北人的骄傲！

一部个人史就仿佛近一个世纪历史的缩影，而聂华苓的一生本身就像一个传奇。

人与人相遇都是缘。回顾与聂老师20多年海外之缘，内心充满感动。

多年前本人初踏上美洲新大陆，迫不及待拨通电话，电话传来她带有湖北乡音的快人快语，那爽朗热情的声音化解了我初到异国他乡的陌生感与文化落差，交谈中她邀我去爱荷华，当时我是多么想去！可惜人生地不熟，没有方向感，也没有车，几乎一无所有。当年虽错失良机，但心里始终有文学女神的存在。那对以文学为志业的人充满真挚的、惺惺相惜的感情一直都在鼓舞着我。从东部到西部，《红杉林》创刊我们再续前缘，做了封面人物专访；举办北美华人文学国际论坛，组委会希望邀请她来旧金山，尽管聂老师年事已高，依然给予我们精神上的支持。在文学人的心目中，她是永远的领路人。

清晨。乘车前往爱荷华大学城的路上，看到灰白絮云下是一片片嫩绿的田野。遥想当年，那个年轻女作家初抵达时，怀揣怎样一种梦想？诗人安格尔以怎样的深情，悉心守护着他们的梦想，相互扶持一步步走来，让爱荷华大学国际写作计划成为世界作家之摇篮……聂华苓真乃幸运的，与安格尔相濡以沫，爱情与事业并举，乃天作之合！

府邸就在半山腰。绿树掩映着一座别致的红楼。年高九旬的聂华苓看起来十分精神，思维敏捷，乡音未改。特别有缘的是，她女儿晓蓝刚好从东部回家，亲自下厨做湖北菜珍珠圆子，让口福不浅的湖北人再次品尝到家乡美味。

那些来过爱荷华的作家朋友至今与其仍保持联系，前不久王安忆、莫言等还专程来看望她。

在聂华苓的女儿王晓蓝陪同下我们到美国爱荷华大学国际写作中心University of Iowa International Writing Program Founder(IWP)见到现任主管，赠送《红杉林》杂志。当期《红杉林》杂志刊登江少川教授为研究课题所作的访谈，凝结了无数海内外读者的敬佩之情。恰如文友所言，有了这样的华人前辈，永远都会让人想起：爱荷华，爱荷华！

在聂华苓老师家我们度过了难忘的美好时光。吃可口的家乡菜，饮酒，品茗，触摸风霜，历史沧桑的吉光片羽。身处不同时空下的坚韧的文学之爱……在聂华苓老师书房，墙壁上挂着聂华苓与安格尔的画像。岁月停留在这里。她许多重要作品在这里完成。

告别爱荷华之前，聂华苓老师在窗前深情凝望着，目送我们远行——

珍藏着有聂华苓老师签名的书，继续着我们的文学之旅。

美国华文文艺界协会暨《红杉林》杂志赠予聂老师一份奖碟：花繁果硕福泽文苑。

从大陆到台港澳到欧美，老读者提起《红杉林》刊发的聂华苓的访谈及作品，留下感言：《重温聂华苓回故乡》一章，内心充满感动，这就是文字的力量，文学作品的魅力。弥久常新。

楚人身处江河汇聚之地，源远流长集文化之大成，受屈原等狂放不羁文风的影响显得浪漫多姿生性豪放。相信读者会从湖北籍作家在海外创作繁花似锦的成就中，看到生生不息的楚人之歌；从这部研究文集中充分感受到几代海外华人作家的精神风貌，新移民作家愈加生机蓬勃走向世界的步履……

目　录

导论　海外湖北华文作家的文学地图

在全球化背景下，对从中国移居到海外的湖北作家群体作"田园式调查"，"描绘"出湖北籍海外华文作家的文学地图，包括在湖北省内的分布图谱与移居国的分布状况，理清这个作家群落的分布格局、移民过程和文学创作的实绩与成就，这种地域文化研究具有重要的文化意义与学术价值。

"描绘"海外湖北作家的文学地图，目的在于将其与荆楚文化联系起来，回到创作主体、文学文本上来，对这样一个特定的文学群体进行比较全面、系统的综合探究。正如杨义先生所说："我们的文学地图必须要回到文学本身，沟通它与地缘文化联系，沟通它与其他艺术形式的内在一致性，把它作为一个生命过程来进行体验。"[①]本书重点探究以下三方面问题：第一，追本溯源，从楚文化悠久的历史渊源、荆楚独特的自然地理环境、楚乡丰富厚重的人文传统开始，研究海外湖北作家群体与楚乡千丝万缕的联系与关系。虽然他们远在天涯异国，然而故乡荆楚的文化、地理的 DNA，永远深藏在他们的生命里，总会在他们及其文学作品中打上胎记。第二，研究海外湖北作家群体怎样走出湖北，在海外的分布状况，他们的文学创作历程及所受到的西方文学传统的浸染与影响，并置于中西文学背景中进行比较研究。第三，研究海外湖北作家群体跨域写作的共性特征与差异，文学实绩、成就与价值，以及在全球化的背景下，对促进湖北与海外的文化交流、增强文化自信的意义。

对海外湖北籍作家的定位：一是出生在湖北，二是籍贯在湖北，三是长期在湖北工作过，并发表、出版过重要的文学作品。这里所指的海外湖北籍作家，均指第一代移民，即从中国，包括台湾、香港、澳门等地区移居到海外的第一代移民作家。

[①]　杨义：《重绘中国文学地图与中国文学的民族学、地理学问题》，《文学评论》2005年第 3 期，第 5~22 页。

一、湖北的文化、地理生态概述

研究海外湖北籍作家，首先要考察作家的乡土——湖北。法国学者丹纳指出："首先我们要对种族有个正确的认识，第一步考察他的乡土。一个民族永远留着他乡土的痕迹。"①就文化渊源而言，湖北是楚文化的发源地。楚文化历史悠久，源远流长。据考古发现，早在五六千年前，人类就在荆州大地上创造了灿烂的屈家岭文化和石家河文化。《诗·商颂·殷武》诗曰："维女荆楚，居国南乡。"中国历史上荆、楚不分，在古代，荆、楚指同一地区，荆、楚的字义，本是同一种树木的名称。荆楚、楚荆作为一种特定的称谓，至今已沿用三千多年了。

湖北在长江中游，因位于洞庭湖之北而命名。战国时湖北与今湖南同属楚国地域，汉代属荆州，唐代属山南道（后改称山南东道），宋初置荆湖北路，简称湖北路，湖北之名始于此，因省会武昌在唐、宋时称鄂州，故湖北省又简称鄂，元代与今湖南同属湖广行中书省，清代始称湖北省。

所谓荆山楚水，荆山指湖北的山。湖北省地势三面高起，它的西、北、东三面被武陵山、巫山、大巴山、武当山、桐柏山、大别山、幕阜山等山地环绕，山前丘陵岗地广布，中间低平、向南敞开，中南部为江汉平原，与湖南省洞庭湖平原连成一片，地势平坦，土地肥沃。湖北地貌类型多样，山地、丘陵、岗地和平原兼备。楚水指湖北的水，湖北是河流大省、千湖之省，5公里以上的河流有4千多条，江河密布，湖泊港汉纵横。长江流经11个省份，它最长最险的河段在湖北。发源陕西的汉水，是长江最大的支流，它奔流3千里，在武汉汇入长江。长江、汉水，孕育着灿烂辉煌的楚文化文明，孕育出庄子、屈原与楚地的作家诗人。

"要了解作品，这里比别的场合更需要研究制造作品的民族，启发作品的风俗习惯，产生作品的环境。"②丹纳在这里强调地域、自然、环境与作家作品的关系。严家炎先生认为，地域文化"不仅影响了作家的性格气质，审美情趣，艺术思维方式和作品的内容、艺术风格、表现手法，而且还孕育出一些特定的文学流派和作家群体"，他还提出，"地域对文学的影响是一种综合性的

---

① ［法］丹纳:《艺术哲学》，傅雷译，北京：人民文学出版社1983年版，第243页。
② ［法］丹纳:《艺术哲学》，傅雷译，北京：人民文学出版社1983年版，第242页。

影响，决不仅止于地形、气候等自然条件，更包括历史形成的人文环境的种种因素"。① 总之，丹纳与严家炎不仅指出自然地理条件对作家的重要性，还特别强调人文环境对作家的影响。严先生的论述与中国传统地域文化观一脉相承，非常可贵，对于我们研究地域文化极有指引意义。近来有学者提出将克利福德·吉尔兹(Clifford Geertz)的"地方性知识"引入到地域文化和文学研究中，凤媛认为"地方性知识"提出的"深描"法，注重还原文本和文化行为生成的"具体情境"，② 能够挖掘其背后深藏的文化脉络。我们认为吉尔兹的观点与中国传统的地域文化观是相通的，在《汉书·艺文志》与刘勰的《文心雕龙》中早就提出了这样的观点。杨义先生的《楚辞诗学》就对屈原作品的"文本和文化行为"如何生成，作了非常系统、精辟的论述，一方面阐述了楚地、楚文化对屈原楚辞的创作的影响，同时对屈原的身世、处境、心理以及如何在那个时代、文化背景下完成《离骚》《天问》等作品都进行了细腻入微的精到的剖析，注重从创作主体完成作品的具体情境中挖掘与地域文化的关系。地域文化研究，应该在继承中国优秀传统文化的基础上，吸收西方地域文化理论与方法，将二者结合起来，尤其在文本研究上下工夫。本书的重点即研究楚地、楚乡、楚文化与海外湖北籍作家的双向关系，尤其注重对文本的解读与剖析，深入研究地域与创作主体，与文学文本之间的血脉、文脉联系。

二、从湖北到海外的文学地理志

(一)楚地历史悠久的文学传统

湖北文学的源头在楚文化，它具有优良的文学传统。我们将楚地古代文学称为远传统。自古以来，楚地文学成就辉煌，远传统主要表现在散文和诗歌方面。先秦散文以《庄子》为代表，诗歌以屈原《离骚》及楚人作品为代表，故合称"庄骚"。此后，文学史上有影响的人物与流派有：东汉至三国时期：王逸、黄香、庞统、费祎等；唐代襄州襄阳皮日休、孟浩然，复州竟陵陆羽，宋朝米芾等；明中后期，以张居正、熊廷弼、李时珍、"公安派"、"竟陵派"等为代

---

① 严家炎：《20世纪中国文学与区域文化丛书·总序》，长沙：湖南教育出版社1997年版。

② 凤媛：《作为一种"地方性知识"的地域文化——兼及对江南文化和文学研究的一些思考》，《文艺理论研究》2011年第5期，第67~72页。

表。有些作家诗人虽非楚人，但由于在楚地生活时间较长，且在湖北留下重要诗文，在论述文学传统时也不能忽视，如李白曾在安陆居住 11 年，苏轼被贬黄州 4 年多，都在湖北写下旷世杰作，曾经产生过很大的影响，所以在本书中谈到湖北的文学传统时也都有涉及。

湖北的近传统指近现代的文学传统。辛亥革命时期的诗人有陈沆（蕲水，今浠水）、黄侃（蕲春）、陈曾寿（浠水）、樊增强（恩施）、刘成禺（武昌）等，散文作家有张裕钊（鄂州）等，戏剧作家有刘艺舟（鄂州）等。现代以来，五四新文学涌现出一批优秀而又有影响力的文学家与学者。20 世纪的湖北诗坛，从 20 年代的闻一多，到抗战时代七月诗派的湖北诗人群，有曾卓、绿原、邹荻帆等，而光未然的《黄河大合唱》更是唱响中华大地。小说方面有废名、欧阳山，散文有丽尼、聂绀弩，戏剧有曹禺，文学理论家有胡风等。

湖北虽地处我国中部，然近代以来就不断有作家学人远赴海外留学，1896年 5 月戢翼翚（郧阳）到武昌读书，18 岁去日本留学，据《中国人留学日本史》记载，他为湖北最早留学日本的学生之一，如黄侃（蕲春）曾入武昌崇文中学读书，留学日本，陈曾寿（浠水）曾赴日本留学，刘艺舟（鄂州）留学日本早稻田大学，刘成禺（武昌）曾留学日本、美国。他们都是湖北赴海外留学的先驱者，对以后湖北作家走出去，留学海外都产生过影响。

(二)海外湖北作家的异域流向

20 世纪的中国曾经有过三次出国潮，第一次是二三十年代，如鲁迅、郭沫若、冰心、老舍、闻一多、徐志摩、林语堂、钱锺书等，这一波作家大多只能称为"过客"，除个别人如林语堂移居美国时间很长，大部分都回国了。20世纪五六十年代的中国台湾与 80 年代以后的大陆，先后出现过两次大规模的出国潮（以留学生为主体），它是产生海外华裔作家的土壤与温床。从我国台湾移居欧美的作家有白先勇、於梨华、陈若曦、赵淑侠等。改革开放以后，大陆的出国、留学潮汹涌澎湃，哈金、严歌苓、张翎、林湄等都是八九十年代移居欧美澳的。

本书所研究的海外湖北籍作家如前所述，分别为 20 世纪中期与后期出国而移居海外的作家：一类是 20 世纪 40 年代末期从大陆去台湾，五六十年代从台湾移居海外，如从我国台湾移居美国的有聂华苓、王默人、彭邦桢、周愚、朱立立，移居欧洲的有杨允达等。而自大陆改革开放以后出国、移居海外的作家，从规模、作家人数、作品数量与影响等都是上一波台湾作家难以比拟的。

他们分布在欧、美、澳、新与东南亚等地。据我们近几年多方调查研究、走访搜集资料，海外湖北作家群体分布在四大洲多个国家与地区，包括北美洲的美国与加拿大，欧洲的法国、德国、荷兰、捷克、奥地利，澳洲的澳大利亚与新西兰，亚洲的新加坡等地。

旅居美国的有聂华苓、王默人、彭邦桢、周愚、吕红、程宝林、陈谦、蔡铮、周欣平、周明之、周习之、朱立立(荆棘)、丁丽华、汤伟、陈森、田青、张雯等；旅居加拿大的有施定柔、张巽根；旅居欧洲的有杨允达、欧阳海燕、梦娜、祖尉、雷康、李丽、金胜利、黄鹤飞等；旅居澳大利亚、新西兰的有欧阳昱、张劲帆、张月琴、倪立秋、艾斯(新西兰)等；旅居新加坡的有孙志卫等。

湖北作家在海外的分布主要有三个特点：第一，人数最多的在美国，因为从20世纪中期以后，中国留学、移民美国的人数也是最多的。就海外华文文学而言，美国华文文学成就很高，海外湖北作家的文学实绩也是如此。第二，海外湖北作家移居北美、欧洲与澳、新、东南亚，一般集中居住在移居国的大城市，如美国的纽约、洛杉矶、旧金山，加拿大的多伦多、温哥华，欧洲的巴黎，澳洲的悉尼、墨尔本、布里斯班，新西兰的奥特兰等，因为这些城市的华人多，如纽约华人就有100多万。第三，从中国大陆和台湾出去的作家学历高，许多人在海外留学，或在海外工作、定居。据最近的资料，北京有26万人，上海有28万人移居美国，海外湖北作家也大体是这样。

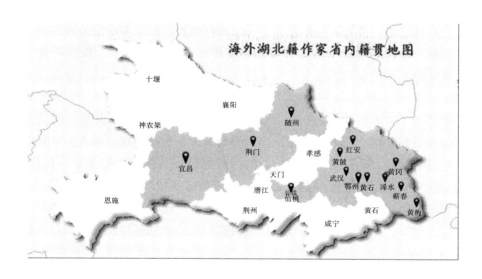

籍贯在以武汉为中心的作家有：聂华苓、杨允达、祖尉、周愚、吕红、孙志卫、施定柔、张劲帆、雷康、李丽、倪立秋（鄂州）、彭邦桢（黄陂）；籍贯在黄冈地区红安、浠水、黄州、黄梅的作家有：王默人、欧阳昱、欧阳海燕、陈谦、蔡铮、张月琴、艾斯；其他地区的有程宝林（荆门）、金胜利（仙桃）等。

从海外湖北作家在湖北省内的籍贯分布来看，集中在武汉与鄂东的黄冈两个地域。近代以来，居于长江中游的重镇武昌曾大力兴办学堂，教育事业发达。到现代，湖北省会武汉一直是湖北政治、经济、文化的中心。海外作家的籍贯集中在这两个地区原因为：一是受改革开放大潮的驱使，从湖北移居海外的绝大多数人是 20 世纪后期在改革开放大潮中出国的。从台湾移居海外的作家有所不同，他们从大陆去台湾主要是政治原因，然后从台湾去海外，目的是为了求学。二是这两个地区教育事业发达，学子在接受过中等与高等教育以后赴海外留学成为可能。三是交通的便利，湖北有九省通衢之称，武汉更是水陆交通之枢纽，而黄冈地区毗邻武汉，有长江的黄金水道，西连鄂州、武汉，东经九江，直达上海。

三、海外湖北作家的创作特征

（一）荆楚情结及其楚乡叙事的嬗变

"荆楚文化是悠久的中华文明的重要组成部分，在中华文明发展史上地位举足轻重。"[①]从湖北走向世界的海外作家，他们的文学创作与楚文化有着千丝万缕的血脉联系。首先表现在作品中的是那种浓烈而割舍不断的故乡情怀。其次，荆楚文学传统的特质与精髓对作家创作的影响，如倔强、叛逆的楚人形象，瑰奇的艺术想象与浪漫主义文学传统。最后，文学形式和语言与楚文化的关系等。

乡愁是文学永恒的主题，故乡的书写是记忆的存在。走出国门的湖北作家，故乡是刻骨铭心的记忆：那是生命的发源地，包括地理、亲人、文化的记忆，形成浓烈的乡愁情结。文中论及的海外鄂籍华文作家指的是第一代移民，他们的前半生是在国内度过的，青少年时代都是在中国（包括大陆与台湾）度过，成年以后才出国的。海外移民作家的人生如果比做一条河，那么他们人生的上游是故乡，而下游漂流到异域。然而他们无论走到哪里，人生的源头总也

_____

① 《习近平在武汉对莫迪谈荆楚文化》，《光明日报》2018 年 4 月 27 日，第 1 版。

不能忘记，故乡的记忆总也抹不掉，忘不了。移居他国以后，这些作家，不论用哪种文学样式，几乎都写到自己的故乡——荆山楚水。如聂华苓《失去的金铃子》写宜昌、长江，欧阳昱的《东坡记事》写黄州，程宝林《一个农民的儿子》写荆门、汉水，蔡铮的《种子》写红安，孙志卫的《武汉谍战》写武汉，彭邦桢写黄陂等。

移居海外的初期，由于异乡的陌生化痛苦、生存困境、身份纠结、语言障碍、文化冲突等，使他们格外思念故乡，故乡是刻骨铭心的记忆，形成浓烈的乡愁情结。

移民作家米兰·昆德拉有过这样的论述："一个移民作家的艺术问题，生命中数量相等的一大段时光对青年时代与成年时代所具有的分量是不同的。如果说成人时代对于生活以及对于创作都是最丰富、最重要的话，那么，潜意识、记忆力、语言等一切创造的基础则在很早就形成了。"他还说："一切造就人的意识。他的想象世界……都是在他的前半生中形成的，而且保持始终。"①恰如昆德拉所言，海外作家都是在故国度过青少年时代，有的在国内受过高等教育或基础教育，成年后出国的。不论当初他们的出国动机如何，"母土的想象"是突出的文化表征。聂华苓在自传《三生影像》中，以一首序诗来表达自己的人生感悟："我是一棵树/根在大陆/干在台湾/枝叶在爱荷华。"②此"树"是聂华苓对"三生三世"人生家园情结的高度概括。程宝林说："家乡是什么？家乡是出发的地方。但对于远游者来说，家乡是永恒的驿站，在那里，归者聚散，过客歌哭，交换行路人温润的目光。……我的一生就这样被一条大河所牵引，对这条河的最初的一瞥，成了我对远方的永远的追求与向往。我永远也不会忘记汉江带给我的心灵的安慰，是汉江使我走向远方的。"③

故乡是回望中的反思。作家们身居海外异乡，经过艰苦的打拼，站稳脚跟，双重生活经验的积淀与磨炼，形成了他们的海外视野。寻根探亲，回望故乡，一方面消解了浓重的乡愁，同时又产生新的焦虑、困扰，那就是对经济发展不平衡、农村经济落后与传统的陈规陋习、现代文明的缺失等而产生出的忧

---

① 　[捷]米兰·昆德拉：《被背叛的遗嘱》，余中先译，上海：上海译文出版社 2003 年版，第 100 页。

② 　聂华苓：《三生影像·序言》，北京：生活·读书·新知三联书店 2008 年版，第 1 页。

③ 　程宝林：《一个农民儿子的村庄实录》，上海：上海文艺出版社 2004 年版，第 153 页。

患、浓重的现代反思精神与批判意识。程宝林接受采访时，记者问他："你这类写家乡、亲人、乡亲的散文，许多是你出国以后写的。假如没有出国，你会这样写吗？换句话说，移居他国后，给你写故乡的散文增添了什么呢？或者说有什么改变呢？"程宝林回答："在移居美国10多年之后，这片英语和美元的国度，已经由'别人的国家'变成了'自己的国家'。在经过了海外的大量阅读后，回望故土，我将中国农民的整体性困境和贫困，以及触目惊心的对不平等与不公平的忍受和忍耐，放在中国现代、当代历史的不堪回首的背景下，加以审视和抒写。"①欧阳昱的作品也书写故国，尤其是故乡黄州等地方，但并非只是怀乡念祖，他的家园书写具有强烈的现代反思精神。欧阳昱在其创办的中英文文学杂志《原乡》(英文名为 Otherland，即"异乡")发刊词中写道："'原乡'之于'异乡'，正如'异乡'之于'原乡'，是一正一反的关系，宛如镜中映像。""我们是中国大一统文化附庸的海外华人，还是新时代民族大融合浪潮下产生的新澳大利亚人？我们是人在异乡，心回原乡，还是人去原乡，心归异乡？或者两者兼而有之？"②家园、原乡、乡愁在作家海外经验与视野中，渐渐解构，海外移居生活为作家们打开了新的开阔视野。在许多移民作家的作品中，我们都可看到这种强烈的反思精神。欧阳昱的长篇小说《东坡记事》就是一例。

新的世纪，随着科学技术的高速发展，人类进入网络时代，通信、传媒、大数据大大缩短了人与人之间、地域之间、国家之间的距离。当今时代可谓机场告别不言愁。加拿大学者麦克卢汉在其《理解媒介》一书中提出了地球村一说：世界不过就是一个地球村。在这种大背景下。海外移民作家随着时间的推移，故乡渐行渐远，父母离去，记忆逐渐淡化，故乡新居、旧家都是乡，或曰"他乡即故乡"。故乡成为一种文学的故园，文化的符号，成为文学重塑与重构的元素：叙事中潜藏的是楚乡的地理空间、人物籍贯、文化记忆、生存境遇等构成元素，家园内涵逐渐走向多元化。

当今时代，移居成为现代人一种常态，全球化视域中的家园内涵也更加丰富而多元了。哈金认为，对于移居作家而言，真正的家乡存在于自身，而"建筑家园的地方才是你的家乡"。③ 陈谦说自己远走他乡是一种自觉的选择，每

---

① 江少川：《程宝林访谈录》，《海山苍苍——海外华裔作家访谈录》，北京：九州出版社 2014 年版，第 276 页。

② 欧阳昱：《〈原乡〉文学杂志十五年回顾》，http://blog. sina. com. cn/s/blog_76176a770100p28r.html。

③ 哈金：《在他乡写作》，台北：联经出版股份有限公司 2010 年版，第 15 页。

次听到人们说乡愁，总是悄然离开，把乡愁珍藏起来，"只是故乡从此成了一个符号，和遥不可及的前尘往事一起，真实而又抽象地证实着我今日明早的生活"。①

（二）海外视野观照下的现实人生书写

海外移民作家前半生在中国生长，后半生在异国生活，他们具有双重生活经验，两种文化背景，又具有双语能力，这就决定了他们的写作与原乡、异乡的文化不可分离，又相互连通，具有不同于中国作家独有的特质，这给新移民作家的创作提供了更加广阔的思考与自由空间。对移居国，如旅美学者尹晓煌所言："华语作家由于深知自己的读者为华人，因而无须顾及主流社会之反感，能够大胆触及美国社会中的敏感问题。"②相对于中国文学而言，由于他们已经移居于别国，他们可以真正挣脱意识形态、政治话语的束缚或控制，完成了与政治主旋律的偏离，从而具有更大的创作自由度。这里的海外视野，首先是指作家的海外经历。海外作家从故国移居他国异域，他们的生活阅历，生活经验，观察社会的角度，对现实的感受与思考，以及他们的创作观显然会发生变化，与在国内的作家不一样。严歌苓说，到了海外重新地形成了我现在这样一个人，"写出来的东西是不同于大陆的作家的，当然和美国的作家也不同"。她说："到了一块新的国土，接触的、看到的都是新鲜的，因为空间、时间，及文化语言的差异，或者说距离，许多往事也显得奇异，获得一种反思的意义。我打过一个比方：像是裸露的全部神经，因此我自然是惊人的敏感。像一个生命的移植，将自己连根拔起，再往一片新土上移植，而在新土上扎根之前，这个生命是裸露的。转过去，再转过来，写自己的民族，有了外国的生活经验，不自觉的新角度，我的思考有了新拓展。移民生活的确给作品增添了深度与广度。显然，与完全生活在国内的作家是不一样的。"③

陈谦也谈道："在美国的经历，打开人的眼界，开放人的心灵，甚至改变人的世界观。震撼和感慨之后的思考，是我写作的原动力。"④

---

① 陈谦：《美国两面派》，武汉：湖北人民出版社 2007 年版，第 94 页。
② 尹晓煌：《美国华裔文学史》，天津：南开大学出版社 2006 年版，第 185 页。
③ 江少川：《严歌苓访谈录》，《海山苍苍——海外华裔作家访谈录》，北京：九州出版社 2014 年版，第 15 页。
④ 江少川：《陈谦访谈录》，《海山苍苍——海外华裔作家访谈录》，北京：九州出版社 2014 年版，第 156 页。

这里讲的都是作家的创作视野，这种变化，首先是观察社会与人生的变化，其次是创作观念的新变化，"写什么，怎么写"也在变。概括起来就是：视野更加开阔，心灵更加开放，创作更加拓展。这就是严歌苓说的不同于大陆作家，也不同于美国作家的内涵，陈谦说的"打开人的眼界，开放人的心灵"。

蔡铮的小说集《种子》与散文集《生命的走向》，质朴、诚实，深深扎根在生他、养他的那块红安土地。他重回祖国与故乡，对家乡的变化与存在的问题与痼疾生出复杂的感受与思考。作家的视野不一样了，重新审视，他所期望、理想的故乡不应该是这样的。他对家乡现实的观照，真实得残酷，尤其是细节的描写，细节来不得半点掺假，是最能体现写实的细胞，用评论者一平的话说就是："如果说蔡铮的小说有沈从文这一文脉，那就是他更深入了解中国土地的生活，展示了它的残酷性。"①

陈谦对移民生活的书写，视野独特，立意新颖，书写出别样的域外人生。她在中篇《特蕾莎的流氓犯》里，提出了对历史中个人责任的追问，强调的是忏悔和自省。在《下楼》这个短篇里，那个在"文革"中遭遇了深度创伤，从此不再下楼的女主角，几十年走不出伤痛的房间，最后她去世了才被抬下楼。陈谦说："我意识到，面对历史的重创，如何疗伤，其实是更重要的。其实我们整个民族在'文革'中遭到的重创到今天也还没有得到足够而有效的医治。"②她讲的正是作家创作小说的视野，切入的角度。

（三）浪漫主义传统的海外建构

《汉书·地理志》曰："楚人信巫鬼，重淫祀。""迭波旷宇、以荡遥情"，刘勰在《文心雕龙》中称《离骚》"朗丽瑰诡"。称《楚辞》则为"瓖诡而惠巧"，"耀艳而深华"。《庄子》与《离骚》代表了楚文化的精髓，开中国文学浪漫主义传统的先河。鲁迅高度评价《楚辞》："逸响伟辞，卓绝一世。……其言甚长，其思甚幻，其文甚丽，其旨甚明。"③杨义先生认为："《天问》是从诗画相通这么一个角度加入时空错乱的天才，就在于融通诗画不同艺术形式的内在思维方

---

① 一平：《代序：蔡铮和他的几篇小说》，《种子》，武汉：长江文艺出版社 2013 年版，第 2 页。

② 江少川：《陈谦访谈录》，《海山苍苍——海外华裔作家访谈录》，北京：九州出版社 2014 年版，第 167 页。

③ 樊星：《当代文学与地域文化》，武汉：华中师范大学出版社 1997 年版，第 144 页。

式，从而捕捉到自己精神紊乱、幻象纷纭所蕴含着的美学可能性。"①这里所说的"精神紊乱、幻象纷纭"，融通诗画的思维方式，正是文学作品中绚丽多彩的楚文化浪漫主义特色的呈现。沈从文在《湘西·沅陵的人》中称自己为"楚人"，他自称身上流淌的是"楚人的血液"，在讲述了几个神性与魔性杂糅的故事后，即刻联想到"历史上楚人的幻想情绪，必然孕育在这种环境中，方能滋长成为动人的诗歌"。"神性与魔性杂糅"与"幻象纷纭"的思维想象与神思飞扬是一脉相承、共通的。樊星将楚风的浪漫主义特色概括为"精彩绝艳的文体，活泼热烈的生命力，神秘莫测的巫文化"，这是很有见地的。

荆山楚水孕育与滋养了湖北作家与诗人。文学地理学提到了一个概念：地理基因。地理基因其实是研究作家与地理的关系，指作家在其作品中所蕴藏的特有的地理因子。从沈从文写湘西，聂华苓写鄂西的小说中，我们能从中感受到这种潜藏的楚地地理基因与浪漫主义因子。

"天上九头鸟，地下湖北佬"是人们所熟知的俗语。所谓地下湖北佬，天上九头鸟，如果说地下湖北佬，意味着荆山的坚实、厚重，扎根楚地的写实主义传统，那么，天上九头鸟，象征着神奇、新异、想象丰富、驰骋飞升的浪漫主义精神，有所谓楚人者，鸟的传人也。

海外湖北作家的荆楚之风，其浪漫主义特色具体体现在以下三方面：①楚乡自然山川、民情风俗的绚丽描述；②带有神秘、瑰丽色泽的丰富想象；③追求华丽文采的抒情语言。聂华苓的长篇《失去的金铃子》对长江三峡、奇峰峭壁、三斗坪古镇、三峡纤夫，对鄂西风土人情、神秘的民间习俗以及抗战时期鄂西地区的百姓的生活风貌展开了深入的叙述，透露出浓重的楚地浪漫气息。著名旅美诗人彭邦桢的诗歌，充满丰沛想象的浪漫主义精神，他在纽约写的一首诗《月之故乡》脍炙人口，诗人驰骋想象的羽翼，将古人多次写过的思乡题材，多次用过的月亮意象，展现得那么新奇、瑰丽，令人浮想联翩。欧阳昱的长篇《淘金地》中《你在水里》一段，写中国淘金客在澳洲河中游泳，竟然使河中小黄鱼受孕生女，想象如此奇特、美妙，如同飞天的壁画，幻想的云天。

（四）跨文化中的多种艺术实验

海外作家群体具有双语能力与双语思维的优势，其作品，具有跨地域、跨

---

①　杨义：《重绘中国文学地图与中国文学的民族学、地理学问题》，《文学评论》2005年第3期，第5~22页。

文化的双重特征。海外的湖北籍作家从小在中国接受教育，受到中国文化的熏陶与滋养，与中国文学有着不可分割的血缘关系。移居国外以后，他们生活在非母语的大环境中，又必然会受到移居国及外国文学的影响，但他们移民后仍然坚持用母语创作，固守汉语这方园地。海外作家在异质文化中坚守母体文化传统，同时又吸纳西方文化的精华，在文学理念、写作技巧、表达方式上丰富了汉语文学写作的空间。新移民作家置身西方文化语境之中，身在其中，反而更加清醒，不会全盘西化。他们远离母体文化之后所产生的距离感，反而使他们回头体会到中国传统文化的魅力，更加坚守本土文化。他们在坚守中国传统的写实主义的基础上，吸纳、融入西方的现代手法与技巧，使忠实的写实主义传统与前卫的现代手法共存。

聂华苓用双语创作，她在 1958 年就翻译了亨利·詹姆斯的《德莫福夫人》，她用英文撰写了《沈从文评传》。她的《桑青与桃红》继承中国写实传统，又吸收西方现代手法，以桃红的书信与桑青的日记为线索，将现在与过去穿插交叉，形成拼接式块状双线结构，并成功运用象征、意识流手法，可视为她最优秀的长篇杰作。欧阳昱的《淘金地》，打破惯常长篇的写作模式，小说中没有贯穿全书的主角，没有完整的故事情节支撑，采用的是散点式，或可称之为"清明上河图"似的结构，由一篇篇短小的故事或片断拼接组合起来。小说中人物没有名字，一律用"阿"字开头，但他写的是中国华侨淘金先辈远赴澳洲淘金的故事。程宝林小说《美国舞台》以黑色幽默为特色，吕红的小说影视手法运用娴熟，都表现出多种艺术实验的特长。

文末简述一下文学传播荆楚价值的全球化意义。

首先，本书是第一次对湖北海外作家群体作系统梳理、整合、研究，将为湖北当代文学添写新篇章，在湖北文学领域具有开创性的意义，在华文文学的地域性研究方面也具有开先河的意义。从海外华文文学考察，对作家进行双向地域性研究，是一种研究移民作家的新思路。其次，从文化、地域的角度，系统而专门地研究这一海外的文学群体，填补了湖北文学研究的空白。对加强湖北的文学研究，构建"文化湖北"，建设文化大省强省，增强文化自信，具有深远的意义。最后，文学传播荆楚价值的全球化意义。在全球化的语境下，通过文学传播荆楚，促进湖北与海外的文化交流，搭建湖北与海外交流的文化桥梁，让世界了解湖北，提升湖北文化在海内外的知名度与影响力，拉动新闻、出版、文艺、教育乃至经贸等繁盛，都具有重要的推动作用。

第一章　楚文化与海外湖北作家小说

第一节　楚地、楚风与海外湖北作家的华文创作

海外华文作家的文学创作，近四十年来引起了学界的特别关注，一是因为国与国之间的文学交流已经相当顺畅，二是因为文化与文化之间的异质性得到了特别的重视，三是因为最近四十年来，中国公民中有大量人员移民海外，特别是移居美国、加拿大、澳大利亚、新西兰以及欧洲各国。而在这一批新的移民中，就包括不少在国内时就已经有影响的作家与艺术家，严歌苓、张翎、程宝林、王性初等诗人作家，在国内就开始了文学创作，并且有的作品在文坛上具有比较大的影响。如严歌苓，在出国前就著有长篇小说《绿血》《一个女兵的悄悄话》《雌性的草地》《人寰》等作品，享有广泛的文学声誉。① 最重要的原因，还是因为这批新移民中的作家到了所在国以后，陆续创作出了许多杰出的作品，许多作品在中国国内发表以后，在中国以至在整个世界上，都产生了重要的影响。而在这些海外华文作家中，现在看来已经是一流大家的也为数不少，把他们放在中国当代文学一流大家的行列，不仅不会产生什么问题，反而显得一点也不逊色，有的文学成就还超过了当代中国大陆的作家。严歌苓、张翎、刘荒田、陈瑞琳等作家和评论家，就其文学成就和文学地位而言，与国内的一流大家相比，一点也不逊色，此点已为国内学界所公认。以严歌苓为例，其旅美后的作品善于以"他者"的文化视角审视、表现东方文化，具有更加广阔的格局与深度。所以，海外华文文学创作，尤其是改革开放四十年以来，的确正在成为国内学术界与批评界关注的一个突出热点，成为世界各国的人们常

---

① 王达敏：《中国当代人道主义文学思潮史》，上海：上海人民出版社 2013 年版，第290 页。

说常新的重要话题。

这种情况的出现，正是我们今天来讨论海外华文文学中的浪漫主义与楚地、楚风关系的重要前提。如果海外的华文文学创作本身没有什么起色，如果从湖北移民到海外各国各地的作家们，没有创作出什么像样的文学作品，在中国或者世界当代的文学史上，没有占领一席之地，那么我们来讨论海外华文文学中的浪漫主义，也就失去了基本的对象，讨论本身也就失去了意义。

然而，如果没有具有创新意义的文学理论，也不足以说明特定地域的文学现象，因此援用现有的文学地理学批评理论，以中国学者自己建构的一种新的文学批评方法，来观照海外的华文作家及其文学文本，就成为一种必然的选择。本文拟讨论以下四个问题，以供方家批评指正：一是地理记忆与海外华文文学中的时间叙述；二是地理感知与海外华文文学的审美意识；三是地理思维与海外华文文学的空间建构；四是时间与空间距离与海外华文作家艺术构想之间的联系，并在此基础上讨论一下海外华文文学中的浪漫主义。

一、地理记忆与海外华文文学中的时间叙述

海外华文文学是一个庞大的体系，新移民文学是其中重要的构成。"新移民文学"是指中国大陆在改革开放以后，主要从中国大陆、台湾及中国香港、澳门移民到海外各国家的作家所创作的文学。海外华文文学，尤其是新移民文学，都存在一个时间的问题，作家在文学作品里所表达的时间，往往与他们自小开始的地理记忆有关。所谓"地理记忆"，就是作家自小开始的由于对特定地理的印象而产生的记忆，随着自然时间的流逝而形成的种种印象，这样的记忆也许前后并不一致，前前后后叠加起来就成为作家地理记忆的主要内容。如果一个作家其出生地、成长地、发展地、祖居地是同一个地方，地理记忆也许会相对简单一些，如果它们不是同一个地方而是相隔很远的多个地方，那么这位作家的地理记忆则会比较复杂，甚至相当曲折与繁复。如果一个作家移民海外的时候在十八岁，或者说二十岁以前，就是刚刚完成高中学业的时候，或者晚一点如大学毕业的时候，如果他的家庭经济条件不允许，则没有机会到更多的地方，那么他的地理记忆会相对单调一些；如果一位作家在移民海外的时候，已经是人到中年，在人生的中年以前就已经因为读书、服役、经商与从政等事件的发生，到过国内的许多地方甚至世界上的许多地方，并且所到的这些地方在地形、气候与物候方面差异甚大，那么，他的地理记忆就会更加复

杂，以至十分曲折复杂。所以，一个作家的地理记忆，不但与所到过的地方有关，并且与在某一个地方所待的时间长短有关。

出生于武汉然而祖籍湖北广水的作家聂华苓就是一个典型的个案。她求学时期中国社会动荡不安，抗日战争时期，她到过重庆、恩施等中国的诸多地方。解放战争结束之后她先是到台湾，后来去了美国，创作了大量的文学作品。这些作品在中国大陆和海外文坛产生了重要的影响。她的地理记忆比较复杂，她的作品都涉及过去在中国大陆的生活。她在美国所创作的《桑青与桃红》等长篇小说，回忆自己早年在楚地的生活与青春时期的情感，具有重要的地理意义与文化价值。还有在台湾创作的长篇小说《失去的金铃子》，叙述的是发生在宜昌三斗坪的故事，小说中对鄂西恩施地区和三峡地区浓郁地理风景的描写，总使人想起沈从文笔下的湘西，并不比沈从文作品中的地理环境写得差，反而更有特色与味道。迄今为止，这部描写鄂西自然山水与三峡地区人文风情的作品，仍然是 20 世纪以来关注三峡地区自然风情与人物生活最好的小说之一。她在自己的长篇小说与短篇小说中，表现自我在抗战期间三峡地区的生活经验，一批知识分子在大时代里的沉沦与忧虑，保存了特定地理环境之下所产生的地理影像，以及那个时代所可能产生的人与环境之间的关系。

而出生于湖北荆门的诗人程宝林，他在老家上了小学、初中与高中，当然留下了真切的、复杂的地理记忆。复旦大学新闻系毕业以后，曾经在《四川日报》做副刊编辑多年，1980 年代后期才移民到美国。在美国，他主要从事诗歌创作与散文创作，其中许多作品是写他小时候在荆门乡下汉水边的生活，以及那里的山形水势、民俗风情、传统文化与民间文化，所以，地理记忆对于他而言就会简略一些，主要是一种少年记忆，也是青春期的人生经验与生命历程，不过没有像聂华苓及其作品中描述的那么复杂。

当然，文学作品里的地理记忆也是因人而异的。有的人对地理因素特别敏感，有的人对地理因素不太敏感。对于时间的记忆也是一样，不同的人就会有不同的记忆，然而作家对于时间与空间往往都会比较敏感，不然他也就创作不出全新的作品。海外华文作家的文学作品在对于时间的叙述中，一般而言存在今天的故事、昨天的故事、昨天以前的故事三种类型。时间越长，也许地理记忆就越模糊，也许地理记忆就越是清晰，也许地理记忆越是深刻，不过所有的这些东西都是因人而异的，但地理记忆会成为文学作品的重要内容，地理记忆影响作家对于自然地理与人物命运的叙述，是自然而然的、绝对肯定的和有规律性的。

任何作家也不可否定自己的创作所受地理环境的影响，任何海外华文作家也不可否定早年的地理记忆对于文学创作所产生的影响，甚至具有重要的意义。原因很简单，每一个人都会有自己的少年记忆，而时间记忆与地理记忆是两个重要方面。同时，时间记忆也不可离开地理记忆，因为地理记忆总是一种实体性的存在，而时间记忆往往是抽象的，如果没有地理记忆，时间记忆就没有依托。所以，在他们的作品中，时间记忆与地理记忆往往是一体化的存在，并且成为文学作品中的基本内容。

每一位作家都会存在地理记忆的问题，然而海外华文作家特别是在少年时代与楚地、楚风关系密切的作家，与一般作家相比就会有不同的表现。因为时间因素与空间因素会拉得越来越长与越来越大，地理记忆与时间记忆会变形，当他们进入特定的文学作品创作之后，所能够爆发出的力量，非一般文学作品可以相比。虽然不能说海外的华文文学作品全都是浪漫主义的，然而在他们所创作的许多作品中，不论是诗歌还是小说，也包括散文和戏剧，浪漫主义色彩的确是比较深厚的，其原因也许正是在于时间上的距离与空间上的距离，如果没有距离则绝对是现实主义的，而由于移民海外而产生的时间距离与空间距离，则让作家的想象展开了巨大的翅膀，让作家对过去生活的回忆、对人生少年时代的回顾变得深情而美好。多数作家对过去生活以及生活的地方的向往，特别是与自然山水环境相关的描写，让许多作品和作家都与浪漫主义产生了必然联系。彭邦桢的诗歌绝对是浪漫主义的，他出生于黄陂乡下，解放战争后期去了台湾，后来去了美国，在那结婚并生活了很长的时间，他早年的地理记忆在他的诗歌中占有很大的比重，其诗歌的形式、语言、词汇、技巧等，都与早年的楚地生活存在直接的对应关系。

二、地理感知与海外华文文学的审美意识

地理感知是地理记忆的来源，从逻辑上来说没有地理感知就没有地理记忆。当然，对于一位作家甚至一个人来说，地理感知是与生俱来的，不需要经过特别训练，虽然每一位作家的地理感知能力并不相同。地理感知作为文学地理学批评理论里的术语之一，意义十分重要。中国历史上关于地理感知的论述，是相当早的。在陆机的《文赋》里就有与地理感知相关的论述，并且在他的文学理论中得到了特别强调。《文赋》有云："伫中区以玄览，颐情志于典坟。遵四时以叹逝，瞻万物而思纷。悲落叶于劲秋，喜柔条于芳春。心懔懔以怀霜，志眇眇而临云。"①揭示了艺术对客观世界的依赖关系。四季更替，光阴荏苒，乃至万物变化，都是文学作品内容的来源。作家对地理的感知是从事文学创作的基本条件。作家应该灵敏地感知自然万物的变化，并从中捕捉到万般思绪与感情变化。在时间上笔触灵敏，思绪万端，在空间要有整体的把控，惟其如此，才能够在整体的关照中，更好地认知自然万物。

海外华文作家的地理感知，如果没有移民的过程，与中国大陆本土作家之间，就没有什么区别。然而之所以产生这样的变化，就是因为作家从原地出生到异地移民的发生。海外华文作家与一般的作家，在地理感知具有什么不同呢？也是因为时间与空间的关系，而带来了很大的不同。如果一个作家没有比较丰富的地理经验，一生去过的地方不多，或者走的地方本来不少但缺失对地理的观察，或者对地理认知没有很大的兴趣，也不会因为地理感知的不同而发生重要的文学事件。如果一位作家所经过的多半是国内生活，他没有移民到国外的经历，然而喜欢去各国各地跑一跑，并且注重地理观察与地理感知，那么地理因素对于他文学创作的影响，就会特别显著。海外华文作家对于地理的敏感度，也会因人而异、因时而异，自然就会有所不同，然而，由于他们到国外生活产生了空间上的距离，同时也由于生活得比较久而产生了时间上的距离，对于他们的创作而言，就产生了双重的距离，强度相当显著，有意无意地就会因此而导致一些文学事件的发生。

这种事件的意义与价值，首先就体现在作家的审美意识上。作家的审美意识，是对于表现对象的一种综合性反映，是作家的主体与自然客体之间的对话，是作家的内在思想对自然客体的能动反映。从不同的文学作品，可以看到不同的作家具有不同的审美意识，这主要是由以下三方面所造成的：第一是自我的民族传统，第二是自我的家庭环境与家族遗传，第三是自然环境，在很大程度上就是地理感知。地理感知与作家审美意识之间的关系，在海外华文作家及其作品中表现得特别显著。

美国作家吕红出生于武汉，在这里读完了小学、初中与大学，并开始了自己的文学创作。后来移民美国，继续从事小说特别是长篇小说的创作。在美从事创作期间，她又回到华中师范大学攻读博士，获得了文学博士学位。她从小在武汉出生并长大，是一个标准的武汉女子。她对于事物与人物的认识，就带有楚地与楚风的特色，这从她的长篇小说《美国情人》，中短篇小说集《午夜兰

---

① 张怀瑾：《文赋译注》，北京：北京出版社1984年版，第20页。

桂坊》等作品中，可以得到有力的证明。她在中国改革开放以后的第一波移民潮中就到了美国，并且长期生活在旧金山这样的美国西部大城，她的审美意识中又有了一些旧金山因素，热情、开朗、精明、强悍。

旅居新加坡的作家孙志卫，出生并成长于武汉，也是一位楚人。《武汉谍战》是一部以抗战为题材的长篇历史小说，叙述 1938 年武汉沦陷之后，潜伏在敌后的军统武汉特区和武汉特委组织，分别在李国盛和王家瑞的领导下，与日寇展开了殊死的斗争。小说以真实历史事件为线索，将武汉当时的文化传统及历史遗迹，自然地融合在故事情节与风景描写中，具有鲜明、浓郁的艺术特色。最大特点就是对武汉的自然风光与风土人情的描写，准确细致，生动形象，具有一种地理上的真实性和时代上的可靠性。

地理因素在一个作家的审美意识中占有多大比重，因人而异。即使在现代交通条件之下，有的作家可能只生活在自己的小圈子里，对于自然地理与人文环境没有什么观察与感知，有的作家则表现得相当突出。如果一个作家离开了大的环境，就只有封闭在自己的小圈子里，而了无生趣。如何创作出杰出的作品呢？创作出传世作品的作家，总是敏感于自我的环境，包括自然地理环境和人文地理环境，因为从文学的发生与起源而言，文学作品所表现的内容总会有一个由外而内、再由内而外的过程。没有外在世界的激发，内心世界的成熟都没有可能，还谈什么思想的深刻呢？出生于山地的作家，其性格中往往会有比较高挺的一面；出生于平原的作家，其性格中往往会有比较开阔的一面；出生于盆地的作家，其性格中往往会有比较封闭的一面；出生于大海边的作家，其性格中往往会有比较空灵的一面。一般来说在二十岁以前，作家们的心智就比较成熟，比较定型。何以为美？何以为丑？取向于正？取向于偏？喜欢男性风骨？喜欢女性风韵？此时大致已经有所规定。吕红还是比较喜欢明朗一些的东西，而欧阳昱则比较喜欢晦涩一些的东西。这样的风格，与他们从小就开始的地理感知具有一定的关系。所以，地理感知与作家的审美意识的关系不是一个伪命题，而是一个重要的问题。作家的审美意识主要体现在文学作品里，作品的艺术风格来自作家的审美创造，作家的审美意识之内涵与特点，与他从小所处的自然环境与人文环境具有直接关系。

出生于楚地的作家，自小生活在楚地与楚风之中，而楚地楚风从总体上而言是具有浪漫色彩的。古老的楚国就具有崇火、崇凤、崇巫的传统，不仅在民间文化与文学中得到了保存，并且在屈原与宋玉等人的作品里得到了保存。楚国的文化传统基本上是浪漫主义的，在民族文化传统中相当特殊。而海外华文文学里的湖北作家，也具有同样的风韵与特征。它的来历与来源，可以从地理感知得到合理解释。楚地并不具有统一的、固定的界限，现在的湖北与湖南肯定是楚国的腹地，具有代表性与典型性。因此楚地出生的作家，自小开始了自己的地理感知，与其他地方出生的作家就不太一样。古老的楚地，大江、大河、大湖、大泽、大山、大谷，四周高山环绕，中间大河穿行，林木参天，江水流海，云蒸霞蔚，形成了楚地的特有风韵。作家受此地理环境与人文风骨的感染，在从事文学创作的时候，就会通过自己的想象、语言、艺术体式、艺术技巧等，将其融合到文学作品中来。

美国诗人彭邦桢的系列诗歌与散文作品，就是海外华人文学作品中的重要组成部分。虽然他一生到过许多地方，包括美国、东南亚国家、法国、英国、德国等，然而他的审美眼光与审美趣味还是受到楚地的影响，早年生活中所积存起来的地理感知及其内化经验，让他的诗歌想象丰富，空间阔大，情感洋溢，语言华美，长于铺排，气势宏大，总是形成一种不可阻挡之势，具有特别强大的艺术感染力。

楚人的祖先敢于到周天子那里问鼎中原，三年不鸣而一鸣惊人，向往来自天上本来并不存在的九头鸟图腾，形成了深厚的浪漫主义文化传统，而这些在彭邦桢等诗人，聂华苓、吕红等小说家的作品中，得到了相当的继承与发展。没有当年对于自然地理与人文地理的全方位感知，就不会有这样的审美情趣形成及其审美意识形态的产生。地理感知是地理记忆产生的基础，而地理记忆则可以成为审美意识的主要内容。因此，对于楚地的观察与对于楚风的感知，往往转化为了他们文学作品的思想与情感，体现了作家独有的审美意识形态，成为海外华文文学浪漫主义的内在证明。

三、地理思维与海外华文文学的空间建构

地理思维同样是来自地理感知，如果没有长时间的地理感知，不仅少有地理记忆，也不会有地理思维的完整建立。地理思维是指建立在地理基础上的思维，或者说以地理为主要对象和重要内容的思维。一个人有没有地理思维，首先是看他有没有空间感，其次是看他有没有地方感，再次是看他有没有方位感。如果一个人的思维中没有这三个层面，或者三个层面的东西都比较弱，他的地理思维就是缺失的、不完整的。当然，一个人完全不知道自己是哪个地方的人，完全没有地理思维，也是不可能的。

地理思维是指在一个人的心目中有了地理概念，有了比较明确的地理观念

与地理意识。如果一位作家对于自己的出生地周围一百公里范围内的山脉与河流，进行过不止一次的实地考察；如果一位作家到过除出生地之外的五个以上的地域，并且对于每一个地方的地理形态有所感知与认知，他就具有比较明确的地理意识，同时也具有比较强大的地理思维。如果一位作家到过除自己出生地之外的世界上三个以上国家或地区，并且对于所到国家的各种地理形态比较敏感，他就会具有明确的地理意识和地理思维。为什么呢？因为在他的身上，空间距离会对其意识与思维产生重要的作用。

一般而言，在海外华文作家那里，地理思维的拥有是不存在问题的。因为他们从自己的出生地、成长地，来到了自己的发展地，而他们现在的发展地，就是其文学作品的写作地。因此，许多海外华文作家的空间感与地方感是比较强烈的。时间的距离越大，空间的距离就越大，在这样的时间与空间中作家展开自己的审美过程，创作出自己的作品，就不同于国内作家的审美过程。

欧阳昱旅居澳大利亚多年，他出生于湖北黄州。英文长篇小说《东坡纪事》，叙述一位海外华人回到故乡时的所见所感，对黄州自然山水的描述是大量的，对家乡面貌及其变化的叙述是大量的，对家乡当年那种落后、贫穷现状的反思，给人以许多重要的思想启示。在其大部分作品中，由于时间与空间距离所产生的意义是相当明确而显著的，不论是写湖北黄州过去的生活，还是写自己在澳洲的生活，时间与空间的距离对于其艺术想象与审美构想，都产生了重要的影响，体现了明确的地理思维。

从中国到北美，从中国到澳洲，从中国到欧洲，从过去到现在，从历史到现实，一个作家的地理思维在其中所起的作用，许多时候都是决定性的。并不是说没有地理思维就不可以从事文学创作，然而没有地理思维而创作出来的作品，恐怕就没有具体的空间感，或者空间感很弱小，对文学审美与文学阅读，会造成很大的限制。理论问题的思考也不可离开具体的文学现象，特别是以作家作品为中心的文学现象。海外华文文学作品之所以与中国本土作家的作品有所不同，地理思维是不得不考虑的重要因素。

彭邦桢诗歌作品《月之故乡》里的月亮意象，天上一个月亮，水里一个月亮，天上的月亮在水里，水里的月亮在天上，不是一种想象而是一种写实。还有如《花叫》这样的华丽之诗，与楚辞相接通，正是一种当代的楚辞。"而春天也就是这个样子的/天空说蓝不蓝，江水说清不清，太阳说热不热/仿佛总是觉得我的舌头上有这么一只鹧鸪/不是想在草丛里去啄粒露水/就是想在泥土里去啄粒歌声。//叫吧，凡事都是可以用不着张开嘴巴来叫的/啊啊，用玫瑰去叫它也好/用牡丹去叫它也好/因而我乃想到除用眼睛之外还能用舌头写诗/故我诗我在，故我花我春。"①浪漫的情思、瑰丽的意象、出人意料的想象贯穿全诗。在他所创作的系列作品里，诗人以自我的情感为基础，想象奇特，空间独立，与楚国的自然山水之间产生了必然的关联。显然，这样的作品是具有浪漫主义精神与情怀的，因为它们产生的基础是自然地理，并且是在自然地理基础上所产生的强大地理思维。

四、时间与空间距离与海外华文作家艺术构想之间的联系

海外华文文学作品完全不同于中国大陆或台港地区作家的文学作品，比如在严歌苓与张翎的作品中，她们的文学作品视野开阔、思想深刻、格局宏大、艺术精湛，即使是写唐山大地震的作品，写20世纪早期美国华人底层生活的作品，写中国改革开放以后新移民现实生活的作品，也显示出了十分明显的思想与艺术创造。就她们自己而言，为什么她们在国外的文学表现，与她们早年在国内的文学表现有如此大的区别？为什么在移民之前与移民之后的文学表现，发生了如此大的变化？不是因为她们的思想发生了多大的变化，也不是因为她们在艺术上得到了多大的提升，主要是因为她们所处的位置与环境，与中国大陆的过去生活拉开了很大的距离，一个是时间上的距离，一个是空间上的距离。

不要小看这样的距离，它对作家的审美意识与在创作时的艺术构想，会产生重要的影响，以至于可以改变一些根本性的东西。从海外回望中国，很容易是全景式的，当然，也可以是局部性的。他们的艺术视野也可以缩小再缩小，也可以扩大再扩大，收放自如，选择的余地很大。所以，他们的文学作品在艺术构想上往往格局很大，同时也有很细小、很深入的地方，感人至深。从现在回望过去，多少年以前的东西都可以回到眼前，并且越来越清晰，越来越明确。不识庐山真面目，只缘身在此山中。海外华文文学作家，他们与故土之间的时间距离与空间距离比我们要大，时间与空间对于他们所产生的影响可想而知。张翎从加国回过头来看已经发生了几十年的唐山大地震，严歌苓在美国回过头来看"文革"旧事，格局就完全不一样了。

程宝林从中国去到美国，从美国的角度来回顾从前在江汉的生活，时间让

---

①　彭邦桢：《彭邦桢自选集》，台北：黎明文化事业股份有限公司1980年版，第61页。

他产生了美好的情怀，空间让他产生了阔大的视野，在中国所创作的作品与到了美国之后所创作的作品，发生了很大的变化，主要就是一种格局的变化。一是集中于某一方面的题材，二是集中于某一类人物，三是想象的成分加重了，四是对于过去的人与事之性质看得特别清楚。读着这样的作品，浪漫主义的情怀左右了自己的视线。不仅是彭邦桢，就是洛夫、痖弦与余光中等诗人在海外所创作的作品，也具有同样的性质与格局。从表面上来说，每一个作家在艺术格局上的大小，与时间与空间不会有很大的关系，倒是与自己的人生经历与见识有关。关键就在于海外的华文作家天然地具有这样的经历与见识，并且由于空间的拉大，让时间也发生了巨大变化。距离产生美，并且距离产生大美，产生更加丰富的美、更加特别的美，这是中国本土的作家所不具备的，这就是地理基因在文学创作里所发生的重要意义。

五、海外华文文学中的浪漫主义

楚地的特点、楚文的优势与楚风的传统，与海外华文文学之间也具有重要的联系。我们许多作家与学者一生都生活在江汉之间，这里是楚国的腹地，是楚文化的核心区域。然而，我们是不是对于楚地、楚风、楚文有一个基本的认识？也不见得。楚地的特点是南北东西大山，几条大河四面奔来，皆从武汉而流出，达至长江的下游广大地区。上游的长江、北来的汉水、南来的湘水，以至于所有的江河都流过江汉平原，滋养了长达五千年历史的楚文化与楚文学。这里的地理环境特别，古之云梦大泽，今之洞庭大湖，以至于湖北的千湖与武汉的百湖，都不是没有意义的名称。自古以来，虽然自然地理环境发生了不小的变化，然而云蒸霞蔚、湖光山色、猿啸山林、渔舟唱晚的基本格局并未改变。中华人民共和国成立以后，虽然填湖很多，森林砍掉不少，然而这些年来退田还湖、退耕还林政策的落实，自然环境已经有了很大的改观。山环水绕、山水相济、森林密布的基本格局，仍然在对这里的文化与文学发生作用。正是在这样的自然环境之下，楚风、楚俗之特别，自然而然。楚地多巫风，信鬼神，自古而然。在湖北与湖南的许多地方，地方傩戏的传统还是保持了下来，并且在最近一些年，又有了很大的发展。对于人的生老病死，地方上有一整套的仪式，不会因为时代的变化而完全丢掉，在这种仪式中，往往都伴有鬼神色彩，是中国人古老的信仰所致。同时，地方信仰的范围还是相当广泛的，每一个小的地方都会有自己的寺庙，对于山、水、树、石、沟、谷、火、鸟等，都会有所信仰，称之为神。如果说到楚文，那么它与楚地、楚风是密切相关的，楚文是对于楚地、楚风的文学与艺术表达。所以，浪漫主义的精神与气度，在楚文化与楚文学这里就是自然而然的，似乎也没有人故意地要去追求，或者专门去进行打造。楚文化的传统就是浪漫主义的，浪漫主义这个词虽然来自西方，但对于楚文化与楚文学而言，是比较恰当的一种历史概括。我们从战国编钟、青铜器、漆器与台榭的风格中，从屈原、宋玉的辞赋中，都可以得到切实的证明。

这样一种相当浪漫主义精神，是不是被湖北作家带到了海外，并且在海外华文文学中得到了保存与发扬？可以肯定的是从湖北外出的作家诗人的作品，的确是显示出了与其他地方作家不一样的艺术风格与美学追求。我们可以从聂华苓、王默人、吕红、欧阳昱、蔡铮、欧阳海燕、张劲帆、程宝林、彭邦桢、孙志卫、艾斯等人的作品中，得到有力的证明。彭邦桢的大部分作品，其文辞的华美、情感的真挚、想象的丰富与艺术上的大起大落，与屈原的浪漫主义文学是一脉相承的。程宝林的散文主要写其少年时代在老家的所见所闻，在对于楚地、楚风的记录中，体现的也就是一种浪漫主义的情怀。聂华苓、蔡铮、孙志卫等的小说，对于情的表现与对于景的营造，与楚地文风是完全相通的。其他地方出生的海外作家，或许少有这样的特点。这就是楚地、楚文和楚风给他们所带来的独到东西。

海外华文文学是一种独特的存在，无论从生存方式还是从其本质而言，它们都是外国文学的一个部分，属于移居国的少数族裔文学作家生活于、工作于、创作于哪个国家，就属于哪个国家的文学。从其性质而言，它们是中国文学在海外的一种延伸、一种扩展，不过只是语言上与传统上的关联而已。海外华文文学的构成与发展，与中国本土的地理与文化具有很大的关系，因为作家是从中国出去的，并且在中国留下了重要的生理与心理烙印。本文从地理记忆到地理感知，再到地理思维与地理时空，以几个文学地理学批评理论术语为工具，分析与清理了海外华文文学的特点，特别是出生于湖北的作家在海外所创作的文学作品，从逻辑上而言是严密的，从根据上来说是可靠的。海外华文文学中存在现实主义、浪漫主义、现代主义和后现代主义倾向，其中的浪漫主义倾向的确与楚文化的浪漫主义传统具有重要的关联性，具体体现在从湖北走出去的一些作家与作品身上。在今天的世界，移民文化是一种值得探讨的重要文化现象，通过对海外华文文学作品的分析与海外华文作家的探讨，说明一种传统文化的移植是可能的，文化在另一个空间的发展也是可能的，但与原生地的自然形态与内在影响也是不可分割的。海外华文文学的构成与发展，正是世界各国移民文学产生与建构的典型标志。

第二节　楚文化与聂华苓的文学创作

聂华苓在湖北出生和成长，1949 年到台湾，1964 年赴美国定居至今。她的《桑青与桃红》等文学作品已成为海外华文文学的经典，在海外华文文学发展史上具有里程碑的意义和广泛的影响。作为楚人后裔，聂华苓的文学创作与楚文化有着千丝万缕的联系，恢诡奇绝的楚文化孕育了她卓绝的才华，磨砺了她坚强的性格，养成了她博大的胸怀，培育了她创造的精神。

一、"不服周"：楚文化的精神基因及其影响

楚文化是中华文明的重要组成部分，在中华文明发展史上具有举足轻重的地位。中国古代文化的主体是华夏文化，华夏文化在周朝的春秋战国时期（公元前 770—前 221 年）走向鼎盛，趋于成熟。此时，在西方，则正是古希腊文明的黄金时期（公元前 800—前 146 年）。人类历史上的这一光辉灿烂的时代，就是雅斯贝斯所说的人类历史的"轴心期"。"人类一直靠轴心时期所产生的思考和创造的一切而生存，每一次新的飞跃都回顾这一时期并被它重新燃起火焰。"①华夏文化在这一时期因楚文化的崛起而分成了南北两支，北支为中原文化，南支为楚文化。华夏文化的这种二元构成，"就流域来说是黄河与长江，就代表性的始祖来说是黄帝与炎帝，就象征性的灵物来说是龙与凤，就学术的主流来说是儒家与道家，就风格的基调来说是雄浑、谨严与清奇、灵巧。早在先秦，就形成了这样的格局。春秋战国时代的华夏文化，北方以晋为表率，南方则由楚独领风骚"。②楚国八百年，全盛时期的楚国北到黄河，东达东海，西至巴蜀，南抵岭南，实为当时第一大国和强国。在战国七雄的角逐中，楚虽被秦所灭，秦始皇建立了中国第一个统一的王朝。但所谓"楚虽三户，亡秦必楚"，秦王朝立足未稳，仅 14 年之后即为楚人所破，汉朝建立。汉以后，中华文化更是海纳百川、博采众长，呈现出多元复合、交融发展的态势。楚文化在此后两千多年中华文化的发展过程中产生了深远的影响。

---

① ［德］卡尔·雅斯贝斯：《历史的起源与目标》，魏楚雄、俞新天译，北京：华夏出版社 1989 年版，第 14 页。

② 张正明：《楚史》，武汉：湖北教育出版社 1995 年版，第 19 页。

楚人的始祖是祝融。祝融是最早知名的天文学家，是火神，也是雷神，位在日神炎帝之下，被楚人奉为始祖。楚人有拜日、敬雷、崇火、尊凤、尚赤的风俗。在世界各民族中，把雷神奉为主神的民族屈指可数，除了东方的楚人，还有西方的希腊人和罗马人。"一个民族的原始信仰，是这个民族在自己早期的经历中形成的心理结构转化成为理想模式的投影。神的性格只要降到现实的水平上来，就是人的性格。历史告诉我们，尊崇雷神的民族，即楚人、希腊人和罗马人，在自己民族的青春期，都有迅雷疾电般的性格，富于奋进的豪气，开拓的胆略和创造的激情。然而，在历史的熹微晨光中，这些民族都有艰厄困顿的经历。"①情况正是这样，楚人有着漫长的流离漂泊、跋山涉水、浴血奋战、饱尝艰辛、受尽屈辱的成长史和立国史。正是在受轻视、被排斥、遭迫害、被放逐、被讨伐的万千磨难中，形成了楚人忍辱负重、桀骜不驯、坚毅顽强、狂放不羁、思维奇诡、勇于创新的性格基调。

在漫长的岁月里，楚人曾长时间被周王朝排斥在中原文明主体之外。第一个受封的楚君熊绎仅"封以子男之田"，并在数十年后被周昭王率军南征，楚人因此对周王朝失去热情和信心。至熊渠即位，他大胆宣称："我蛮夷也，不与中国之号谥。"乃开拓疆土，封子为王，不再对周天子俯首听命，仿佛要与周王室分庭抗礼。在湖北至今还流行一句特色用语："不服周。"意即不服输、不服气。楚人性格之好强、坚韧、倔强、叛逆历两千余年至今不改。在熊渠之后两百余年，又一位雄主楚庄王与之交相辉映。楚庄王不飞则已，一飞冲天；不鸣则已，一鸣惊人。在位23年，终于成就一世伟业，为春秋五霸之一。从熊渠到楚庄王，楚人发愤图强，审时度势，无视权威，敢为人先，飞则冲天、鸣则惊人的首创精神、生存智慧和发展谋略就成为楚文化的精髓之一，也成为中华文化宝库中重要的精神遗产。

楚文化的精神风貌在楚文学中得到了集中体现，"楚文学的代表——《庄子》和楚辞，冠绝于先秦时期的中国文坛"，深刻地影响了此后中国文学的发展。如果说"道家的审美理论代表了中国艺术的真精神"，②那么，"也可以说楚文学的审美创造形成了中国文学的基本传统"③在理性精神高扬的春秋战国时代，楚国却因历史、地理等原因，一直巫风浓烈，且长盛不衰，具有孕育

①　张正明：《楚史》，武汉：湖北教育出版社1995年版，第19页。
②　叶朗主编：《现代美学体系》，北京：北京大学出版社1988年版，第92页。
③　蔡靖泉：《楚文学史》，武汉：湖北教育出版社1996年版，第2页、第25页。

自由奔放、想象奇伟的浪漫主义文学艺术的土壤。《老子》不仅义理精深，是中国哲学思想的重要源头，其想象之丰富、形象之鲜明、抒情之强烈，实为中国诗化散文的起点、作家文学的发端。《庄子》以浪漫的情怀、审美的态度表达出东方民族对自由的渴望、对生命的思索，体大精深、恢诡谲怪，"汪洋辟阖，仪态万方"，树立起先秦散文的丰碑。屈原楚辞"奇文郁起"，"逸响伟辞，卓绝一世"，成为先秦文学的代表、中国浪漫主义诗歌的源头。宋玉辞赋文采艳发、光耀千古，《九辩》开中国文学"悲秋"主题之先河，《高唐赋》《神女赋》创造了中国文学中声名远播的巫山神女形象，拉开了中国性梦文学的序幕。楚文学的鲜明特色及其对后世文学的深远影响主要表现在：强烈的浪漫主义精神，丰富奇伟的艺术想象，鲜明独立的自我形象，文学形式和语言的探索创新。

楚文化的特质与精髓已融入华夏文明之中，成为中华文化宝库中珍贵的精神遗产。文学是传承民族文化的重要载体，也是文化精神的集中表现。进入现代以来，我们从湖北籍作家闻一多、曹禺、胡风、聂绀弩等人及其文学理论与创作大致可以领略到典型楚人后裔的风骨和楚文化的精神。而在当代海外华文文学界，最能彰显楚文化特质与精神的则当推旅美湖北籍作家聂华苓。

聂华苓生在宜昌，长在武汉，十六岁以前是在湖北度过的，讲话带有"浓重的鄂中口音"。① 从小生活在繁华的武汉码头，先后求学于长江沿线城市和地区，"我年轻的日子，几乎全是在江上度过的。武汉、宜昌、万县、长寿、重庆、南京。不同的江水，不同的生活，不同的哀乐。一个个地方，逆江而上；一个个地方，顺江而下——我在江上经历了四分之一世纪的战乱"。② 这片她充满无限深情的巴山楚水，是她成长的摇篮，也是她创作灵感的源泉。

聂华苓少年丧父，长期与母亲相依为命，"抓尖要强"又宽仁豁达的母亲对她影响甚大。聂华苓性格坚韧、倔强、执着。幼年时，她曾渴望得到白俄女人商店玻璃橱窗里摆放着的一把彩虹小洋伞，但因她已有好几把小洋伞了，母亲不给她买，她就"一路哭回家，哭得不肯罢休"。后来，家里大宴宾客，弟弟抓周之时，三岁的聂华苓出现了："我要抓周！"满屋子的人全怔住了。父母终于妥协，让她也抓桌子上的东西，但她都不要，她只要"那把彩虹小洋伞"。

---

① 萧乾：《湖北人聂华苓》，李恺玲、谌宗恕编：《聂华苓研究专集》，武汉：湖北教育出版社1990年版，第171页。

② 聂华苓：《三十年后——归人札记》，武汉：湖北人民出版社1980年版，第78页。

母亲笑了："她要的东西，非要到手不可。"①幼时的聂华苓就如此执拗，就像楚先人的"不服周"。大胆、叛逆、不服输的性格因子一直潜伏、流淌在楚人后裔的血脉之中。这正应了一句中国民间俗语："三岁看老。"聂华苓三岁时一心一意要"那把彩虹小洋伞"的执着和倔强在她此后"三生三世"的曲折人生历程中都时有体现。无论战乱年月的孤独求学，还是"《自由中国》事件"后"和外界完全隔绝"中的坚守，无论与安格尔"再生缘"的曲折，还是爱荷华"国际写作计划"的艰辛，没有坚毅顽强的个性，没有倔强执着的精神，都是难以坚持到底并获得圆满结局的。

二、楚人楚魂：聂华苓笔下的人物

聂华苓的文学世界里，有两个她精心创造的独特人物，那就是苓子和桑青（桃红），她们共同的特点或者说性格基调就是率直执着、大胆叛逆、自由不羁，而这种性格与聂华苓在精神气质上又是相通的。从渊源上讲，这正是桀骜不驯、坚毅顽强、狂放不羁的楚人性格基因的遗传。在世界华文文学界，聂华苓是独特的；在世界华文文学的人物画廊里，苓子和桑青（桃红）也是独特的。她们个性鲜明、勇敢顽强、桀骜不驯，是华文文学世界里的"楚人"后裔，是"不服周"的"楚魂"再现。

苓子是聂华苓的第一部长篇小说《失去的金铃子》的主人公，《失去的金铃子》是聂华苓在文坛产生较大影响的成名作。作为一部"往事追忆型"的诗化小说，它凝聚着作者青少年时代最初的人生体验，是作者于"绝望的寂寞"中对生活意义的追寻与思考，既充满了对楚地淳朴山乡大自然的无限眷念，也是一次灵魂的探险。小说写于"《自由中国》事件"发生后她"一生中最暗淡的时期"，孤独寂寞中的聂华苓坚韧地完成这部小说的创作，获得了"重新生活下去"②的勇气和力量。苓子是一个天真率直、追求执着、勇敢叛逆且富有冒险精神的十八岁女孩，她生活在邻近屈原故里的长江之滨，乃楚人后裔。作者借苓子的成长经历表达了对生活的感悟、对人性的思索、对生命意义的追寻。苓子的成长过程显得"庄严而痛苦"，原因是她来到鄂西山村三星寨不久就暗暗地爱上了比她年长的表舅杨尹之，而在后方伤兵医院工作，也带着些叛逆性格

---

① 聂华苓：《三生影像》，北京：生活·读书·新知三联书店2008年版，第44页。
② 聂华苓：《失去的金铃子·写在前面》，北京：人民文学出版社1980年版，第1页。

的这位年轻有为的医生却只把她当做有共同语言的大孩子，而和端庄美丽的山村寡妇巧姨相爱了。这样，发生在苓子、杨尹之和巧姨之间的爱情故事就是小说描写的重点，也是苓子成长道路上的关键事件。

　　著名学者叶维廉很喜欢《失去的金铃子》，因此对聂华苓有很高的评价，称她是"时下第一流的小说家"。但对小说中苓子暗恋尹之舅舅的情节，却表示异议："在抗日时代的中国，当时社会是一个虽曾受过现代化的洗礼而显然尚非相当开明的时代，一个舅舅对一个侄女显然仍是一个长辈。苓子虽然曾接受过相当多的现代教育，尹之舅舅对她来说仍然是舅舅，他们之间，无论如何应该有一道'心理的墙'。但我们的女英雄竟毫无迟疑地就走入了一个舅舅的情感之中，显非令人折服之事。"① 读到叶维廉的评论，聂华苓立即去信与之讨论，对以上观点表示不能同意。显然，叶维廉当时对聂华苓的了解是不充分的，他将苓子暗恋尹之舅舅的情节作为小说的缺点所作的批评也是没有说服力的。第一，尹之舅舅并不是苓子的亲舅舅，只是算起来和她的舅舅同辈分而已，在传统的乡村社会，这样的称呼是很普遍的。第二，人的心理、情感是微妙的，人性是复杂的，这和时代往往没有太大的关系，人类很多普遍的或类似的心理、情感往往古今相通、中外一致。第三，苓子是"一个狂放、野性的女孩子"，② 具有大胆叛逆的性格，其言行往往是无所顾忌的，不可以平常的女孩去度量。第四，这是小说情节，小说是以故事为基础的，独特的故事是优秀小说的基本条件，其独特性就在于"既出人意料之外，又在情理之中"。苓子暗恋尹之舅舅的情节就具有这种独特性。聂华苓在给叶维廉的信中写道："苓子是个自由不羁、不为世俗所拘的女孩子，又受的新式教育；尹之舅舅也是'新时代'的人物，跑过很多地方。他们之间互相若有特殊感情的话，是不顾及什么的。"聂华苓甚至说，即使尹之是苓子的亲舅舅，"倘若他们之间有何特别感情的话，也并不稀奇"。③ 我们从苓子形象的创造，可以看到聂华苓思想的开放、艺术探索的大胆；我们从她对叶维廉批评意见的申辩，更看到了她对人的原始生命力的洞察，以及她作为具有叛逆精神的创作者所蕴藏的巨大的艺术创新的潜能。楚人"不服周"的精神基因从作者以及她创造的人物身上得以

---

　　①　叶维廉：《评〈失去的金铃子〉》，应凤凰编选：《台湾现当代作家研究资料汇编·23·聂华苓》，台南：台湾文学馆 2012 年版，第 276 页。

　　②　聂华苓：《失去的金铃子》，北京：人民文学出版社 1980 年版，第 207 页。

　　③　叶维廉：《〈失去的金铃子〉之讨论》，李恺玲、谌宗恕编：《聂华苓研究专集》，武汉：湖北教育出版社 1990 年版，第 480 页、第 484 页。

充分彰显。

对于小说人物和作者的关系，聂华苓回答说："苓子是我吗？不是我！她只是我创造的。但是，苓子也是我！因为我曾经年轻过。"①苓子的大胆叛逆、勇敢执着无疑是作者所欣赏和肯定的，在苓子身上显然有着作者的精神投影。作者在小说中还借苓子的口表白："我就是这么一个执拗的人——执拗地爱，执拗地活着，执拗地追求。"②这就是典型的楚人性格和精神的写照，可视为聂华苓的"夫子自道"。

《桑青与桃红》是聂华苓旅居美国之后创作的，为她赢得了更高声誉和更广泛影响的作品，被公认为聂华苓的代表作，已成为海外华文文学经典之一。小说的主人公桑青（桃红）十六岁时和同学史丹逃离家庭，离开湖北恩施，从此踏上人生的漂泊旅程。作为中学生的桑青是出于对父母重男轻女的不满、对"抗战中心"重庆的向往和对未来自由生活的朦胧憧憬离家出走的。但灾难深重的时代、坎坷多艰的现实使叛逆豪爽的桑青不断陷入人生的困境，她顽强挣扎、不断奔逃，但总是在突围之后，又陷入新的更大的困境。单纯、叛逆的少女桑青就在反复的逃亡、长期的放逐中终至精神裂变，成为一名无所畏惧、放荡不羁、四处流浪、随遇而安的荡妇桃红。桑青单纯，桃红世故；桑青谨慎，桃红大胆；桑青有所顾忌，桃红一无所惧；桑青安分守己，桃红放浪形骸。桑青和桃红是主人公性格的两面，但桑青和桃红也有一脉相承之处，那就是性格基因中的率直、叛逆、勇敢、执着和对自由生活的追求。桃红是桑青的演变和发展，性格基因是其演变发展的条件和内因，时代环境、人生困境是其演变发展的外部力量。桑青（桃红）是一部分 20 世纪华人漂泊人生和流浪心灵的缩影和象征，而桑青（桃红）作为楚人后裔聂华苓笔下的独特人物，从她穿着桃红衬衫三角裤光腿赤脚出场，宣称"我喜欢自由自在"开始，那种自由独立、狂放不羁的楚文化精神就扑面而至。作为一个 20 世纪的"漂泊者"，桑青（桃红）又具有超越时空、超越政治的文化意义。聂华苓对 20 世纪华人"漂泊者"的书写与楚文学中的"放逐"母题也是血脉相连的。

三、"漂泊者"之歌：聂华苓对楚文学"放逐"母题的传承与拓展

楚人的先民本是华夏的一支，生活在黄河流域。三千六百多年前，在商朝

---

① 聂华苓：《失去的金铃子》，北京：人民文学出版社 1980 年版，第 209 页。
② 聂华苓：《失去的金铃子》，北京：人民文学出版社 1980 年版，第 127 页。

军队的驱逐下，被迫离开中原，向南迁徙，"辟在荆山"，"居在南乡"，与土著融合，筚路蓝缕，以启山林，林中建国，是谓荆楚。商朝、周朝则视之为南方的蛮族，并不断对之驱逐与征伐。因此，楚人有着漫长的流离失所、迁移漂泊的苦难史和披荆斩棘、开疆拓土的奋斗史。楚人的先民就是华夏民族大家庭中最早的放逐者。"中国文学传统中，从远古开始，诗经《采薇》、《东山》，楚辞《哀郢》、《离骚》，逐臣迁客，游子戍人，一直是我们诗歌中的重要人物。"①楚文学中最早唱响"放逐者"之歌的是屈原，屈原是中国文学史上第一个被长期放逐的诗人，在长期的漂泊流放生活中，屈原积聚了深厚的家国之思和深刻的生命体验，屈原的作品就是一部放逐者的深沉悲歌。王逸《楚辞章句·九歌》曰："屈原放逐，窜伏其域，怀忧苦毒，愁思沸郁。"屈原两度被放逐，第一次流放汉北，"有鸟自南兮，来集汉北"，但漂泊异域、孤寂苦闷的诗人对君国故都却一直魂牵梦绕："惟郢路之辽远兮，魂一夕而九逝。"（《九章·抽思》）第二次放逐江南，历经长江、洞庭湖、沅水、湘水等处。诗人"信而见疑，忠而被谤"，但他"正道直行"，初心不改，"宁溘死以流亡兮，余不忍为此态也"！"亦余心之所善兮，虽九死其犹未悔！""路漫漫其修远兮，吾将上下而求索。"（《离骚》）最后，在故国衰败、郢都沦陷之时，自沉汨罗，以死殉国。"屈原的遭遇是中国封建时代正直的文人士子普遍经历过的，因此，屈原的精神能够得到广泛的认同。……哪里有士子之不遇，哪里就有屈原的英魂，屈原精神成了安顿历代文人士子的痛苦心灵的家园。"②司马迁曾从"屈原放逐，乃赋《离骚》"（《报任安书》）的事件中汲取了巨大的精神力量，所撰《史记》被鲁迅誉为"史家之绝唱，无韵之《离骚》"。鲁迅论屈原及《离骚》则云：战国之世，"在韵言则有屈原起于楚，被谗放逐，乃作《离骚》。逸响伟辞，卓绝一世。后人惊其文采，相率仿效，以原楚产，故称'楚辞'。……然其影响于后来之文章，乃甚或在三百篇以上"。③

　　屈原因其漫长而艰难的放逐生涯，所作《离骚》等楚辞文学既开了中国"放逐"文学之先河，也以其悲愤深沉的情感、奇幻瑰丽的想象、精彩绝艳的文

---

　　①　白先勇：《世纪性的漂泊者——重读〈桑青与桃红〉》，应凤凰编选：《台湾现当代作家研究资料汇编·23·聂华苓》，台南：台湾文学馆 2012 年版，第 292 页。

　　②　袁行霈主编：《中国文学史》第 1 卷，北京：高等教育出版社 2005 年版，第 123页。

　　③　鲁迅：《汉文学史纲要》，《鲁迅全集》第 9 卷，北京：人民文学出版社 1981 年版，第 370 页。

辞、自由奔放的浪漫主义精神树立起了中国文学史上"放逐"文学的第一块丰碑，成为后世连绵不断的"放逐"文学作者取之不尽的精神资源。

进入 20 世纪以后的中国，一方面因动荡时局、战争环境的影响，另一方面因门户开放、国际交流的频繁，移民迁徙、漂泊流浪成为普遍现象，也成为华文文学书写的重要主题。聂华苓因其独特的"三生三世"的人生经历，对 20 世纪中国人的"漂泊"生涯有深刻的体验和思考，她传承屈原楚辞"放逐"文学的精神传统，抒写现代中国人海外漂泊的艰难人生、心灵痛苦以至人格分裂的种种情形，创造了 20 世纪华文世界"漂泊"文学中的最耀眼的篇章。

聂华苓说："我是一棵树/根在大陆/干在台湾/枝叶在爱荷华。"①这和她早些时候自称"我这个东西南北人"②的意思一样：她是一个漂泊者。她笔下的人物也多为漂泊者，而且对漂泊生涯有着清醒的意识和敏锐的自觉。她甚至意识到，放逐漂泊其实已不限于地理空间的迁移，更指向人的心理精神的状态。"就是在自己的乡土上，在自己的'家'中，人也可能自我流放、自我疏离。"③就如特拉克尔的名言："灵魂，大地上的异乡者。"《失去的金铃子》中的医生杨尹之也说："我根本就是个没有根的人，过惯了动荡的生活，到处都是我的家，又不是我的家。"④十八岁的苓子来到三斗坪之前，已有五年的流亡生涯，在宜昌三斗坪避难的大半年对她是一次"灵魂的探险"，也是她漂泊人生中的一段特殊的行程。到小说结尾时，她和母亲又离开了三斗坪，开始了生命中一段新的漂泊旅程。正如苓子的母亲所说："到什么地方也没有自己的家。"⑤在《桑青与桃红》的开篇，面对美国移民局的调查询问，桑青（桃红）说："我是开天辟地在山谷里生出来的。女娲从山崖上扯了一枝野花向地上一挥，野花落下的地方就跳出了人。我就是那样子跳出来的。你们是从娘胎里生出来的。我到哪儿都是个外乡人。"⑥因为长期的刻骨铭心的放逐流浪，不断被孤独、苦闷、惶惑、恐惧所缠绕，桑青（桃红）经历过心灵的痛苦挣扎，以致精神崩溃、人

① 聂华苓：《三生影像》，北京：生活·读书·新知三联书店 2008 年版，第 9 页。
② 聂华苓：《写在前面》，《台湾轶事：聂华苓短篇小说集》，北京：北京出版社 1980 年版。
③ 聂华苓：《桑青与桃红·新版后记》，《桑青与桃红》，沈阳：春风文艺出版社 1990 年版，第 262 页。
④ 聂华苓：《失去的金铃子》，北京：人民文学出版社 1980 年版，第 45 页。
⑤ 聂华苓：《失去的金铃子》，北京：人民文学出版社 1980 年版，第 204 页。
⑥ 聂华苓：《桑青与桃红》，北京：春风文艺出版社 1990 年版，第 5 页。

格分裂，才有此极端的自省与愤激之言。

聂华苓的小说可以说就是一部20世纪的"漂泊者之歌"，她笔下的人物就像她本人一样经历了"三生三世"的漂泊人生，先是20世纪上半叶战乱岁月在大陆的漂泊逃难，随后是世纪中期从大陆到台湾的辗转流徙，再后来是20世纪下半叶从台湾到美国的迁移流浪。《失去的金铃子》所写抗战时期十八岁的苓子随母亲到宜昌三斗坪避难及随后前往重庆的经历正是大陆漂泊逃难的缩影。聂华苓早年（1949—1964）在台湾创作的短篇小说（1980年在大陆出版的选本为《台湾轶事》）则主要描写从大陆流落到台湾的普通市民，漂泊无依、心无所属，生活平庸、精神空虚，是他们的共同特点。《桑青与桃红》展现的虽然是主人公从台湾到美国之后受到移民局调查、缉捕的经历，但又通过双重结构，以日记的形式历时性地再现了主人公从战时大陆逃难，到后来在台北躲避通缉以及在美国被调查、追逐的漂泊人生。从大陆到台湾再到美国，"三生三世"的经历既是小说情节的主体，也是主人公"漂泊人生"的全过程。因此，如果说《失去的金铃子》《台湾轶事》《桑青与桃红》构成了聂华苓描写20世纪华人"漂泊人生"的三部曲，那么集中以一个人物的"三生三世"经历为主要内容的《桑青与桃红》则更是反映20世纪华人"漂泊人生"的集大成之作。

漂泊者是寂寞的，一生漂泊的聂华苓对与生命同在的那份寂寞的体验非常深刻。她少年失怙，十二岁开始住校读书，独来独往，周末回家，和母亲相见或离别，都强忍着泪水，然后独自一人，以泪洗面。十四岁开始离家闯荡，一个人到大山里上学，从此开始她一生的漂泊旅程。她说："我就常常是寂寞的。那份绝望的寂寞，就和人的呼吸一样，是与生俱来的，是与生命同在的，只要人活着一天，它就在那儿，很深、很细，甚至自己也觉察不到，也不肯承认。"[1]而这种寂寞正是她创作的动因，她说："我之写作只是为了要摆脱寂寞——与生命同在的那份寂寞，我无法解释那是什么，在锣鼓喧天的戏园子里我感到过；在嘉陵江边鸳鸯路上我感到过；在结婚礼堂的彩色花纸中我感到过；在母亲与孩子的笑容中我感到过……"[2]寂寞是无时不在无处不在的，它是人内心深处的一种生命体验，只有敏锐的智者才能对它有深刻的把握并化为

---

① 聂华苓：《寄母亲（第一封信）》，梦花编：《最美丽的颜色——聂华苓自传》，南京：江苏文艺出版社2000年版，第70页。

② 聂华苓：《苓子是我吗?》，梦花编：《最美丽的颜色——聂华苓自传》，南京：江苏文艺出版社2000年版，第252页。

创造的果实，聂华苓就是这样一位敏锐的智者。

1960 年，聂华苓工作了 11 年的《自由中国》被封，主持人雷震和其他三位同事以"涉嫌叛乱罪"被捕入狱，聂华苓也处于"和外界完全隔绝"的状态，"日夜生活在恐怖中"。在随后被恐惧、寂寞、贫困所包围的三年"孤岛"似的生活中，又逢母亲离世，"婚姻一团糟"。① 可她却以顽强的毅力埋头写作《失去的金铃子》，以此获得精神的自由、心灵的慰藉和生活的保障。因此，《失去的金铃子》可以说是一位处于"绝望的寂寞"中的漂泊者所写的关于"漂泊者"的小说。作品发表后，她说："我现在感兴趣的是《失去的金铃子》写作过程中自己的体验。"这种"体验"就是身处逆境的漂泊者对那份难以捉摸而又与生命同在的寂寞的体验。

聂华苓早年在台湾创作的短篇小说主要描绘了一群从大陆到台湾的"漂泊者"形象。"小说里各种各色的人物全是从大陆流落到台湾的小市民。他们全是失掉根的人；他们全患思乡'病'；他们全渴望有一天回老家。我就生活在他们之中。我写那些小说的时候，和他们一样想'家'，一样空虚，一样绝望。"②他们从大陆漂泊到台湾，无论是老年人的孤独与寂寞(《寂寞》《高老太太的周末》)，还是人到中年的困顿与愁苦(《一捻红》《君子好逑》)，无论是对青春流逝的感伤(《珊珊，你在哪里?》《一朵小白花》)，还是更常见的日常生活的烦恼与无奈(《爱国奖券》《王大年的几件喜事》)，都是因漂泊异乡，心无所属，人生失意，感伤莫名。就像暗哑的胡琴拉着幽怨苍凉的《昭君怨》，就像高老太太的感受："仿佛一个人孤零零地悬吊在万丈深渊里，什么也抓不住。"③充满了作为"失根"的漂泊者深沉的悲凉、无边的落寞和无底的空虚。

聂华苓曾自称写作《桑青与桃红》"是一个'安分'的作者所作的一个'不安分'的尝试"，④ 所谓"不安分"，应该是指小说从叙写内容到表现形式的大胆探索和创新。作者以写实和象征相结合的手法，通过主人公从单纯的少女桑青

---

① 聂华苓：《风雪话相逢》，《枫落小楼冷》，南京：江苏文艺出版社 2008 年版，第 8～9 页。

② 聂华苓：《写在前面》，《台湾轶事：聂华苓短篇小说集》，北京：北京出版社 1980 年版。

③ 聂华苓：《台湾轶事：聂华苓短篇小说集》，北京：北京出版社 1980 年版，第 109 页。

④ 聂华苓：《浪子的悲歌(前言)》，《桑青与桃红》，北京：中国青年出版社 1980 年版，第 1 页。

到中年荡妇桃红的裂变，抒写了 20 世纪"一个经历了中国的动乱又遭流放的中国人精神分裂的悲剧"，是一个"流放的作者"所写的一曲"浪子的悲歌"。① 小说视域广阔、形象鲜明、意蕴丰富、表达简练有力，当时就被称赞为"台湾芸芸作品中最具雄心的一部"。② 后来的研究者称"这本小说终能经得起时代的考验而永垂不朽"。③

《桑青与桃红》由四个部分组成，分别是桃红给美国移民局的四封信和桑青在中国瞿塘峡、北平、台北和美国时期的四组日记。桃红的四封信构成小说的结构线索，每封信后所附的四个时期的日记则勾勒出桑青漂泊人生的轨迹。正如白先勇所说，聂华苓的创作"直至《桑青与桃红》才淋漓尽致地发挥放逐者生涯这个问题"，④ 并指出，它"可说是道道地地属于中国流亡文学这个传统的，因为这本小说的主旨，就在描述 20 世纪中国人因避战乱，浪迹天涯的复杂过程"。⑤ 与聂华苓此前的创作以及华文文学界同类题材的作品相比，《桑青与桃红》对 20 世纪华人"漂泊人生"的书写具有自己的独创性、深刻性，因而也具有了经典性。

第一，桑青(桃红)在 20 世纪中期从大陆逃难、台湾避难到美国流浪的近三十年的"漂泊人生"具有高度的概括性和典型性，桑青(桃红)的人生是 20 世纪华人"漂泊者"人生的缩影。"20 世纪是漂泊者和漫游者的世纪。各种各样的原因——生存的、理想的、政治的、物质的、战争的等等原因，造就了一批又一批以漂泊无定、四海为家为生存特征的人。"⑥华人"漂泊者"成为 20 世纪漂泊大军中独特的一群，桑青(桃红)即是 20 世纪华人"漂泊者"的文学典型，《桑青与桃红》不仅在华人世界有广泛的影响，其"英文版在 1990 年获美国国

---

① 聂华苓：《浪子的悲歌(前言)》，《桑青与桃红》，北京：中国青年出版社 1980 年版，第 2~7 页。

② 白先勇：《流浪的中国人——台湾小说的放逐主题》，李恺玲、谌宗恕编：《聂华苓研究专集》，武汉：湖北教育出版社 1990 年版，第 510 页。

③ 李欧梵：《重画〈桑青与桃红〉的地图》，应凤凰编选：《台湾现当代作家研究资料汇编·23·聂华苓》，台南：台湾文学馆 2012 年版，第 300 页。

④ 白先勇：《流浪的中国人——台湾小说的放逐主题》，李恺玲、谌宗恕编：《聂华苓研究专集》，武汉：湖北教育出版社 1990 年版，第 510 页。

⑤ 白先勇：《世纪性的漂泊者——重读〈桑青与桃红〉》，应凤凰编选：《台湾现当代作家研究资料汇编·23·聂华苓》，台南：台湾文学馆 2012 年版，第 292 页。

⑥ 少君：《漂泊的奥义》，北京：中国戏剧出版社 2003 年版，第 192 页。

家书卷奖，译成多国文字，是汉学界研究亚裔漂泊文学的读本"。①

第二，聂华苓以自己"三生三世"的"漂泊人生"为底本，融入自己作为"漂泊者"的独特生命体验和人生思索，通过写实与象征相结合的手法，使《桑青与桃红》既具有了反映现实生活和人物内心世界的真实性，又达到了揭示人性真相和灵魂深度的深刻性。桑青（桃红）从十六岁逃离家庭到进入婚姻"围城"逃离北平，从逃避通缉追捕和丈夫躲进台北阁楼到流落美国逃避移民局的调查与追踪，她一直在逃。逃，即漂泊，就是她的人生的基本形式。小说以日记的形式客观真实地再现了桑青"漂泊人生"的四个片段，这四个片段好比她"漂泊人生"的精彩的四幕，作家是精心选择的，也是寓意深刻的。桑青"漂泊人生"的第一幕是：抗战时期"瞿塘峡"险滩小木船搁浅，少女桑青初踏人生漂泊旅程第一次"受困"，在"困境"中与流亡学生初涉性事。第二幕是 1940 年代末桑青独自冒险进入被围困的北平，也同时走进婚姻的"围城"，就在旧时代即将结束新时代将要到来之际，她逃离北平。第三幕是 1950 年代，陪同被通缉的丈夫躲在阁楼里的桑青，身体和精神都是压抑和苦闷的，最终因生命的基本欲望，桑青走出阁楼，做了房东的管家和情妇。到第四幕，20 世纪六七十年代，流浪到美国的桑青一直在逃避移民局的调查和缉捕，最后，桑青摇身一变成了桃红，她不断变换性伙伴，搭乘顺风车，"永远在路上"。无论搁浅的木船、被围的北平、台北的阁楼，还是在美国暂住的水塔、暂乘的顺风车，都是"漂泊者"的人生驿站，都暗示了"漂泊人生"的困境。它们是现实的，也是象征的，是生活中的实有，更是精神上的困惑。而即使在困境之中，也会伴随有生命的欲望之火，甚至困境越重，欲望更烈。因此有三峡木船上的野合，北平围城中的婚姻，台北阁楼外的偷情和在美国流浪中的放荡。小说也借此深刻地揭示了人性的真实与困境，桑青（桃红）的形象也因此具有了丰富的内涵，《桑青与桃红》也就达到了一定的历史深度，并具有了寓言化的哲理意味。

第三，桑青精神分裂，摇身变成桃红，桑青与桃红这种"一而二、二而一"的奇异构思和独特形象创造，将对 20 世纪华人"漂泊者"的人生困境、精神痛苦、身份焦虑的书写推向了极致。"漂泊者"桑青（桃红）的形象创造是聂华苓对世界华文文学的独特贡献，也将成为世界文学之林里的奇异风景。聂华苓的奇特构思、大胆想象，"不安分"的尝试、不拘一格的探索，所彰显的正

①　姚嘉为：《放眼世界文学心——专访聂华苓》，应凤凰编选：《台湾现当代作家研究资料汇编·23·聂华苓》，台南：台湾文学馆 2012 年版，第 160 页。

是她作为楚人后裔思维奇诡、想象丰富、狂放不羁、敢为人先的精神特质。聂华苓不仅继承和拓展了以屈原《离骚》为代表的"放逐"文学的主题和传统，也广泛吸收了楚文化的多种精神养料。在《桑青与桃红》里，中华文化尤其是楚文化的元素俯拾即是。如小说开篇桃红跟移民局的黑先生说"你是老虎身子九个人头"（在民间有"天上九头鸟，地上湖北佬"的谚语），桃红房间的墙上所涂的第一幅画就是"刑天舞干戚"，桃红自称是女娲的后裔，第一部里流亡学生唱的"凤阳花鼓"，第四部里旅美华人唱的评剧"四面楚歌"等，小说开篇的刑天、女娲和作为小说结尾的跋"帝女雀填海"（精卫填海）的神话都出自楚人所编的《山海经》。勇猛的刑天、创造者女娲、坚毅执著的帝女雀，都是中国的神话英雄，是中华文化中复仇抗争精神、坚忍不拔勇敢创造精神的象征。聂华苓"三生三世"的漂泊人生及其文学创作所体现和弘扬的正是这种源自楚文化的中华民族的伟大精神。

第三节　程宝林《美国戏台》中的荆楚记忆

长篇小说《美国戏台》是湖北沙洋籍旅美华人作家程宝林在其所擅长的诗歌和散文之外的"舒广袖"①之作，立足于其在 1994 年 9 月至 1996 年 8 月期间在美对华人真实生活的细心观察与体验，具有强烈的纪实风格。与此同时，小说全篇似乎都潜藏、蔓延着怀乡思故的"呢喃"，这种"呢喃"体现了作者灵魂对故乡（湖北荆门市沙洋县）的眷恋，它琐碎、繁复、执着、深沉、细腻又悠远绵长，看似不经意实则刻骨铭心，并以"黑色幽默"的别样笔法写实了华人移民在异国他乡谋求生存的挣扎与艰辛，往往使人在笑声中游走于字里行间，且笑且思索。

一、怀乡思故的清新色泽

《美国戏台》在纪录在美华人移民的生活之余流露出了对于故乡的深切怀想，虽然着墨不多，却是深深渗透入小说的字里行间，暗暗映衬在纪实性的内容之下，怀乡思故的"呢喃"似乎总是于不经意间响起，琐碎又繁复。而联系

---

① 江少川：《海山苍苍——海外华裔作家访谈录》，北京：九州出版社 2014 年版，第277 页。

程宝林的诗歌与散文，不难发现"中国农民和中国乡村"①是其一直坚持并践行的写作主题，他对中国农民和中国乡村的关注和回望始终如一，怀乡思故的情怀早已刻骨铭心，故而即便在其"舒广袖"之作的《美国戏台》中，这份深情也会不自觉地流露出来，那看似于不经意间响起的"呢喃"实则是从其灵魂深处流淌出来的声音，切近于其生命的本真，它们看似琐碎、繁复实则执着、深沉、细腻又悠远绵长。

如果说程宝林的长篇移民小说《美国戏台》中弥漫的是作者怀乡思故的灵魂"呢喃"，总是于不经意间自然而然地响起，含蓄而又深沉的话，那么在其诗歌与散文中则更加明显、直接地表达了作者对故乡深切的怀想和眷恋。

（一）怀乡思故：纪实之余的清新底色

《美国戏台》以主人公章闻之的旅美经历为行文线索，串联起一系列华人移民的生活、奋斗历程与精神图景，展现了他们在美国这一舞台上的戏剧人生。它虽然也实录了新移民的在美生活，展现了新移民们在美谋求生存的挣扎与艰辛，但也在纪实之余呈现了一抹怀乡思故的清新底色。

富于自传色彩的小说主人公章闻之，即便身处异国他乡、谋生艰难，其眼前似曾相识的情景总能轻易唤起其心底悠远绵长的故乡情，毫不牵强甚至显得浑然天成。当他为了获得《星岛日报》的工作机会以谋生、饥肠辘辘又焦灼不安地等待着面谈时间的到来不得不独自徘徊在空无一人的海滨时，"滩涂上落满了白色的、不知名的海鸟"、"有一些极细小的河汊，从海边一直伸展到陆地内部很远的地方"，眼前的情景"不由得令章闻之怀想了多湖、多河汊的故乡"和"一个光着屁股，背上挂着个竹篓的捕鱼少年，就是他童年生活的形象写真"；② 从待遇苛刻的餐馆辞工，因无处栖身而借住在刘文戈家的沙发上时，夜晚厨房里天窗中的丝缕光线使他"忽然想起了自己的童年，自己家乡老宅屋顶上的'亮瓦'"；③ 为了增加自己的收入，章闻之在某个挣外水的晚上错过了最后一班回住处的公交车，不得不在火车站的木头长椅上将就一晚的时候，美国的星空让他"不禁回想起了小时候在乡村的禾场上守夜的情景"——"水稻在收割脱粒之后，要在禾场上晒几个大太阳，才能收进仓库中。那时，生产队长

---

① 程宝林：《美国戏台》，北京：东方出版社1998年版，第276页。
② 程宝林：《美国戏台》，北京：东方出版社1998年版，第68页。
③ 程宝林：《美国戏台》，北京：东方出版社1998年版，第97页。

就会派小伙伴们两人一组，守护一个禾场。他就搬来竹床，燃起熏蚊的草把，和伙伴一起数天上的星星……"；①　即便是在和林亦木握手的间歇，林亦木的握手力度、敦实的身材也"令章闻之无端联想起故乡小镇上的屠夫或箍桶匠"；②　甚至在挣外水的餐馆里，那大伙儿一起吃饭的不分尊卑的热闹场景，也令章闻之"不禁想起了当年批'小生产者'时农村里流行的几句'顺口溜'：大人围一桌，小孩团团转，一声喊'拈蛋'，挤得一身汗"③……故乡，虽远却又近。

或者"不由得"怀想，或者"忽然想起"，或者"不禁回想"，或者"无端联想起"……看似不经意，实则刻骨铭心。这些自然而然的回忆，确是出自他对于故乡深情的本能反应，让他倍感亲切，也能因此收获内心的安宁与惬意，同时让读者眼前一亮。虽然身处与故乡相隔万里的异域他乡，但故乡早已渗透入他的灵魂。看似已与故乡渐行渐远，实则故乡"无处不在"。因为，故乡，就在章闻之也在程宝林的心里。

尤为可贵的是，与同时期描写乡土生活的文字相较，《美国戏台》流露出的乡土情怀不仅毫无"伤痕"印记，反而清新淳朴、令人心安，呈现了其怀乡思故的底色，也因此构成了《美国戏台》纪实之余的清新底色。

（二）在"背叛"中怀念：融入生命的乡村印记

生于湖北荆门市沙洋县的一个普通的小乡村，嗅着泥土香和稻香成长的程宝林，"祖祖辈辈觅食于土，子孙繁衍的藤蔓从来不曾攀越小小的菜园栅栏"，④　是"湖北乡村一个几乎尽是文盲的农民家庭的孩子"；⑤　他也在《自谴录》中坦言"生在农村土屋里，从小到大睡稻草"，⑥　毫不避讳自己的"乡下人身世"，且珍视自身在中国农村的成长经历。虽然身处异国他乡，程宝林仍旧时常怀念曾经的中国乡村生活，对以他的亲人们为代表的中国"最基层、最庞

---

① 程宝林：《美国戏台》，北京：东方出版社 1998 年版，第 387 页。
② 程宝林：《美国戏台》，北京：东方出版社 1998 年版，第 148 页。
③ 程宝林：《美国戏台》，北京：东方出版社 1998 年版，第 384 页。
④ 程宝林：《未启之门》，成都：四川文艺出版社 1987 年版，扉页。
⑤ 程宝林：《纸的锋刃》，重庆：重庆出版社 2003 年版，第 240 页。
⑥ 程宝林：《负笈美利坚》，呼和浩特：内蒙古教育出版社 2010 年版，第 251 页。

大、最无助与无奈"①的农民有着浓浓的深情；甚至，恰是其中国乡村的成长经历，使他逐渐产生了与命运进行抗争的勇气和决心，渐行渐远，最终"背叛"了生他养他的"老娘土"。与此同时，程宝林对这些融入他生命的乡村印记且"背叛"且怀念。

更为重要的是，这种表面上的"背叛"实则并非背叛。于程宝林而言，故乡虽远实近，那些在乡村生活中经历过的一切早已成为融入其生命的印记，是其每每在异国他乡倍感艰辛时心灵停泊的永远的港湾。似乎，每感倦怠，那些故乡所有的记忆都是其歇息和疗伤的最佳场所，让人倍感心安。甚至，正是乡村生活的经历，激起了程宝林与命运进行抗争的决心，并最终使其怀揣着故乡渐行渐远。这在其诗歌和散文中显现得更为直接和明显。

其一，对中国乡村生活的深切怀想。

程宝林怀着深情的目光不断回眸故乡，"这个地方是沙洋，湖北中部，汉水西岸、江汉平原腹心的一个普通县城"，②"历来被认为是'鱼米之乡'"。③

不论是故乡那随处可见的"黑黑的、肥肥的土"，还是故乡石场上的石碌——"作为一种古老、原始的农具，已经不再是纯粹的石头"，抑或石磨、灶膛里熊熊燃烧的火、故乡的禾场、家乡独有的菜肴，无一不承载着程宝林对中国乡村生活的深切怀想。在程宝林看来，灶膛里熊熊燃烧的火使"温暖和慈祥顷刻间弥漫我们的土屋，成为幼时的美好记忆"；④故乡的禾场"是乡村的手掌，摊在村子的边缘地带，除了铺晒、碾压水稻、小麦、芝麻等作物之外，它更发挥着乡村娱乐中心的功能"⑤；家乡独有的菜肴（如"卷"、糍粑、豆腐），"或许只有家乡的肉、鱼与水，才能做出它的真滋味"。⑥还有"该死的水稻"，"曾激发起我对于远方的向往"的汉江，令人又爱又憎的大地，有着真正静谧

---

① 程宝林：《一个农民儿子的村庄实录》，上海：上海文化出版社 2004 年版，第 138 页。

② 程宝林：《少年今日初长成》，北京：中国社会出版社 2013 年版，第 208 页。

③ 程宝林：《一个农民儿子的村庄实录》，上海：上海文化出版社 2004 年版，第 2 页。

④ 程宝林：《少年今日初长成》，北京：中国社会出版社 2013 年版，第 165 页。

⑤ 程宝林：《一个农民儿子的村庄实录》，上海：上海文化出版社 2004 年版，第 136 页。

⑥ 程宝林：《少年今日初长成》，北京：中国社会出版社 2013 年版，第 194 页。

的乡村夜晚,"乌黑的茶壶、乌黑的茶碗、可能用不洁的煮茶用的堰塘水",①故乡的小街、木楼、青瓦,故乡的黄豆、小麦和芝麻……均是程宝林心中挥之不去的乡村印记,总在无意间从记忆里"溜达"出来,温暖而亲切地"拨弄"着他的心弦。这份对故乡深切的怀想体现在程宝林的诗集中,便有了《南方啊,我的摇篮》里对南方风物(如芦花荡、独木桥、潇潇雨巷等)的难以忘怀,有了《跟着长江》中对故乡的长江热切、深沉而执着的赞美——"……那沉淀着蓝色血液的古老的辽阔!"②有了《夏天》里凭借那只来自故乡的萤火虫带来的光明与黑暗而产生的思索与挣扎……故乡生活中的细枝末节,已渗入程宝林的灵魂,当其开始离开故乡、辗转于国内的某几个城市,它们令其难以忘怀;随着与故乡距离的再次延长,它们成为其精神的寄托之所。

正因此,也就不难解释为什么故乡的"河汉"、"禾场"、"星空"等等能够那般自然地出现在《美国戏台》中了。它们是《美国戏台》中毫无违和感的存在,是作者灵魂和精神的栖息地,是小说中的一抹清新色泽。

其二,对中国农民的浓浓深情。

程宝林对以他的亲朋好友为代表的中国"最基层、最庞大、最无助与无奈"③的农民群体有着浓浓的深情。

"心疼钱,不心疼命,这是中国农民的基本特征。心疼粮食,不心疼身体,这也是中国农民的基本特征。""在咱们中国,最不怕死的,就是农民;死得最不值的,也是农民。"④"中国农民,'吃的是草,挤出的是奶!'""隐忍与认命,是他们的宿命。"⑤"开车的不惜命,开汽车的不怕死;饭菜馊而不舍,小病拖成大病……"中国农民的眼神是"浑浊、谦和而卑微,然而善良得令人心颤"⑥的。

赴美多年后,程宝林怀着极度心疼又十分无奈的心情作出上述总结。

---

① 程宝林:《一个农民儿子的村庄实录》,上海:上海文化出版社 2004 年版,第 2、202、11 页。

② 程宝林:《未启之门》,成都:四川文艺出版社 1987 年版,第 63 页。

③ 程宝林:《一个农民儿子的村庄实录》,上海:上海文化出版社 2004 年版,第 138 页。

④ 程宝林:《少年今日初长成》,北京:中国社会出版社 2013 年版,第 160、109 页。

⑤ 程宝林:《一个农民儿子的村庄实录》,上海:上海文化出版社 2004 年版,第 20、215~216 页。

⑥ 程宝林:《少年今日初长成》,北京:中国社会出版社 2013 年版,第 161、21 页。

　　身处异域，时隔多年，程宝林记叙着他的"归葬"琐事，他文盲的母亲、"笨人"父亲、不幸的堂叔、愚昧又可怜的堂姑及傻堂妹、现如今不知如何称呼的小金、乡村中学的同学，他收到家信时的害怕，他触及失学儿童、"希望工程"的报道和节目时心中的悲凉，农民的生命价值观问题，农民的赤贫……以纪实的笔法基本展现了以荆楚大地上他的亲朋好友为代表的"中国农村的现实困境和农民的真实生活"，① 表达了对中国农民的浓浓深情。毕竟，他们已经成为融入程宝林生命的印记。

　　这份深情在其诗集中也有明确、热切而深沉的诉说。诗歌《母亲》中饱含着程宝林对故土、生身母亲的深切想念，《讲古佬·孩子们·小犊》里浸透着对讲古佬和孩子们甚至是小牛犊的深情回眸、对故乡夏天夜晚生活的深切怀想，《姑娘们，去踏青》中洋溢着号召"姑娘们，去踏青！去踏青！"的热烈气息、伴随着对踏青的姑娘们嬉闹场景的想象——"撒开脚丫忘情地追逐，像轻驰在草原上的鹿群"②……

　　也因此，有了《美国戏台》里富于程宝林自传色彩的章闻之会无端联想起故乡小镇上的屠夫或箍桶匠。毕竟，他们也是中国农民的组成部分。毕竟，程宝林对他们饱含深情。

　　其三，乡村成长经历，助力"背叛"之旅。

　　翻开程宝林的履历，看到他由荆入蜀，由蜀而京，由京赴美，这名故乡"永不回头的背叛者"、"土地的逆子"与故乡——湖北省荆门市沙洋县的距离愈来愈远，但那曾经与土地亲密接触的时光却融入了程宝林的生命，奠定了他的性格基础，也造就了他顽强的意志力和笑对生活、敢于同命运相抗争的信心与勇气，并最终助力了他的"背叛"之旅。

　　故乡的禾场，是程宝林"人生教科书开头的一章"，是他"背叛"之旅的起点。这个"乡村的手掌"，是少年时代的他"熬夜打场，赶着牛，拉着石碌碡碾压稻谷"的地方，正是这样的经历使他逐渐懂得了生活的艰辛与不易，故而"从禾场走向考场，走向人生许许多多的失意与挫折，却从来不曾感受过绝望"。③这个乡村的"娱乐中心"，是孩子们在夏夜里玩着"赶羊子"游戏的地方，他们嬉戏玩闹，在田里的蛙鸣声中、头顶的萤火光下，在静谧的夜里，认识了传说

---

① 程宝林：《负笈美利坚》，呼和浩特：内蒙古教育出版社2010年版，第167页。

② 程宝林：《未启之门》，成都：四川文艺出版社1987年版，第15页。

③ 程宝林：《负笈美利坚》，呼和浩特：内蒙古教育出版社2010年版，第15页。

中的"牛郎星"和"织女星"；禾场，从此也成为程宝林心中惬意和心安的所在。也因此，有了《美国戏台》中章闻之得知要通宵工作时的坦言——"我能吃苦，熬夜算不了什么。权当是小时候在农村里熬夜通宵收夏粮。"①正是这种"嚼得菜根，百事可为"②的吃苦精神的从小养成，方才有了"背叛"故乡的底气和资本。

　　经历与目睹不幸，使程宝林暗暗下了与命运进行抗争的决心，对故乡和土地的"背叛"伴随着成长不断酝酿。"他从 10 岁起就深知人生多艰。和年龄相仿的孩子不同，他不得不捡拾废品，卖给收购站。作为 6 个兄妹中的长兄，他必须帮助父亲赚钱养家。家庭极端贫困……"③加之以他的亲朋好友为代表的中国农民的赤贫现状和不幸命运，不断地激发着程宝林反抗命运的决心，梦想着有一天能真正冲破命运的藩篱。体现在《美国戏台》中，富于自传色彩的章闻之虽然出身于一个普普通通的农民家庭，但他"并不把自己看做一个卑微的、可以被忽略不计的人物"，且"一直是把自己归入生活的强者之列的……他有一个信念：无论置身哪种环境中都要做最棒的一个，所以，虽然他从未涉足任何体育比赛，但对于奥林匹克运动的内在精神——'更高、更快、更强'，却从灵魂深处奉若圭臬"。④最终，使得章闻之也使程宝林在美国一步步站稳了脚跟。

　　此外，对于"不到终点，永远在旅途中的这种感觉"的追逐，对于 Opportunity 的强烈渴望，⑤血液里或者说是骨髓里的骚动不安的元素，最终注定了程宝林"对远方的皈依、对故国的背叛"。⑥

　　然而，又恰如程宝林所说——"人走得再远，也不外乎：回到家乡，回到童年"，⑦"如果它属于下层、乡野和民间，那么，我也是——不管我走得多远、离开多久"。⑧故而，且"背叛"且怀念。看似已因"背叛"而远离故乡，但

---

　　① 程宝林：《美国戏台》，北京：东方出版社 1998 年版，第 160 页。
　　② 程宝林：《国际烦恼》，广州：花城出版社 2003 年版，第 116 页。
　　③ 程宝林：《纸的锋刃》，重庆：重庆出版社 2003 年版，第 240 页。
　　④ 程宝林：《美国戏台》，北京：东方出版社 1998 年版，第 99、113 页。
　　⑤ 程宝林：《托福中国》，北京：东方出版社 1995 年版，第 8、65 页。
　　⑥ 程宝林：《国际烦恼》，广州：花城出版社 2003 年版，第 3 页。
　　⑦ 程宝林：《国际烦恼》，广州：花城出版社 2003 年版，第 212 页。
　　⑧ 程宝林：《一个农民儿子的村庄实录》，上海：上海文化出版社 2004 年版，第 202 页。

故乡中的一切早已成为程宝林生命中刻骨铭心的印记。故乡，看似遥远难及实则无处不在甚至"触手可及"。

二、"黑色幽默"的别样特色

正是乡村的成长经历，使得程宝林早已看惯了人生中的诸多艰难，不仅能够愈加坚忍地面对生活和命运，也因此对于生活、命运在其前行路途中给予的诸多考验能够一笑而过。生活态度和人生态度决定行文态度，正是这种一笑而过的坦然和乐观，造就了其长篇移民小说《美国戏台》"黑色幽默"的别样特色。

具体而言，"黑色幽默"是小说《美国戏台》的别样特色，它寓新移民在美生活的挣扎与艰辛于幽默戏谑的故事情节和行文表达之中，让人在"笑"中更深入地了解新移民的生活实况，感受新移民的生活之艰，也因此呈现了程宝林自身在赴美闯荡中遭遇艰辛时笑对人生的乐观态度。

（一）"笑"伴文行，呈"黑色"意味

在小说《美国戏台》开篇不久，作者便借主人公章闻之之口总结出了"在美国新移民的'挣扎三论'"，① 即初到美国时的"生存的挣扎"、解决生存问题之后的"情感的挣扎"和情感终归平静之后的"文化的挣扎"，由物质而精神，层层深入，虽文字简练简洁，却几乎道尽了新移民在美国这片土地上生活之所以倍感艰辛的根源；与之相呼应，小说也通过主人公章闻之的视角将新移民们以上三方面的挣扎不遗余力地展现了出来，无疑是又一部新移民在美的生活实录。

然而，尤为可贵的是，小说中新移民在美生活的挣扎与艰辛固然存在，但这份挣扎与艰辛却也常常伴随着各种"笑"映入读者的眼帘，如"不由得笑了起来"、"令人啼笑皆非的是……"、"忍不住暗自想笑"、"躲在厨房里差点笑出声来"甚至"笑得眼泪都流了出来"②等等，与之相关的故事情节大都给人以戏谑之感甚至令人不由得捧腹大笑。然而，在笑过之后，往往又使人心头平添一份沉重，让人倍感艰辛，对于在美新移民生活的挣扎与艰辛更加感同身受。因此说，行文中的"笑"具有"黑色"意味，也以此在一定程度上突破了"新移民"小说实录新移民生活多厚重、严肃、沉滞的惯用写法。

---

① 程宝林：《美国戏台》，北京：东方出版社 1998 年版，第 44 页。
② 程宝林：《美国戏台》，北京：东方出版社 1998 年版，第 68、76、78、79、81 页。

　　(二)"黑色幽默"特色的具体呈现：将反差鲜明的故事情节并置

　　《美国戏台》中不乏幽默戏谑的故事情节，且常将它们与或紧张或严肃或悲痛的故事情节并置，形成鲜明反差，寓泪于笑，呈现了小说"黑色幽默"的别样特色。

　　在叙述中餐馆的龙老板与餐馆厨师"斗争"的过程里，劳资双方为各自的权益而"战"，气急败坏的龙老板想冲上阁楼教训罢工的厨师们，却无论怎样用力也打不开阁楼的盖子，只能"用拳头'咚咚'地砸阁楼的盖子，气得咻咻地喘粗气"，① 餐馆的老板娘则对采取"三不"("不接触、不谈判、不妥协")政策的厨师们展开了"攻心战"。而在气氛如此紧张复杂之际，龙老板从外面带着两个黑人回餐馆了，并扬言这是自己黑道上的朋友，以此对厨师们进行恐吓和威胁——"那两个黑人，便冲着阁楼，叽里呱啦地用英语高声念了起来，一会儿像在吼叫，一会儿像在咆哮，一会儿像在诅咒，一会儿像在求饶。阁楼上的盖子尚未打开，章闻之偷眼看着两个黑人，在那里又跺脚，又踢腿，扭屁股，耸肩膀，好像在黑非洲的丛林里，随着音乐的节拍举行驱魔除妖的神圣仪式，或是表演发泄欲望的原始舞蹈。章闻之仔细一听，两个黑汉子哪里是在叫骂、威胁，而是在念一首很流行的黑人歌曲。此情此景，实在出乎章闻之意料之外。他躲进卫生间，笑得眼泪都流了出来。事后他才打听到，这两个黑大汉是附近加油站的工人……老板请他们到厨房里，表演一段黑人歌曲给他的太太听，庆祝餐馆开业两周年。老板对表演的要求只有一个：声音要凶狠……"② 真相让人大跌眼镜，极富戏谑感，且在捧腹大笑之后，对"草根"移民在美国的生存之艰感同身受：由于文化水平低，不懂英语，护照又被人扣押，只能老老实实地拿着微薄的薪资任劳任怨，沦为他人赚钱的工具；还走在突破"生存的挣扎"的艰辛路途中，"情感的挣扎"只能暗埋心底(如老耿吩咐章闻之"凡是来就餐的女客，年轻一点漂亮一点的，不管她是中国人还是洋女人，尽量安排在他可以看见的这一侧座位上")，③ 尚未真正步入"文化的挣扎"这一阶段，解决在美身份问题更加无从谈起。新移民在美谋生之艰伴随着笑声呈现。

　　除了以"黑色幽默"的方式体现"生存的挣扎"，"情感的挣扎"也借此表

---

① 程宝林：《美国戏台》，北京：东方出版社1998年版，第80页。
② 程宝林：《美国戏台》，北京：东方出版社1998年版，第442页。
③ 程宝林：《美国戏台》，北京：东方出版社1998年版，第78页。

现。餐馆的龙老板瞒着老板娘从国内带回了一位 20 多岁的年轻女子，在外租房同居，金屋藏娇，由此进一步引出了与日俱增但维持时间一般较短的涉外婚姻，借言新移民的情感问题。面对龙老板的此番行径，老板娘茉莉自然难以接受。"老板接了电话，正要出门，茉莉从厨房里奔出来，一把就将老板扯进了密室，两个人天翻地覆吵了起来，弄得桌椅凳子乒乓乱响。这天，正好轮到小李休息，章闻之一个人在店堂里对付顾客。由于初来，老板还不十分信任他，未让他收银。所以，每次顾客买单时，章闻之只好去敲那小黑屋的门。令人啼笑皆非的是，有时出来的是老板，有时是茉莉，算账、收钱，面对顾客满脸微笑，转身进屋，又是一通吵。"① 又，小说中的崔丽娘私生活比较"丰富"，经常换男友，遭到《美华旬报》的社长刘文戈的讥讽与严肃"教育"——"如果本刊的女工商记者人皆可夫，那刊物的严肃性、纯洁性还有什么意义？"而"崔丽娘不懂'人皆可夫'这个成语的确切涵义，在虚心地向刘文戈请教，刘文戈则在耐心地解释"。② 再，崔丽娘在与余治国关系的存续期间移情胡阅人，余治国难舍崔丽娘，为了可能的复合而给崔丽娘的弟弟打电话倾诉，"他（余治国）的悲诉，字字是血，声声是泪，由于高声大气，而显得十分滑稽：不像是在乞求崔丽娘的弟弟同情他，帮助他和崔丽娘'破镜重圆'，更像是一位公社书记，在发布抗洪抢险的指示"。③ 同一个场景中，或紧张或严肃或悲痛与滑稽并置，反差鲜明，新移民在美生活中的"情感挣扎"得以呈现。

小说在表现新移民"文化的挣扎"方面也具有"黑色幽默"的意味。在重法律重规则的美国，律师的地位和作用不可小觑，正如杜梅梅所说："美国这鬼地方，你没有麻烦，律师都可以平白无故给你找大麻烦；你有了大麻烦，律师也可以为你摆平麻烦……"在这样的文化背景下，杜梅梅的丈夫在委托一律师办理两人的离婚官司的一年多的时间里几次开庭被判"不予离婚"的情况下，"像鲁智深一样打上门去"，随之被警察铐走；然而，杜梅梅却道："警察局通知我去保释他时，我的第一个反应不是震惊，而是荒谬和滑稽。我忍不住想笑。我的丈夫，本来是个挺和气的人。说话轻声细语，不温不火，竟给气成这样，这律师也太他妈草包，活活将他逼上了梁山。"④ 紧张的情节又一次与滑稽

①　程宝林：《美国戏台》，北京：东方出版社 1998 年版，第 76 页。
②　程宝林：《美国戏台》，北京：东方出版社 1998 年版，第 442 页。
③　程宝林：《美国戏台》，北京：东方出版社 1998 年版，第 282 页。
④　程宝林：《美国戏台》，北京：东方出版社 1998 年版，第 146 页。

的情节并置，令人感到可笑又黯然。

小说的用语也具有强烈的幽默和反讽的色彩，增添了文章的"黑色幽默"意味。如中餐馆的厨师们将 shopping centre 翻译成"虾兵商场"，初入《美华旬报》的章闻之用"简直像一只长长的人性口袋"形容自己并未得到重视的感觉，不动声色地讽刺余治国时——"当余治国在合同上签下自己姓名的拼音时，他很遗憾，有点像当年阿 Q 终于没有将圆画好一样，他终归是不习惯洋文的，尽管拼音算不得是洋文"①等。

(三)"黑色幽默"，尽显人生态度

《美国戏台》的主人公章闻之是作者塑造的一个相对理想化的人物，富于自传色彩：从章闻之的出国历程来看，与程宝林的出国历程有一定的关联性；从章闻之在国内的身份和经历而言，程宝林的国内身份和经历几乎与之如出一辙；从程宝林的著作来看，章闻之的部分旅美经历恰是程宝林自身旅美经历的写照。因此可以说，主人公章闻之的人生态度在一定意义上恰是程宝林的人生态度。

章闻之作为新移民中赴美的普通一员，不可避免地会逐渐经历挣扎与艰辛的各个阶段。当他面对"生存的挣扎"，首先必须当好一名侍者(要求背菜谱)以立足时，章闻之觉得"那些黑色的菜谱，摊开来，活像是教授的讲义，或是合唱团的歌谱。诗人、作家、编辑、记者、翻译，这些关于身份的好听的词，一下子统统作废"。然而，他"感到的不是悲哀，而是一种类似于恶作剧的戏谑的快乐"。即便遭到他所投靠的《美华旬报》的社长刘文戈的忽略，这一丝不快也很快在其心里默默地转变为一种喜剧式的念头——"我要用自己的方式，介绍自己。"②

究其原因，这与章闻之"戏谑人生的恶作剧念头"不无关联，即便章闻之的名字被"张文虫"替代，与之相关的过往顷刻被作废，但在他看来，"连自己的姓名都被人随意改变，自己不正好可以隐姓埋名，潜伏在这群海外华人中间，静观在异国他乡上演的人间好戏吗"？③ 且，在章闻之塞给汤亚雅的纸条上的文字更加清楚明白地表达了其旅美的人生态度——"我们到美国来，不是

---

① 程宝林：《美国戏台》，北京：东方出版社 1998 年版，第 115、260 页。

② 程宝林：《美国戏台》，北京：东方出版社 1998 年版，第 51、99 页。

③ 程宝林：《美国戏台》，北京：东方出版社 1998 年版，第 107 页。

为了哭，哭肿眼睛；而是为了笑，笑痛肚子。让我们从今天开始，每天笑一次。古代的侠客笑傲江湖，今天的中国人要笑傲美国。"想法别致，也令人刮目相看。的确，作为赴美的众多新移民中的普通一员，往往难以与遭遇的挣扎、艰辛正面对峙，也无法在短时间内轻易地改变自身的艰难处境，那么，戏谑人生的游戏念头、苦中作乐的"黑色幽默"便成为了绝好的精神药方和人生态度，它使人在一定程度上淡化了遭遇艰辛后的沉痛感，也在一定意义上消解了精神之苦。

综上所述，长篇移民小说《美国戏台》呈现了怀乡思故的清新底色和"黑色幽默"的别样特色。

第二章　现代性语境中的地理空间书写

第一节　全球化背景下湖北作家的地方书写

有别于科学主义地理学的地方，人文主义地理学所指的地方"是一种用来表达对世界的态度的概念，强调主体性和体验，而非空间科学的冰冷、僵硬逻辑"，① 具体到文学之中就是指饱含着作家情感体验、审美观照、认知投射的地方。由于视界处于国际、洲际范围之内，海外华文作家笔下的地方最显著的特点在于地方概念的扩大化、多元性。首先，作为出生地、生长地的故乡观念虽然仍旧存在，然而往往被地理范围更广的故国观念所替代；其次，地方概念不仅仅局限于故乡、故国，他乡、他国也扩展为地方性。在全球化背景下，传统的所指单一的故乡观念被打破后，必然演化为多元性的地方观念。我们认为，尽管相当多的海外华文作家仍然心存根深蒂固的"故乡"观念，但以"故乡"为核心的阐释框架已不能完全满足对海外华文文学的阐释需求，而"地方"这一术语则在涵括故乡的同时，因其所指在内涵上具有更大的包容性，故而在阐释海外华文文学时显得更契合、更有效。

一、从地方性的隐匿到地方性的显现

地方性如何在全球化语境中被书写？对这一问题的探讨显然蕴含着如下的逻辑：尽管人人都存在于地方之中，但地方性并非得到了每个人的关注。因此，地方性可以分为隐匿的地方性与显现的地方性两种形态。关注海外华文作家的地方书写，首先要解决如下问题：地方性如何从隐匿状态走向显现状态？

---

① Tim Cresswell. *Place: A Short Introduction* [M]. Oxford: Blackwell Publishing, 2004: 20.

全球化在其中扮演的角色是推动性还是阻遏性的？

通常，人们依据范围的大小标准来划分地理、空间意义上的特殊与普遍，将范围较小的地方看做特殊性存在，将范围较大的全国或全球视为普遍性存在。这种认识论固然没有问题，然而普遍与特殊毕竟处于辩证法的哲学逻辑中，我们是否可以倒转一下固有的认识，将地方视作普遍性存在呢？黑格尔在《小逻辑》中论述："有之为有并非固定之物，也非至极之物，而是有辩证法性质，要过渡到它的对方的"，"当我们说到'有'的概念时，我们所谓'有'也只能指'变易'，不能指'有'"。也即，这里的"有"并非指原初的"一"，而是在"有"与"无"所形成的差异与辩证之中的变易，"变易既是第一个具体的思想范畴，同时也是第一个真正的思想范畴"。①

黑格尔的这一关于认知过程的逻辑哲学观念，对应到地方与全球的普遍与特殊的辩证法时，则正如张旭东所持的观点："每一种文化，在其原初的自我认识上，都是普遍性文化"，然而这种普遍性是"未经辩证思考的、未经世界历史考验的"，因此"未经批判的普遍性，和未经批判的意识或自我意识一样，往往就是一种黑格尔意义上的抽象，是一种天真幼稚的自我中心主义，一种想当然的空洞，一个没有生产性的'一'或'自我同一性'"。② 以上引论给我们带来这样的启示：地方性在遭遇到另一种作为他者的地方性之前，往往并未认识到自己是特殊性的存在，而是将自己作为普遍性存在，几乎每一种文化对自己独特起源性的近乎强迫症似的建构无疑是这种普遍性的体现，这种原初状态的地方性可称之为隐匿的地方性。"无论是作为个体还是作为族群的人类，都易于以'自我'为中心去认知世界。自我中心主义和族群中心主义显然是普遍的人类特性。"③然而，"谁不说俺家乡好"的普遍理念在逻辑上无疑是具有缺漏的，这种缺漏就在于它未经辩证法的考验、未经与他者的比较，这是未经批判的自我意识，是地方性的原初状态，也即隐匿的地方性。

伴随着全球化进程，彼此之间存在的差异性在交流、联系日趋频繁之中似乎也逐渐被抹掉，人类将面临一种均质化的世界。也就是说，地方性在全球化

---

① 黑格尔：《小逻辑》，贺麟译，北京：商务印书馆 1996 年版，第 192、198、199页。

② 张旭东：《全球化时代的文化认同：西方普遍主义话语的历史批判》，北京：北京大学出版社 2005 年版，第 1 页。

③ Yi-fu Tuan. *Topophilia*: *A Study of Environmental Perception*, *Attitudes*, *and Values*[M]. New York: Columbia University Press, 1990: 30.

中面临着日趋淡化甚至消亡的境遇。照此逻辑推衍，在全球化时代中，谈论地方性就成为无稽之谈。然而，正如齐格蒙特·鲍曼所一语道破的："全球化既联合又分化。它的分化不亚于它的联合——分化的原因与促进全球划一的原因是相似的。"①如果说将上述关于全球化带来均质化的观点归为一种幻象的做法显得过于苛刻的话，那么，它也只能作为全球化两种甚至多种面相中的一种而存在。诺埃尔·卡斯特里十分充分地用五点原因解释了地方之间的差异性如何在全球化背景中得以保持，而且给出如下结论："人文地理学家已经证明地方之间的联系越多，地方之间的差异就越多。"②不难看出，全球化提供了一种认识论意义的变易，在与他者的辩证、比较之中，推动着隐匿的地方性走向显现的地方性。

倡导文学地理学批评的邹建军认为："地理感知是作品产生的基础之一，地理感知是作家之所以成为作家的最主要的因素之一。"③照此逻辑推论，全球化视野中的地方性问题，在文学创作者的地理感知之中成为文学作品的表现内容自然成为应有之义。事实上，这一观点在海外华文文学之中确实得到了印证。海外华人文学中的地方性书写总是处于与他者进行对照的视界中，超越了单一性视角，地方性在相互比较之中得以更为真实地显现，为我们提供了深入思考这一问题的场域。

总之，不同的地理、文化环境使得作者对地方性有着不同的感知。当他们身处国内时，地方性并未显示出其足够的独特性，往往处于相对隐匿状态，而当作者身处海外，地方性则真正显现出来。也就是说地方性是在地理、文化迁徙中得到作家的特别关注的，在湖北籍海外华文作家的创作中，的确显示出了这一特点，以下以其中三位作家为例进行简要论述。

在题为《荆门，不得不说的话》的散文里，程宝林十分坦诚地讲道："我拥有两个国家，两种语言，两套价值观，包括价值理念。任何事情，我都有两套。它们在斗争，在妥协，在斗争中妥协，在妥协中斗争。这种斗争，激发起

---

① 齐格蒙特·鲍曼：《全球化：人类的后果》，郭国良、徐建华译，北京：商务印书馆 2001 年版，第 2 页。

② 诺埃尔·卡斯特里：《地方：相互依存世界中的联系与界限》，萨拉·L. 霍洛韦等编：《当代地理学要义：概念、思维与方法》，黄润华、孙颖译，北京：商务印书馆 2008 年版，第 141 页。

③ 邹建军：《江山之助：邹建军教授讲文学地理学》，北京：中央编译出版社 2014 年版，第 75 页。

我的写作欲望。"①也就是说，国外的经历为创作者建构起一种新的认知与价值体系，在新体系的参照之中，国外经验不仅对创作者的故乡书写起到了激发性作用，而且使得这种故乡书写显得更为理性、客观。针对程宝林的散文创作，笔者在与作者的访谈中提出了一个有深意的问题："我想知道的是，这类写家乡、亲人、乡亲的散文，许多是你出国以后写的。假如没有出国，你会这样写吗？换句话说，移居他国后，给你写故乡的散文增添了什么呢？或者说有什么改变呢？"程宝林的回答是："在移居美国十多年之后，这片英语和美元的国度，已经由'别人的国家'变成了'自己的国家'。在经过了海外的大量阅读后，回望故土，我将中国农民的整体性困境和贫困，以及触目惊心的对不平等与不公平的忍受和忍耐，放在中国现代、当代历史的不堪回首的背景下，加以审视和抒写。"②正如欧阳昱在小说《东坡纪事》中写到的，在澳大利亚只有道庄一人来自黄州，他对黄州的认知是在外国人麦克洛克林教授的推动下才更为深入了解的，认识到苏东坡之于黄州与自己之于澳洲之间存在着的同一性。聂华苓的创作也是同样的情况，《桑青与桃红》中的桃红正是在美国移民局工作人员的身份调查下，将桑青写于瞿塘峡、北平、台北的日记一本本寄给了移民局，而随寄的写给移民局的四封信中，展现了美国的地方性。《千山外，水长流》中的地方性也是通过美国记者彼尔在中国的调查与莲儿在美国的经历得到进一步展现的。

二、古典式恋地情结

以人地关系的亲密性作为区分尺度，可将人们对地方的态度分为古典的恋地情结与现代的非地方性两类。古典的恋地情结体现出认知主体在人地关系中的求定意志。所谓求定意志，"意味着力图转化'我们所处世界的不确定空间'，转化这种不定性和潜在的多重性——这是自然之狡计被解构的后果，将之变成导向明确的唯一性"。③ 因此，求定意志不仅仅表现在对故乡、故国的追忆，往往也表现在对他乡、他国的认同上，甚至是故乡、故国与他乡、他国的双重依恋。

---

① 程宝林：《故土苍茫》，北京：东方出版社 2009 年版，第 117 页。
② 江少川：《灵魂独立的自由言说者——程宝林访谈录》，《世界文学评论》2014 年第 1 期，第 1~6 页。
③ 基思·特斯特：《后现代性下的生命与多重时间》，李康译，北京：北京大学出版社 2010 年版，第 26 页。

有哪些故国的地方性被海外华文文学所关注，它们何以在跨国、跨洲的远方仍然被人所记忆、所书写？古典式恋地情结在程宝林的创作中最为典型。程宝林尝试着在其散文中建构一种以歇张村为原点，经由沙洋镇、沙洋县，直至以荆门市为终点的地方性历史。在题为《我终将为他们作序》的序文中，不难发现他的这种壮志："为什么我不能为这个村庄写一本《村庄史》？在这本只涉及一个中国小村的'断代史'中，我要发扬太史公秉笔直书的精神，让那些默默无闻死去的人，其姓名和生平传略能借我的文字，留存下去。"①然而，一个村庄所承载的历史内容毕竟极其有限，哪些内容能够成为作家笔下的史事呢？作家对此并非没有深思熟虑，"小镇没有任何古迹，也谈不上有什么文化名人。小镇的全部风景，都在人心深处"。也就是说，程宝林意在透过地方性这一视角来镌刻出关于人心的史书。其实不仅沙洋镇如此，作者笔下故乡的书写大都如此。"家乡是什么？家乡是出发的地方。但对于远游者来说，家乡是永恒的驿站，在那里，归者聚散，过客歌哭，交换行路人温润的目光。"②一方面，人心是地方之众人的人心，地方在此意义上是世界的一个子集或切面，地方史可以映射出国家史乃至世界史；另一方面，人心又可只是作者一人的人心，书写地方只是为了探究内心出发之处，地方史在此意义上又成为灵魂史。

聂华苓在终极意义上也是具有古典恋地情结的作家。她在自传《三生影像》中，以一首序诗来表达自己的人生感悟："我是一棵树/根在大陆/干在台湾/枝叶在爱荷华。"③此"树"是聂华苓对"三生三世"人生哲学的高度概括。既然聂华苓活过了"三生三世"，回忆录也分为了三部分，每部分均以地理意象为核心要素加以命名：故园、绿岛小夜曲、红楼情事。"故园"指的是中国大陆，"绿岛"指的是中国台湾岛、"红楼"指的是美国爱荷华河畔的红楼鹿园。祖国大陆是聂华苓人生的起点，她在这里出生、成长，加之当时国内政局不稳、战火频仍，给她留下了终生难以磨灭的记忆。武汉、宜昌、重庆、南京、北平等地成为她文学创作中最为常见的地方。三斗坪是湖北宜昌的一个小镇，抗日战争期间聂华苓曾在此住过一年，她的第一部长篇小说《失去的金铃子》就是以此段生活为基础写成的。她在《苓子是我吗？》一文中说："没想到多少

---

①　程宝林：《少年今日初长成》，北京：中国社会出版社 2013 年版，第 8 页。

②　程宝林：《一个农民儿子的村庄实录》，上海：上海文化出版社 2004 年版，第 159页。

③　聂华苓：《三生影像（增订本）》，北京：生活·读书·新知三联书店 2012 年版，第 9 页。

年后，那个地方与那儿的人物如此强烈地吸引着我，使我渴望再到那儿去重新生活。也许就是由于这份渴望，我才提起笔，写下三斗坪的故事吧。"①三斗坪尽管留存着很多青春苦涩的记忆，但这里毕竟是战火岁月中的庇护所，给作者提供了至关重要的中国乡村经验。作为武汉人的聂华苓，汉口租界、江汉关码头、东湖、武汉大学等武汉具有代表性的地点频频进入其作品之中。《千山外，水长流》中得到详尽描写的武汉大学"六一惨案"可以说集中了一个城市之所以被记忆的所有元素。武汉这一城市至少集中了两种人的地方感：对于美国记者彼尔来讲，出于两个原因要到武汉去，一方面他要去看看作为女友徐风莲出生地的武汉，另一方面彼尔正在研究中国的学生运动，武汉大学"六一惨案"标示着高等教育承负着的民族抗争精神，因而武汉也是一块精神高地；而徐风莲却拒绝跟他一起返回故乡，因为她小时住在汉口租界，租界给她最深的印象就是那里的外国人与妓女，在她传统的母亲的观念中，只有妓女才和洋人在一起，武汉因而也与民族的耻辱感联系在了一起。

对于移居海外的华文作家来说，不仅仅故国的地方可以引起人们的依恋感，移居国甚至是旅游之地亦可成为情感认同的处所。吕红在小说《美国情人》中专辟一节，描述她心目中的旧金山，"新旧并存、传统与现代杂糅、东方与西方混合，构成了最具风味的地域特色"。② 旧金山在其笔下体现出了兼容并包的城市精神，这种精神"鼓励那些艺术冒险家、质问者以及探索者表达自己与众不同的思想"。作者在此借艺术家表达出的包容精神或许正是吸引各色人等的真正所在。在欧阳海燕的《假如巴黎相信爱情》中，叶子的妈妈刘春来自江城（即湖北武汉），作为机械师的她，热爱文学尤其是法国文学胜过机械，"家里那一面壁的书柜里，一大半是大小仲马、卢梭、左拉，是梅里美、罗曼·罗兰、巴尔扎克"，"母亲选择来法国，定是与她心中固有的法国印象不无关系"。③ 这里体现出对法国的恋地情结。一般而言，是国外较高的社会发展水平吸引着相对落后国的移民，在吕红、欧阳海燕这里，却是非物质层面的城市自由精神和文学艺术成为人们产生恋地感的主要因素。

作为聂华苓创作的最后一部小说，《千山外，水长流》最能体现出作家的恋地情结，而且是中西双重的恋地。生活在美国石头城的祖孙三代都极具恋地

---

① 聂华苓：《失去的金铃子》，北京：人民文学出版社1980年版，第205页。
② 吕红：《美国情人》，北京：中国华侨出版社2006年版，第93页。
③ 欧阳海燕：《假如巴黎相信爱情》，北京：中国电影出版社2014年版，第1~2页。

情结，面对他人将石头城现代化的意图，坐在轮椅里的老布朗激烈反对，视此行为为挖他的老根；老布朗的儿子彼尔对石头城的依恋表现在，他于生死关头闪现于头脑的念头为——"娥普西河边的黑色泥土真香啊！"；老布朗的外孙彼利通过研究布朗山庄的建筑和历史来表达他对石头城的热爱，"我要生活在泥土上，生活在流水上。研究布朗山庄，就是为了要过那样的生活"。作为中美混血儿的莲儿，在探寻父亲与母亲爱情之谜的过程之中，也建构起她的恋地情结，她在母亲的信件中看到用别称"石头城"称呼南京时，作了如下眉批："竟和爸爸的石头城同名！石头缘。"①此种中美地理的亲和性，同样体现在文中多次提及的娥普西河与长江的亲和之上。莲儿的恋地情结正是在这种地方亲和中建构起来的，而地方的亲和正是中美两种异质文化的相互融合与相互认同。

　　与聂华苓有着类似人生经验的彭邦桢，生于湖北黄陂，后去台湾又至美国。以创作于美国的名作《月之故乡》为代表的一类诗歌表达出寄居海外的思乡情感，论家已多有论述。诗人的诗集《巴黎意象之书》却开掘出另一种书写地方的路径，他写的既不是故乡中国，也非移居地美国，而是旅途中的法国巴黎。诗人笔下的巴黎，并非一般游客浮光掠影、走马观花式的浮夸抒情，而是思想探求之诗："关于巴黎，我曾知道很多。但我究竟该从何去写巴黎呢？是该作个纯粹感性的诗人曾在巴黎街头散步，还是该去作个哲学家的思想诗人曾在巴黎街头散步呢？应说这两者都可，惟我并不属意前者。这就是说，与其纯粹，不如思想；与其思想，不如探求。"十首诗歌前九首每首摹写一个地方，如香榭丽舍、亚历山大桥、凡尔赛宫、埃菲尔铁塔、红磨坊等地，后一首总结整个巴黎之行。巴黎这一地方一方面容纳进了诗人丰厚的历史感，另一方面也与诗人的故乡、移居地发生了联系。《香榭丽舍之秋》将秋天的法国梧桐拟人化，"当西风清曲梧桐：若梧桐诵读百科全书"、"当西风清角梧桐：若梧桐回忆华伦夫人"、"当西风清商梧桐：若梧桐浩歌悲惨世界"，诗中融进了启蒙主义的伏尔泰、浪漫主义的卢梭和雨果，巴黎当时之景物与巴黎过往之历史如此在诗中得以联系。《罗丹纪念馆之石》摹写巴黎作为一个石头之城的独特魅力，而在此诗的注三中，诗人谈到自己从小对石头产生兴趣的两个原因："因我的故乡就是个多石头的土地，那里有座矿山，几乎满山都是岩石。而我自小对文

---

　　①　聂华苓：《千山外，水长流》，成都：四川人民出版社 1984 年版，第 57、20、286页。

学产生兴趣，最早是从《石头记》开始。"①《红磨坊之舞》则将红磨坊与麦子两种原本并无关联的意象紧密联结在一起，这一方面与诗人从文学中得来的对"红磨坊"的想象之美有关，另一方面与诗人在故乡的种麦经验以及对麦子的审美好感有关。总之，《巴黎意象之书》这一诗集，表达出一种融合了故乡、移居国、旅游地三种地方的浓厚的恋地情结。

三、现代性语境中的非地方性

与古典恋地情结相反的是，现代性的反思则在某种程度上体现出求知意志。求知意志"解构一切确定性，打的名义是社会范畴和文化范畴要有能力揭示人为狡计，并由此规定自身在世上的定位和导向"。② 非地方性不是对地方性的无视、忽略，而是地方性的一种特殊形态，是面对地方性时的一种认知态度，即人的求知意志。非地方其实可以对应于段义孚所说的与地方相对的空间，而空间与地方并非是完全对立关系，而是相辅相成关系。"即使地方的力量渐趋衰微甚至经常遗失了，作为缺席的它继续定义着文化与认同。作为在场的它也继续改变着我们的生活方式。"③聂华苓的《桑青与桃红》与欧阳昱的《东坡纪事》分别从女性与男性视角刻画了这种求知意志。

在聂华苓的第二部长篇小说《桑青与桃红》中，依次由瞿塘峡、北平、台北、美国独树镇、田纳西、唐勒湖、第蒙等构成了一个多样的、动态的、变化的地方链条，地方不再是单一的、静态的、凝固的。在多个地方的流动之中，地方不再提供依附感，而为女性主体意识的不断觉醒、建构提供了地理学意义的认知资源。桑青时期由瞿塘峡、北平、台北到美国独树镇的地理迁徙是被迫的、过去时的，带有强烈的压抑性。比如说台北带给桑青的就是这样一种地方感，这种地方感主要是通过作品中狭小逼仄的空间象征得以体现：桑青与丈夫沈家纲躲藏的台北阁楼，不仅仅只有四个榻榻米大小，而且屋子很低矮，以至于"我们不能站起来，只能在榻榻米上爬。八岁的桑娃可以站起来，但她不

---

①　彭邦桢：《巴黎意象之书》，北京：中国友谊出版公司1985年版，第50、1、29页。

②　基思·特斯特：《后现代性下的生命与多重时间》，李康译，北京：北京大学出版社2010年版，第27页。

③　Lucy R. Lippard . *The Lure of the Local*：*Senses of Place in a Multicentered Society*[M]. New York：The New Press, 1997：20.

肯，她要学大人爬"。① 人原本是从爬行动物进化而来的，如今阁楼中的人却要爬行，退化为爬行动物。桃红时期地理迁徙的三种地方田纳西、唐勒湖、第蒙象征着反越战游行、西部拓荒、原始生活，不仅仅是主动的、现在时的，而且可以说是带有任意性的恣肆汪洋，主体性得到了最大限度的释放。因而，有学者认为："用弗洛伊德角度观之，桃红乃本我（id），桑青乃超我（superego），故事的发展由象征原欲动能的本我杀死象征道德教化的超我。"桃红最后自诩为"一个来自不知名星球的女人"，② 这种主体性的无限放大借由外太空星球这一地方来加以象征。邹建军认为地理是"天地之物"，③ 不仅仅指地球，也涵括外太空在内。外太空的浩渺或许是最能象征人类的无限观念，赋予了人类认知的无限可能性。

欧阳昱尽管也书写祖国尤其是故乡等地方，但并非恋地情结式，他的地方书写带有浓重的现代反思精神。比如同是写武汉大学，聂华苓侧重于写历史事件中的武汉大学所担当的反抗精神，而在欧阳昱的《东坡纪事》中，道庄的妻子夏雨和吴聊均来自武汉大学，大学在某种程度上成为一个功利性浓厚的留学跳板。有学者认为《东坡纪事》"暴露了作者迎合移居国主流社会、套用东方主义话语对祖国竭尽攻击的意图"，④ 这个判断恐怕有值得商榷之处，因为在欧阳昱小说、诗歌复杂的人地关系中，机械、僵硬的两分法失去了判断效力。"反家园"与"非家园"之间尚存巨大的差异，如果从非地方性的角度看，说其"反家园"恐怕则是言过其实。对于欧阳昱的创作，更应以现代性的目光加以关注。

非地方性首先体现在故国、故乡层面。家乡的赤壁大学在是否聘用道庄这一问题上产生的分歧，源于对他的身份困惑——他是不是澳大利亚人。如果他不是澳大利亚人，或者说移民到澳大利亚的中国人被断定为非澳大利亚人，那么就没有聘用他的必要。"在中国，我被认为是有价值的，并非因为我是中国

---

① 聂华苓：《桑青与桃红》，沈阳：春风文艺出版社 1990 年版，第 148 页。

② 聂华苓：《桑青与桃红》，沈阳：春风文艺出版社 1990 年版，第 196 页。

③ 邹建军：《江山之助：邹建军教授讲文学地理学》，北京：中央编译出版社 2014 年版，第 6 页。

④ 王腊宝、赵红梅：《"流亡者归来"——评欧阳昱小说〈东坡纪事〉中的反家园意识》，《解放军外国语学院学报》2005 年第 6 期，第 78~82 页。

人，而是因为我是澳大利亚人。"①其次，非地方性也体现在所移居的澳大利亚。小说第 17 章写道："'此心安处是吾乡'，苏东坡曾说。……对我而言这却并不适用，所到之处我心恰恰无法找到安宁，无论是在澳大利亚还是中国抑或是世界的其他任何地方。"②背后的原因何在？小说中的主人公并不是没有做出过将澳大利亚视为可依附之地方的努力。道庄"曾寄厚望于澳大利亚……将其看作是一片机遇之地"，然而澳大利亚却只向来自英联邦国家的公民敞开，"即使我已向澳大利亚表示效忠，它却依旧视我为非澳大利亚人"。③ 种族显然在此隔离感中扮演了重要角色。有学者认为唐人街作为独特的地理空间，既"是传承中华文化传统的'飞地'"，又"见证着华侨残破的淘金梦"，④《淘金地》中的柔埠，一方面体现出以广东人为主的淘金者对本土恶劣生存环境的逃避，另一方面，这种逃避无疑又陷入另一种恶劣环境。《东坡纪事》中强调"澳大利亚是一个起源于罪犯的国家"，⑤ 也就是说澳大利亚是英国人对罪犯的逃避行为所无奈之地。欧阳昱描写的双重的逃避，其实也是双重的隔离：既与母国文化隔离，又与移居国文化隔离。欧阳昱在其创办的中英文文学杂志《原乡》(Otherland)发刊词中写道："'原乡'之于'异乡'，正如'异乡'之于'原乡'，是一正一反的关系，宛如镜中映像。"⑥小说中道庄这一名字谐音"倒装"，作者确实就这一名字的前后颠倒显示出无所谓的态度，表面上这只是一种文字游戏，却深刻反映出道庄的文化心理特征。也就是说，对一个地方的感受不再是单一性的了，而在现代性的格局之中变得多义而复杂，而这正是非地方性的面相。

在非地方性中，给作者带来的认知可归纳为以下几点。首先是世界由实用理性思维主导。母亲的死正好发生在道庄找工作之时，加之家人也没坚持让他

---

① Ouyang Yu. *The Eastern Slope Chronicle*[M]. Blackheath：Brandl & Schlesinger, 2002：296.

② Ouyang Yu. *The Eastern Slope Chronicle*[M]. Blackheath：Brandl & Schlesinger, 2002：289.

③ Ouyang Yu. *The Eastern Slope Chronicle*[M]. Blackheath：Brandl & Schlesinger, 2002：25.

④ 江少川：《新移民文学的地理空间诗学初探》，《华中人文论丛》2013 年第 3 期，第 6～13 页。

⑤ Ouyang Yu. *The Eastern Slope Chronicle*[M]. Blackheath：Brandl & Schlesinger, 2002：53.

⑥ 庄伟杰：《流动的边缘》，北京：昆仑出版社 2013 年版，第 70 页。

回国，因而他就没去奔丧。"她已经死了，回家去看她的死尸并无任何意义，因为我并不能跟她说话，而她也不能再看到我。"①从道庄的这一番解释中，不难看出传统的断裂与现代性中以实用理性为主导的思维逻辑。"在我出生、长大、工作的家乡，我的记忆无非只是赚取金钱的现实，我现在强烈地意识到家不过只是过往云烟。"②澳大利亚同样如此，"东方与西方之间并无区别。对二者而言，金钱才是绝对真理"。③ 文学也被经济化，小说中写到的万事通（Ston Wan）弃文从商，认为从事文学实在是傻瓜们的职业。学术研究也无不充斥着实用理性思维，吴聊在澳大利亚的导师肖恩（Sean Dredge），作为一位历史学家，却拥有商人的头脑，他接收吴聊的唯一原因在于吴聊对他来说是有用的，吴聊在他看来不过是一种商品而已。

其次是价值虚无主义。实用理性思维的主导的最大弊端就在于消解了人们原有的价值信仰，价值观念的模糊及消失必然带来虚无主义。小说中对吴聊的姓氏"吴"作了一番介绍，"在汉语中，它听起来像极了'无'字。即使组成了新的词组，仍旧保有其空无的意义，还有无名的、空虚、无所事事、无处可藏等附加意，甚至无聊"。④ 作为一名交换生，"他的澳大利亚之行本是为了研究澳大利亚历史的，但私下里他却知道那里并没有太多值得研究的"，"当今人们所去的世界范围内的所有地方之中，澳大利亚恐怕是最荒凉的"。⑤ 这种地方感是其精神状态的隐喻，其精神状态集中体现在其虚无历史观。在文本中吴聊是通过道庄来转述的，在某种程度上吴聊可看为道庄内心的影子。

最后，是对虚无主义的抗争，尽管这种抗争显得势单力薄。欧阳昱早年写于大陆的小说《愤怒的吴自立》中的吴自立，尽管对世界的无意义状态充满了愤怒，试图自杀，但最终在捡到一本日记后，"我胸中郁积已久的烦恼、仇

---

① Ouyang Yu. *The Eastern Slope Chronicle*[M]. Blackheath：Brandl & Schlesinger, 2002：31.

② Ouyang Yu. *The Eastern Slope Chronicle*[M]. Blackheath：Brandl & Schlesinger, 2002：73.

③ Ouyang Yu. *The Eastern Slope Chronicle*[M]. Blackheath：Brandl & Schlesinger, 2002：345.

④ Ouyang Yu. *The Eastern Slope Chronicle*[M]. Blackheath：Brandl & Schlesinger, 2002：50-51.

⑤ Ouyang Yu. *The Eastern Slope Chronicle*[M]. Blackheath：Brandl & Schlesinger, 2002：52.

恨、不幸、忧愁顿然消失，我不禁觉得我自杀的时机尚未成熟"。① 在《东坡纪事》中，黄州与苏轼有关的地理意象、风物、古迹等几乎被写尽了：大到长江、龙王山、西山，小到赤壁公园里的雪堂、二赋堂、酹江亭、睡仙亭等，甚至写到很多与苏轼有关的食物，如东坡肉、东坡萝卜、东坡藕汤等。苏轼并非欧阳昱的同乡，只是被贬谪到了黄州而已，但他却成为黄州最为出名的文化符号。道庄说："我甚至把自己想象成苏东坡，生活在一个中国与西方世界没有联系自乐于他自己的百姓和国家事务的时代"，② 然而，"我只是一个堕落版的苏东坡，因为我连半篇诗赋也写不出来，甚至十分之一篇也不行，不得不满足于将一种语言的知识传授给一个将之视为普通交流工具，只对其商用价值感兴趣的民族"。③《东坡纪事》中苏轼作为道庄的镜子，一方面是自喻，前人遭贬谪，今人被"流放"；另一方面，却更是自嘲，苏轼始终活得风流洒脱，千古留名，而道庄却沉沦于世，活不出人生之真味。《东坡纪事》中还有一个细节值得特别关注：道庄为自己过于中国化的名字重新命名为"Zane Dole"，吴聊不仅将澳洲当地人称为 Reservoir 的湖命名为"东湖"，"事实上，他最近将他周围所有的环境重新用汉语命名"。④ 尽管前者是从中国向外国的转化，后者是从外国转化为中国，但两种重新命名所体现出的地方性认同是一致的。而"命名是赋予空间意义，使其变成地方的方式之一"。⑤ 无论是吴自立的最终放弃自杀、道庄的以苏轼自嘲，还是吴聊、道庄的重新命名行为，都显示出对虚无主义的抗争，人们并不是不渴望地方带来的依附感，尽管对地方认同的渴望最终湮灭在现代性之中。

在一首题为《6·18》的诗歌中，欧阳昱描述了遭遇地方性的日常场景：一封来自新西兰的电子邮件告诉"我"，如果我是新西兰公民或居民，可向某网站投稿。新西兰这一地方性的名字在这首短短八行的诗中出现了三次，然而"我"却是在无国界的世界性网络之中遭遇到这种地方性的，倍感尴尬的"我不

---

① 欧阳昱：《愤怒的吴自立》，墨尔本：原乡出版社 1999 年版，第 227 页。

② Ouyang Yu. *The Eastern Slope Chronicle*[M]. Blackheath：Brandl & Schlesinger, 2002：291.

③ Ouyang Yu. *The Eastern Slope Chronicle*[M]. Blackheath：Brandl & Schlesinger, 2002：311-312.

④ Ouyang Yu. *The Eastern Slope Chronicle*[M]. Blackheath：Brandl & Schlesinger, 2002：139-140.

⑤ Tim Cresswell. *Place：A Short Introduction*[M]. Oxford：Blackwell Publishing, 2004：9.

知道该不该告诉这位赌徒先生/我已决定成为世界公民"。① 决意成为世界公民，意味着超越国家、民族、文化等之间的国有界限与鸿沟，表明诗人面向一种具有极限意义的求知意志。

恋地情结是求定意志的结果，人们对地方采取的是审美的价值取向，反映了人归于自然的态度；非地方性则是求知意志的产物，人们对地方采取的是认知的价值取向，反映的是人的自主性。人的求定意志与求知意志对应于段义孚的人文主义地理学术语即地方（恋地情结）与空间（非地方性）。段义孚认为，空间具有运动性和敞开性的特点，而地方是被封闭和人性化的特殊空间，"与空间相比，地方是既定价值体系的宁静中心点"，由于空间和地方均各有利弊，因此"人类既需要空间又需要地方。人生就是庇护与冒险、依附与自由之间的辩证运动。在敞开性的空间中人可能强烈地意识到地方；在遮蔽之地的孤寂中远方广袤的空间又寻求着令人无法忘怀的在场。一种健康的生命应同时欢迎限制与自由、地方的界限与空间的敞开"。② 在对湖北籍海外华人文学的探讨中，我们发现，尽管不同的作家对两种基于地理学的人类意志各有所侧重，但要想在严格意义上进行绝对区分也非易事，求定意志与求知意志往往以彼此交相呼应的状态共存于人们内心深处。

最后值得指出的是，在考察作为整体的文学创作群体时，还应区分完成状态与未完成状态两种作家。就本论题来讲，聂华苓、程宝林等当属于完成状态的作家，而欧阳昱、吕红、欧阳海燕等应列入未完成状态的作家。对于后者，理应持一种动态发展的眼光加以关注和审视。借用段义孚的术语，他们时刻处于中西文化交流的"广袤的空间"之中，在敞开性的运动之中，随着意义的凝结，新的地方也会因之生成。

第二节　聂华苓《失去的金铃子》荆楚山水的空间建构

《失去的金铃子》是著名华裔作家聂华苓于 1960 年在台湾创作的长篇小说，出版后引起了强烈的社会反响，成为其创作生涯的代表性作品。这是一部带有回忆性质的小说，也是一部蕴含多重主题的作品：其一，小说通过对发生

---

① 欧阳昱：《诗非诗》，上海：上海文艺出版社 2011 年版，第 259 页。

② Yi-fu Tuan. *Space and Place*：*The Perspective of Experience*［M］. Minneapolis：University of Minnesota Press，2001：54.

在鄂西小镇三斗坪的人间情事的回忆，寄寓了对楚乡故土的深切怀念之情；其二，通过对巧巧、丫丫、玉兰、新姨等女性形象的描绘，展现了三四十年代深受封建思想禁锢的妇女的真实处境；其三，小说讲述了我——苓子——一个青春期少女内心的成长历程，以细腻而富有哲理的笔调探讨了女性成长发展的主题，"我不想单单写那么一个爱情故事，我要写一个女孩子成长的过程。成长是一段庄严而痛苦的过程，是一场无可奈何的挣扎"。①

　　无论作品的主题如何理解，我们都不可忽略小说故事情节发展所处的地理背景——鄂西，它让我们熟知了一个处于特定历史时期的、位于长江三峡西陵峡中段南岸的小镇——三斗坪，也使读者认识了在这个特殊历史时空中所反映出来的独属于鄂西地域的文化风貌，这个特定的创作空间对于作者聂华苓来说有着特殊的情感和价值意义，因为"任何作家与作品，都存在一个地理基础与空间前提的问题，因为任何作家与作品都不可能在真空中产生出来，任何文学类型也不可能在真空中发展起来"。② 作家的作品、风格、气质与其生活环境与地域文化有着非常直接的联系，无论小说表现哪一种主题，都离不开特定的地理空间。中国人常说"一方水土养一方人"，在中外文学史上，凡有成就之作家都有一块其非常熟悉的土壤，这块土壤不仅赋予了他们取之不竭用之不尽的创作灵感和创作素材，而且赋予了他们特殊的精神气质和创作风貌。对聂华苓来说，长江三峡就是那片熟悉的土壤，她将自己丰富的人生阅历和深切的人生体验融入小说的文本和叙事中，独具匠心地为读者勾勒了一个充满特殊地域文化色彩的长江三峡地理空间意象，给读者留下了深刻的印象。

一、根植于童年的鄂西文化印记

　　"没想到多少年后，那个地方与那儿的人物如此强烈地吸引着我，使我渴望再到那儿去重新生活。也许是由于这份渴望，我才提起笔，写下三斗坪的故事吧。"③特定地理空间及其文化印记作为人的文化的一种存在方式，成为作家童年经验和人生性格的重要组成部分。

　　1938 年，13 岁的聂华苓在战火中离开武汉，开始了漫长的流亡生活。她

---

　　①　聂华苓：《失去的金铃子》，北京：人民文学出版社 1980 年版，第 207 页。

　　②　邹建军、周亚芬：《文学地理学批评的十个关键词》，《安徽大学学报（哲学社会科学版）》2010 年第 2 期，第 35 页。

　　③　聂华苓：《失去的金铃子》，北京：人民文学出版社 1980 年版，第 205 页。

与母亲历经千辛万苦，终于来到了这个清澈而淳朴的鄂西小镇，在这里她度过了快乐而难忘的一年童年时光。"家庭的恩怨，战争的灾难，都远在大江之外了。溪水，山野，人情，都那么单纯自然。"①三斗坪给聂华苓留下的回忆是美好的，也是特别的，这里的一人一事、一草一木在稚嫩少女的心中刻下了难以磨灭的印记：临江的河坝、大大小小的木船、土砌的阶梯、长长的石板路、石板路旁一溜的茶馆、面摊、小饭馆、肉案子、纤绳铺子、花纱行、伤兵医院、旧祠堂、天井里的薄木棺材，还有背着竹编背篓的男女、卸货的力夫、吊着一只胳膊的伤兵、穿着白竹裤子的船老板、叼着长旱烟袋的花纱行老板、拿着棉花糖流鼻涕的男娃、打两条辫子的女娃、抖着湿漉漉的红布裤子连笑带骂的女人……古朴的三峡小镇风景优美，与世隔绝，虽处于乱世，但依旧保持了淳厚古朴的民风。临江绝壁、激流险滩，这样的自然地理形势决定了其封闭性，极端的生存环境造成了民生的艰难、贫穷，也熔铸了其血液中的固执与倔强。这里的人们封闭却不保守，他们怀有楚人特有的浪漫乐观的气质，对天地万物抱有膜拜和无限的遐想，这是属于荆楚之地的独特人文风貌。如果说沈从文建构了一个充满神秘色彩的湘西世界，那么聂华苓则描绘了一幅处于特定历史时期的长江三峡风情画卷，千姿百态人物形象构成了独具特色的人文景观，而给人留下最深刻印象的，无疑是在长江上迎风破浪的船夫和行走在临江绝壁边的纤夫：

"崖壁临江，崖下的缺口有些小木房子。我坐在路边石头上，雨又纷纷落下。我又没戴起斗笠。微茫烟波里，三两只木船由上游流下，船夫在船头两旁摇着桨，唱着调情小调，夹着粗野的话，对于四周翻滚的白浪视若无睹的样子。船上掠着花布衣服随风招展。而远处，在下游，十几个纤夫拉着纤绳，半裸着身子，在陡峭的崖壁上匍匐着前进，身子越弯越低，几乎碰着地面。河里的木船像一把小小的钝刀，吃力地切破白浪，向上驶来……"

滩河峻激，顽石赭土，地质刚坚，在这种条件下讨生活，必须要付出艰辛的劳动，也会练就劳动者顽强奋斗的精神；富于浪漫色彩的楚地文化又为这片神奇的土地增添了活泼自由、个性张扬、豁达率性的特点，使得生于荆楚之地的三峡儿女天生就具有原始狂野的力量和蓬勃的生命力。面对急流险滩，船夫纤夫们依旧激流勇进，冒着翻船的危险急渡险滩，全然不把生命放在眼里，即使丧失性命也从容无悔。他们以微弱的力量来抗击苦难，以乐观的精神来面对

---

① 聂华苓：《三生影像》，北京：生活·读书·新知三联书店 2012 年版，第 78 页。

挫折，以调情的小调和粗野的话语来戏谑命运，"在这儿，自然是坚韧的，生命是坚韧的"。① 这刚健而蛮横的原始性情，生根于泥土与大江中的韧性，对"生"的欲望和对"死"的乐观，在"哎哟、哎哟"的号子和"咚、咚"的鼓声中凝结着火山爆发的恣情，传递着对命运不屈不挠的呐喊。

这种坚毅乐观的性格深深地影响着聂华苓，逐渐成为其性格印记。漂泊半生，屡遭不幸，但她从来不曾放弃生活的希望。1960 年，因屡次发表刺痛台湾当局的言论，聂华苓工作了 11 年的《自由中国》被突然停刊，刊物负责人雷震因"涉嫌叛乱"被捕，此时的聂华苓不仅失去了生活的来源，更是失去了精神上的支柱。她和《自由中国》的人全隔离了，内忧外困的压力使她陷入迷茫，"我成了一个小孤岛，和外界完全隔绝了，那是我一生中最黯淡的时期：恐惧、寂寞、穷困"。② 身处此境地中，她回想起了童年艰难的岁月，长江上的急流险滩、江水中咕噜咕噜旋转活像蛟龙的木船、不朝天不朝水却朝着奇形怪状的石崖的纤夫——他们对着鬼门关咒骂，在江水的怒吼中"哎呵哎呵"地与命运作着顽强的抗争，内心澎湃着的思乡之情被再次激发起来，并促使她对人生、自由、正义作进一步的思索，她开始埋头写作，以这样的方式排遣心中的抑郁，"《失去的金铃子》就是在那个时期写出的。它使我重新活下去，它成了我和外界默默沟通的工具"。③ 可以说，这是与根植于童年的三峡文化印记与熔铸于血液中的楚人精神密不可分的。

二、融入生命体验的三峡意象群

特定地理空间中的代表性意象对作家的创作也有深远的影响。细读聂华苓的作品，给人留下最深刻印象的就是三峡、鄂西意象群，而其中水意象给人留下最为深刻的印象。水，融入了聂华苓的人生，见证了她的生命轨迹。"我这辈子恍如三生三世——大陆、台湾、爱荷华，几乎全是在水上度过的。长江、嘉陵江、爱荷华河。"④水，不单单只是一种自然意象，更是聂华苓生命体验的象征。

水带来了两岸的分离，隔绝了原乡与异乡的血脉，江水寄托了对楚乡、家

① 聂华苓：《失去的金铃子》，北京：人民文学出版社 1980 年版，第 3 页。
② 聂华苓：《失去的金铃子·写在前面》，北京：人民文学出版社 1980 年版。
③ 聂华苓：《失去的金铃子·写在前面》，北京：人民文学出版社 1980 年版。
④ 聂华苓：《三生三世》，天津：百花文艺出版社 2004 年版，第 272 页。

人魂牵梦萦的思念。"现在，我就在爱荷华河上，看到我和母亲弟妹坐在急流险滩上的木船上"，"母亲送我到镇上上船。娘儿俩流着泪，在连绵起伏的山路上走，母亲频频叮嘱：冷暖小心，多多写信，不要挂念家，专心读书"。①

水，承载了她人生的悲欢离合。茫茫江水，寄寓着失去亲人的悲怆——"大江滔滔流去。汉口汉江关钟楼挂着白布横幅，上面是爷爷写的气势雄伟的颜体：魂兮归来"；茫茫江水，诉说着面对凶险的恐惧——"船咕噜咕噜越旋越快。水哗啦哗啦溅进船舱，活像蛟龙在船的四周打滚，要把船绞到河底"；茫茫江水，暗哑着被迫流亡时的哽咽——"我在坡上回顾烟波苍苍的长江，忽然想起一个女孩子颤抖、善感的歌声。她唱着流亡的歌，唱得全班吞声饮泣"；茫茫江水，还表达了对新生活的美好愿望——"苦也好，乐也好，独立了，自由了。江水带我们去一个新天地。从此我就在江水、海水、溪水上漂流下去了，再也不回头了"。

水，也是重获新生的希望。顺着江水，渡过险滩，她来到了临江而生、人亲土亲的鄂西小镇三斗坪。江水隔离了战火，幼小的华苓在这里度过了最快乐的童年时光，"母亲对我说：这是我这辈子过得最好的日子。你爹死了，受人欺侮，季阳也死了，又打仗，我活不下去了。三斗坪救了我。以前的苦日子，即便好日子，我也忘记了"。②

水，开启了她创作的源泉和对生命的考量。正如江水的特质，时而清丽透明，时而泥沙俱下，生发于长江两岸的古老文明，虽保留了原始的淳朴与善良，却也继承了历史的保守与愚昧。幼小的华苓虽不谙世事，却也在心里留下了一些人事的印记，"（母亲）和她的舅妈、姨妈、表姐、表妹、表嫂谈笑，讲她打小辫穿大花袄来外婆家的事，也谈三斗坪的是是非非。哪个老头和哪个小表妹偷情呀，哪个表嫂的丈夫在重庆有了女人呀。诸如此类的事。原来山清水秀的三斗坪也有'七情六欲'"。③ 古老的三星寨既是空灵澄澈的，也是混沌落后的。她听母亲讲了方家三嫂与军官的故事，"纤瘦的身材，不老实的大眼睛，说话声音沙哑"的"三斗坪最美的女人"——方家三嫂，便是《失去的金铃子》中巧姨的化身，一年四季躺在床上哼哼唧唧的方老太太，在下江娶了个离婚女人的大儿子，矮个儿、哈着腰的小儿子，打算与方家三嫂私奔最终却被枪

---

① 聂华苓：《三生影像》，北京：生活·读书·新知三联书店 2012 年版，第 79 页。
② 聂华苓：《三生影像》，北京：生活·读书·新知三联书店 2012 年版，第 78 页。
③ 聂华苓：《三生影像》，北京：生活·读书·新知三联书店 2012 年版，第 78 页。

毙的地方官……一切记忆中的人与事便成了《失去的金铃子》中人物故事的原型。多年以后，当她回忆起三斗坪的童年往事时，她开始重新思考人生的意义、反思古老的文明，"长江流了几千年了，这些东西还在这儿！咱们这个国家太老太老了"！一个"太老"，是聂华苓对古老文明所沿袭的愚昧生活的否定，是对百姓安于现状、不思进取的忧虑。"秋晨的阳光，柔软的潭水，闪烁的沙滩，粗糙的石头……这一切我在哪儿见过，在遥远的日子里，在古老蛮荒时代。不是吗？山呀，风呀，树木呀，流泻的蓝光呀，都还是原样儿，而我经过了世世代代的生与死，突然才记起原来我也是它们的同类。"①

水，是感性的存在，受到水的影响，聂华苓在创作中比较注重反观自身，深入开掘创作主体内心的心理感受。对于童年生活过的故土，三斗坪是一个有着特殊象征意义的地理空间意象，是困顿之中寻找的精神家园。那个远离战争硝烟、世外桃源般的三斗坪也是在逆境中规避现实、重新思考人生的避风港。"丫丫和我走下山坡，走上大路，没有多久就看见一潭绿水，潭边有一棵弯曲的大树，树枝掠在水面上，树上系着一只竹排。我们解下竹排，跳了上去，除了脚下一块木板，竹排几乎全浸在水里。我们让竹排随水漂荡。四面是陡峭的岩石，只看得见顶上的蓝天与脚下的绿水。宇宙好像缩小了，逼在眼前，显得如此肃穆。水清澈极了，照着四颗闪亮的眼珠子。"②这里的水是恬淡而优美的，是苓子内心澄澈纯洁的象征，是静谧时光流逝的喻指。青春与梦想在这里平静如水，苓子就在这份淡淡的忧愁与希望中逐渐走向成熟。也许聂华苓正是要通过这一段水的描写含蓄地告诉人们：水既是宁静的，也是深邃的，平静的水面正如一面镜子，映射出宇宙的轮回与人间的百态。"水"不仅是生命的源泉，也是生命向前发展的力量。水淌过聂华苓一段段人生，那温柔如水的性格和坚硬如水的意志支撑着聂华苓的人生理念，把她对历史、社会人类命运的沉思和关怀冲到人们的眼前，冲进读者的心里。

聂华苓在写作中所选择的整体空间环境里，还出现和存在着更具体、更深层的承载和寄寓主题的空间意象群。除水之外，小说中还呈现了两个意味特别的意象——金铃子和杜鹃。金铃子在文中既象征了天真、淳朴、自然，又隐喻了内心无法排遣的寂寞，"我正感到失望，忽然听见一个声音，若断若续，低微清越，不知从何处飘来，好像一根金丝，一匝匝的，在田野上绕，在树枝上

---

① 聂华苓：《失去的金铃子》，北京：人民文学出版社1980年版，第126页。
② 聂华苓：《失去的金铃子》，北京：人民文学出版社1980年版，第38页。

绕，在我心上绕，越绕越长，也就越明亮，我几乎可以看见一缕细悠悠的金光，那声音透着点儿什么？也许是欢乐……不，也不是悲哀——不是一般生老病死的悲哀，而是有点儿不同的东西，只要有生命，就有它的存在，很深，很细，很飘忽，人感觉得到，甚至听得到，但却无从捉摸，令人绝望，我从来没听到那样动人的声音"，① 对金铃子的摹写强化了作家寂寞情绪的宣泄。杜鹃在文中一共出现了四次，"灰褐色的身子，暗黑的嘴，黑条纹的肚子，长长的黑尾巴"，每次都出现在主人公寂寞情绪难以排解时，象征了作者面对苦难、接受苦难、超越苦难的人生态度。"我经过了一场战争，不论胜败，战争已经过去了，我真正自由了，不为任何情绪所苦了，只是为自己而活着，根据我内心的真理，沉默而严肃地活着。生活不是诗，而是一块粗糙的顽石，磨得人叫痛，但也更有光彩，更为坚实。人的一生都会粘上一些黑点，只要我们在适当的地方将黑点调节起来，加上休止符，黑点就变成了一首美丽和谐的音乐。"② 苓子大病后的这段内心独白，是作家的生命体悟。

在这些意象中，我们可以深切感受到作者努力建构的人与自然的和谐空间，因为只有在和谐统一中，才有完美的生命存在的可能，而这种完美的生命，正是作者追求的理想。在描写自然景物时，她能调动全部感情和表现手法，将所要表达的对生命的思考，融入人物的心灵世界，无论是单纯的心灵、复杂的心灵、洁美的心灵，都能于细微处见真实，见透彻。她所安置的种种意象，就不再仅仅是一种自然意向，她更显出一种细微的美，一种真实、透彻的美。

三、特定时空的多重建构与对话

文学作品中的人物形象的活动空间是融入作家的审美意志和主观情感的艺术空间，它是在原始客观的空间基础上加以概括、综合和创造的，是为展现作品人物性格命运和人格发展变化服务的，同时也是作者创作理想和创作处境在作品中的投射。三斗坪这个空间具有多重意义，通过三斗坪这个地方，我们不仅可以了解长江三峡的历史人文风貌，更可以体会到一种与现实格格不入的阻隔与停滞，在跨时空的书写中探寻作者的创作意图和创作主题。前文提到，聂华苓创作这篇小说时正处于人生的最低谷，现实的残酷使她无力应对困局，孤

---

① 聂华苓：《失去的金铃子》，北京：人民文学出版社 1980 年版，第 7 页。
② 聂华苓：《失去的金铃子》，北京：人民文学出版社 1980 年版，第 188 页。

立无援的情绪整日侵袭着她，令她产生避世情绪，但她却不想放弃生活的希望，依旧借助于文字来表达对生命的思考，这种复杂的创作心态自然影响到小说的时空建构，使得小说的时空具有多重性。

小说开篇就将人物置于孤立无援的境地中，我——苓子在高考结束后回到童年生活过的三峡小镇三斗坪，独自在外求学的孤寂伴随着强烈的思乡之情侵袭着"我"，"妈妈在哪儿呢？当我站在那陌生的河坝上，四顾寻找妈妈的时候，那迷失、落寞的感觉，我却不能忍受了"。① 而当我坐上三峡特有的一种交通工具——筻子，由淳朴善良的力夫们抬进山里的时候，顿时便忘却了尘世的烦恼，"'喂，看啊，喂，看稀奇呀！'一群孩子在后边跑着大嚷，'看这个大姑坐筻子啊！'"，"一个身穿蓝印花布衣服、头缠白布的女人，两肩缩着一条杯口粗的青蛇，神态自若地朝我们走下坡来"，"那群孩子又爆出一阵大笑"，"我定神一看，原来她背着的正是一个竹编的背篓……她回头朝我笑了一下，透着点儿善意的嘲讽"。寥寥数笔，便勾勒出一个与世隔绝的世外桃源景象，"我"坐筻子时的窘迫模样、三峡力夫热情幽默的话语、山里女人的善意嘲讽的微笑、淳朴孩子们的喧笑打闹，营造出一种与现实空间不相容的隔离感：山里与山外仿佛是两个世界，山外是激流险滩，敌机轰炸，吊着一只胳膊的伤兵、沉着脸的挑水夫、高谈阔论的老板、不怀好意的眼睛和流亡的歌声，到处充满"一股血腥、泥土、阳光混合的气味"；而山里却犹如人间仙境，沁人心脾的空气、竹枝里的蝉叫、水里的蛙叫、洗衣女人的浅笑……"我"不禁感慨："谁还相信在这个世界之外，还有一个血腥的世界呢？"

作者将这种避世的情绪融入对山水的描绘中，构成了独特的想象空间和心理空间。在这里，空间是隔离的，时间是停滞的，现实世界的时空概念被逐渐消解掉："潮湿的草木透着土腥气。那远来的风，一片片，搭在树枝上，扯开来，扯成一张张小网，又扯开来，结成一张巨大的网，罩满了山野；然后，逐渐地，网收了，收得那么干净利落，只留下了一片静"，"山里的黄昏来得特别早，也特别长，那段时间的蝉声更悠长，鸟声也更清亮"。② 叙事环境在这样的对比中便形成了一种"尘世"与"世外"的隔绝，外面是民族的灾难，流亡的歌声，学业的压力，漂泊的无定感，使年幼的少女充满了"迷离、落寞的感觉"；而三斗坪有纯净的山水，有母亲的思念，"娘想儿，长江水；儿想娘，

---

① 聂华苓：《失去的金铃子》，北京：人民文学出版社1980年版，第1页。
② 聂华苓：《失去的金铃子》，北京：人民文学出版社1980年版，第17页。

扁担长"，对于幼小的铃子来说，无疑是一种心灵的归宿与慰藉，在那里，有她童年美好的回忆，她可以再听母亲吟诵《再生缘》，可以再见到漂泊在外时时时想起的那"闪亮高大的铜床、半开的百叶窗、坳里红椭圆水仙盆和枯皱的佛手"，仿佛穿过"那烟雾迷蒙的山岗"就可以回到童年的家。时空在作者的心中仿佛并没有前进和改变，故土的一切也并没有随着时空的改变而改变。作为作者内心"避难所"的三斗坪不再是地理空间意义上的单纯概念，而逐渐由现实指向转化为心灵的归宿，其复杂的时空意义得以确认。

作者将时空的阻隔与停滞巧妙地投射到三斗坪人们的思想观念上。外面的世界可能天翻地覆，但对于三斗坪的人们来说，可能什么都没有发生过，客观时空虽然不断地在发生变化，但是主观时间却是凝固着停滞不前的。对于三斗坪的人们来说，他们的生活因循着旧有的轨迹，他们的生命循环往复，风景不变，习俗不变，时间仿佛对他们失去了意义，他们在三斗坪这样一个封闭的空间里，度过着自己的一生。他们拒绝与外界接触，虽然客观上三斗坪这样一个与世隔绝的地方阻碍了他们观察外面的世界，而更为重要的是他们内心的保守，坚守着固有的习俗和生活方式，使他们在内心抗拒着改变。他们既淳朴善良，又愚昧无知。他们固守恶习，缺乏爱的情感，他们将封建陈规看得比生命还重要。庄家姨婆婆常年躺在自己的床上，那床"就像一辆出殡的马车"，给了苓子恐怖之感；庄家姨爹则是顽固的大家长，因为大儿子娶了一个离过婚的寡妇，就禁止家人与大儿子往来；黎家姨妈没有儿子，便同意丈夫将新姨娶回家里，愚昧地寄希望于别人的儿子；黎家姨妈逼迫自己的女儿丫丫嫁给指腹为婚的男人，只因未婚夫家有丰厚的田产，却全然不顾是一位病人；玉兰年轻时是位体面的美人，只因守了一辈子寡，变成如今一副市井模样；最让人唏嘘的是巧姨，她与尹之真心相爱，却因为自己寡妇的身份，不得不忍受着封建道德的约束与煎熬，不敢追求自己的幸福。这些人里面，有的是固守封建陋习的，如庄家姨爷爷，他将自己内心的情感压抑，一丝不苟地奉行着封建顽习。有的是封建陋习的牺牲者，如巧姨、丫丫、黎家姨妈、玉兰，但是她们非但没有奋起反抗，反而将这种压迫传递给其他人。相较于上面这些人物，三斗坪的外来人有着许多美好的特质，尹之舅舅思想进步，他说："我觉得我这个老家——有一股朽味。我觉得这个地方的毛病全在女人身上，这个地方必须首先让女人像个女人，把女人的问题解决了，男人心甘情愿伺候她们，才会有进步。"[1]他

---

① 聂华苓：《失去的金铃子》，北京：人民文学出版社 1980 年版，第 21 页。

给了"我"这个十八岁的少女对爱的最初的遐想，但"我"因为"自私、嫉妒、怨恨和污浊"的念头最终破坏了这份单纯的感情，在寻找、获得，又失去"金铃子"的历程后，重新走向寻找"杜鹃"的路途。

小说结尾，苓子发出了感慨："这不是我的地方。"由此可见，作者所构建的这个"世外桃源"并非是一个单层的、全无缺点的化外之境，它是一个由自然地理条件、社会环境和人物的内心世界等要素构成的立体多维空间。自然地理条件是人物命运的现实土壤，是客观的物质条件；社会环境是人物群体结构的复杂历史环境，作为小说中展现的个人，必然要受到这种复杂关系的制约，或者社会思潮的、或者家族的、或者等级、道德、习俗观念的等；人物内心世界主要是指人物主体的心灵历程，小说中纯美风光与腐朽习俗的对比、鄂西文化与都市文化的冲突，正是这种空间复杂性的体现。文化和文化之间本来就会存在罅隙，这是一种自然形态。值得一提的是，聂华苓并非对其笔下的旧式人物都取深入人性的批判和启蒙姿态，反而显得较为温和。区别于"为人生"的功利，《失去的金铃子》是作家对自己情感状态调节下的产物，它没有济世经国的目的，它仅仅是"我和外界默默沟通的工具"。正是这种更为个人化的内向姿态，使文本更为切近人性的本真。作家在此着意的不是事件本身，而是事件发生的环境氛围，甚至事件本身都被用于营造这种氛围。小说所讲述的故事极其简单，可就是这个简单的故事，聂华苓并没有通过平铺的叙述将其说出来，也没有通过紧凑的章节表达出来，而是通过屋里、山林、溪水、河街等这些空间位置的不断变换来推动故事的情节发展。多个场景不断地来回交替和穿插，把相同的时间内不同的空间场景的书写，拼接在同一个文本叙述中，这样就自然而然地使读者更加深刻地感受到小说形式的空间书写，这种场面的交叠与并置使得叙述空间有了多维性，在文本中大大小小的意义单位和片段组成一个相互作用和参照的整体，这些个体已经构成一个整体的"有意味的形式"，一个统一的空间形象体系，这样的安排，使得文本接近于真实情感的表达。

《失去的金铃子》是聂华苓站在1960年代的台湾视角对三四十年代大陆乡土生活的回忆和重塑，主人公苓子在成长过程中充满了自我觉醒和灵魂探险，她不断反思，发现自我，由一个单纯、懵懂的主体分裂为矛盾的个体，最终通过金铃子和杜鹃的双重象征指引来完成从返乡到最后出走的历程，这其中穿插着主人公与叙述者的交融和抢话，呈现出跨时空对话的特点，例如："一进门就是个大园子，由一条小路走去就是台阶，通向一幢灰色斑驳的房子。园子里长满了野草；一棵粗大的柏树，衬着颓圮灰色的院墙，好像是一团绿色的云，停滞在灰暗的空中，纵有风也吹不开；墙边有一丛丛竹子，倒垂着丧气的枝条。"①这段话是小说的主人公苓子首次走进庄家大院时的景物描写，作为一个未历沧桑的少女，十八岁的苓子在高考完结束后从重庆回到曾经生活过的故土，面对日思夜想的母亲，她的内心应该是兴奋激动的，其性情应该是天真活泼的，从后面的文本来看，苓子确实是一个大大咧咧、直爽野性的女孩，很难相信这样颓唐的心境出自这样一个青春少女。在这里读者可以感受到，事实上的说话者并不是小说中十八岁的少女苓子，而是隐藏在后面的等同于作者的叙述者，因此小说文本中的"我"在某些场景中往往具有"二重性"，一个是经验主体的"我"——十八岁的苓子；一个是叙述主体的"我"——几乎可以等同于作者本人。一个天真活泼，一个寂寞孤苦，这种"二重性"造成文本中"我"分裂、交融与抢话，造成了叙述风格的错落和对比，并因此形成独有的叙事张力。并且，随着苓子不断成长，越来越深入地触摸到生命的底色时，作为"经验主体"的我在认识上渐渐接近作为"叙述主体"的我，使分裂主体的间距渐渐合拢、消失，在小说的结尾，苓子的形象是成熟、宽容的，"我离开三星寨的时候，我知道永远也不会再去了。至此，小说在整体上形成了一个"合—分—合"的叙事空间结构。

　　小说的结尾，作者通过空间场景的延伸与转换宣告了自我成长历程的完成："我在战乱中走过许多地方，每离开一个地方，我都认为我会再到那儿去。仿佛人生是可以自由安排的。只有这一次，我离开三星寨的时候，我知道永远也不会再去了。……我要跳上那条大船，漂到山的那一边，漂到太阳升起的地方，那儿也许有我的杜鹃——灰褐色的身子，暗黑的嘴，黑条纹的肚子，长长的黑尾巴。"②《失去的金铃子》的故事虽然结束了，但正如作者自己所说："三星寨的故事没有完，我们的故事没全完。"③聂华苓笔下的三峡、鄂西人文风貌、独具地域代表性的意象群和富有匠心的空间叙事技巧，依然延续在她的其他作品中，在逐渐成熟中"使人思索，使人不安，使人探究"。④

---

① 聂华苓：《失去的金铃子》，北京：人民文学出版社 1980 年版，第 8 页。
② 聂华苓：《失去的金铃子》，北京：人民文学出版社 1980 年版，第 204 页。
③ 聂华苓：《失去的金铃子》，北京：人民文学出版社 1980 年版，第 208 页。
④ 聂华苓：《失去的金铃子》，北京：人民文学出版社 1980 年版，第 208 页。

第三节　施定柔《沥川往事》的三重空间叙事

加拿大华侨作家施定柔出生于湖北武汉，现旅居加拿大。自 2004 年起施定柔在晋江原创网上先后发表了多部长篇小说，受到众多读者的追捧，其中她的都市言情小说《沥川往事》由于展现了欧洲华裔的生存状况，引人关注。

《沥川往事》这部小说对欧洲华裔生活的书写与以往的华文文学相比呈现出迥然不同的面貌。长期以来，海外华文文学中的主人公大多为旅居国外的华裔，故事也主要描写海外华裔在国外的生存境遇，而《沥川往事》讲述了来自瑞士的华裔建筑师王沥川归国之后的爱情和工作经历。当王沥川的生存空间从苏黎世转变成了北京之后，他不得不面对来自语言和文化的双重障碍，但他始终认为自己是华人的后代，对中华文化引以为傲。然而，由于自幼在瑞士长大，欧洲文化在潜移默化中已经渗透进他的生活，于是，受到中西文化影响的王沥川开始努力建构自己的双重文化身份，本文旨在从空间与身份建构的冲突与融合的角度来探讨这一问题。

一、实体的地志空间：无处安放的灵魂

实体的地志空间是最基本的空间形式，它不仅是小说中人物活动的场所，也是故事发生的背景。地志空间的流动象征着人物身份的转变，与人物的身份认同呈现出一种同构关系。《沥川往事》这部小说中的故事主要发生在瑞士和中国两个国家，在这两个地志空间中，"咖啡馆"是以瑞士为代表的西方文化的浓缩，"老滇味"是中国传统文化的象征，而无论在哪个空间中，主人公王沥川都始终身处他者境遇。

（一）瑞士和中国：双重他者空间

《沥川往事》中的男主人公王沥川的家族祖先在清朝末年移民欧洲，经过几代人的打拼在瑞士苏黎世建立了庞大的家族企业，优越的家庭环境让他从小无生存之忧。王沥川精通三国语言——法语、德语、英语，他在瑞士的法语区度过童年，在德语区读初中和高中，大学先在芝加哥大学学习经济，出车祸之后转入哈佛大学学习建筑设计，毕业后进入家族企业工作。在建筑行业，王沥川在国外拿过许多大奖，成为知名的青年建筑设计师，实力雄厚的家族企业和获得的一系列荣誉让王沥川在瑞士赢得了公众尊敬。

　　然而，虽然王沥川家境优越、衣食无忧，但是来自家庭内部空间的文化观念冲突却一直困扰着他。王沥川在瑞士有一个三代同堂的大家庭，爷爷奶奶是地地道道的北京人，尽管已经移居异邦，但他们仍然坚守着中国文化传统，在身份认同上也相对保守。而王沥川和哥哥王霁川从小在欧洲长大，接受的是西方教育，这就必然导致王沥川和父辈在生活习惯、思想观念、思维方式等方面产生分歧，这也是很多华人家庭内部都会出现的代际矛盾。在王沥川和谢小秋结婚之前，王沥川送给小秋一枚价值不菲的订婚戒指，可按照王家的传统，真正意义上的订婚戒指却是奶奶给的传家宝——一枚绿玉戒指，这枚戒指是奶奶的爷爷留给她的，平时特地存在银行的保管箱里，奶奶说："这是上一代的老物件，别看它土气，比沥川送你的那个值钱。"[1]但王沥川对这枚戒指却不以为然，很显然，他并不喜欢这种样子的戒指，尽管它是奶奶眼中的"宝物"。

　　小说中王沥川的哥哥王霁川是同性恋，在欧洲开放自由的文化观念影响下，王霁川对自己的同性恋取向坦然面对，但他一直不敢告诉思想传统的父辈。后来他和一位同性恋男友 René 交往，爷爷奶奶知道后一直不能接受René，确切地说，家里人只有王沥川能理解接受王霁川的同性恋取向。在西方的教育下，王沥川一向独立自主，虽然家族企业是知名建筑设计公司，但他在大学之初却违背了家人的意愿选择了经济系，与此同时，"虽然他家不缺钱，但他和他哥上大学都是自己打工挣生活费，很少向家里要资助"。[2] 谁料，大二那年王沥川出了车祸，又被迫转到了与家族事业相关的建筑系，命运的捉弄让他最终还是遵从了父辈的意见。车祸之后，王沥川成为了残疾人，这也让家人对他格外担心和照顾，尤其是爷爷奶奶的过分溺爱一度让他丧失了自我，他当初选择返回中国的原因之一便是为逃离家人的束缚，"其实 Alex（王沥川）自己倒是蛮独立的，一回家就不行了，有爷爷奶奶的叮嘱，一群人围着转，生怕有闪失。Alex 自然是有空就往中国跑……在北京，他自由嘛"。[3] 家庭内外的两种文化冲突给王沥川带来了身份的迷惘，尽管他拥有法律上的瑞士人身份，但和家人之间的冲突使他在家庭中，在他的原生地瑞士逐渐丧失了主人翁的心态，取而代之的是"他者"身份的困惑。现实带给他的身份的困扰让他急于逃离在瑞士的家族，这自由自然成了他最渴望的精神追求。

---

① 施定柔：《沥川往事（上）》，杭州：浙江文艺出版社 2013 年版，第 234 页。

② 施定柔：《沥川往事（上）》，杭州：浙江文艺出版社 2013 年版，第 88 页。

③ 施定柔：《沥川往事（下）》，杭州：浙江文艺出版社 2013 年版，第 59 页。

其实，该小说开篇就已经借电影《沉默的羔羊》影射了王沥川不得不面对的身份认同问题。谢小秋和王沥川相约在凌晨一起去看电影，影院当晚放映的影片正是《沉默的羔羊》，王沥川向小秋解释蛾子之所以存在是因为它象征着繁殖，这是为了暗喻 Bill 一直有 identity problem（身份认同的问题），其实，这里的解释并不仅仅是针对 Bill 的，也是针对他自己的，因为身份认同也一直是身为华人的王沥川所困惑的问题。由于家族企业在北京有子公司，所以王沥川便有了逃离瑞士的借口，由此回到中国。王沥川虽然在文化观念上和父辈存在冲突，但这并不意味着他排斥中国母体文化，相反，他一直认为自己是华人的后人，他对"祖先的文化倍感骄傲",① 并自嘲是"纯正的中原血统"。② 他最喜欢的哲学家是中国的庄子，他曾经读过法文译本，在大学也曾选读这门课。然而，出乎他自己意料的是，带着对中华文化的崇拜回国后，他的文化身份问题并没有顺利得到解决，一方面，由于只认识 950 个汉字，所以他不得不面对文化差异带给他的陌生感和隔阂感；另一方面，王沥川不熟练的普通话使他人不自觉地将他视为外国人，这一切让他在中国再一次成为了"他者"。

（二）空间意象：咖啡馆与老滇味

以王沥川为代表的华人已经不再仅仅具有某一种单一的文化身份，在他的身上，以"咖啡馆"为代表的西方文化和以"老滇味"为代表的中国文化互相杂糅。小说中对"咖啡馆"和"老滇味"的书写，已经远远超出了这两处地方的实体物理空间意义，具有浓烈的文化内涵。

"咖啡馆"是《沥川往事》这部小说中反复出现的主要空间意象之一，"咖啡馆"作为西方文化的符号表征，是对欧洲文化的浓缩。在国内，许多人都争先恐后想要出国，而王沥川却选择回国。由于王沥川自幼在国外长大，从小受到西方文化的浸染，这些熏陶早已在他的身上打下深深的烙印，最鲜明的表现即是去咖啡馆的习惯。王沥川每天下午五点半会准时出现在星巴克的咖啡馆，坐在临窗的桌子旁处理工作事务，晚饭通常是三明治、水果沙拉和咖啡，仍是西方饮食习俗。一直以来，给服务人员小费是西方文化中非常重要的礼仪，然而，在国内的咖啡馆"很少有人给小费，尤其是中国人",③ 唯有王沥川不同，

---

① 施定柔：《沥川往事（下）》，杭州：浙江文艺出版社 2013 年版，第 5 页。
② 施定柔：《沥川往事（上）》，杭州：浙江文艺出版社 2013 年版，第 223 页。
③ 施定柔：《沥川往事（上）》，杭州：浙江文艺出版社 2013 年版，第 8 页。

他每次都会给服务员很高的小费，这明显表现了他对西方咖啡馆文化的习惯性认同。面对文化上的隔阂，咖啡馆无疑是王沥川最适合去的地方，正如文中所言："他的生活一定很孤独，孤独的人会愿意待在有人的地方，特别是像咖啡馆这种看似人多，却和他没有任何关系的地方。"①小说中的男女主人公王沥川和谢小秋在咖啡馆相识，继而相恋，爱情让国内举目无亲的王沥川有了精神支柱，他漂泊不定的身份也因为爱情得以确认。

"老滇味"（LDW）是《沥川往事》中又一重要的空间符码，它是中国文化的缩影。"老滇味"是一家正宗的云南菜馆，位于昆明，而云南昆明同时是女主人公谢小秋的故乡。因父亲反对谢小秋和王沥川谈恋爱，父女两人在大年三十再次发生争执，谢小秋因此独自离开家乡个旧，来到了省城昆明，让她没有想到的是，男朋友王沥川因为担心她也来到了昆明，两人在异地重逢，"老滇味"成为他们爱情的见证，以至于后来王沥川所用笔记本的密码都设置为了"ldw"。在云南，王沥川计划了两人在昆明的日程，其中一项便是去"老滇味"吃米线，其实，这也是王沥川第一次去"老滇味"，在此之前他只是看过广告，听别人说这家味道很正宗。在未认识小秋之前，咖啡馆是王沥川生活中一个非常重要的空间场所，在那里他可以暂时不受文化隔阂上的影响。但是当他在咖啡馆认识小秋之后，他的主要生活场所不再仅仅限于咖啡馆这样一个西化的空间，他开始和小秋一起融入更多带有中国文化色彩的空间，"老滇味"正是其中之一。其实，"老滇味"在这里已经不仅仅是云南文化的象征，从宏观意义上说，它更是中国文化的一种表征，作为华裔的王沥川提议去"老滇味"一方面是为讨女朋友欢心，另一方面也是他在为融入当地文化而努力，主动通过建构文化身份来摆脱自己的"他者"境遇。

二、丰富的文化空间：双重身份的杂糅

一个人身份的建构与所处的社会文化背景紧密相关，"文化是一个共同体的社会遗产和话语编码，不仅有民族创造和传递的物质产品，还有包括各种象征、思想、信念、审美观念、价值标准体系的精神产品与行为方式"。② 后殖民主义理论批评家霍米·巴巴认为一个个体，如果其生长过程中，自然接受了

①　施定柔：《沥川往事（上）》，杭州：浙江文艺出版社2013年版，第15页。
②　吕红：《海外移民文学视点：文化属性与文化身份》，《福建论坛（人文社会科学版）》2006年第12期，第100~103页。

多种文化，就具有多元文化身份，他既非单纯的"他者"，又非地道的西方人，他们居于两种文化之间的"模拟"、"模糊杂糅地带"，是两种文化的"杂交"产物。① 王沥川受到中西两种文化的影响，双重"他者"身份致使他的文化身份必定呈杂糅的状态。一方面，他认为自己是华人的后代，但同时也不避讳自己的华裔身份；另一方面，他认同中国文化，但西方文化对他的影响已经深入骨髓。在王沥川的身上集中体现了双重文化影射下的双重身份的对立和融合。

（一）中西文化与身份建构

尽管《沥川往事》这部小说中并未交代王沥川对西方文化的态度，但是西方文化在他身上已经打下了深深的烙印，成为他身份特征中不可回避的问题，这集中体现在他的性格上。

西方文化崇尚独立自主、自强自立，王沥川受此影响，自小就形成了自强刚毅的性格。王沥川 17 岁时出了车祸，成了残疾人，从此，家人、同事都对他百般照顾，但他却特别讨厌别人把他当做残疾人来看待，自尊心越来越强。"工作时，因为经常开会、谈判和见客户，沥川一天八小时都会用义肢。对于高位截肢的人来说，这是一件需要毅力的事情。他的身体会大量出汗，若不小心摔倒，还会有骨折的危险。但是，只要还能站起来，沥川绝对不用轮椅。他说坐在轮椅上让他看上去很像个残疾人"，"他是残疾，但他不想看上去很残疾"。② 王沥川个性要强，从不想让别人知道他的病情，因此，在其他人看来，他总是一副精神饱满的状态，但实际上，他的身体状况每况愈下。他习惯于把自己的脆弱隐藏起来，身体残疾的他一直努力想像正常人一样生活。在云南昆明"老滇味"餐馆排队点餐时，大家看到王沥川拄着拐杖，直接示意他残疾人优先，可以不用排队，但是王沥川却并不想享受这种方便，"他摆出一副漠然的姿态，一动不动地排在最后"。③ 王沥川回到中国后和谢小秋的相爱其实也和他的性格密切相关，在他和谢小秋的相识相遇中，小秋对他多次"冒犯"，这与他以往受到"保护"的生活迥然不同。在咖啡馆，小秋在给沥川端咖啡时不小心将咖啡杯打落，弄脏了王沥川的衬衣；在学校约会时遇到校园警卫，王

---

① 参见贺玉高：《霍米·巴巴的杂交性身份理论研究》，北京：中国社会科学出版社2012 年版，第 57 页。

② 施定柔：《沥川往事（下）》，杭州：浙江文艺出版社 2013 年版，第 200 页。

③ 施定柔：《沥川往事（上）》，杭州：浙江文艺出版社 2013 年版，第 132 页。

沥川为保护小秋被暴打；恋爱中，小秋和沥川在雨中吵架，她甚至用包砸伤了沥川……和小秋在一起时，王沥川不再成为受保护的那位，相反，他总是处处保护着小秋，正如番外篇中小秋自述："沥川说虽然那么多年他早已接受了自己的样子，也知道有些事不方便去做，但他不喜欢特别关注或特殊照顾，哪怕是口风里不自觉地透露出来也会让他不自在。他只想做个普通人，只想让大家以平常心来对待他。而我，谢小秋，在这方面是个坏典型。"小秋让王沥川体验到了正常人的生活，在她面前，他得以有尊严地活着。

但是在爱情上，王沥川过于理智。17 岁那年发生车祸后，他同时查出患有恶性骨癌，随后做了截肢手术和化疗，病情逐渐好转，整整八年没有复发，医生都以为他的癌症已经根治。回到中国后，王沥川和小秋陷入爱河，但没多久，他的病情竟再次复发，癌症转移到了肺部，这意味着他将再次面临死亡。为了不让热恋中的女友伤心，不让她看到自己受苦的样子，王沥川决定要离开小秋，他宁愿小秋恨他一辈子也不愿告诉自己的病情。六年之后，王沥川由于工作需要再次回到了中国，这时的小秋正就职于他的家族企业，两人再次相遇。然而，面对小秋的爱意，王沥川却一再拒绝，要求她忘记自己。其实，他仍旧深爱着小秋，但因为身体状况每况愈下，骨癌的根治需要骨髓移植，但是身为混血人的王沥川（他的外婆是地道的法国人），要想找到合适配型的骨髓十分不易。他控制着自己的情感，希望小秋能找到更好的归宿。总而言之，在主人公王沥川的身上，西方文化对他性格的塑造起到了至关重要的作用，也让他的文化身份带有明显的西化色彩。

虽然王沥川的文化身份带有明显的西化色彩，但是让他引以为傲的却是中国文化。在《沥川往事》这部小说中，作者施定柔通过王沥川之口介绍了大量的中国传统文化，以此来凸显主人公王沥川内心深处对中华文化的认同。从人的生辰八字到刘备张飞关羽的桃园三结义，再到文中涉及的各种古文知识，中华文化元素随处可见，这促使王沥川的身份特征呈杂糅之态。小说中主人公的存在其实是为了表现作者的观点，尽管施定柔已经定居加拿大，但是这并未改变她的文化身份，王沥川对中华文化的态度实际是她在表达对母国文化的崇敬。

（二）语言空间与身份建构

海德格尔曾说："语言是存在之家。"①人不可能脱离语言而存在，文化也

---

① ［德］海德格尔：《在通向语言的途中》，孙周兴译，北京：商务印书馆 2004 年版，第 258 页。

是如此。语言不仅是文化的载体，而且是一个民族重要的文化符码。在文化身份的建构过程中，语言起着不可忽视的重要作用，成为凸显文化身份的重要符码。

海外华文文学在书写媒介上主要涉及英语和汉语两种语言，英语和汉语是对两种截然不同文化的语言表征，在语言的背后蕴藏了不同的价值观念和思维方式。王沥川从瑞士回到中国，首先要面临的便是语言环境的变化。在中国不再有他熟悉的英语，取而代之的是随时听到的汉语，在这种环境下，由于王沥川对汉语并不完全精通，因而在生活中，汉英夹杂的现象成为了常态。所以我们可以看到虽然《沥川往事》主要是用汉语书写而成，但其中仍夹杂着大量英语，这不仅包含单个的英文单词，也有完整的英文语句，例如：I have identity problem（我有身份认同问题）、Do you mind me sitting here（介意我坐在这里吗）、Penthouse（最高层）、Proposal（提议）、Postmodern（后现代风格）、Complain（抱怨）等，这样的英文单词和英文语句在《沥川往事》中随处可见，从而在文本中呈现出两种语言的交融之势。除此之外，该小说还涉及中英诗歌的互译，英文诗翻译成中文后多了一份戏谑，中文诗翻译成英文诗后少了一份意境，但诗歌其实只有放置在各自的语言文化语境才能被真正地理解和品味。文中的双语交融之势同时也说明了作者施定柔在创作过程中深受汉英两种语言的影响。

由于王沥川在瑞士长大，所以他精通法语、英语和德语，但唯独只认识950个汉字，他在阅读古籍时需要借助翻译才能理解，汉语的局限对他建构中国母体文化身份起到了一定的阻碍作用。虽然语言和文化身份关系密切，但二者并不是对等的关系，熟练掌握一门语言并不代表他也认同该语言所代表的文化，同理，认同一种文化也不意味一定精通表征该文化的语言。王沥川擅长法语、英语和德语，唯独不精通汉语，但是在族群的认同上，他却坚持认为自己是华人。小说中不管是施定柔的双语写作，还是她对主人公的设置，实际上都在凸显置身两种文化中的海外华裔的文化身份正趋向融合。

三、另类的第三空间：在混杂中建构双重身份

对海外华裔来说，他们始终生活在两种文化的冲突之中，以主人公王沥川为代表的华裔受中西文化的影响，他们的身份早已超出了单一化范畴，他们需要找到一种新的方法来建构自己特殊的身份，而"第三空间"的出现给了他们这种可能性。美国学者爱德华·索亚在1996年出版的《第三空间——去往洛杉

矶和其他真实和想象地方的旅程》一书中，提出了"第三空间"理论，空间是由物质化的第一空间、概念性的第二空间和实践性与想象性相结合的第三空间构成；"第三空间"既解构了前两种空间认识论，又是对它们的一种重构："不仅是为了批判第一空间和第二空间思维方式，还是为了通过注入新的可能性来使它们掌握空间知识的手段恢复活力。"①第三空间为华文文学中呈现出的文化冲突提供了一种新的解决途径。

（一）第三空间建构的可能性

当前，我们处于高速发展的全球化时代，在文化全球化发展过程中，文化的边界逐渐被打破，文化混杂现象层出不穷，与文化政治紧密相连的身份也不再是一个固定的概念。全球化时代下的海外华文文学与以前呈现出不同的特征，由于各国不再一味排斥外来文化，相反人们越来越乐于接受外来文化，因此移居他国者的文化疏离感和失落感逐渐减弱，移民逐渐接受自己的双重文化身份，这为第三空间的存在提供了可能性。双重文化身份既有助于人们坚守本民族文化传统，同时又能使其以开放的胸襟接纳其他文化。文化的相互妥协融合是世界和谐发展的必然。

施定柔作为新一代移民华文作家的代表，其作品带有明显的文化全球化特征。与以前的华裔作家相比，她没有受过强烈的种族歧视，小说中也没有类似的描写，他笔下的王沥川凭借才学在瑞士获得了人们的尊重，他一方面不否认西方文化对他的影响，另一方面也在坚持不懈地建构中华文化身份。

（二）第三空间与身份建构

《沥川往事》中，作者施定柔正是在第三空间中建构了王沥川的双重文化身份，实现了异质文化的和谐相处和交流融合。这里的"第三空间"并不是某一种具体的空间形式，它其实是一种思维方式，它打破了二元对立，接纳一切冲突。第二部分谈到的小说中作者中英双语混杂的书写方式其实也是第三空间思维模式的体现，事实上，语言的杂糅化已经成为华文文学中司空见惯的现象，小说中双语环境的呈现正是对第三空间的具体表征。

在第三空间中，多元文化可以相互共存、相互包容，杂糅性是它的典型特

---

① ［美］爱德华·索亚：《第三空间——去往洛杉矶和其他真实和想象地方的旅程》，陆扬等译，上海：上海教育出版社 2005 年版，第 102 页。

征。归国后的王沥川，渐渐意识到自己的多元文化身份，对此，他不但没有排斥，反倒选择了用积极的方式来面对日常生活，这是他无法选择的，例如他每年都要回瑞士和家人一起过圣诞节，此外，他也在主动努力学习中国文化，这是他主动的选择；在他的世界里，西方文化和中国文化不再对立冲突，而是在平等的状态中在异质空间里实现了对自己身份的游移性。他为自己提前写好的墓志铭无疑是对小说文本中建构的第三空间的最佳阐释，"这里睡着王沥川，生在瑞士，学在美国，爱上了一位中国姑娘，所以，死在中国。阿门"。① 如果说王沥川在欧洲的文化身份是在无意识中建构的，那么，他归国后对中国母体文化身份的追寻就带有更多的主动性。尽管与中国传统文化存在疏离，但这并未妨碍他对中国文化的热爱，"沥川有所有喜爱中国文化的老外都改不了的毛病：对咱们的文化热爱到五迷三道的地步。比如，沥川对我们的佛教建筑赞不绝口；见有什么宗教仪式，就虔诚礼拜，生怕别人拿他当外国人"。② 作为建筑设计师，王沥川的设计风格属于自然主义，他推崇道家思想，喜欢庄子，他的许多设计灵感都来源于中国传统文化。为了在温州项目上中标，他在设计前苦读《温州市志》和《永嘉郡志》，在设计理念中"融入了道家返璞归真的思想，并在山水诗的意境中寻求中华古典精神的再现"，③ 他在东晋山水诗人谢灵运的诗歌中找到灵感，将 C 城剧院设计为鹅卵形的建筑，最终得以中标。在这一过程中，身为华人的王沥川却让土生土长的国人重新体会到了中华文明永恒的魅力，这也让他一直所寻求的中华文化身份得到了大家的认同，"我也是中华的后人，我对祖先的文化倍感骄傲"。④ 整体来看，欧洲的文化已经与中国文化渗透融合，共同建构了他的双重文化身份。

　　海外华人文学中普遍存在的"第三空间"书写现象是华人作家构建新型文化身份的积极尝试，表现了他们在两种异质文化夹缝中生存的独特体验，对于饱受身份困扰的华人寻找并认同自我身份具有重要意义。王沥川作为全球化时代的新一代移民代表，他的文化身份认同之路与早期华裔相比呈现出不同的特点。早期华裔在身份认同上大多是一种畸形的文化心态，他们要么极端认同中华文化，要么全面臣服西方文化，而这种二元对立的文化认同方式不仅不能够

---

①　施定柔：《沥川往事（下）》，杭州：浙江文艺出版社 2013 年版，第 154 页。
②　施定柔：《沥川往事（下）》，杭州：浙江文艺出版社 2013 年版，第 9~10 页。
③　施定柔：《沥川往事（下）》，杭州：浙江文艺出版社 2013 年版，第 3 页。
④　施定柔：《沥川往事（下）》，杭州：浙江文艺出版社 2013 年版，第 5 页。

解决他们的身份认同问题，反而会再次将他们置于一种尴尬和困境之中。海外华裔不管是单向认同中华文化抑或是追随西方文化，这都无法改变他们在现实生活中身份的杂糅性。随着全球化时代的来临，这种尴尬和困境逐渐有了新的化解方式。全球化下的不同文化之间的界限逐渐消弭，人们对文化的态度越来越开放，对文化的这种开放性认同既有利于对既有文化的传承和坚守，同时又有利于人们对其他文化的接纳和吸收，人们的文化身份不再具有单一性，既有文化和其他文化的冲突有了和解的可能性，霍米·巴巴也曾表示："今日文化的定位不再来自传统的纯正核心，而在不同文明接触的边缘处和疆界处。在那里，一种富有新意的、'居间的'，或混杂的身份正在被熔铸成形。"①帮助华裔打破这种文化间二元对立，进而在矛盾和冲突中建构自我双重身份的场所正是"第三空间"，在那里，人们不必再对两种文化进行选择，相反还可以加深对不同文化的理解，拥有优于他人的文化优势。总而言之，"第三空间"将二元对立的文化融合起来，并且超越了二者；身份在这里不再游移不定，而是以一种杂糅的姿态出现，呈现出巨大的包容性和开放性，为像王沥川这样饱受身份困扰的海外华裔提供了出路。

---

① 王宁：《文学理论前沿（第二辑）》，北京：北京大学出版社 2005 年版，第 307 页。

第三章　海外湖北作家的女性主义叙事

第一节　吕红：女性书写中的生命追寻

北美女作家群构成当今海外华文文学原野一道绚丽的风景，吕红是其中耀眼者之一。打开她的中短篇小说，从那独特的小说世界中，似乎读到了一个女作家从故土到北美的一步步艰辛的足印，读到她对人生、对生命复杂而深刻的体验以及在艺术上执着的追寻与探求。

一、女性的多样化的生存体验与叙述

吕红对女性文学的发展及嬗变作过潜心的钻研，她自觉从理论上对女性文学进行探究，又力图以自己的创作尝试、体现这种理论，这在海外华文女作家中并不多见，她是一位孜孜不倦的探索者。

吕红的小说体现了鲜明、自觉的女性主体意识，从女性的视角、心路历程、生命感悟来书写"女性的多样化的生存体验与叙述"。她认为女性主义进入到第三阶段，是和存在论哲学相结合的女性主义。存在主义哲学中的人的存在，是一种个体的存在。加缪认为作家首先是一个生存者。那么女作家当然首先是一个女性生存者，吕红曾直言："有意以女性视角表现女性在东西文化冲突中的迷惘，并隐含在迥异的社会历史背景下，男权意识的专制粗暴对女性发展的制约及伤害。"[1]这段话强调的是女性立场、女性思维。她所要揭示的是女人的本真，我们注意到吕红常说的"女性书写应该是一种原生态"，这种所谓原生态就是"女性的日常生存体验"，就是一种"此在"，"最深刻的真理就在被

---

① 木愉、秋尘：《大地专访：作家吕红》，《红杉林》2007 年第 1 期，第 28 页。

遮盖着的'在'之中，遗忘了这个真理的人就是非本真的人"。①吕红极为注重的女性书写，就是这种"在者之在"。

首先，她是从女性的视角观察社会百态、世态人生，窥察女性的生活命运。她的小说的叙述者几乎都为女性，她以女性敏锐的感觉、细腻的心理，从社会边缘的视角，从弱势的位置去审视女人的处境。她的中短篇小说大都以女性为主角，担当重要角色，出现较多的是知识女性形象。《怨与缘》从女儿"芯"的角度回忆父母那一代人往昔的岁月。《红颜沧桑》亦是通过晴雯来回忆那个特殊历史年代的女人的遭遇，写她的困惑、焦虑、精神苦闷，那个时期的社会舆论对女性的压抑。而《异乡漂泊的冰川和花环》从女子芯的视点，叙说她初到西方，举目无亲，为身份、生机所困扰、惊恐不安而四处奔波的生存状态。《微朦的光影》《午夜兰桂坊》的叙述者都是知识女性，叙说的都是都市社会女性的人生际遇。

吕红女性书写的主要特色是什么？阅读《午夜兰桂坊》后凝神思考，她用什么方式切入生活？我以为是"漂泊中的寻找"，她书写的是女性在离开家园后漂泊中的寻找：其一是在寻找一种生存方式，《秋色如水》中的凌子到南方闯荡，蔷薇、芯远去美国漂泊，其实都是在寻找；其二，是在寻找爱情，期望找到一个中意的男人，企盼有一个能够安居的家。吕红常把生存状态与婚恋纠结在一起，谋生是一条线，婚恋是又一条线，她把这两条线交织、纠缠在一起，表现女性谋生之艰难、立足之不易、婚恋之痛楚。她的笔触常常触摸到女性的心灵与隐痛。记得杜拉斯说过，没有婚恋就没有小说。王安忆也有这样的表述："对于女性来说，爱情就是命运。"对于漂泊中的女性而言，婚恋就是她们命运的冀盼与归属。然而无论在东方或西方，在现实生活的职场与商场，处于社会中心位置的仍然是男人，女性还是处在配角的位置，移民女性在西方社会同样是被边缘化。她们为了生计而四处碰壁，遭到冷遇、骚扰，还要为身份所焦虑。在婚姻爱情中，女性同样摆脱不了弱势与被动地位，最终情感与心灵受伤害的大多是女性。在吕红的中短篇小说中，女主人公几乎没出现过圆满的结局，即使是在商场小有成就的女性。如《午夜兰桂坊》中的海云也是以婚姻解体而告终。

在书写女性的寻找中，作家对男权主义的批判笔锋犀利而有力。她笔下的

---

① 毛崇杰：《存在主义美学与现代派艺术》，北京：社会科学文献出版社1988年版，第103页。

男性形象，有驰骋商场的骄子，有到西方闯荡的冒险家，有擅长投机的老板等。在生意场、情场他们都处在强势、中心的位置。《日落旧金山》的林浩，曾是蔷薇爱慕的男人，这位当年在国内金融界发横财的暴发户，到美国后仍沿用那套"空手道"的投机商术，拉款欠债，不听蔷薇的劝告，不顾及她的情感，一切以自我为核心，敛财第一，生意至上，我行我素，最终一败涂地，落得破产的下场。《秋色如水》中的梁栋是生意场上的高手，而他在情场上却是逢场作戏，他更看重的是商海中的成败、是助手加情人的女人，他不愿付给凌子真情，说到底也是不尊重女性的人格，在玩弄女人的感情，骨子里也是男权主义。在《异乡漂泊的冰川和花环》中作家对大刘的自私、狭隘，"老拧"的纠缠无聊都作了批判与贬斥。特别要指出的是，她笔下的这类漂泊中的女子，对爱情依然保留着浓郁的东方传统，期待爱情的专一、忠诚，有着浓重的"家"的意识，而她们的期望终究没有得到实现。作家赋予她们的是生命的呵护与关怀。

对女性人格尊严的肯定与张扬是其女性书写的又一特色。吕红小说中塑造了一系列鲜明照人的女性形象，给人留下很深印象的是对精神自由的追寻，对人格尊严的维护。这与存在论的观点是相通的。依据萨特本体论的观点：自由是人的存在的价值源泉，自由是人在虚无中通过烦恼实现的。此话的意思是精神自由相比人的社会存在更真实。他的结论为：人就是自由。这与海德格尔提出的"人的本质的尊严"是一致的。

《秋色如水》中的凌子，与商场春风得意的骄子梁栋一见倾心，梁栋风度翩翩、潇洒、爽朗，对女人体贴入微、出手阔绰，正是凌子欲委托终身的理想男子。但在受梁栋邀请的南方之行中，凌子通过多次的试探与细心观察，知道这位男子并非真情，他不过是逢场作戏，他真正用心的是他的生意经，对待女人态度的真正标尺是对他的生意的利益与否。凌子是重情感的女子，她鄙视拜金主义者，对梁栋的情欲使她又爱又恨，"这燃烧毁灭了我又再生了我"，但最后，她毅然斩断了这段情缘，维护了作为女人的尊严。

《异乡漂泊的冰川和花环》中，漂泊到西方的女子芯，初到异域，为身份所困扰，为生存而奔走焦虑，面临生存与家庭的双重危机。对在困境中帮助她的"老拧"，她心存感激，没想到他却另有图谋，纠缠不休，"老拧"以找工作为名，称自己与蔷薇是好朋友，蔷薇讽刺道："你不要面子，我还要尊严哪。"而此时她自私、猜忌、心胸狭隘的丈夫又落井下石，另寻新欢，孤立无援的弱女子蔷薇几乎陷于绝境，但是她并未逃避、倒下，最后她选择了面对，选择了自由，在艰难的抉择中与丈夫分手，断然拒绝了老拧，她是一位柔韧而坚强的女性形象。

这些女性形象在漂泊中寻找，也许她们还在寻找中，在寻找的路上，但作家在她们的身上，寄予了生命的关怀，寄予了理想与期望。

二、记忆时间与跨域时间

女作家似乎对时间特别敏感，她们的小说中存在着一个时钟。吕红小说中的时钟，其一为记忆中的时间。移民作家米兰·昆德拉说过："一切造就人的意识。他的想象世界……都是在他的前半生中形成的，而且保持始终。"①

莫言认为："写作就是回故乡。"记忆是一种想象的重构，它亦是激发作家创作的源泉。吕红的小说始终保留着"掠过记忆的彩虹的碎块"——那生活了半辈子的故乡热土，她的中短篇小说一部分就取材于那片熟悉的故土，那个长江边的城市。她常常从一个移居美国的女性的视点回忆往昔的岁月。这是一种情感的记忆，故乡的生活虽已远去，但已经远离的时空正好形成恰当的距离，这种距离促成了美感的生成。"时间是一个最好的过滤器，是一个回想所体验过的情感的最好的过滤器。"她的这类小说一为唤回真情，唤起那潜藏在心中、久经时间积淀的那份真挚情感。《怨与缘》无疑是这类题材的佳作，小说从移居美国的芯回忆父辈那一代人的生活经历与命运开始，这是从一个截然不同的时空反观老一辈人的往昔岁月，这篇小说从芯的视角写父辈的往事。父亲志清是一位从小在农村长大、率真而可亲的男性，他与母亲三姐妹跌宕曲折的爱情故事，反映了那一代人对理想、事业、爱情的追求。尽管在那个特殊的年代，极"左"势力压抑着人性的发展，但是他们对真善美的追求仍然执着。《曾经火焰山》中着力塑造的舅舅皋，是老一代知识分子形象，当年农学院畜牧专业毕业的青年，毕业后带头去了最偏僻、最穷的山区，工作勤奋认真，但在那个极"左"思潮泛滥的年代，由于父亲被"抄家"，皋被误解、被排挤，遭到不公正待遇，但他仍"死守一处"，忠诚于他的科研事业，表现了一位在困境中坚持操守、为科学献身的知识分子的高尚的人格。二是反思生存。是对同辈人往昔生存状况的反思与重写。这类故事的时间较多集中在"文革"前后。《绿墙中的夏娃》写一个女人在那个特殊年代的生存困惑与无奈。她桀骜不驯，有一股反

---

① 参见乔·艾略特等：《小说的艺术》，张玲等译，北京：社会科学文献出版社 1999年版，第72页。

叛劲，她有自己的追求，企图挣脱历史岁月的羁绊，但她只是一个小人物，无法超越那个时代。《曝光》是对昔日部队医院年轻的女卫生兵生活的回忆，写在那个保守、传统且封闭的年代，一群充满青春活力的女兵的生存状态，表现她们的喜怒哀乐，不同的个性、命运与婚姻以及她们后来的归宿，耐人寻味。

其二为共时性的"跨域"。现代小说颠覆了那种单轨走向的时间模式，常常把故事时间加以调整、分散、切割、交叉与重构，改变了原有故事发展的时间顺序进程，这就是西方学者所说的"水平时间"。吕红的中短篇小说往往打破传统的线性时间叙述的思维方式，将时间的时钟上下摆动、前后颠倒，把不同时间发生的事件转换成为五彩缤纷的现实空间，如同多幅不同的空间图案拼贴在一个更大的画框内。而这种"共时"又常常是"跨域"的共时。吕红的中短篇小说娴熟地运用了这种"共时性"叙事，打破叙述的时间流，并列地放置或大或小的意义单位和片段，这些意义单元和片段组成一个相互作用和参照的整体，常令读者眼花缭乱、目不暇接。这种阅读读第一遍时很难理清头绪，常常需要多遍的反复，美国著名移民作家纳博科夫在《文学讲稿》中谈到阅读时说过："等到我们读第二次、第三次或是第四次的时候，我们就如同是在欣赏一幅画了。"①他把这种拼贴图画非常形象地隐喻为"魔毯"。读《午夜兰桂坊》时这种感受特别强烈，这个中篇的现在时是梦薇在香港弥敦道上巧遇海云，这只是一个现在时间的画框。作者在这个时间中，不时转换空间画面，时而北京、时而美国、时而香港。穿越一个个地理空间，梦薇与海云两个女人的生活轨迹：国内职场的打拼、移居美国的艰辛、商海的沉浮以及女人的种种婚姻都容纳其中了，它是在共时中的"跨域"。吕红的《微朦的光影》中，同时展开了三扇时间的"屏幕"，或曰三条线：一是主人公芯为朋友送别，陪同这位画家到旧金山一家影院看法国新浪潮电影《广岛之恋》，二是观看影片过程中，《广岛之恋》的屏幕影像与对白的片断闪现与链接，三是芯观看影片中心里涌出的离别旧梦，那一段远隔重洋、发生在故国的刻骨铭心之恋，同影片中的《广岛之恋》的故事交错穿插，形成两条时间流，一个是在旧金山影院的屏幕上流动，一个是在心中的梦幻般的回忆中流动，多年前的广州、香港，与情人分别……影片结束，芯与朋友告别，咀嚼着一份失落和彷徨，又回想起当年与故国情人离别的情景……这里，三重时间重叠交织，与朋友看电影告别的时间、屏幕上

---

① 斯坦尼斯拉夫斯基：《斯坦尼斯拉夫斯基全集》第二卷，林陵、史敏徒译，北京：中国电影出版社1979年版，第275页。

《广岛之恋》情节发展的时间、回忆中与情人的心痛往事，构成"同时性"，这里的同时性同样具有"跨域"的特征，而把三者勾连起来的内核是痛苦的"恋情"。

它还表现为时间断裂的"跨域"。这种"同时性"表现为小说人物在当下时间的"瞬间断裂"，意识呈现出幻觉、梦境、潜意识等审美幻象，这种幻象又往往表现为故乡的图景、人物，或故乡与异乡的"跨域"双重图景的拼贴、重组、交织，使意识坠入暂时的时间"黑洞"。吕红小说中经常出现这种诗化的意识流动，它是一种现实时间的瞬间断裂，小说中的人物回到主体心灵之中，进入梦幻状态的时间流。在《午夜兰桂坊》中，梦薇夜宿在海云新买的高级住宅楼时想起好像是一部巴西电影，写一个女性与三个男人的情爱纠葛，她迷迷糊糊进入梦幻状态：像是在一间军队招待所？他按捺不住澎湃激情就要干；恍恍惚惚有个面熟的男人，就在办公室，他又搂又抱欲强行亲吻，霸王硬上弓，（啊，想起来了，廖总）；分不清是梦里还是真实？在海边之夜，她跟一个帅哥手牵手，去游玩，一忽在海中畅游，一忽在水中嬉戏，肌肤相亲。……"是电影的蒙太奇吗？还是梦境？"这种主体心灵的意识流动也是"跨域"的，不仅时间上下恍惚流动、如梦似幻，同时也穿越了东西方的空间场域。

三、小说的影像化叙事

现代社会，影视对小说的影响与渗透已形成大潮汹涌之势。艾森斯坦说：几个世纪以来，各门艺术好像都在向电影靠拢。丹尼尔·贝尔指出："当代文化正在变成一种视觉文化，而不是一种印刷文化，这是千真万确的事实。"[1]移居西方的吕红早就与电影结缘。当初她学习创作，就曾尝试过电影剧本写作，到美国后又观赏过大量西方现代派、新浪潮电影，并写下了不少影评与随笔。观赏影视大片的视野与西方名家经典的双重交互作用与浸染，使她对电影情有独钟。她对新锐电影导演的《暗物质》《颐和园》的解读，对西方影片《情人》《广岛之恋》的分析，都有精辟的见解与独到的阐释。吕红的小说创作无疑也受到了这种视听语言强大的冲击与影响，她的创作，明显地打上了"电影化想象"的痕迹，她试图在这种新的艺术中找到对小说全新而又有益的表达技巧，凭着对异域生活的敏锐感悟力、对影像艺术的潜心研究，她成功地借鉴了视听

---

① 纳博科夫：《文学讲稿》，申慧辉等译，北京：生活·读书·新知三联书店 1991 年版，第 22 页。

叙事的技巧，并将"视觉思维"（强调视觉的理性知觉功能）融入自己的小说创作中。其小说叙事在思维的层面上与影像艺术存在共通相融。吕红小说借小说中的人物说："还有什么比视觉冲击更能影响人们的思维和观念呢?"这句话似乎也可以看成作家本人的自白。她小说中的影像叙事主要表现为以下几方面：

第一，凸显色彩与光影。阿恩海姆说："严格说来，一切视觉表象都是由色彩和亮度产生的"，"色彩产生的是情感体验"。① 新移民作家的故乡记忆中常常忘不了色彩。她写部队生活题材的作品《曝光》，记忆很深刻的是灰色与红色："说也奇怪，整个师部包括团营部、高炮连、防化连、警卫连等，都是清一色的灰砖瓦房、清一色的土包子，唯独医院却是红砖红瓦的小红楼。从红楼出来的男男女女也都是细皮嫩肉、稀稀拉拉的。看电影个个手持一把特殊化的靠背椅，在教导员沙哑的喉咙发出的口令'一二一、一二一'中，晃晃悠悠走向操场，受到男性们注目礼的待遇。"这里凸显的是灰色与红色。灰色是写实，也是部队整齐划一、纪律严明、生活单调的写照与象征，而红楼却透露出一群富有活力的青春女兵的生机与朝气。这两种色彩形成鲜明的对比，给人强烈的视觉感，包含着作家对当年生活的情感体验与追忆。

环境描写是构成电影感的重要元素，吕红很擅长抓住建筑物的特征、捕捉色彩、窥察光影、勾勒描绘城市景观。她对美国都市的描写大多五光十色，斑斓炫目，多姿多彩，充满异域风情。如《日落旧金山》中对汇聚民俗风情的意大利区、中国城、越南埠艺术景观的描写；《异乡漂泊的冰川和花环》中对百老汇红灯区景观的勾画；《微朦的光影》写旧金山同性恋区的卡斯楚剧院街景：红橙黄绿青蓝紫，五颜六色的彩虹，在头顶飘荡，在霓虹灯上闪烁等。文中凸显的是色彩与光影，建筑物的造型、色彩的斑斓、光影的变化等，营造出极具视觉冲击力的色彩景观。

如《日落旧金山》中对这座城市街景、异域风情的描写："年前一个烟雨蒙蒙的午后，旧金山好像水墨画一般氤氲迷离。滋润、柔情、抚慰，洗透肺腑，雨中的各式建筑浸染渗透了海滨城市特有的浪漫情调"，这里"烟雨蒙蒙""水墨画一般氤氲迷离""雨中的各式建筑"，凸显的是雨中的黑白灰的色彩，水墨底色、浓淡相宜，又显光影层次，如同电影脚本的写景一般，给人极深的视觉印象。

---

① 丹尼尔·贝尔：《资本主义的文化矛盾》，赵一凡等译，北京：生活·读书·新知三联书店1989年版，第156页。

第二，镜头般的动感画面。小说中的画面感与影像艺术中画面的运动性是一致的，在吕红的小说中，表现为对色彩、表情、动作、道具等视觉元素的综合运用，在引起人们视觉冲击的同时又充满了动感性，犹如镜头中的画面一般。而且，这种镜头般的画面中往往包容着很大的容量，潜藏在画面呈现的瞬间，"影视与物象的亲近性，主要不是来自二者形体上的相似，而是二者都处于一种动态的(时空运动)中"。①

《不期而遇》中有一段描述："银色的新款跑车在她等候的门口潇洒地画了个漂亮的弧形，戛然停下，好像小提琴家风度优美的即兴表演，芭蕾舞王子的轻快跳跃，游泳健儿出高台上弹起又纵身跃入碧波，自然连贯又戛然而止，一瞬间显露出高超流畅平滑的身体技巧。"这段文字不长，却同时包含了色彩(颜色、碧波)、动作(车画弧形又戛然而止)，及对这一动作的三个充满动感的比喻(小提琴家的表演、芭蕾王子的跳跃、游泳健儿的跳水)，引发读者的想象，造成极大的视觉冲击力。《异乡漂泊的冰川和花环》中对唐人街除夕夜景的一段描写，摩天大楼灯光璀璨、海湾大桥的背景、钟楼下的人群、疯狂的冰上表演、醉鬼扔酒瓶、黑衣警察巡逻……街景与人物合成为具有动态感的镜头。

第三，蒙太奇叙事与表意。苏联电影大师爱森斯坦说过：蒙太奇就是电影的一切。吕红深谙蒙太奇式画面组接的艺术技巧，叙事中常常打破了时空限制，呈现出中断性和跳跃性，以句子或段落拼接，获得了悬念迭起、疑惑纷呈的叙事效果与独特魅力，与电影中的蒙太奇手法极为神似。她小说中的这种时间跳跃、空间场景转换往往以人物为轴心，它不仅是两个情节片段的组接而具有叙事的作用，同时着重于表达人物的某种情绪或情感，兼有蒙太奇叙事与表意的功能。

在短篇《不期而遇》中，萧萍在舞会上，那位男子上前邀请她跳伦巴，在激情的旋律中，那男子说好久不见，你好吗？下面紧接着是"原来是你，认出他，萧萍也有些意外"，下一段接上"那年，他和她在舞会上相遇"的一段，把旧金山的一场舞会与当年在上海的舞会组接起来，这两个段落将相距多年的中、美空间连接起来，不仅推动了情节的发展，而且让人心生悬念，产生一种期待效应。《微朦的光影》是吕红融入电影元素比较集中的一个短篇，在男女主人公观看电影《广岛之恋》的叙事中，她娴熟地运用电影蒙太奇的手法，六

---

① 鲁道夫·阿恩海姆：《艺术与视知觉》，滕守尧、朱疆源译，北京：中国社会科学出版社 1984 年版，第 454、457 页。

次变换时空，把镜头转换到多年前离开祖国广州、香港的往昔，如前所述，形成三条时间流。小说中运用蒙太奇手法将旧金山、影片中故事情节的地理位置与广州、香港三个空间发生的事件组接起来，获得电影一般的蒙太奇效果：它既是在叙事，推动情节的发展，同时又在表现人物情绪的流动起伏。影片中的人物命运与现实中的人物互为交织，甚至有点纠结难分，给读者的感受也是多重而复杂的。

吕红是一位艺术感觉敏锐而富有才情的女作家，又具有相当深厚的理论功底与文学素养，在充分肯定她的创作成绩的同时，也有更高远的期许，如题材的拓展，艺术视野的宏阔，深邃的思索与现代艺术技巧的有机整体融合等。期望她能超越个人生活经验叙事，突破已有的审美范式，升腾、飞扬想象的羽翼，开拓新的创作空间，写出挑战自我的新作。

第二节 陈谦：百年后"娜拉"的出走

一百多年前，挪威著名戏剧家易卜生在其《玩偶之家》中，塑造了经典的女性形象娜拉，娜拉的出走，曾经引起当时中国文坛与知识界极大的震撼。百年后，新移民作家陈谦在小说《望断南飞雁》中再写女性出走，只不过女主角南雁是移民美国后从家庭的出走，现代版的娜拉，犹如一颗流星划过文学的天空，再度激起人们心灵波澜的激荡，在新移民文学中具有振聋发聩的意义。

一、现代版"娜拉"的出走

在当今开放的时代，跟随丈夫或未婚夫到海外留学的"陪读"夫人，一个"陪"字似乎从开始就注定或说规定了她们陪伴、侍从的位置。从当初出国，她们就打上了这个身份印记，从初期的打拼，到丈夫完成学业，事业有成，生活逐渐安稳，以及接下来的生儿育女，这种身份延续下来也就天经地义了。更由于西方物质生活的优裕，于是做一个有文化的全职太太也就顺理成章，不足为奇了。许多受过高等教育的女性移居西方后，不都放弃了自己的专业与理想，在家里相夫教子吗？进入21世纪的今天，这种现象，在东西方人看来，似乎都是合情合理的。而作家陈谦却离经叛道，百年后重塑"娜拉"，赋予了"娜拉"崭新的时代色彩，这就是小说《望断南飞雁》中的"陪读"夫人南雁。南雁结婚后即随丈夫沛宁到了美国，陪丈夫一道度过了求学、攻读学位的艰苦阶段，直到丈夫事业初成，衣食无忧，儿女双全。沛宁经过多年奋斗，获得博士学位，在美国顶尖的杂志《自然》《细胞》等刊物发表了论文，即将获得俄勒冈大学的终身教授资格，正当他们的生活、事业日趋正轨，步上稳定、优裕的上层社会时，年近 40 岁的南雁突然离家出走，远赴旧金山艺术学院学艺术，"我是要去旧金山念书，学我从小就想学的东西"。① 南雁要去实现她儿时的梦想，她不愿意做一个有文化的家庭妇女，她丈夫的美国导师的夫人就是，而南雁不愿意做这种人。她有自己的追求与理想。南雁的现代出走与娜拉有何不同？意义何在？其一，移民女性的女性意识被现代发达的物资社会所遮蔽，小说写出了现代移民女性意识的苏醒。当初随着移民大潮走出国门，她们同男性一样付出了极大的勇气，那一次出走，被认为是妇女的解放，是勇敢的一大步。移民初期，她们与男人一样为生存而打拼，其艰辛困苦不亚于男性。不同在于：男人在为学位、学业打拼，而女人在为生存、生活而辛劳，其实从踏上异国开始，女性就处于陪伴的"主内"位置了，从那时起，她们的女性意识就开始被遮蔽。这种现代色彩的遮蔽披上了华丽好看的外衣，而女性被蒙在其中，男性潜意识中则认为理所当然。其二，移民后男性的大男子主义更加潜藏、隐蔽，或者说演变为一种无意识的自然，或曰是现代版的男权思想在异国的演绎。小说中的沛宁应当说是一位好丈夫，他与妻子感情融洽，他尊重女性，也支持南雁出去工作，他完全不同于自私、虚伪、怯弱的海尔茂，他们的夫妻生活与霸权、歧视、虐待等不沾边。他只是专心于自己的事业，忽视了妻子的精神追求，妻子曾经对他说过的理想，他没放在心上。小说中写道："沛宁后来想起，他们刚认识时，南雁就跟他说过……竟是他没用上心，完全没有。"②他认为自己事业的成功是夫妻两人的，不分你我，但他忽略了妻子个人的身心需求。在潜意识中，沛宁并没有摆脱中国千百年来"男主外、女主内"的伦理思想。当初出国前，他与他的母亲，之所以放弃自小就想做居里夫人第二的女孩王镭，就是因为那女孩事业心太强，所以才同意带走只有大专学历的南雁去美国。

南雁的出走不再只是停留在冲破依附式的婚姻上，也不仅仅在于取得经济上的独立，她在物资发达的现代社会里，对自己的实验员工作现状不满意，对优裕的小家庭生活不满足，她追求自己的理想，希冀实现儿时的艺术之梦，这正是现代女性的品格，是现代女性意识的苏醒，是走出国门以后移民女性的叛

①　陈谦：《望断南飞雁》，《人民文学》2009 年第 12 期，第 45 页。
②　陈谦：《望断南飞雁》，《人民文学》2009 年第 12 期，第 29 页。

逆心。作家陈谦是在"挖掘超出男性理解的期待视野的女性经验，实现对男权世界的叛逆，以构造出具有自身完整性的女性经验世界"。①

二、移民女性美国梦的演变

北美移民题材的小说，几乎都与美国梦相关，男主人公是如此，女主人公亦是。考察北美新移民小说中女性角色的美国梦大体经历了这样三个阶段：

第一时期的美国梦为淘金梦、发财梦。《曼哈顿的中国女人》中的女主角周励孤身闯纽约，后来嫁给了一位美国博士，在这块激烈竞争的土地上站稳脚跟，在曼哈顿商场大获成功，周旋在美国富商巨贾与社会名流之中，实现了发财梦。小说中的女主角志得意满："我要自豪地说：曼哈顿的中国女人，这是一个多么美妙的名字啊！所有这些美国人都把我当成一位典雅、高贵、简直差不多已经完全美国化的幸运的中国女人。"这个时期小说中女人的美国梦就是淘金梦：作家所看重的是人物的经济身份。此时的美国梦都打上了热得发烫的印记：发洋财、淘美金，其悲与喜都与金钱休戚相关。《北京人在纽约》原本拟名为《美国梦》或《纽约梦》，写的是梦断纽约。王启明郭燕夫妇，从北京一家文工团来到美国，起初，丈夫在中餐馆洗碗，妻子到制衣厂打工。后来郭燕偷来厂家客户的通信联系录，私下揽活做，生意渐渐做大，丈夫有了房、有了车，此后雄心勃勃，头脑发涨，转而投资房地产，结果一败涂地，妻子大受刺激而精神失常，从大陆接来美国读书的女儿又吸毒丧命。母女俩的美国梦以悲剧画上句号。

第二时期的美国梦为文化梦、家园梦。王周生的小说《陪读夫人》对女性的书写，已从早期的淘金梦上升到文化梦的层面。小说中的蒋卓君以陪读夫人的身份，带着孩子到了美国，为了支持丈夫完成学业，减轻经济的压力，她给一个白人家庭当保姆，由于中西文化的差异、语言的隔阂及女主人的自私、刁钻、古怪，蒋卓君非常痛苦。她，还有她6岁半的儿子做梦都想回中国，这是在美国的梦回原乡。她与好多陪读夫人有同感：怎么也没料到伴读是一种高级的软禁。她来美国并非为了发财、淘金，一是来为丈夫伴读，二是想看看美国到底是一个什么样的国家。这个时期小说中女性的美国梦纠结于族裔身份，中西方文化冲突，主要表现在对中国传统文化的依恋及对中西方文化沟通、交融的期盼。作家王周生在创作谈中说："无论是中国人还是美国人……无论是男

---

① 王侃：《女性文学的内涵和视野》，《文学评论》1998年第6期，第88页。

人还是女人，无论他们之间有着多大的矛盾冲突和情感的纠葛，这一切都可以在他们各自的文化传统中找到存在的理由，体现出合理性。"①

　　第三个时期的美国梦为理想梦、精神梦。进入新世纪，尤其是新世纪第一个十年的中期以后，北美新移民作家女性的美国梦主题又悄然发生了变化，它渐渐脱离了族裔身份的纠结，走向了对精神的探求、人性的思考。陈谦的小说《望断南飞雁》，首发时间是 2009 年 12 月，这部中篇再次唱出了女性"美国梦"的声音。南雁随丈夫到美国后，一步步走过了陪读夫人的艰苦阶段，每一步她都尽心尽意，做得相当不错，她的丈夫心存感激，她丈夫的美国导师夫妇也大加称赞，她在完成了整个的"陪读"之后，对丈夫掏出了心里话："我是要去旧金山念书，学我从小就想学的东西。""我哭我的梦。我一直想，一直想象，我可以做得多么好。""不是实验员不好，可那不是我要的生活。"②

　　沛宁心里想笑，嘴上又说："你该这样想，我们的美国梦，是不分你我的啊……"南雁又接上来，说："不对的，你这种话是中国人最爱讲的，美国人不是这么说的。美国人说：'我们每一个人都要有自己的使命，你要去发现它，完成它。'"③

　　小说中写南雁："她不仅有自己的美国梦，她还是他们全家的美国梦。"④

　　南雁不愿意做一个有文化的家庭妇女，她有自己的追求。南雁不满足于丈夫在事业上取得的成就，她认为那是丈夫的，不属于自己，她不甘愿做一个附属于男人的全职太太，她不满足于只是一对儿女的母亲。她的美国梦不是物质上的，也非文化冲突、思乡之类，她的追求已超越了物质金钱、文化冲突，而触及人的灵魂、人性，作家是在写人的精神的追求、生命的探寻。作家陈谦赋予了南雁美国梦新的内涵、新世纪的色彩。小说中南雁的美国梦无疑是对以往作品中女性角色美国梦的超越。

三、生态女性主义的解读

　　20 世纪 70 年代，法国女学者弗朗索瓦·德·奥波妮在其论著中将"自然歧视"与"女性歧视"并置，把生态思想与女权思想结合起来，找到了一个研究

---

　　① 王周生：《重要的是心灵的沟通——〈陪读夫人〉》，《小说月报》1993 年第 2 期，第 43 页。

　　② 陈谦：《望断南飞雁》，《人民文学》2009 年第 12 期，第 42 页。

　　③ 陈谦：《望断南飞雁》，《人民文学》2009 年第 12 期，第 29 页。

　　④ 陈谦：《望断南飞雁》，《人民文学》2009 年第 12 期，第 41 页。

的新方法，这就是生态女性主义的研究方法。生态女性主义神学家鲁瑟和伊丽莎白·杜森指出："上帝和安拉位于顶端，然后就是男人，他是自然的管家，他本身就是目的，其次是妇女、孩子、动物、植物和岩石，传统上后者没有权利，只是作为上帝和男人的工具。"[①]这里明确指出：在男权社会中，实际将女性等同于动物，或曰将女性动物化了。生态女性主义者认为，妇女和动物一样在男权社会中，都处于一种被压抑的状态。

《望断南飞雁》的女主角有一个动物化的名字，名曰南雁，显然是有象征寓意的。大雁在一定的季节会向南飞去，这是大自然的规律，天寒地冻之时，岂能拦阻大雁南飞。如果违背自然规律，大雁的生存就会受到威胁。南雁的丈夫忙于自己的学位、事业，他关心妻子的健康、情感、生活，恰恰忽视了妻子的精神世界。而从生态女性主义观点来看，他本质上是忽略了女性的精神性的需求。小说中有这样一段对话：

南雁打断他，说：这么多年夫妻做下来，你还是没读懂我。……他叹了气说：我想你是太累了，这样熬下去，健康怕都要出问题。这样吧，你好好想一下，如果你愿意，不是，我是请你认真考虑一下，那就回到家里来吧。……从经济上讲，你退下来，生活的品质不会受太大的影响，有你在家照顾，生活质量还会提高。[②]

沛宁认为：做一个有文化的家庭妇女，也可以是女人值得骄傲的追求呢！他的导师夫人米勒太太不就是这样的妇女吗？而南雁不要这样的生活。南雁的伤痛不在于物质、感情，不是来自肉体，而是来自精神；不是来自表面，而是来自心灵，或者说是生命处于一种压抑的状态。"精神作为人类的一种生发着、运动着、兴衰着、变化着的生命活动，具有内在的能量吞吐转换机制，具有独立的与其环境交流感应的体系，它本身也是一个充满生机与活力的开放系统，一个生态系统。"[③]南雁作为一个独立的生命个体，有其个人的转换机制及与环境相适应的生命活动，她在完成伴读、成家、持家一系列的历程之后，她那早就藏在心中的梦想时刻到了，她此时离家出走是她生态系统的一个构成部分，是一种必然。南雁说："我现在终于可以追求自己最想要的东西了。"[④]

---

① 肖巍：《女性主义伦理学》，成都：四川人民出版社 2000 年版，第 194 页。
② 陈谦：《望断南飞雁》，《人民文学》2009 年第 12 期，第 38 页。
③ 鲁枢元：《精神守望》，上海：东方出版中心 1998 年版，第 3 页。
④ 陈谦：《望断南飞雁》，《人民文学》2009 年第 12 期，第 46 页。

而小说的主旨并未停留于此，小说的结尾，出走后的南雁在圣诞节前回到了自己的家门口，她思念自己的家，给一对可爱的儿女送来了心爱的礼物，但只是放在了门前，她没有进门，不是她不想与亲人团聚，她是怕自己的艺术梦想受到动摇。小说的题目《望断南飞雁》给了读者一种期冀。小说的叙事角度是沛宁，南雁的丈夫，显然是从他的角度来"望"南飞雁的，他希冀妻子能够学成归来。作家期冀的亦是一个和谐的结局，从生态女性主义观点看来，就是构建两性之间的自然、和谐。"从根本上说，自然既不是雄性的也不是雌性的，它是包含两性的复杂的、神秘的多方面的统一体。"①构建人与自然的和谐关系、男性与女性的和谐关系，这是大自然生态平衡的规律，是人类生存的准则。小说的一个伏笔也给了我们这样的启示，当年沛宁的女友、女强人王镭到美国实现了自己的事业梦，而最后她的家庭破碎，在美国离婚了。离婚以后，她曾在电话里对沛宁诉说了她的伤感："我也许太要强了。都是我的错，从一开始，就是我的错，从很小很小的时候起……"②王镭婚姻的结局也不是作家所赞同的，追求事业的成功并不意味着不要家庭，或者家庭的破碎。《望断南飞雁》希冀的是人的生态的平衡与和谐。大雁的寓意就在于：它飞走，还会飞回，雁是一种候鸟，它的迁徙、飞走是一种必然，一旦气候适宜，雁还会飞回来的。小说的深意或许正在这里，它也是从女性生态主义对小说的一种诠释。

第三节　陈谦与艾丽丝·门罗小说中的女性逃离

《逃离》与《望断南飞雁》都是书写"女性逃离"的小说。"逃离"可顾名思义，"望断南飞雁"则有大雁南飞之意，意指女主人公南雁一场蓄谋十年的逃离。从她们对"女性逃离"的书写，可以窥见她们对女性在现代社会中寻求解放、追寻自我的态度与认识。

一、从起点到起点与从起点到终点：不同的逃离轨迹

《逃离》是加拿大女作家艾丽丝·门罗的一部中篇小说，主要写女主人公卡拉一场失败的逃离，她画了一个圈，从起点又回到了原点，最终留下胸中那股如针刺般的渴望。实际上卡拉已经强烈意识到，她作为女性在与克拉克的两

---

① 王诺：《欧美生态文学》，北京：北京大学出版社 2003 年版，第 77 页。
② 陈谦：《望断南飞雁》，《人民文学》2009 年第 12 期，第 34 页。

性关系中遭遇的不公正待遇。生活中克拉克脾气暴戾，自以为是，而卡拉则如同小猫小狗，她的大部分主张，甚至大部分行为在两人生活中似乎都不具价值。她在年迈的贾米森先生那里遭遇引诱，五年后克拉克竟然屡次要以此为要挟向贾米森的遗孀西尔维亚勒索钱财，可见卡拉在其眼中是没有独立尊严的私有财产，可见两性生活中卡拉遭受到的不公正待遇有多么严重，这一切让卡拉意识到她应当逃离牢笼，远离这样的二人世界。她在脑海策划了许多次逃离，但均因没有经济独立而止于预演。此后，她在西尔维亚的资助下逃出家门，踏上前往多伦多的巴士，看起来意志相当坚定，甚至做好了日后谋生的打算，但是她依旧失败了，她下了车，回到了克拉克的怀抱，回到起点。

相比之下，《望断南飞雁》中南雁的逃离就要坚定执着许多。她的逃离计划已久，一个女子花掉十多年的时间坚持最初的梦想，在漫长时光与琐碎生活的消磨中不忘初心，在40岁的年纪毅然离家出走，寻找艺术之梦，这令人感动，也难以想象。与丈夫沛宁的博士学历相比，她的大专学历要"羞涩"许多，但她并不为之自卑。外表瘦弱小巧，内心却不卑不亢，硬气得很！后来她在众多的追求者中接受了沛宁，一个重大的原因是沛宁可以带领她实现传闻中想要什么就有什么、做什么都可以成功的美国梦。然而美国梦姗姗来迟，十多年的时间中克服语言的障碍，破解生活的枷锁，她最终进入美国艺术类的最高学府深造，这当中的艰辛自不必言。

因此从表象上来看，卡拉与南雁在女性逃离的艰辛路途中走出了不同的轨迹，一个从起点回到起点，一个从起点走向终点。

二、卡拉：顺从与避免

卡拉为什么最终回归了，为什么在现代社会里她还是要从夫妻生活中逃离出去，并逃离得如此艰难？实际上这场闹剧般的逃离与回归并不是她的一种主动的理性选择，她的失败根源于潜意识深处的顺从与避免心理。顺从是卡拉性格最突出的特征，也是门罗对渴望逃离而最终失败的女性们的心理特征的一种最为深刻的揭示与展示。

小说中，从希腊旅游回来的西尔维亚打电话来请求卡拉帮忙收拾房屋，接到电话的克拉克粗暴地替卡拉答应下来，卡拉忙完农活回来，这对夫妻间发生了一段极不愉快的对话：

"我告诉她说行啊。不过你最好还是打电话去落实一下。"

卡拉说："既然你都答应她了，我看也没有必要再这样做了。"她把茶壶里的茶往杯子里倒，"她走之前我刚大扫除过。我看没有什么必要这么快又重新折腾嘛"。

"没准她不在的时候闯进去几只浣熊，把屋子里弄得一团糟呢。这种事是说不准的。"

"我用不着急忙忙马上就打的，"她说，"我先好好喝上杯茶，然后还要再冲个澡。"

"还是快点打的好。"

卡拉把她的茶带进浴室，朝身后喊了一句："咱们得上自主洗衣房一趟了。毛巾即使干了还是有一股霉味儿。"

"别转移话题好不好，卡拉。"

她都已经进去冲澡了，他仍然站在门外喊着对她说话。

"话没说清楚我是不会轻易让你脱身的，卡拉。"①

这段对话最为突出的特征是展示了两人的话不投机，克拉克咄咄逼人，卡拉逃避躲让，这就将生活中的两人关系与两人地位展露无遗。克拉克态度专横，他认为自己可以粗暴专横地替妻子作决定，妻子只要执行即可，且必须立刻执行，妻子的想法与打算是无关紧要的，她的身心疲惫也是次要的。当妻子拒绝，他便寻找奇怪理由要她执行，当妻子试图拖延，他便认为这是她在转移话题，当妻子试图逃避，他仍旧不依不饶，要她说清楚，要她执行。克拉克脾气乖戾，动作粗野，这显然与他刻意放纵自我有关，因为按照他的逻辑：脾气不粗暴哪里算得上男子汉？在他看来，上天注定男子汉就应该粗暴、专横，有了这个绝对的前提，男子汉也就自然有权利粗暴、专横，居于生活的中心，不必绅士。可见，克拉克的男性中心意识深入骨髓，他构建起来的也必然是一个典型的男性中心模式的家庭。对此卡拉当然有着深刻的体会，但她总是试图去顺从他，逃避他。

两人话不投机时卡拉总是习惯性地主动让步。她从浴室出来，发现丈夫早已离开，本想缓和两人关系，但结果是她抱住丈夫，未及开口，内心竟涌上一阵忧伤，泪水涟涟，垮了似的尽情哭了起来。在此，我们可以发现门罗观察上

---

① 艾丽丝·门罗：《逃离》，李文俊译，北京：北京十月文艺出版社 2009 年版，第 9~10 页。

的细腻与刻画上的准确，寥寥几笔便入木三分地揭示出卡拉矛盾复杂的心理。她是试图说服自己去让步的，但是她又做不到，心内排斥；这至少表明她对克拉克的粗暴脾气与专横作风感到不满，甚至试图反抗与逃离；但是她不敢，内心恐惧，只好"垮了似的尽情哭了起来"。① 以哭的方式置换和宣泄心中一切。哭过之后一切回到原点，为了避免事态发展她开始顺从他：企图以放低姿态的做法、温存的作风获得丈夫的"谅解"，请他不要对她发火，给她更多的爱与温柔。但事与愿违，丈夫反倒更瞧不起她了，更加粗暴专横了！哭与顺从成为她生活的一个重要组成部分，当遭受粗暴待遇，她在克拉克面前轻轻地哭，在女伴西尔维亚面前止不住地痛哭，哭泣成为她发泄郁闷的绝佳方式，于是，她对克拉克的反抗、对生活的反抗止步于哭！哭泣之后，仍旧顺从，而丈夫的粗暴因为她的哭与顺从变本加厉！

　　卡拉为什么总是顺从？贾米森的引诱事件或许会让我们有所认识。贾米森是个好色的老人，临终前雇佣卡拉前来照顾他，他试图勾引卡拉，要她顺从，配合自己做些亲昵动作。卡拉自然拒绝，但是她仍然不由自主地发生某种潜意识活动，尽管她在努力压制，"她会想到那个真实的、模糊不清的、床单围裹着的病人身体……其实，她只瞥到过几次，那是当贾米森太太或是来值班的护士忘了关门的时候。她离他从未比这更靠近些"。② 她为什么会产生这样奇特的心理冲动？出于好奇显然说不通，因为她不可能因为好奇而产生如此强烈的、需要反复压制的冲动。这种潜意识活动至少可以表明一点，她是有着某种接近、接触那副躯体的潜意识冲动的，甚至是去配合贾米森，去接受他。这就表明她对男性的顺从可能是先天性的，藏于潜意识中的，和长期的男性中心文化的浸染有关。

　　我们分析一下卡拉最初逃离家门，选择与克拉克私奔的动机就会对此有所认识。一些研究者认为卡拉此次逃离是其女性意识萌芽的结果，表明她要反叛家庭，寻找新的生活。表面上看确实如此，但我们要追问的是卡拉所要寻找的新生活是她自我独立追求的生活吗，显然不是。恰恰相反，在私奔之初她对自己的未来没有规划，而是将其全部寄托在克拉克身上，将他视作未来的设计

---

　　①　艾丽丝·门罗：《逃离》，李文俊译，北京：北京十月文艺出版社 2009 年版，第10 页。

　　②　艾丽丝·门罗：《逃离》，李文俊译，北京：北京十月文艺出版社 2009 年版，第14 页。

师，将他的理想当做自己的理想，心甘情愿做他的俘虏，理所当然、心悦诚服地服从于他。可以认为，这里的卡拉并没有展现出女性意识的萌芽与觉醒的迹象，她并不认为自己应当走自己的路，过自己的人生。她自然而然地、先天性地接受了男性中心文化并浸染当中。她是如此疯狂地爱着克拉克，在认识克拉克的某个瞬间便为他的男性魅力彻底征服，为这个外形帅气，有些愚蠢与自以为是，透着痞子气，中学没有念完便闯荡社会，从事过多种职业的青年人所彻底征服，下定决心要一生跟他走。就连逃离之日驾驶着卡车的克拉克对卡车性能的担忧，简短的回答，稍稍眯紧的眼睛，"甚至是他对她轻飘飘的喜悦稍稍感到的厌烦——所有这一切，无不使得她心醉神迷"。① 甚至母亲的警告——克拉克会伤了她的心，继父的讥讽——克拉克不过是"一盲流游民"，② 都激起她强烈的叛逆与愤怒情绪。可以说，这样的爱情更像是一种献身，她将自己放在如此低的位置，就像是低到了尘埃里，她是如此不自觉地仰视克拉克，将他当做生活的太阳，为了心中的太阳，她可以一生久久仰望，献出一切。

　　将这种爱放在男性中心文化语境里看，可以说从一开始的两性关系中卡拉就是一个没有自我意识的女性。她先天地接受了男性中心文化并浸染当中，她之所以嫁给克拉克在很大程度上就是因为这适应和满足了她的这种接受与需要，所以不得不说在卡拉身上有着一种天然的惰性与依赖性——一种来自基因的也好，来自自小成长的文化氛围的浸染也罢，长期沉醉于男性中心文化与家庭制度所形成的女性对男性的过分依赖与屈从和对自我独立性的不自觉的遮蔽与去势。

　　这种先天性的顺从心理与另外一个重要问题息息相关，那就是自我的丧失。卡拉自小就是一个不太有着自我意识的女孩儿。在学校里她是差等生，对此她感到无所谓，高中毕业后是否读大学也不在乎，只要能满足日后可以和男人打交道的愿望即可。在家里也得不到关爱，母亲对她态度冷淡，听之任之，而继父则是冷漠乃至粗暴，似乎因为没有血缘上的关系，她的未来与生死也就与他没有任何关系。家庭生活的冷漠与压抑让卡拉仿佛置身于荒漠之中，在这样的家庭环境中她基本上不太可能意识到自我的存在，她也确实没有意识到自

---

　　① 艾丽丝·门罗：《逃离》，李文俊译，北京：北京十月文艺出版社 2009 年版，第32 页。

　　② 艾丽丝·门罗：《逃离》，李文俊译，北京：北京十月文艺出版社 2009 年版，第28 页。

我的存在，更没有做出反抗的举动。克拉克的到来令她终于从家庭的荒漠中走了出来，她以为从此有了依靠，起初当然温馨浪漫，然而时间一长，她不过从一个沙漠又迷入另一个沙漠，走向一个丧失自我的极端。她甚至以贾米森对她的引诱事件中的种种细节为谈资，来不停地刺激克拉克，使他兴奋，讨他欢喜，满足他的好奇心，迎合他的虚荣心。可见，顺从和迎合丈夫与避免羞耻和维护尊严的二者中，后者在不知不觉中变得微不足道，毫无价值。可以说，自我意识的缺失促进了她的顺从心理，顺从心理又进一步加剧了她的自我丧失。

由这种天然的顺从心理与自我迷失自然而然就会导致另外一个重要的心理现象，那就是避免心理。习惯了顺从，就很难去反抗，即便是反抗，也很难接受新的思想与制度。这一点在卡拉身上表现得尤为明显。因为习惯性的顺从，卡拉成为一个脆弱的女孩子，在克拉克眼中如此，在西尔维亚眼中如此，甚至在她自己眼中同样如此，以至于她总是质问自己为什么在受了气之后总是止不住要哭，泪水涟涟，无法坚定、坚强。

尽管极度渴望脱离苦境，她内心充斥的却是忧郁与恐惧，为自己寻找各种理由去避免反抗的发生，如丈夫会变好的，没有路费，以后找不到工作等等，即便是日后受了西尔维亚的资助与鼓动，她也对西尔维亚寻找新生活、追求自我独立的思想根本听不进去，即便安排好了未来生活，踏上逃离之路，她也注定要失败。从习惯性的顺从到突然的激烈反抗给她带来的不是勇气，而是无尽的恐惧与脆弱，她依然无法直面丈夫，哆哆嗦嗦，头脑一片昏黑地写下了一张寥寥几字，竟还有着别字的字条，她甚至不敢回到丈夫那里留下字条，要西尔维亚替她转交。接着，小说中门罗又以相当细腻生动的意识流笔法捕捉了卡拉在巴士上有多么恐惧。登上巴士以后，她很快忘记了自己曾经遭受的不公正待遇和对未来生活的规划，恐惧迅速侵占了她的全部内心世界，不敢也无法想象在没有克拉克的世界里，自己如何一个人孤零零穿过大街小巷，上班，坐车，下班，吃饭，睡觉，度过漫漫黑夜。与这种恐惧相比，克拉克的粗暴专横，她的愤懑无奈变得微不足道，她宁可重新回到往日生活中，也不愿意一个人去面对新的生活。她无法战胜这样的脆弱与恐惧，被一股莫名其妙的力量牵引着、推动着，坚定地、不由自主地站了起来，下了巴士，回到家里。她并不缺少独立生活的技能，缺失的是反抗生活的勇气，独立生活的决心！可以试想的是，即便她到了多伦多，她依旧只会在外面的世界转上一圈，然后回归。

《哈姆雷特》中有着"脆弱啊，你的名字是女人"的经典独白，在诸多女性主义者那里这被视作对女性的污蔑。在《逃离》中这却是门罗的主旨所在。作为女性作家，门罗敏锐地意识到女性的逃离绝不是像安娜那样砰的一声关上门，也绝不是像鲁迅所言有了经济基础就可以了。门罗书写卡拉失败逃离的重要意义就是要告诉人们从旧有的男性中心文化中解脱出来，对一个习惯了顺从的女性是多么的艰难！门罗关注的不是诸如女性主义启蒙、寻求经济独立等等女性逃离的外部因素，而是心理世界的展示与挖掘，男性中心文化对女性心理世界的浸染与桎梏！

三、沛宁：新旧冲突下的"望断"

《望断南飞雁》是陈谦女士的小说。小说标题大有玩味之处，"南飞雁"当然是指南雁高高飞起之意，对此作家显然是褒扬的。但为何又是"望断"，大有无助无奈、不解质疑的悲伤情绪，到底是谁在"望断"？笔者认为这个"谁"就是沛宁，实际上他"望断"的不单单是妻子南雁的高飞，还有着许多其他的内容。

这一点我们应当从沛宁自小的成长环境谈起。他的母亲与父亲是大学同学，看起来是很般配的一对。但在学校里，他的母亲学习成绩远胜他的父亲，甚至毕业后看得到的前途也要好许多。当他们结为伉俪后，她自觉到卫生学校做了一辈子中专老师，而沛宁的父亲则成为广西最优秀的胸外科大夫。在她看来成了家之后就应当有人做出牺牲，这个人理所当然就是她自己。可以说，沛宁的母亲是相当传统的女性，她深深浸染于男性中心的思想意识与家庭制度中，把相夫教子视作女性天职。她之所以不太希望优异的王镭成为沛宁的妻子，而对看起来乖巧单纯的南雁颇为满意，这是最重要的原因。

母亲的这种思想对沛宁产生了深刻的影响，这一点鲜明体现在沛宁在王镭和南雁二人的舍与取当中。王镭是沛宁省高考状元最强大的竞争对手，最终有些出乎意料地击败沛宁成了多年一遇的女状元。这对沛宁的打击相当大，在曾经最好的伙伴——王镭面前不停躲避，这当中有着失落情绪，更有着自尊心的受损，可以说在人们的期待中应当是沛宁取胜——毕竟王镭只是个女娃子。他们进入不同大学各自努力，这实际上也是他们分道扬镳的开始。到了大学，沛宁意气风发，而王镭则经历一段靠着沛宁的鼓励与安慰才挣扎度过的低谷，在这段低谷中他们确立恋爱关系并且感情迅速升温，可以说这是沛宁在两人的恋爱生活中最为轻松满足的一段时光，因为他终于走在王镭的前头，而且王镭是那样急切地需要他。毕业后沛宁又一次跑在王镭前头，他继续在国内攻读硕士，而王镭因为其学校是五年制迟了一年毕业。不出意料的话他们会成为夫妻，这是沛宁期待的结局，符合他的愿望，也符合他的观念。然而要强的王镭在大学里再次回到巅峰状态，毕业后更是得到去美国普林斯顿大学直接攻读博士的机会。这样的结局使得他们的恋爱关系进入风口浪尖。王镭高大美丽，浑身透着令人高不可攀的自信，样样争先，连名字都是奔着居里夫人去的。这样强势的王镭自然压得沛宁有些喘不过气来。在思想传统的沛宁那里，王镭的要求——放弃学业，跟随她一同到美国读书，显然有些"不近人情"，他宁愿承认自己在与王镭的较量中已经输了，忍痛放弃一段长达数年的感情，也不愿意放下架子，拉下脸来同王镭一起前往美国。

所以可以发现，沛宁对王镭的感情至少从理性上来讲呈现一种波浪似的曲线，当王镭"退居二线"，感情趋向升温，当王镭越发强势，沛宁总是在不自觉地压抑自己的情感，选择逃避。可以说王镭与沛宁的分手在某种意义上说是注定的，现代社会可能会接纳一个无比优秀女性的存在，但是具体到一个男人身上这可能将是一件很难发生的事情，尤其是沛宁这样的传统男性。王镭后来与外国同行结婚，看起来十分幸福，但后来离婚，让她后悔不已的是：自己太要强了，从小就这么要强。如果换作男性，这样要强是一种优秀品质，换作女性这大抵就是一个错误了。

如果说沛宁选择与王镭分手的根本原因是沛宁的男性中心意识，那么他选择与南雁结合同样也是如此。王镭像一只高高跃起的大雁飞走了，他的母亲反倒有一丝高兴，因为她不愿意看到王镭的过于强势影响甚至限制儿子未来的发展。尽管沛宁有过痛苦，但他很快在不那么优秀，与王镭相比有些像是"丑小鸭"的南雁身上找回了自信——他受损的自尊终于得到补救。南雁身材瘦小，在强势的母亲与姐姐的光环笼罩下显得乖巧清纯，温润如玉，像一只甘于平庸的燕雀。表面上看确实如此，乖巧得像一只小鸟是南雁外在最突出的特征。初识南雁，沛宁第一眼就对她产生莫名好感——他的潜藏于内心深处的男性中心意识再一次起了作用并得到满足，可以说没有这样的南雁的出现，没有他自以为的南雁对他的"崇拜"之意，他基本上是不会到美国继续攻读博士，继续奋斗的。正如人们只看得到自己在意的事物一样，沛宁对南雁的欢喜导致他看待南雁就像看待一只沙漏，她的柔若无骨、乖巧温驯全部进入眼里，她的坚强执着、漫漫追寻在无意间都被忽视。初识南雁，他并没有意识到南雁所说的她所从事的化验室工作那点破事，与父母一起的生活令人窒息，她喜欢美国梦等等都意味着什么，也不明白为什么她的眼里总是有一团雾，更把她所说的：她喜欢有志气的人，看不上那许多追求她的人，羡慕那些到美国读书的孩子等等视作她对自己的艳羡与崇拜，在潜意识里自我满足他男性中心的尊严。以至于在夫妻关系达十年以后，他对南雁的突然离家出走感到吃惊、愤恨、痛苦，始终不明白南雁到底在追求什么，不知道她到底想要什么，这最终导致他们夫妻关系的彻底破裂。

实际上南雁是相当"新派"的女性。她的母亲出身名门，长得十分美丽，在民国时接受了最新潮的教育，坚信无论男女每个人都有着自己的独特价值，应当努力去把命运掌握在自己手中。尽管因出身原因经历了许多挫折，但是始终不改初衷，背弃了出身太"黑"的情人，选择嫁给了大她许多的新政府的南下干部——因为这代表着她未来的另一种可能。从此她的家庭"阴盛阳衰"，她也不顾丈夫的激烈反对，产下两个女儿以后再也不肯生育——因为这意味着一种家庭的拖累。这实际上就是对生下儿子、延续香火的传统观念与男性中心意识的一种背弃。这样的家庭自然会对南雁产生深刻的影响。南雁的母亲一生拼尽浑身解数也没有开出什么果实，便把希望寄托在两个女儿身上。大女儿南鹭自小就强势，年纪轻轻就出色地做了银行经理，而小女儿南雁尽管在母亲与姐姐的光环下显得像是"传统"的女性，但是她清醒地知道自己是一个有潜力的女孩，以后要长好翅膀展翅高飞。南雁确实如同她的母亲所认识的那般，她嫁给沛宁是不假思索的，最重要的因素不是沛宁生得好看，聪明有抱负，而是对她而言这代表着人生前程中一种极具吸引力的可能——美国——在那里只要努力，你想是什么就会是什么，她厌倦母亲与姐姐光环笼罩下的窒息氛围，厌倦每天摇着试管毫无技术含量无聊庸常的生活，瞧不上那些只能带给她平庸未来的追求者，不甘心做如沛宁博士导师的夫人那般所谓的"有文化的家庭主妇"，更反感有些美国人所说的要想家庭幸福，就让妻子呆在床上不停生孩子的谚语，更反对沛宁所言的人的生命是没有价值的，只是传宗接代历史河流中的一环。她执着地相信无论男女每一个人的生命都有着独立的追求与独特的价值，只要努力，都可以成为自己想要成为的那个人。为此，她是在极不情愿的情况下生下第二个小孩，躲在家里忙碌于厨房与孩子之间，走进沛宁的实验室重操旧业。在漫长的时光消磨与家庭琐碎中，她克服语言的、学历的、家庭的、经济的、文化的、世俗眼光的等重重阻碍，用十多年的光阴实现儿时的梦想。

有意思的是，在对待婚姻与家庭的问题上，我们可以发现南雁所反对和厌弃的基本上是沛宁所支持和坚持的。可以说，在他们之间存在着新与旧的尖锐冲突，正是这种冲突导致他们婚姻关系的破裂。沛宁是如此固执地浸染于传统的男性中心文化中，固执地相信人生的意义就是传宗接代，相信男人要撑起事业，而女人的任务就是相夫教子。当他的这种传统思想受到新的思想的挑战，比如在王镭那里，他宁愿选择逃避，退而求其次。他固执地寄希望于南雁能够安分守己地做陪读太太，做"有文化的家庭主妇"。戏剧性的是，当南雁高高跃起，他只能惊诧、愤怒、痛苦，他的自尊心注定再一次受损，他的男性中心意识注定了要失去其存在的土壤。这也许就是小说标题"望断"的题旨所在。

四、《逃离》与《望断南飞雁》中女性逃离的现代意义

进入 20 世纪，女性逃离成为文学史上的一个重要话题。同为当代作家笔下的女性逃离，一个失败，一个成功，它们有着怎样的差异，又有着怎样的相似之处与共同意义？

众所周知，女性逃离话题肇始阶段中最为著名的文学作品是易卜生的《玩偶之家》与鲁迅的《伤逝》，某种意义上两部作品都是在关注社会问题，易卜生与鲁迅似乎不约而同地将妇女解放作为社会问题看待。在易卜生的笔下，似乎只要女性意识到自己在两性关系中的从属地位，女性就会砰的一下关上门，寻求解放。而鲁迅先生则进一步说明砰的一下关上门只是问题的开始，没有经济的独立，女性逃离与解放注定失败。但是随着时代的发展，门罗与陈谦女性新逃离的书写，至少可以反映出这一问题的以下变化：第一，经济独立对女性而言已经不再是一个艰巨的难题，甚至可以说许多女性在经济上取得比男性更为杰出的成就。第二，所谓的女性意识的觉醒绝非简单得如同娜拉那样，一个偶然事件便可以唤醒。意识到自己的从属地位，绝不等同于女性意识的觉醒。在当代社会，它已经成为一个心理问题，一个关涉到文化机制对心理机制的制约和桎梏的问题。第三，女性逃离与解放绝非女性单方面的问题，它关涉到女性，也关涉到男性。

在《逃离》中无论是克拉克还是卡拉，他们都深受男性中心意识的影响。卡拉的逃离失败不是由于她无法实现经济独立，也不是她没有意识到自己的从属地位，根本是由于她成长和生活于男性中心的语境之中，在这种语境形成的顺从与依赖，避免与逃避的心理深入骨髓，具有某种先天性。无论是在内驱力还是外动力的驱动下，走出这样的泥潭都会在她的潜意识中形成天然的抵抗力，都会让她恐惧脆弱，所以就更不必谈女性新意识的觉醒了。这就是门罗的主旨所在，在她看来女性逃离不是简单的外部问题，而是女性自身内在的心理问题。

与门罗相同的是，沛宁的男性中心意识来自哪里，带来什么后果，这些问题陈谦也从文化与心理的角度予以深刻观照。他的男性中心意识很大程度上来自自小成长的家庭环境，同样是深入骨髓的，甚至也具有某种先天性，导致他内心深处对王镭的过于强势，对南雁的逃离都会产生天然的抗体。更为关键的是，他深深地沉浸于这种意识的泥潭之中，从中走出将会像是剔骨拔毒，是极端艰难而痛苦的事情，他只好在新与旧的冲突中不解无奈、愤怒痛苦，最终导致家庭的悲剧。

与门罗不同之处就在于陈谦认识到女性逃离与解放远不是女性单方面就可以解决的问题。南雁确实努力地追寻自我，但是她最终逃离，砰的一声关上门，是否就意味着问题的彻底解决？显然不是，她遗留下许多问题，她作为妻子与母亲的责任都已经无处安放。而这就与沛宁相关。从根本而言，是沛宁的男性中心意识导致南雁需要逃离，并逃离得这么艰难，令她的出走留下许多问题和质疑。可以说，南雁的逃离如果在日后没有办法得到沛宁的理解甚至支持，她最终可能是要失败的，要重新回归的，即便没有重新回归，也会在自己内心深处留下许多的遗憾与愧疚，在社会生活中留下诸多质疑。

总而言之，这就是当代作家在相隔不到半个世纪的创作中对女性解放问题的逐步深入的思考。女性解放是一个随着时代的交替和认识的深入而不断发展的问题，两位女性作家的思考值得我们深思与检讨。

第四节　张月琴：社会权力系统的海外延续与突破

旅澳华人作家张月琴的长篇移民小说《陪读岁月》作为海外留学澳洲生活的真实记录，不仅饱含着留学生海外求学的不易，更浸透着海外陪读者努力挣脱琐碎繁杂又尴尬的生活处境去重构异域身份、实现个人价值的艰辛。与此同时，也暗藏着男尊女卑这一传统社会权力系统在海外的延续与突破。

一、从属的陪读地位，多样的陪读身份

《陪读岁月》用纪实的手法、第三人称全知全能的叙述视角，以林一帆、张运帷（夫妻）及其子张问一家人的生活为记叙主线，串联起刘典典夫妇、吴海丹夫妇、杨若慈夫妇的婚姻及生活故事，由此将妻子陪读于丈夫（以下简称"妻陪夫"）、丈夫陪读于妻子（以下简称"夫陪妻"）和母亲陪读于孩子三种陪读情况贯穿全文。其中，"妻陪夫"和"夫陪妻"两种陪读模式下的生活及婚姻

故事为小说记叙的主要内容，并相互比较以结构全文、凸显主题。显然，"陪读"作为《陪读岁月》的关键词，串联着也见证着其中人物的喜怒哀乐。

"陪读"，顾名思义即"陪着读书的人读书"，① 结合小说之意也即陪着在海外求学的人读书。林一帆的丈夫张运帷是国内某名牌大学的高材生，经过层层筛选后获得世界银行的奖学金赴澳攻读硕士、博士学位，林一帆随后赴澳陪读；刘典典为了证明自己能够在不靠父母、不靠优越家庭条件的前提下也能闯出一片天地，在台湾二叔的资助下赴澳留学，其夫邱实随后也赴澳陪读、谋发展；杨若慈的丈夫在悉尼大学生物系攻读博士学位，杨若慈为了全力支持丈夫的学业随后赴澳陪读；吴海丹以出国访问学者的身份赴澳，后因一次偶然的机会使其留在了澳洲谋发展，其夫也从此面临着是否赴澳这一现实问题……实质上，不论是"妻陪夫"模式，还是"夫陪妻"模式，显然均形成了以留学者为主、陪读者为次的生活及社会结构。正因此，陪读者一旦赴澳便会被迫处于从属地位，身陷尴尬处境。

陪读者的从属地位决定了其在海外的陪读生活中社会角色的多样性。

首先是保姆角色，即给被陪读者一个温馨整洁的家，为被陪读者做好一切后勤工作，"……心甘情愿地，责无旁贷地，理解、支持被陪读者的事业"，②这是陪读生活中必须要做的事。它不仅包括安排好正常家庭生活所需的柴、米、油、盐、酱、醋、茶，而且要包揽被陪读者的衣、食、住、用、行，以及其他一切琐事。陪读夫人林一帆为了让丈夫安心写论文、做学问，赴澳后独自承担了家中所有的琐事——"油盐酱醋茶的采购；鸡鸭鱼肉菜的烹饪；床单要经常换洗；被子要勤晒；夏天盖薄的；冬天铺厚的。身上的衣服要天天换，孩子的营养要均匀。吃饭不能挑食，学习不可偏科。每天上学要准时送，放学要按时接。星期六的上午要送去学中文，下午要陪他画画，写生，晚上还要上钢琴课。逢年过节要记得给国内的父母们寄钱、写信等诸多而又繁琐的事……"③事无巨细，均需陪读者一力承担。

其次是打工者这一角色，即努力为家庭提供一定的经济来源，以更好地照顾家庭生活。当时出国留学的人们，不是公费就是自费。前者仅能靠奖学金勉强独自度日，当然无法负担起一家人的日常开支；后者为出国已耗费大量资

---

① 张月琴：《陪读岁月》，新加坡：双语出版社2014年版，第40页。
② 张月琴：《陪读岁月》，新加坡：双语出版社2014年版，第40页。
③ 张月琴：《陪读岁月》，新加坡：双语出版社2014年版，第8页。

金，赴澳后的各种开支也必然十分局促。正是这一因素，促使甚至逼迫着陪读者在照顾好被陪读者的一切的同时还要外出谋生，以贴补家用。林一帆的丈夫张运帷凭借奖学金赴澳留学，微薄的奖学金无力应付两个人的开销，林一帆便在当好保姆的同时外出打工，先后成为了洗碗工、修理工、操作工、清洁工……

然而，"打工只是为了生存，但终究不是目的"。① 因此，陪读者也会是默默的个人奋斗者。这些陪读者都曾在国内有着相对不错的收入、相对较高的社会地位，赴澳后由于语言不通、地域陌生导致个人价值丧失、身份缺失，为了再次实现自己的价值便在照顾好留学者、有一定经济来源的同时，努力提升自己，以期再次实现自己的价值，再次获得自己的社会身份认同。林一帆除了当保姆、打工谋生之外，抓紧利用一切可以利用的机会提高自己的口语能力、了解当地文化、办中文学校……尽最大努力谋求自身发展。

相较之下，被陪读者的角色就相对单一甚至单调了，"躲进小楼成一统，哪管春夏与秋冬"便是他们生活的真实写照。如果说留学者的不易主要是源于繁重的学业压力，要不断做实验和写论文的话，那么陪读者则往往更加艰辛，他们不仅要照顾好家庭，为家庭提供一定的经济来源，还要努力提升自我，活得更苦、更难、更压抑……正如林一帆所道出的，"被陪读的人们，他们有书读，有学位做。当然他们有压力。……然而，他们不管怎么累，累得有价值，累得心甘情愿，累得有盼头，累中也有喜悦"，②"而陪读者呢，别以为她（他）们不做学位，就很轻松。实际上她（他）们活得更累。她（他）们不但心累，而且身累。更重要的是：她（他）们累得无望，累得渺茫，累得前途无望，累得只有烦躁……"③周而复始、似乎永远也做不完的家务事让陪读人感到腻味，巨大的生存压力让陪读人觉得负荷累累、"气喘吁吁"，而谋求个人发展的渴求又在心中不断张望、盘桓、呼喊，可现实却又如此晦暗甚至无望……

并且，陪读者的从属地位决定了其最终的尴尬前景。当赴海外读书的丈夫或者妻子拿到学位后，陪读夫人或者陪读先生将面临一系列的未知数：是继续留在海外还是回国谋发展？如若留在海外，将以何种出路谋发展？如若回国，又将如何谋生存，是否能够适应国内的发展变化，在海外长大的孩子又是否同

---

① 张月琴：《陪读岁月》，新加坡：双语出版社 2014 年版，第 40 页。
② 张月琴：《陪读岁月》，新加坡：双语出版社 2014 年版，第 54~55 页。
③ 张月琴：《陪读岁月》，新加坡：双语出版社 2014 年版，第 55 页。

意、能够适应国内？

总之，地位从属、身份多样、前途未卜、处境尴尬，恰是海外陪读人生活的真相。

二、不同的陪读性别，相异的婚姻结局

如前所述，不论是陪读夫人还是陪读先生均处于从属地位，故此形成了以留学者为主、陪读者为次的海外生活及社会权力结构。然而，这一在异域形成的新的社会权力结构却并不与传统社会权力系统中男尊女卑、"男主外、女主内"的模式完全契合。

当陪读模式契合于传统社会权力系统的男尊女卑模式时，也即在"妻陪夫"的模式下，夫主妻次，家庭生活会相对平稳，婚姻也得以存续。《陪读岁月》中陪读夫人林一帆为了丈夫、为了家庭一次次地牺牲自己以顾全大局：在国内，"为了全力支持丈夫的学业，先毕业的林一帆不假思索地放慢了自己专业的发展，抛开了自己所有的兴趣爱好，甚至舍弃有可能提升的机会……家里所有的杂事，都由林一帆那并不坚实但非常有韧劲的肩膀一肩挑"；[1] 当其夫赴澳求学后，为了再次给予丈夫学业和事业的全力支持，她又放弃了国内已经拥有的一切，甚至将年幼的孩子张问托付给了自己的父母，于"一九八六年初便加入陪读行列"；[2] 赴澳后，她又心甘情愿且责无旁贷地包揽了一切繁琐的家务和家事，与此同时外出打工挣钱补贴家用；好不容易站稳脚跟，一家团聚，甚至发展了自己的事业，但由于张运帏的工作问题林一帆又"再一次地放弃手头工作和历尽艰辛而创立起来的周末中文学校"，[3] 离开了生活和工作了多年的悉尼前往陌生的城市——本迪戈，再次从头开始……小说中的另一位陪读夫人杨若慈也毫不逊色。为了让丈夫一心一意做学问，不顾家人反对，远离故土；"什么都得自己动手，什么都得从头学"，[4] 为丈夫打点好日常生活中的一切。显然，上述二者都是在"随夫迁移"，[5] 都以丈夫为中心而不停地连轴运转。正是她们这种在海外的从属地位与国内原生社会关系下的社会地位具有同样的附属性，使传统的男尊女卑的社会权力系统在海外得以延续。而即便陪读

---

① 张月琴：《陪读岁月》，新加坡：双语出版社 2014 年版，第 26 页。
② 张月琴：《陪读岁月》，新加坡：双语出版社 2014 年版，第 24 页。
③ 张月琴：《陪读岁月》，新加坡：双语出版社 2014 年版，第 121 页。
④ 张月琴：《陪读岁月》，新加坡：双语出版社 2014 年版，第 57 页。
⑤ 张月琴：《陪读岁月》，新加坡：双语出版社 2014 年版，第 126 页。

夫人们对自己的陪读处境深感无奈，即便对"周而复始的家务事感觉到像嚼蜡一样索然无味"，① 即便面临着巨大的生存压力，也会尽力去维持，为了家庭努力扮演好牺牲者这一角色，最终使婚姻得以相对完满。

　　然而，在异域的新天地中，"夫陪妻"这一陪读模式恰恰挑战了上述传统的"男主外、女主内"夫妻相处模式及男尊女卑的社会权力系统，"夫"、"妻"地位发生了颠倒性的逆转——形成了"妻"主"夫"次的新模式。而该模式则往往注定了婚姻分崩离析的结局。"凡是丈夫陪读于妻子的……不是鸡犬不宁，就是分道扬镳……"② 刘典典之夫邱实依托妻子赴澳，其难以接受成为家庭"妇男"的陪读境遇，也无法承受住巨大的生存压力，认为自己的陪读身份使其低人一等，加上来澳后"遇到的都是妻子陪读于丈夫，丈夫陪读于妻子的寥寥无几"，③ 因此不断闹别扭，将刘典典的生活搅得一团糟，甚至带着与刘典典平分后的一笔钱回国后在一名做皮肉生意的女性身上寻找某种心里安慰；经过痛苦挣扎之后，邱实与刘典典的婚姻最终分崩离析，他也选择了回国。很明显，邱实无法在心里接受其赴澳后的社会地位逆转，其回国后找一名无论是社会地位还是能力均不如他的妓女寻求慰藉的做法，实质上是在某种程度上尽力延续着男尊女卑的社会权力系统。无独有偶，《曾在天涯》(阎真)中的陪读先生高立伟与其妻林思文的婚姻也因高立伟对陪读身份的竭力抗拒而"剧终"，高立伟最终也选择了回国。而且，高立伟与邱实在海外的陪读生活中，在明确认识到自己的从属身份之后都十分消极，也最终都需要在自己的妻子之外的比自己弱小的女性身上寻找慰藉(高立伟在与林思文分居后与张小禾的情感纠葛)，借此重拾男性尊严、重扬男性权威。高立伟曾对太能干的林思文坦言，"我不能接受一个压倒我的女性"，④ 也作过一段直接的心理独白——"在这种关系中，我需要有精神优势，有被依赖带来的满足，我太看重这种感觉，以至在找不到这种感觉的时候我宁可放弃。"⑤再看吴海丹之夫宁可保持夫妻长期异地的婚姻相处模式也不愿加入陪读行列，也恰恰说明了其作为男性维护自身权威的强烈意识。

　　而刘典典所转述的邱实的想法则更加直白地证明了以邱实为代表的陪读男

---

① 张月琴：《陪读岁月》，新加坡：双语出版社 2014 年版，第 59 页。
② 张月琴：《陪读岁月》，新加坡：双语出版社 2014 年版，第 152 页。
③ 张月琴：《陪读岁月》，新加坡：双语出版社 2014 年版，第 51 页。
④ 阎真：《曾在天涯》，北京：人民文学出版社 1996 年版，第 174 页。
⑤ 阎真：《曾在天涯》，北京：人民文学出版社 1996 年版，第 419 页。

性对于陪读这一从属身份的竭力抗拒和对男尊女卑、夫主妻次社会权力系统的尽力延续——"他的想法是：我把他办出来为我'陪读'，理应为他提供他所希望的生活条件和享受。他不可能像其他'陪读'于丈夫们的陪读者那样，无私地为家庭作出最大的奉献……而我，他的妻子，必须得像所有'陪读'于丈夫的妻子们那样为他作所有的服务……"①

此外，海外留学生活中陪读夫人居多、陪读先生寥寥无几的现状本身就是男尊女卑社会权力结构在海外延续的力证。陪读夫人们为了丈夫的学业和事业、为了孩子的成长和发展、为了家庭的圆满，纷纷选择了扮演好牺牲者这一角色。这是男权意识在海外的主动延续，也是长期以来父权文化的显现，因为"父权社会是要女性成为放弃自己个人意志的工具"②的，由此对女性提出了牺牲的要求；然而，这在某种程度上也得到了已经"习惯"于牺牲的女性的默许，成为了一种无意识的、无声又无奈的共谋。如林一帆虽然在赴澳后渐渐地不再满足于仅仅是相夫教子、打工赚钱的生活，并努力实现自己的价值，但她始终奉行的是"必须要让丈夫全心全意地拿下他的学位，让孩子无忧无虑地幸福成长"③的理念，并且坚定地"把自己陪读的身份永远摆在读者之上……"④吴海丹在提到自己的丈夫不愿意赴澳时也很无奈地表示："如今，毕竟是男权社会，我只有将就着……"⑤

细察之，传统社会对于女性的高要求——要同时扮演好母亲、妻子及优秀的职业女性这三个角色——恰与保姆、打工者、个人奋斗者的陪读者角色多样性形成一定对应关系，而社会对男性的传统要求也在某种程度上具有单一性。这也在某种程度上解释了为何在海外陪读夫人居多、陪读先生却寥寥无几的现状。

由此可知，即便已赴澳洲，身在异域的海外华人仍然在试图延续着原生社会的权力构成，即他们仍然试图将男尊女卑的传统社会权力系统植入新的生活地域。加之不论是在赴海外求学者的原生社会——中国，还是在澳洲，均无法回避当前是男权社会这一事实，就更加导致了不同陪读性别之下的相异的婚姻结局。

---

① 张月琴：《陪读岁月》，新加坡：双语出版社 2014 年版，第 111 页。
② 欧阳洁：《女性与社会权力系统》，沈阳：辽宁画报出版社 2000 年版，第 63 页。
③ 张月琴：《陪读岁月》，新加坡：双语出版社 2014 年版，第 50 页。
④ 张月琴：《陪读岁月》，新加坡：双语出版社 2014 年版，第 50 页。
⑤ 张月琴：《陪读岁月》，新加坡：双语出版社 2014 年版，第 140 页。

三、相同的陪读处境，不同的陪读人生

在传统的社会权力系统中的性别模式及由此形成的夫妻相处模式中，男性多果决、刚毅、勇于承担，女性则多敏感、多思、优柔寡断；男性多被寄予事业方面的期待，女性则多囿于家庭琐碎。在男性为尊的社会里，女性成为社会边缘的"第二性"，作为男性的附属而存在，"习惯"于扮演牺牲者的角色，与此同时正用此论证了自己的边缘处境。也正因此，造就了女性与牺牲者的角色、家务事的琐碎繁杂相联系的天然性——"家务事是属于女人的。"①

可是，在新的天地中，传统的社会权力系统在某种程度上获得了突破的现实性和可能性。来到异域这一凭实力求生存谋发展的新世界中生活的男女，都面临着同样的挑战和机遇。国内的一切都已遥不可及，在异域一切都会归零。不论这些来到异域的陪读者曾经有的是副教授头衔(如吴海丹)，还是有着优渥家庭背景(如刘典典、杨若慈)，抑或已建立了自己还算不错的事业，只要身份是陪读者，不论男女，均处于同等从属、尴尬的境地，都不得不面对家务的繁杂琐碎、将生命移植至异域后的生存压力、个人身份的缺失、个人价值的丧失等现实问题。

然而，陪读性别的不同不仅导致了不同的婚姻结局，也在某种程度上使陪读者们拥有了因性别而异的不同的陪读人生。

如前所述，陪读先生们由于不仅在社会地位上已经低于自己的妻子，而且也难以在心理层面上接受自己的附属地位，他们往往不齿甚至羞于自身的从属地位，消极面对着陪读生活中不得不承担的多重陪读身份。陪读先生们身为男性的权威遭遇到了挑战，自尊心受到了极大伤害，这就导致其在海外生活中的自暴自弃，甚至试图从其他比自己弱小的女性身上寻找到某种根深蒂固的优越感。

刘典典之夫邱实便是海外陪读生活中倍感压抑以至于自暴自弃的陪读先生的例证之一，其"刚来时不习惯丈夫陪读于妻子的说法，一时间别扭得不行。后来一直推脱工作不好找……"②语言不通，却又不愿意刻苦、勤奋地去学习，渐渐地整天无所事事，用抽烟和喝酒麻痹自己、消极度日……与之相较，《曾在天涯》中的陪读先生高立伟却可以称得上一个奋斗者了：高立伟清醒地认识

---

① 张月琴：《陪读岁月》，新加坡：双语出版社 2014 年版，第 81 页。
② 张月琴：《陪读岁月》，新加坡：双语出版社 2014 年版，第 110 页。

到新世界的残酷性，"在一个凭实力生存的社会里，我的实力仅仅是还有一把子气力"，① 于是他中断了妻子为其争取到的读书机会，先后卖豆芽、在工厂和餐馆打工以谋生，拼命攒钱，最终实现他的"美国梦"——攒够五万元美金。但是，其在海外生活中感受到的极大的压抑感及其拼命打工实现自己的"美国梦"的根源仍旧与其羞于提及的陪读身份不无关联。

如果说，陪读男性往往侧重将男权意识延伸至海外，那么陪读女性则更加注重自省和对自身身份的努力重构，并借此再次实现了自己的价值。这些赴澳陪读的女性作为男性留学者的配偶，自身素质过硬，也多具有不怕吃苦、适应能力强、敢想敢拼等优点，加上艰辛的留学生活的"逼迫"，也能在自身的不懈努力下逐渐挣脱从属的身份，并逐渐拥有与被陪读者几乎不相上下的社会地位，从曾经的"附属品"、"边缘人"逐渐成长为真正的"社会人"。

林一帆就是陪读夫人中个人奋斗者的典型例证。自赴澳陪读，林一帆就从未放弃过在异域再次实现个人价值的目标。最初，语言不通的她"只能给意大利餐馆洗盘子，给移居英国多年的华侨车行当修理工，同时还给英格兰开的击剑运动员所佩戴的击剑帽工厂当操作工。下班后，立即赶到律师行当清洁工"。② 逐渐扫除交流障碍后，林一帆筹谋着使自己从陪读者转变为在读者，与此同时同丈夫及其他编委一起创办了《英汉双语》杂志，也实现了自己的梦想——创办了和谐中文学校。最终，林一帆也拿到了西方大学的硕士学位，有了自己的事业。陪读夫人杨若慈也不甘示弱。初到澳洲陪读的她由于语言的限制被迫只能在皮鞋厂工作，后来不仅逐渐突破语言的限制，也成为了一名西方大学的在读生；拿到学位后，又逐渐成长为了一位做事干练、遇事果断的生意女性，学业事业双丰收。

从陪读者到在读者，从完全的附属地位到实现个人价值，从封闭的、被家务事死死包围住的无奈里和巨大的生存压力中挣扎出来，陪读夫人们都付出了巨大的艰辛。与此同时，也用她们的努力实现着对传统社会权力系统的突破。

综上所述，旅澳华人作家张月琴的长篇移民小说《陪读岁月》主要通过两种不同的陪读模式导致的相异的婚姻结局——"妻陪夫"模式下婚姻的存续及家庭生活的相对平稳、"夫陪妻"模式下夫妻二人在痛苦挣扎之后的婚姻的最终破裂——来描述男女不同性别在海外陪读生活中处于同样陪读地位却拥有的

---

① 阎真：《曾在天涯》，北京：人民文学出版社 1996 年版，第 238 页。

② 张月琴：《陪读岁月》，新加坡：双语出版社 2014 年版，第 42 页。

不同生活及人生态度：陪读先生往往侧重将原生社会的男权思想延伸至海外且难以重构身份，陪读夫人则多注重自省并努力实现着对自身身份的异域重构，以此来书写男尊女卑的传统社会权力系统在海外的延续与突破。

第四章　跨域生存中的异乡想象

第一节　欧阳昱《淘金地》的苦难意识

《淘金地》是旅居澳大利亚作家欧阳昱新近出版的长篇小说。小说以19世纪中叶众多华人远赴澳洲淘金为背景，书写了一万七千名华人（其中仅一名女性）为逃避澳洲当地政府课以的高额人头重税——税金超过从中国到澳洲的全部船费，从南澳城市柔埠登陆，肩挑手提，带着行李，经过八百多公里的跨陆远征，千辛万苦赶赴淘金地的艰难历程。

一、苦难：殖民主义寓言

叙述者不断变化的76篇对话构成了作品的全部内容，苦难似乎是欧阳昱十分感兴趣的话题，更让作品的主人公们掉进苦难的"海洋"。作家笔下，白人占据优势的澳洲土地是殖民主义的场所。

《你弹流水》一篇，主人公当属作品中最为可怜悲惨的人物，读此篇令人几欲泪下，人间苦楚莫过于此。她被莫名其妙地当做精神病人如同猪一样装进麻袋，关进"佩里医生疯人院"——这个号称拯救精神病人的院子，手段无非捆绑、灌药，任凭她屎尿拉在身边，臭气熏天而不闻不问。她的每一次如同疯子一样的极端反抗如活剥鼠皮，生吃老鼠，被佩里医生视作造孽，妖魔缠身；她用手指在桌上模拟弹琴，嘴里哼着曲子，被言语不通的佩里医生视为脑袋进了石头，而翻译口中中国古籍《太平广记》的"脑子进了水"说法，更是被佩里医生视作西方哲学家与传教士们"中国语言没有逻辑，是低劣民族的低级语言"[1]结论的有力证据。"怎么我们这么有逻辑的说法，怎么到了他们那里，怎

---

① 欧阳昱：《淘金地》，南京：江苏文艺出版社2014年版，第209页。

么就变得那么没有逻辑，那么没有理智，那么没有智慧了呢？"①这无知医生的歧视与傲慢可见一斑！

这个无辜可怜的疯女人用英文清楚地反问佩里医生：But do you know about *The Tall Mountains and the Flowing Waters* please？（你听说过《高山流水》吗？）并自豪地宣称只要有一张古琴，她可以让全医院的人在一夜之间痊愈。然而她并没有逃脱已然张开血口等待着的厄运："加大剂量，令其在昏昏欲睡中度过余生。"尽管她用手指在护士背上弹奏，在护士耳边哼起《高山流水》，"其音之准，其调之哀，让翻译顿时动容，潸然泪下"。②

这就是一代华人移民的悲惨遭遇！试问由歧视、压迫、无知所引起的惨剧还有超过于此的吗？一个明明具有高雅文化修养、精通语言的女性，为什么要遭受如此非人的待遇，被当做劣等民族的猪，被任意地关押、捆绑、灌药与屠杀！又是因为什么，逼得她非要以任意拉屎拉尿、生吃老鼠这样极端的方式来表达自己无声的愤怒与反抗？在非人的待遇中，她仅仅靠着故国家园的一首曲子聊以自慰，精神的割裂与孤独可想而知。

在《他姓石》一篇中，阿恒的工友阿达眼看他们发现的金矿一次次被白人霸占而奋起反抗，竟然被四个白人举起铁锹切掉脑袋，白人法庭竟以"早有明文规定，华人乃一低劣民族，根性败坏，撒谎成性"③为由判处四名白人无罪释放。当年老的阿恒一副白人装扮坐在车上，同车的白人没有一个愿意正眼瞧他，同他说话。当他拿起从家乡带来的《增广贤文》阅读，身边的白人妇人竟嘲笑道："你看，对面那个中国佬，身上发臭，还看书呢！"④引起周围一片哄堂大笑。身体的戕害固然可以忍受，精神的虐杀与尊严的践踏却是最残酷的屠戮。我们很难揣测那样一个年代，在异国他乡，这些移民在自认为高人一等的白人眼里是否都是原始未开化的动物，这些遭遇歧视与虐杀的华人如何在异国他乡悄然度过卑微的一生。

孤苦一生的阿恒在澳洲艰难地生活到了老年，为了安度晚年，他卖掉所有身外之物，将钞票贴满全身，开起小店。全身贴满钞票这样的行为，现在的读者自然不可理解，却透露出身处异地的阿恒深刻的漂泊孤零之感，表明阿恒与

---

① 欧阳昱：《淘金地》，南京：江苏文艺出版社 2014 年版，第 209 页。
② 欧阳昱：《淘金地》，南京：江苏文艺出版社 2014 年版，第 209~210 页。
③ 欧阳昱：《淘金地》，南京：江苏文艺出版社 2014 年版，第 202 页。
④ 欧阳昱：《淘金地》，南京：江苏文艺出版社 2014 年版，第 203 页。

白人世界自始至终难以建立起信任与和谐的关系，尽管他有板有眼、正正经经、像模像样以白人的装扮精心打扮自己，仍然难以受到白人世界的欢迎，与唯一欣赏过他的白人女子艾莉诺的爱情同样无疾而终。他自始至终难以融入白人世界，带着身处白人世界中一生默默无闻的卑微与耻辱沉入历史的尘埃。

这两则简短的对话是典型的殖民主义寓言。其一，无论是《你弹流水》中的佩里医生还是《他姓石》中的白人女性，他们身上都有着极端浓重的殖民主义病症：一是他们以西方文化为核心与权威，漠视与蔑视异质文化，从语言文字上宣告中国语言文字低人一等，华人没有智慧与认知；二是他们对异质文化的族类的极端不尊重，将其视作可以任意支配的他者，以粗暴的方式肆意剥夺他们的人身自由与反抗权利，甚至生命。这里，佩里医生的行为与草菅人命没有任何的区别！其二，这些华人固守与留恋中国文化，反抗文化殖民，导致结局悲惨。《你弹流水》中的疯女人相信一曲《高山流水》可以拯救医院的所有病人，《他姓石》中阿恒虽然白人装扮，阅读的却是《增广贤文》，把白人的嘲讽与哄笑当做笑话不予理会，可见他们对中国文化的自信与坚守，对当地主流文化的拒斥。可以认为，他们身上展现出的是第一代华人对抗文化殖民的悲剧性的努力。

类似的故事在《淘金地》中俯拾即是。这些淘金客乘坐白人的船只前往澳洲，途中无数饿死病死的尸体被像滚筒一样滑进大海；登陆柔埠后，他们的长发辫子被白人小孩玩弄，被白人妓女以性骚扰为由讹诈；千辛万苦发现的金矿被白人粗暴夺走，引发多起血案：一些人为保护金矿被白人用铁锹切去了脑袋，房屋帐篷被白人掀翻烧毁，却无处伸张正义；有的人其妻子与白人男子通奸，却被法庭宣判此后不能和妻子发生任何形式的接触；有的女子遭遇白人的强暴，被削去了脑袋，挖掉了心脏。可以想见，这些淘金客在异国他乡所遭受的歧视与压迫。这些故事的背后不断舞动的实际上就是殖民主义的鬼魅，可以认为，殖民主义是造成这一群体陷入苦海的一个重要根源。

二、苦难：自我与自相"屠戮"

《历发》——"他有很多种可能"中的黄种男人，和妻子的两年生活中妻子"百般娇媚，千般取悦，耗尽了他的精力财力人力情力和脑力"，紧接着他遭遇晴天霹雳：在没有经过任何法定程序的情况下他的如今浓妆艳抹如同妓女一样的妻子与白人 John 结合了，而白人法庭竟然宣判他对她禁止发生"任何形式的接触"。这一事件成为他终生挥之不去的苦难梦魇。他报复式地与任何人种、任何肤色的肉体接触，脑海中却总是浮现妻子的身影。与妻子的"接触"中，又总是莫名其妙地"发现"那个白人"不是在窗外偷窥……便是横贯在他们接壤的肉体土地之上"。①

表面上看来，这个怀揣愤怒渴望复仇而不得的"历发"将矛头指向在法庭上"声声血泪"控诉他的"妻子"，在幻想中吞下她的心脏实现复仇。其实他的愤怒与无奈更指向那个白人，妻子被夺，权利被践踏，正义被屠戮，他真可谓输得一败涂地。然而他也只能通过自己的经历总结道，谁又会去关注无数个弱小个体和由无数个弱小个体所构成的弱小民族所历经的"死"呢，谁会去关注他们的权利与他们的呼吸，为他们争取道义？他痛彻地总结出一条所谓真谛，"历史不过是某个地位更高者权力意志下的摆布"，② 不过是权力意志的搏杀，强势的种族自然获得生存。从"历发"身上无疑可以看到 19 世纪中叶中国思想先驱的某些身影：不论有意无意，他通过自身的经历与对历史的感悟无奈而必然地与生物进化论撞了一个满怀，只是这种碰撞所付出的代价实在太过惨重——终其一生活在了白人的阴影之下。

但是即便如此，"历发"所谓的"生物进化论"更透出了浸入骨髓令人背脊发凉的历史虚无主义，他的理论建立在深刻的个人的与种族的自卑与无奈的基础之上，从而陷入放纵与麻木的深渊，他报复式地与任何人种、任何肤色的肉体接触，感叹如今的世道不过是白人的天下，他自己的民族只能在优势强大的白色人种的笼罩下匍匐前行，"走着一条白人之路"。③ 可是他的所思所为也仅仅止步于感叹与反思，像一个行动的矮子，更不必谈如同鲁迅笔下那些过客：明知前方是坟墓依然固执前行撞个头破血流。我们看不到他的自立自强，更看不到他的反抗，他憎恨白人，却又走着白人之路，成了一个多余者，他的苦难来自殖民主义的种族压迫，更来自他的懦弱与沉沦。

这样一来《淘金地》中这群淘金客的苦难便调转了矛头直指他们自身，为什么身处异乡的他们总是要遭遇那么多的歧视与压迫，为什么他们千辛万苦发现的金矿总是要被白人抢走，为什么他们的同伴总是要惨遭白人的屠戮，为什么他们总是被白人讽刺为猪、大象，降低为动物……来自白人的歧视与压迫固然是一个重要的根源，然而作品中展示出一个更为深刻的根源：自我的愚昧无

---

① 欧阳昱：《淘金地》，南京：江苏文艺出版社 2014 年版，第 10 页。
② 欧阳昱：《淘金地》，南京：江苏文艺出版社 2014 年版，第 9 页。
③ 欧阳昱：《淘金地》，南京：江苏文艺出版社 2014 年版，第 10 页。

知与麻木不仁。

1. 自我"屠戮"

在《我无我》中，主人公是信奉"活着活着只是赖活着，想自己好好活着别人就得赖活着"①的亡魂。他实际上是被同伴阿夤用从他手中抢走的金块敲开脑壳打死的，阿夤又被丛林土匪射杀，他感叹"自己杀自己人，这是我们这个民族的悲哀"，②有着浓厚的宿命论思想，相信生存的苦役即是人生的所有，疲于奔命的淘金客最终都会化作眼屎大小的金粒。所以他死后感到无比的自由与平等，没有疲倦与爱恨、离别伤痛、歧视压迫、物欲争夺，总之，人世间的一切苦楚都随着死亡灰飞烟灭。

此后，他穿透半个地球回到家中与挚爱的儿子团聚，却发现当年恩爱有加，远赴他乡淘金时还万般不舍的妻子早已改嫁。吊诡的是，这个看起来似乎已然忘掉一切爱恨情仇的亡魂竟一眼发现妻子的新丈夫竟是他们族人的世代仇敌——客家人，这才愤怒地否认那是他的儿子。这个亡魂所处的 19 世纪中叶，中国男人眼中妻子未经允许就改嫁简直等同于背叛。但这根本就不是他所在意的，让他感到震惊并难以接受的是妻子的新丈夫是自己族人世代仇人，更不愿意接受仇人的儿子作为自己的儿子。这样一来，这个亡魂便再也自由自在不起来了，一切都可以释怀，白人的歧视与压迫可以忘掉，被阿夤杀死也不在乎，却唯独族类的仇恨难以忘怀——这不知缘起为何，内容为何的仇恨。对他而言，活着的时候不快乐，了无意义，死了好几次；死了，还是不快乐，了无意义。

这个表面上看起来好像对什么都不在意的"虚无主义者"，其实不过是一具浑浑噩噩只求度日的没有任何生命力的行尸走肉者！深受白人歧视与压迫竟毫无半分反抗之力与反思之心，更无自强自立之追求。可是他做了亡魂也忘不掉自己的族人的仇人，可见这仇恨深入骨髓，也不免掉进这种十分低级的歧视与仇恨自己民族中的弱小族类的陷阱里去。"强者发怒，拔刀向更强者，弱者发怒，拔刀向更弱者。"③他真是"弱者"到了骨髓里去，无知到极点了！

在《他们说我是杂种》一篇中，主人公是自小不愿意去插秧、打谷，不留

---

① 欧阳昱：《淘金地》，南京：江苏文艺出版社 2014 年版，第 213 页。

② 欧阳昱：《淘金地》，南京：江苏文艺出版社 2014 年版，第 212 页。

③ 鲁迅：《杂感》，《鲁迅全集·第三卷·华盖集》，北京：人民文学出版社 2005 年版，第 51 页。

长辫，不愿意进学堂，在父母眼中"好吃懒做，又不肯好好读书"、"茅厕里的卵石，又臭又硬"①如同犟驴的叛逆青年。正是这种不安于当农民或读书人既定命运的反叛，使得他抛弃原本安逸的生活踏上淘金之路。在淘金的征程中，他与同伴总是格格不入，这个自小被认为不愿读书、不停歪解古书的混蛋，竟自学英文起来，成了华人淘金客中为数不多的能与白人沟通、读懂英文报纸的人，又与一掷千金的豪爽白人亨利成了好朋友，加入他的公司。后来亨利死去，财产悉数分给穷人，他则如闲云野鹤般继续从事慈善事业。

这个颇有些传奇经历的成功上岸者对自己的同伴似乎颇有些不客气。据他回忆，当他看到白人画的讽刺漫画，画里的人躺在床上抽着大烟，脑袋像猪头，身体像大象，怀里还抱着白人妓女，漫画中的种族歧视不言而喻，他却一点也不感到生气甚至感到解气，因为他知道这些同伴之所以遭到白人的歧视就是因为他们许多人如漫画里所反映的一样：白天淘金，晚上做贼，抽大烟，玩白女人，淘金又不买执照。他只能深深感叹同伴们的丑恶行为与落后无知，沉于烟瘾，耽于性欲，鸡鸣狗盗，违法乱纪，以至痛诉"我仍旧泡在我这个族类的腌菜坛子里，溢出无望，溢出无望啊"！他反感甚至厌恶这样的同伴，将同伴们的这种丑态归因于他们不爱学习，毫无追求与上进之心，只会"像蚂蚁一样，为了那一粒米大小的金粒而疲于奔命，劳累终身"。② 他打心眼里瞧不起那些同胞们"视金如命"，瞧不起同伴们工作混乱，毫无头绪与章法，而总是"鬼鬼祟祟，偷偷摸摸"，更瞧不起同伴们的懦弱与奴性：辛苦发现的金矿，白人一来便乖乖交出来，心甘情愿去掏白人丢弃的尾矿，并自我安慰"沙里淘金，天下太平"。③

尽管他对同伴的大多数认识处于感性的状态，并不具备中国 20 世纪启蒙者的姿态，更不具备去捅开铁屋子唤醒昏睡人群的意识与勇气，然而他真切地体察到自身所处的这个民族当时的麻木与愚昧。这些怀揣着淘金梦的人们，其一，除了物欲与肉欲，几乎没有丝毫的其他追求，即便发家致富，也只是纵情声色，做瘾君子，更不用谈精神追求了，这与当代的一些暴发户们多么相似；其二，懦弱而甘做奴隶，没有丝毫的血性，毫无反抗意识，遇事一窝蜂逃掉，作为阿 Q 的先辈一点也不比他逊色；其三，没有丝毫的道德意识，胡作非为，

---

① 欧阳昱：《淘金地》，南京：江苏文艺出版社 2014 年版，第 177~178 页。

② 欧阳昱：《淘金地》，南京：江苏文艺出版社 2014 年版，第 181 页。

③ 欧阳昱：《淘金地》，南京：江苏文艺出版社 2014 年版，第 180 页。

不守规则。可以说，欧阳昱正是借着"他"之口，道出19世纪中叶中华民族绝大多数民众所处的真实状态，具有了某种历史批判意识。

2. 自相屠戮

在《在他去了北领地》一篇中，"他"不知出于什么缘故走失在一片荒漠之中，孤身一人经历前所未有的恐惧：目睹楔尾雕啄掉袋鼠的眼睛，几个回合打得袋鼠难以翻身，撕开它的肚皮，像吸面条一样吸掉它的血淋淋的肠子；尔后，他又遭遇传闻中吃人的土著，摸摸耳朵鼻子发现还在，竟也不再恐慌，不理不睬、满不在乎地等待被土著吃掉。土著头人搀扶他起来，他竟心头一热，从此跟着土人漫游而去，忘记时间，忘记过去，还走上了幸福的道路。这个远赴他乡的黄种人，为什么要从淘金的队伍中脱离出去，为什么在恐惧厄运面前竟毫不反抗，为什么因土人的一个搀扶心甘情愿跟随而去？因为据"他"回忆，自己曾经的所在是一个"天冷时，人心更冷的国家"。"大家的手都在忙着淘金"，哪里还有时间来顾及别人的生死存亡！在这群充斥着欲望、自私自利的伙伴中，哪里会有彼此搀扶、彼此扶助？谁没有淘到金子，谁倒地没有再站起来，都是自个儿的事，都只能自认倒霉。在这片淘金地，这群淘金客眼中，同伴的死是一件多么轻易而正常的事情！所以，他靠着意念独自支撑着，说自己"不再指望任何人，白人也好，自己的乡亲也好"。①

可见，这些在白人夹缝中生存的华人淘金客们，同伴的自私自利、麻木冷漠更像穿进他们内心深处的苦难的箭。

上面所提到的《你弹流水》固然是一篇殖民主义寓言，深植于殖民主义土壤的佩里医生其行为自然可憎可恶，其实他的翻译更是隐藏的刽子手。我们有十足的理由相信这个对《太平广记》与《高山流水》十分熟悉与亲切的翻译就是一名华人，而且是接受了良好教育的华人——那位遭遇悲惨命运的女子的麻木不仁的同族同胞！从那名女子与佩里医生的对话中他显然可以清楚知道这名女子脑袋里并没有卡着石头，然而他唯一做的就是翻译，翻译，再翻译，直到最后听到女子哼起《高山流水》，"潸然泪下，连忙别过脸去，跟着医生走了出去"②——根本没有施以援手，如同鲁迅笔下的"看客"，设若他有可能再一次听到那女子弹奏《高山流水》，可能就不会再那么动容，甚至厌烦，百无聊赖。身处异国他乡他可能也会感叹命运的无奈悲凉，一曲《高山流水》也可能令其

① 欧阳昱：《淘金地》，南京：江苏文艺出版社2014年版，第219页。
② 欧阳昱：《淘金地》，南京：江苏文艺出版社2014年版，第210页。

动容，梦回故里。然而他的麻木，即便是在今天的任何一个读者看来，黄种人也好，白人也好，都会愤懑不已，难以释怀。

在《你说，你说》一篇中，这个在故国与异国经历和见识了太多苦难的太平天国遗民，感叹我们这个"民族苦难深重，因为已经被苦难的海水浸泡得过久，已经到了不自知的地步，人心人脑已到了扭曲变形得难以辨认的地步"。①在参加太平天国的第一天，他便见到同村人倒下，连搀扶他的机会都没有，后面的人便踩踏而至。后来，大军没有粮食，开始吃死尸，到后来吃活人，一批一批的女性自投油锅之中，他认识到摆在面前的只有一条路，"杀更多的人，直到自己被杀死"，于是装成死尸九死一生逃了出来。逃到澳洲，与从前的太平军子弟回忆当初的吃人盛况、杀人盛况，总是"戛然而止，陷入无尽忧伤之中"。②

这个经历了太多中华民族惨绝人寰的自相压迫与屠戮，见识了太多人性的卑污的太平天国移民深具反抗意识，自一开始便拒绝剃满人的阴阳头，拒绝腐朽政府的腐朽统治与压迫，留了几十年的长毛，"真是白发三千丈，美髯公久长"，走南闯北，历经生死，别具魅力，此后成为一个超越种族的人道主义者与和平主义者。在他回忆中，中华大地是一片为尸体与鲜血所层层覆盖与浸染的大地。作为淘金客，淘金远不是他的目的，他渴望的是在异域他乡寻找一片没有战乱、人人平等的土地。他含辛茹苦收养了被遗弃在土地庙前的白人弃婴，渴望她生长在和平国度，因为他知道"一片土地，如果铺满了尸体，渗透了血液，哪怕后来长出新芽，遍生嫩枝，那其中的暴力与残酷，也会在某一个时候旧病复发，再度血流成河，尸横遍野"。③

由此可见，欧阳昱笔下，这群淘金客的苦难远远不只是来自殖民主义的罪恶，更来自他们自身的落后愚昧与麻木不仁。

三、超越"异质性"的中国经验书写

从上面的分析可以看出，《淘金地》构筑了一个为苦难的汁水所浸润的世界，令人唏嘘不已。作品对苦难的展示与揭示显示出一种表面的双重视角：一个方面直指殖民主义的罪恶，一个方面又直指这群淘金客自身。作品中这群淘

---

① 欧阳昱：《淘金地》，南京：江苏文艺出版社 2014 年版，第 223 页。
② 欧阳昱：《淘金地》，南京：江苏文艺出版社 2014 年版，第 222~223 页。
③ 欧阳昱：《淘金地》，南京：江苏文艺出版社 2014 年版，第 225 页。

金客们的愚昧无知、自私自利、卑微怯懦、麻木冷漠、欲望膨胀、阿Q病的植入骨髓等被无情地展示出来。

那么作家为什么要刻意构建出这样一个苦难世界？揭示殖民主义罪恶，我们自然可以理解。揭示自身的丑恶，是不是对华人的刻意丑化，为东方主义作注，满足西方人的猎奇心理呢？有的学者可能认为欧阳昱作为一名深植于中国文化，又浸染于西方文化的移民作家，已然忘掉自己的华人身份，以西方人的使徒自居，① 笔者并不反对这样的看法，但也不这样认为。首先是历史真实不容回避。19世纪中叶身处泥潭中的中华民族绝大多数民众其落后无知与麻木不仁在历史的血与泪中，诸如清廷的压迫，同族同胞的自相欺凌与仇杀，浑浑噩噩做瘾君子的"虚无主义者"只求度日，太平天国暴乱中的杀人吃人，不正是一种客观存在吗；20世纪许多作家笔下，诸如阿Q精神，看客，提刀向弱者、向孩子，不也是一种客观存在吗？其次是作品中的大量细节虽然是虚构的，但同样具有真实性。这些淘金客发现金矿，白人一来便一窝蜂跑掉；一些人淘金只管自己发财，不管同伴死活，不讲规则，工作混乱，偷偷摸摸，满眼暴利，毫无良知；一些人成了暴发户，沉迷于酒色肉欲与烟瘾迷醉，毫无追求等等，这些细节拿到现今来看，当下的中国恐怕也不少，我们又何必"'红肿之处，艳若桃花；溃烂之时，美如乳酪。'国粹所在，妙不可言"②呢？再次，从创作动机而言，如果作家是为了刻意丑化华人，为东方主义作注，满足西方人的猎奇心理，那么用外文创作，对故事与情节进行刻意的编选，将作品打造成浮世风俗画与"花边小报"可能是最好的选择，没有必要以大量的篇幅构建出一个苦难世界。作品显然不是如此，作品中这些淘金客们种种行为所展现出来的愚昧无知、自私自利、卑微怯懦、麻木冷漠、欲望膨胀、阿Q病的植入骨髓，可以说是作者对当时的中国民众的直指内在灵魂的一种深刻体察，而不是一种刻意选编。作品中各色小人物，诸如富家子弟，不写诗的诗人，农家子弟，瘾君子，太平天国遗民，烟花巷客，相士，功夫高手，长得像男人的女人等等穿越历史的烟尘扑面而来，言说自我，言说他者，活生生地站立起来，从这些小人物入手直指他们的内在灵魂，抛却帝王将相与才子佳人、主流意识形

---

① 王腊宝、赵红梅：《"流亡者归来"——评欧阳昱小说《东坡纪事》中的反家园意识》，《解放军外国语学院学报》2005年第6期，第78~82页。

② 鲁迅：《随感录三十九》，载《鲁迅全集·第一卷》，北京：人民文学出版社2005年版，第334页。

态的历史话语而进入历史时空的神经末梢与枝枝叶叶。如果说对这些没有多少文化修养、思想觉悟的小人物的虚构，就是一种刻意选编，显然是说不过去的。恰恰是这些小人物的活生生的存在感，才使得小说具有了更为宽广和深刻的真实。

因此，作品对苦难的展示与揭示，一个方面直指殖民主义的罪恶，一个方面又直指这群淘金客自身。对华人淘金客自身丑恶的揭示并不是对华人的刻意丑化，为东方主义作注，其实，正是这样一种对淘金客自身丑恶的揭示，使得作品进入历史的纵深，别具历史广度与厚度。

事实上，作为一个在中国大陆出生成长和接受教育，又浸染于欧美文化的当代海外移民作家，欧阳昱与华人第一代移民作家极度留恋与追梦故国，渴望和固守华人身份血脉，第二代"香蕉人"华裔作家极度排斥故国家园，第三代华裔作家想象和误读故国家园都有着巨大不同。① 欧阳昱无论对殖民主义，还是对中国，更多的是一种理性体察或者直观经验，抛却了第一代华人对殖民主义的强烈对抗，对故土家园的留恋与美化，第二代华裔对中国传统的排斥，第三代华裔对中国的想象和误读，其中国经验更趋真实、理性乃至批判。他对这群淘金客苦难历史的叙述实际上是一种"中国经验"的理性书写与反思，作品中这种"中国经验"既包含了殖民主义下华人的悲惨遭遇，也包含了华人自身的种种"丑恶"。

首先，随着时代发展，全球开放与交融的进一步提升，澳洲在 20 世纪 70 年代以来实行多元文化主义，欧阳昱等移民作家所遭遇的殖民主义与第一代移民相较更趋弱化，② 对抗殖民主义与固守华人身份的心态也不再如此迫切焦灼。因此，正如欧阳昱自己所言：

"范畴，某种意义上就是犯愁，是理论家、批评家和学者们犯愁、犯难、拿不定主意之后，按照自己的理解，根据国籍、族性、语言、文化等枯燥而又僵化的概念，所建立起来的一个个牢笼。从另一角度讲，我又早已超越这些牢笼，对之报以无所谓的态度。你说我是华人作家也好，澳大利亚华人、华裔作

---

① 胡亚敏：《留恋·排斥·融合——论华裔美国文学对中国传统文化的接受》，《四川外语学院学报》2002 年第 5 期，第 45~48 页。

② 李珺、欧阳昱：《文字的淘金之旅——欧阳昱访谈录》，《华文文学》2014 年第 5 期，第 13~20 页。

家也好，中英文双语作家也好，我都照单全收。对于我，只接受一个称号：writer。"①

显然，欧阳昱身上具有典型的"游民"与"地球人"心态。他愿意在国籍上承认自己是澳大利亚人，在文化上则更愿意将自己当做"游民"与"地球人"，宣称自己是"白人白眼狼中的白眼狼"。② 于是，他便可以跳出"白种人"和"黄种人"的固有族类文化身份来反观和反思《淘金地》所涉及的澳洲华人淘金的苦难历史，不是作为黄种人，也不是作为白种人，而是作为"人"来看待这段历史。对他而言，写作就是这种对历史的反观和反思的自我经验的再现与表达。更进一步而言，超越"异质性"更成为欧阳昱的一种追求。"写的东西无论立场、站位、面对、所向等，都已经不是过去国内那些定义所能涵盖的。他书写的不是'异质性'的东西，而是已经成为他生活、他生命一部分的东西，对他来说毫无'异质性'，他也无意用这种在别人看来是'异质性'的东西去招摇。"③这样看来，对他而言，《淘金地》的写作既不是站在黄种人的立场控诉殖民主义的罪恶，表达对淘金客苦难历史的怜悯同情，表现他们对故国家园的怀恋，以迎合华人阅读市场的需要，也不是站在白人的角度，从西方文化看待这段苦难历史，以满足西方主流市场的需要，而是作家凭借自我的人生经验向历史开掘，表现自己对这段苦难历史的想象与构建、批判与反思。

其次，则是出生和成长于中国的欧阳昱对中国的感受体察，相较第二代、第三代华裔更为深切，具有更为丰富与深切的中国经验。诚如他自己所言："（《淘金地》）这部小说是我对一段特殊的澳大利亚华人史的沉思。""这部小说，就是一部文字掘金的小说……以一种开放的方式，进入一个曾经弥漫着17000多名淘金工呼吸气息的历史空间。我不知道是否找到了，但每一个字，就是历史的一呼一吸"，④ 这表明欧阳昱坚信自己已经找到进入这段苦难历史的钥匙。

总之，无论是殖民主义的罪恶，还是华人淘金客的落后属性，都成为欧阳

---

① 李珺、欧阳昱：《文字的淘金之旅——欧阳昱访谈录》，《华文文学》2014 年第 5 期，第 14 页。

② 欧阳昱：《淘金地》，南京：江苏文艺出版社 2014 年版，第 52 页。

③ 李珺、欧阳昱：《文字的淘金之旅——欧阳昱访谈录》，《华文文学》2014 年第 5 期，第 18 页。

④ 李珺、欧阳昱：《文字的淘金之旅——欧阳昱访谈录》，《华文文学》2014 年第 5 期，第 15 页。

昱超越"异质性"的"中国经验"的沉思，对中国经验的书写，成为他作为"writer"的一个重要使命。

四、"隔岸观火"的写作立场

从上面的分析可以看出，《淘金地》对苦难的书写具有两种属性：一是书写中国经验，二是超越异质性。这两种属性的结合必然带来一个重要问题：隔岸观火的写作立场与无根的苦难。

众所周知，任何一部反映历史苦难的伟大作品，或者走向道德批判，或者走向宗教皈依，其根本目的是寻求人的"向善"。因此，我们反观《淘金地》作家构建这样一个苦难世界，苦难的背后究竟是什么？书写苦难的诉求又是什么？苦难之后又怎么样？实际上，作家企图超越"异质性"，以非黄种人和非白种人的立场来看待和反思这段苦难历史，似乎在刻意追求一种"人"的普世的思想文化与价值情怀。然而，我们反观人类现状，这种"世界人"普世的思想文化与价值情怀是不是真的存在可能要打上一个巨大的问号，因为尽管随着全球化的发展，直到今天任何一个作家、任何一部作品总是要根植于特定的历史文化语境之中。因此从某种意义上说，作家的普世的思想文化与价值情怀是失效的，不存在的。也就是说，作家欧阳昱所构建的苦难世界其背后是真空的，苦难成为"无根"的苦难，苦难的书写仅仅止步于作家个人"中国经验"的再现，"是已经成为他生活、他生命一部分的东西"，[①] 面对苦难中的挣扎，作家所能做的就是"隔岸观火"，无从开出药方，也懒得开出药方。

为了解决这个问题，作家为读者实施了"障眼法"。

首先，作家赋予小说解构历史的合法性。欧阳昱以一切过去的东西就在过去的那一刻远离了人们的视线，过去的东西走进再清楚的记忆之中也会掺假，与人们的想象以及后来发生的事件重合为由，认为历史就是一场虚构，"虚构的就是真实的，真实的就是虚构的"，[②] 并以"伟人手淫"的事件(伟人偶然间上网浏览了一段黄色录像，没有留下任何历史遗迹，许多年后一好事者想到伟人也是人，于是虚构出一个伟人自慰的事件)来证明这一理论的可靠性。这样一来便构建起了欧阳昱的关于历史的两种合理性看法：历史是虚构的，历史也

---

① 李珺、欧阳昱：《文字的淘金之旅——欧阳昱访谈录》，《华文文学》2014 年第 5 期，第 18 页。

② 欧阳昱：《淘金地》，南京：江苏文艺出版社 2014 年版，第 49 页。

是主观的。所谓的历史真实并不是基于意识形态和道德批判基础之上，而是基于作家以个人主观经验对历史神经末梢与细节枝叶的填充与虚构，作家的任务就是凭借自己的经验主观地随意地用虚构的故事将历史填满。这样，基于意识形态和道德批判的传统"历史"在欧阳昱这里便完全站不住脚了，他成功解构了历史，也成功解构了小说，传统小说的主题结构模式，人物、情节、环境三要素已经失去任何意义。小说成为一个容器——填满主观虚构的历史的容器，小说的写作变成了一个"从零开始，到零为止，一个一个码字的过程"，① 也就是讲故事的过程，而讲故事的过程就是还原历史真实的过程。

因此，涉及本文谈论的《淘金地》的苦难历史，作家用 76 篇对话构成作品的全部内容，以大量的形形色色的小人物轮番出场(诸如鬼魂，狐精，富家子弟，不写诗的诗人，农家子弟，瘾君子，太平天国遗民，烟花巷客，相士，功夫高手，长得像男人的女人，淘到金子发家致富的，没有淘到金子去种地卖菜或者做了白人家仆的，被白人削去脑袋回来复仇的，做了白人走狗乐此不疲的等等)，以极富想象力的创造，以各种通俗的、神异的故事、情节与不断变化的叙事角度，让活着的、死去的个体穿越历史的烟尘扑面而来，言说自我，言说他者，使得作品极具画面感与视觉冲击力，进入历史的细节末梢，来达成一种历史真实。

这种视觉冲击力使得作品呈现出一种历史的广度与深度的真实，这种真实又轻而易举地吸引了读者的全部注意力，实现了对作品全部内涵的填充与置换。然而回头来看，这种历史真实仍然难以掩盖作品思想力的贫血与贫乏。

首先，76 篇对话中作家的声音近乎隐匿，显示出一种零度叙事的特征。当我们跳出这些对话，看看站在背后的作家欧阳昱究竟怀抱着一种怎样的态度，我们似乎很难一言以蔽之，而总是觉得有些"暧昧"。是对抗殖民主义，还是寄予无限同情为苦难中的人们打造一条涉渡之舟，是控诉罪恶，还是揭露无知，作家以既非黄种人和又非白种人的立场来看待和反思的这段苦难历史，导致这些在文本均有所呈现，又似乎均不是作者想要表达的。在文本中我们很难找到一条清晰的线索，找到一些清晰的只言片语，来清晰界定作家创作的最终目的，文本成了一个没有土壤与根底的"开放性"的文本。

其次，文本中这些对话的主人公对苦难的叙述十分客观，近乎冷酷，似乎自己也是一个旁观者，不携带任何的情感，跟自己没有多大关系，好像他们也

---

① 欧阳昱：《淘金地》，南京：江苏文艺出版社 2014 年版，第 82 页。

是不愿意替作家代言的，读者只能通过想象和调动各种感官来还原这种苦难与苦难的悲痛。

因此，总体而言企图超越"异质性"的欧阳昱对苦难历程的书写仅仅止步于其个人的"中国经验"与对苦难的展示、揭示，对苦难只能采取隔岸观火的写作立场，这导致作品思想力的贫乏。

第二节　《虎妹孟加拉》：在异域留学中成长

新世纪初，陈谦出版了她的第一部长篇《爱在无爱的硅谷》，十多年来，她长中短篇多面出击，反响不俗。她的小说创作，一步一个脚印，她在中篇创作上下工夫尤甚，从《覆水》《望断南飞雁》《繁枝》《特蕾莎的流氓犯》直到《虎妹孟加拉》，每部新作问世，总给人一种出手不凡的惊喜，感觉有新变。她不重复自己，不愿按老套路行文，这是陈谦极为可贵的特质，若构思不到火候，宁可停笔不写，绝不炒现饭。她的写作过程，属于那种慢工出细活，所谓精品正是这样产生的。

一、严肃主题与悬疑色彩

对于新移民作家而言，移民题材是一座金矿。陈谦执着于写移民题材，探索现实生活中人性的密码，表现地球村时代新移民的生存现状与命运，聚焦于这类人物的灵魂深处，此乃作家孜孜不倦的追求。她多次谈到："小说存在的理由，便应当是关注和表达人类生存的困境，小说家不需要，也不可能对生活的难题都能提供答案，但应该能够提出有质量的问题。"[1]她的中篇创作力求每篇都有新视野、新境界。

在《望断南飞雁》中，"陪读"夫人南雁，是在易卜生百余年后重塑的"娜拉"，陈谦赋予了"娜拉"崭新的时代色彩。南雁随丈夫到美国后，一步步地，走过了陪读夫人的艰苦阶段，每一步她都尽心尽意，做得相当不错，她的丈夫心存感激。她在完成了整个的"陪读"之后，突然离家出走，去旧金山念书学美术。南雁不愿意做一个有文化的家庭妇女，不满足于丈夫在事业上取得的成就，她认为那是丈夫的，不属于自己，她不甘愿做一个附属于男人的全职太太，她不满足于只是一对儿女的母亲。她的美国梦不是物质上的，也非文化冲

---

① 陈谦：《谁是眉立·代序》，厦门：鹭江出版社 2016 年版，第 1 页。

突、思乡之类，她的追求已超越了物质金钱、文化冲突，而触及人的灵魂、人性，作家是在写移民女性的生存困惑，对精神的追求与生命的探寻。

新时期以来，"文革"题材走过了"政治、暴力、历史与性"的过程。《特蕾莎的流氓犯》别开生面，一反"文革"题材的这种写法，而转向写人物内心的反省、心灵的忏悔。特蕾莎（阿梅），美国硅谷芯片研究第一线女科学家，欲与当年的"流氓犯"王旭东——中国著名青年史学家、斯坦福东亚中心访问学者见一面。她在旧金山中文电视台节目里认出了他。王旭东来美国做"文革"研究，查阅广西资料时引起他回忆"文革"中的一段往事：31 年前与小梅的一段交往，如给她禁书看，游泳时的青春萌动与肌肤接触，以致他后来被批斗，被当做流氓犯，差一点坐牢。王旭东准备了那么多年，就为着对小梅说一声道歉。特蕾莎也为当年的举报而愧疚，两人互相真诚地向对方道歉。后来王旭东发现小梅认错了人，而两位中年人仍然表达出心中多年以来的忏悔……作家着力开掘的是悲剧中的人性，而非外在表层的迫害与伤痛。这种反思痛苦中的忏悔意识，建立起灵魂关怀的维度，它是对人的关怀，对人的灵魂的关怀，是常常在文学中提到的所谓"终极关怀"。读这部小说，总会想起法国 18 世纪著名作家卢梭的《忏悔录》。托尔斯泰在他不朽名著《复活》中塑造的聂赫留朵夫，表现的也是人的灵魂的丰富性与复杂性。

陈谦擅长在"阔大的中篇容量里对故事为什么会发生进行反复追究并演绎展示"，"如何演绎展示"，就包含着小说的可读性。所谓可读性，就是好看与艺术性，这正是小说魅力之所在。可读性包含诸多元素，悬疑是小说吸引读者、激起阅读期待的重要艺术手段。陈谦的中篇恰到好处地融入悬疑手法，在情节发展中设置悬念或谜团，烘托出带有某种神秘、紧张的氛围，加上开放性的结尾，刺激读者的好奇心，收到极佳的艺术效果。

《残雪》是陈谦早期创作的一个中篇，带有浓重的悬疑色彩。陈谦说这部中篇是为"加强小说的可读性而进行的一次重要实践"。[①] 丹文是 20 年前在美国西北部风雪中与"我"陌路相逢的女子，那年丹文从纽约冒着大风雪到美国西北部寻前夫胡力（是前夫胡力主动提出离婚），她来美国是为了听到前夫当面说出辜负她的真正原因，还欲揭发他学历造假的不洁历史，以毁掉他终身教授的前程，"让他建立在谎言和我青春血泪上的大厦轰然倒塌"。丹文怎么找到胡力，两人怎么相遇，经过如何？胡力后来怎么死的？他杀、自杀或车祸等

---

① 陈谦：《谁是眉立·代序》，厦门：鹭江出版社 2016 年版，第 1 页。

等都是谜团。《残雪》的结尾是开放性的，它留下了情节的一些悬念，女主人公丹文在那次风雪中是否丧命？这些疑团让读者去想象与补充。

《特蕾莎的流氓犯》中的特蕾莎与王旭东 30 年后在美国相见，当年那段少年时代在广西的记忆竟然使两个人如此刻骨铭心，难以忘怀。两人通电话时，得知都来自广西，名字也对上了。读到这里，读者很期待这场奇遇。这是一大悬念。他俩相见会是怎样一个场面，会说些什么？读到第三部分，她在等待他的到来。"他一眼就从店里的三张东方面孔中认出了她。""她是"？而她，几乎叫出"旭东"两个字，一再的铺垫，悬念推进，大家都说对方没变。两人的对话写得那般诚恳，推心置腹，互相都在忏悔，诉说心灵的痛。果真无巧不成书了。悬疑至此，却出人意料，原来特蕾莎认错了人。这个悬念在最后解开，获得极好的艺术效应，也大大加深了主题的重量。认错人还在互相真诚忏悔，使小说的主题更具普遍意义。《特蕾莎的流氓犯》是属于那种把严肃主题加上悬疑色彩结合得极好的上乘之作，具有吸引读者重读仍兴味不减的魅力。

《虎妹孟加拉》的开头犹如悬疑推理小说一般吸引读者，"少女盗虎逃逸"，警方紧急追捕，悬念由此拉开，紧张的序幕中同时留下谜团，少女怎么敢盗虎逃逸，警方能抓住她吗？少女与虎是一种什么关系？接下的情节倒叙，告诉了读者的原委。而结局少女开枪打虎，也充满悬疑氛围，为什么会这样收尾，留给读者许多思考。小说的内涵也并非一眼可以看明白的，这些都增强了小说的可读性。

二、小留学生的成长之痛

《虎妹孟加拉》的篇名曾引起人们的猜测，是否如《特蕾莎的流氓犯》指一个人呢？读罢小说才知道原来孟加拉是指一只雌性幼虎。小说结尾，在风雪交加的荒郊野外，伴随着惊人悠长的虎啸声，玉叶在万分惊恐的危急时刻，违背自己心愿，开枪打伤了她心爱而又随时可能袭人丧命的虎。受伤的虎跑向森林。小说中那只孟加拉虎给读者留下了极为深刻的印象。一个由中国赴美留学的女孩，为什么会喜欢上一只虎，女孩与孟加拉虎的故事究竟告诉了读者什么？

16 岁的玉叶到美国上高中。她的父亲博林世代生活在广西穷困山区，改革开放后从做米粉店起家，后来开锡矿，成为拥有两座大锡矿的企业家。致富以后，父亲将玉叶送到贵族寄宿学校读书，玉叶一路从贵族幼儿园到贵族小学，又到广州国际学校上初中，再到美国得州达拉斯读高中，现在又到伯克利读大学。玉叶父母以为把孩子放到学校，学习成绩好便万事大吉，却忽视了对孩子的关爱、教育与沟通，忽视了对孩子健全人格的培养。而父母重男轻女的封建意识也在玉叶儿时的心灵留下阴影。玉叶从小就感受不到家庭的温暖，致使她与父母不亲，与家疏离，不合群。

离家到美国读书，来到陌生而又相对开放自由的西方世界，摆脱了父亲的管束与羁绊，玉叶自我、独立的个性得到进一步张扬，从小喜欢动物的兴趣爱好也在异国得以延续。高中时养蟒蛇失败了，以后又收养了一只孟加拉幼虎，寄养在绿洲宠物收容所。因为这种爱好，她上大学选择了生物专业，将来准备当兽医。

因"孟加拉"在绿洲宠物收容所的状况忽然变糟：先是撞坏铁笼，后来更是两次袭击饲养员，暴力倾向越来越严重，绿洲宠物收容所请兽医和动物心理医生给孟加拉作检查，一旦确认有问题，按法律规定就要给老虎安排安乐死。结果出现"少女盗虎逃逸"，警方紧急追捕，迫使玉叶把虎藏到荒郊地带，而此时正值暴风雪季，饥寒交迫的虎发出啸声要冲出笼子，千钧一发之际，她求救老树，老树作为他父亲的朋友，心忧老虎伤人，叫她赶紧开枪。玉叶打伤老虎，孟加拉虎带着枪伤，跑往树林。事后玉叶号啕大哭，说虎是要过来跟她一起取暖的啊，"你们太坏了，人真的都太坏了。你和他们一样，都是骗我的。你也是骗子"。

小说文本中的玉叶处在十五六岁至二十岁之间。她从小喜欢读书，学习成绩好，到美国念完高中考上名校，她有自己的憧憬与理想，也一直在努力寻找，比如做义工，上大学选择自己喜爱的专业，喜欢动物并从科学的角度进行研究思考，想考生物学博士，将来从事兽医工作等。由于从小一路就读贵族寄宿学校，缺少家庭温暖与关爱，导致她成长中亲情缺失。到美国念书后，远离家乡，而西方学校放任个性，使得小留学生处于监管的"空白、放养"状态，更加缺少约束与引导。她自我意识膨胀，独立个性扩张。出国前与父母、姐弟不亲，到美国后与房东家小朋友合不来，与同学相处不和谐，认为父母还不如野兽，连她崇拜的老树伯都说成是骗子，见人就烦，这就是跨入成人门槛前玉叶成长期的状态。

始终没有学会与人相处，甚至于"跟人一起就头痛"，她对社会现实不满，看不惯世俗之种种，难以融入社会，融入人群。在这种状态下，她虽然有追求，有梦想，可是在寻找中充满焦虑不安，处在迷茫的困惑中。青春叛逆期的她，在自己生活圈周围感受不到温暖与慰藉，孟加拉虎成为情感的寄托与唯一，她迷恋的只有这只虎。

读《虎妹孟加拉》，记起狄更斯的《大卫·科波菲尔》、塞林格的《麦田里的守望者》与阿兰·霍林赫斯特的《美丽曲线》等作品，不同时代的文学名著对孩子的成长都有精彩的演绎。青春成长期有好有坏，或激情进取，勇气超人；或消极颓废，剑走偏锋，而叛逆更是一种极端的呈现。走进社会，跨越成人门槛这道坎，任何时代的青少年都不能避免成长之痛，会表现出不同的姿态与行为举止。《麦田里的守望者》的男孩霍尔顿，同样是 16 岁，"他看不惯周围的人物与世道，厌恶黑暗的现实，甚至梦想逃离这个社会"，"却只能苦闷、彷徨，用种种不切实际的幻想自欺欺人"。①《虎妹孟加拉》中的玉叶不同于大卫、尼克与霍尔顿们，个人奋斗、反英雄的姿态渐成过往，玉叶更为典型地表现出当代青少年成长中的特征。身处物资与科技高度发达的现代社会，物质生活优裕，求学一帆风顺，享受良好的高等教育，在当今社会背景下，她虽然学习优秀，有理想与追求，却局限于个人的视野与喜好，缺少人类命运意识及社会担当精神。她的心智并不成熟，未经受过苦难的挫折，风雨的洗礼，人生的磨炼。她个性张扬，极端自我，特立独行，渴望实现自我价值，不满社会现状，不懂得人是属于社会的，人生活在社会现实之中。

"断翅方识沧桑道，舔血抚痕痛何哉。"玉叶正在经历"破茧成蝶"的蜕变阶段，开枪打虎是玉叶蜕变的第一步，这一步是疼痛的，是她走进社会的一个环节。"成长的过程不可避免完全社会化这一环节，而这个环节对成长而言就是破茧成蝶的最后一步，所以感到痛是正常的。"②作品当然有唤起人们重视家庭教育，反思现行学校教育体制的警醒作用，但女孩与孟加拉虎的故事，展现的是女孩玉叶的成长与心路历程，表现了小留学生的成长之痛。

小说中孟加拉虎的寓意有多种内涵：其一是玉叶喜欢虎的勇猛、威武，在她心目中虎不是猛兽，如中国成语中的龙腾虎跃、生龙活虎，虎都与龙并称，玉叶视孟加拉虎为一种象征，一种向往的图腾。其二是喜欢虎的独来独往的个性，这与她特立独行的个性相吻合，她不喜欢依赖于人、摇尾乞怜的猫狗之类小动物。其三，她把虎作为感情的寄托、填补情感缺失的需要。按照里普斯的心理学理论，这是一种移情作用，移情的"对象就是我自己"。这里还包含着

①　施咸荣：《杰罗姆·大卫·塞林格其人其作》，钱满素编：《美国当代小说家论》，北京：中国社会科学出版社 1987 年版，第 347 页。

②　石定乐：《美丽曲线·译本前言》，武汉：长江文艺出版社 2006 年版，第 1 页。

年轻人的一种冒险，养虎也是一种探险，她企求在探险中获得一种快乐、兴奋与刺激。

老树是小说的叙述者，同时也是小说中玉叶生活经历的见证者。他移居美国后成为资深高能物理学家，受博林之托照看玉叶。如果说博林是生她养她之父，老树则可视为她的导师与思想之父。玉叶很崇拜老树。玉叶遇事向老树请教，老树也视她如女儿一般，教授她以现代科学知识，引导她适应社会环境，关怀、呵护备至。

作为一位现代科学家，长辈与亲历者，他眼中的玉叶形象为：第一，认为"她是一个好孩子：玉叶是个好孩子，慢慢来，这年纪的孩子可塑性还很强"。第二，担心玉叶爱虎是一种"移情"症状。"他一直觉得自己是在帮玉叶堵她心里那个透风的空洞"，让她逐渐强壮起来。"可惜他也糊涂得忘了孟加拉不过是只猛兽……认为靠虎拯救人心很危险。"第三，认为玉叶心智还不成熟，他对玉叶说："你真是个孩子，等你长大了，有自己的孩子就懂了。"

以上三点为读者提供了解读这部作品的路径。

三、不能承载之重的文学批评

有论者对这部中篇作了颇有才气的评论，① 其文不乏新颖的见解，有理论内涵。但有的观点值得商榷，不敢苟同，特提出来商榷。

观点之一：人对动物之他者性的渴望，取代了对于他乡的向往，成为海外移民生活史的新寓言。

十几岁的玉叶固然对父母家人反叛，但还没有到把向往美国看做人生追求的目标之地步。准确地说，她的目标还不清晰，很迷惘，充满无序与复杂。她涉世不深，人生经历太少，生活阅历与磨练远远不够。她只是一个十几岁的孩子，玉叶1996年出生，小说发表于2016年11月，作家所塑造的这个女孩形象年龄应该不到20岁，她到美国仅三年多，都在学校生活。她只是一个学生，没有经历过社会的捶打，生活的艰难，世态的炎凉，还远远没有到命途多舛、饱经沧桑、看破红尘的人生阶段。她赴美求学一路顺畅。她刚踏进成人的门槛，还在求学阶段，还没有真正跨进社会，其父辈无人移民，对海外移民先辈

---

① 何可人：《虎儿出于柙——读陈谦新作〈虎妹孟加拉〉》，《北京文学》（精彩阅读）2016年第11期。以下所摘观点均出此文。

的血泪史更是一无所知。她的这点阅历能构成"海外移民生活史吗"？"新寓言"又从何谈起？

观点之二：不但退出象征文明之巅的美国社会，更退出人类文明本身，在离人性最为遥远的兽性身上寻找充实人性的其他可能性。认同猛兽的暴力，本身是对文明的暴力最有力的否定。

何谓"文明之巅的美国社会"，难道美国社会文明是人类文明之巅？其他东西方文明都无法与其相提并论？这且不论，"退出人类文明本身"何解？是指回到原始人类的蛮荒时代，刀耕火种的岁月？

文明的暴力显然指社会的残酷战争之类，人性丑恶，人性污点，或摧残、灭绝人性之类的恶行。这一些都是人类在文明的进程中所反对、所批判的。人类数千年的文明史，从来都是主张追求、弘扬真善美，批判、鞭笞假恶丑，"抑恶扬善"，"退出人类文明本身"不知何意？是否意味着对人类数千年文明的否定或一笔抹杀？

所谓的父母还不如野兽，连她所崇敬的老树伯也都是骗子，成人世界是虚伪的，这正是一个不成熟的孩子所说的激愤偏执之词。她到美国开的是虎头车牌的豪车，出手阔绰，200多美金一条的牛仔裤半打地买，她的钱不都是父母所供吗？她养虎一般人供得起吗？难道东方文明中不忘养育之恩，孝顺父母的传统美德也要否定。老树在危急时刻，出于对一个孩子生命的珍爱，叫她开枪打虎也算暴力？天下的父母在这种危险时刻都会对孩子们说，珍惜生命是第一位的。

就人类进化论而言，英美学者泰勒与摩尔根早就提出：人类社会经历了蒙昧、野蛮到文明的三个阶段，至今对世界各国文化人类学的发展依然有影响。"退出人类文明本身"，进到何处？回溯到以往？这不是历史的倒退吗？

在当今物资、科技高度发达的全球化时代，无论东方或西方都认同构建社会文明、精神文明与生态文明等，人类文明的建设在全球化时代靠地球村的人类共同努力奋斗，难道需要从最为遥远的兽性身上去寻找吗？

所谓"认同猛兽的暴力，本身是对文明的暴力最有力的否定"，实在不敢苟同。难道玉叶的父亲对女儿关爱、教育缺失，送她到美国留学就算暴力，前文已有阐述，我认为不能将这样的命题硬加在一部文学作品之中。从人类学观点看："人类学承认人类是属于动物界的一种，但是又认为要对人类的行为作出充分的理解，决不能简单地遵循生物学的原则，而必须遵循人类发展所特有的原则。"①

观点之三：（玉叶父亲）博林正是这种进化观的代表者。尽管在"文革"的虎口下余生，在中国经济起飞期发达的博林，仍然试图以"大跃进"的节奏获取身份与财富的各项标配。尽管摆脱了广西山区贫穷的野蛮，他以下一代移民美国为目标的直线"进化"却实践着另一种野蛮。

小说中，玉叶的父亲博林出身贫苦，在经济起飞中致富，作为父亲，他对子女的教育有缺失，关心、教育不够，是不称职的。但他致富没有违法犯罪，触犯法律，穷困山区的农民摆脱穷困何罪之有？何谓"摆脱了广西山区贫穷的野蛮"，难道说博林依然像他的祖辈那样世世代代穷困下去，就不野蛮了吗？难道农村的孩子如同祖辈一样没有钱上学，走不出大山就不野蛮了吗？认为博林以下一代移民美国为目标的直线"进化"却实践着另一种野蛮，此说尤为费解。是的，玉叶是所谓富二代，不是还有官二代、文二代，还有既不富也不贫的普通人的二代都留学西方吗？中国经济崛起，送孩子到国外留学越来越多，已渐成常态，博林何罪之有？如果是官员、艺术家、知识分子家庭送子女海外留学，会这样指责推理吗？有必要上升到如此的高度去批判谴责？不知道这两个"野蛮"所指何意，这其中又有怎样的逻辑关系？

批评解读一部文学作品不能离开文本，如硬要把一部写十几岁的孩子留学异域的成长、叛逆中的追求、焦虑不安、张扬个性的极端行为上升到"移民史寓言"，兽性与文明的暴力，将穷困百姓脱贫致富，送子女留学美国说成为一次又一次野蛮等，本身就没有说服力。脱离文本的文学批评，超越文本范围的解读，值得我们警惕。玉叶在小说中的经历，似乎还谈不上命运，承受不起如此广涉社会学、人类学、哲学之类种种的负荷。文学作品的功能不宜随意夸大、拔高。文学批评需要知人论世，实事求是。杜勃罗留波夫说过："只有从事实出发的现实的批评，对读者才有某种意义。假使作品中有什么东西，那么就指给我们看，其中有什么；这比一心想象其中所没有的东西，或者其中应当包含的东西，要好得多。"②

强加给文学作品不能承受之重的过度阐释并不可取。家庭、学校与社会如何关心呵护孩子的成长是文学永恒的命题。成长之痛值得人们反思，树立人类

---

① 童恩正：《文化人类学》，上海：上海人民出版社1989年版，第5页。

② 杜勃罗留波夫：《黑暗王国的一线光明》，《杜勃罗留波夫选集》第二卷，上海：上海文艺出版社1959年版，第340页。

命运的共同意识，构建全球化的人类社会文明、精神文明与生态文明任重而道远。

第三节　吕红《美国情人》中的多维文化冲突

《美国情人》①反映出的是新移民在美国的奋斗历程，其中既有为理想奋斗的热情，也有现实生活的艰辛，作品以细腻的笔墨展现了身处异域的华人女性或悲或喜的遭遇，尤其引人注目的是这些女性对实现自我价值的不懈努力，以及在这个过程中对来自男权社会的压力的反抗。整部小说谋篇布局颇具匠心，既忠实记录了华人海外生活的共同特点，也描绘了女性奋斗的独特场景。整部小说大开大阖的情感表达极具力度和深度，对读者形成了非常强的感染力。

一、内在世界的多维冲突

《美国情人》以芯和倪蔷薇两人各自的爱情故事为主线，两条线索既独立又有交集，前者所占的篇幅稍多一些；同时还以妮娜、雯雯、雯雯、安绮等女性形象的情感经历为副线。多线索交织在一起，为读者展示出了一幅美国华人女性移民群像。作者对这些形象的处理有主有次，详略得当，但都着力于展现她们身处异域文明时碰到的种种冲突。

（一）突围与定位的成功

芯几乎浓缩了那些对人生、对世界充满希望的年轻女性，从幻想到幻灭、从失落到奋起的心路历程。她们最大特征是性格单纯、执着，遇到陌生的人与事时总是少一分谨慎而多一分热情。这种性格导致了芯在不断碰壁的同时又支撑着她坦然面对生活，不断地前进；这种性格容易在事业上较快取得成就，但专于一事的同时也难以兼顾其他。

在《美国情人》里，男性的世俗与女性的纯真相互交织着，构成社会之两性间复杂多变的关系。芯在东西方社会经历两段爱情经历固然有着多方面的差异，但是从女主角的性格角度看，两者之间又存在着相同之处，而婚后的生活准确地印证了这一点："每当她跃跃欲试，想改变生存环境和命运时，'你给

---

① 吕红：《美国情人》，北京：中国华侨出版社2006年版。本文所引《美国情人》均出自本书，以下不再注明。

我稳住后方'这句指令就出来了。"刘卫东婚后一直将芯玩弄于股掌之中，甚至要求芯去代替他给领导送礼，待芯回家后"他眼睛贼亮地在女人脸上扫来扫去，似想找出某种破绽或蛛丝马迹"。然而他忽略了的是，芯单纯与执着的性格的确可以在一段时间内任由他掌控，一旦有了明确的目标后芯就会更加坚定地向前迈进，这种性格会在瞬间转变成刘卫东的"灾难"："他只要芯完成'镀金'就回去，他最担忧的是夜长梦多。于是开始了最初的感情拉锯战。"当刘卫东发现自己已经完全无法掌控芯的时候，便瞬间翻脸，"拉锯战"的重点由回国变成了离婚。芯的第二段感情经历是在她与皮特之间展开的。皮特是一个喜欢东方文化的美国人，但他更加自私，也更加善于伪装。他喜欢与中国女性交往，会不断地寻找中国女性来满足自己的幻想，被他追求的中国女性也只能亦步亦趋地配合着。一旦东方女性动了真情，洋鬼子的嘴脸便暴露无遗。

显然，芯对实现自我价值的追求是那样独立，以至于刘卫东和皮特这两个东西方文明世界中的男人都无法理解和接受。这两个男性形象各自代表着他们生长于其中的文化背景。他们都深深认同着各自世界的价值观，并且在此基础上建构了各自理想的爱情世界。刘卫东顺应着、配合着东方庸俗小市民的生活逻辑，皮特享受着西方上流社会的灿烂光环。他们都需要有一个女性来配合他们，以便于在各自的世界里获得更大的物质收益与精神满足。至于这个女性，除了付出之外，她便与他们再无任何关系。就是在这样糟糕甚至残酷的情感磨砺中，芯在不断成熟着，她单纯、执着的性格使她受到欺骗与伤害，同样使她更加坚定地向自己选择的路迈进，终于在面对成功与荣誉时，"她的笑容里有看不见的沧桑，有淡淡的忧郁，还有一份任花开花落、云卷云舒的宁静"。此刻，作为外来者的芯成功地蜕变，在异域中寻找到了最适合自我的生活方式。

（二）异域世界的情感追索

如果说芯这一人物形象是于不变中蕴含着变化，那么倪蔷薇这一人物的命运则始终如一：在小说里，她始终是一个异域中的情感追索者。

倪蔷薇的身份是教师，经济来源较为独立、稳定，"她喜欢有自己独立的工作"。所以在生活方面，她比芯少了一份艰辛；她的情感经历看似平稳却丝毫没有快乐可言。倪蔷薇与林浩的爱情颇似《包法利夫人》中的男女主人公，双方无论在生活经历、文化程度、审美爱好方面都存在着巨大的差异，但是艰难的现实蒙蔽了两人，他们还是走到了一起，只不过动因不同——《包法利夫人》中的男女主人公是因为日常生活的乏味，而倪蔷薇和林浩是因为身在异国的孤独。倪蔷薇和林浩都是颇有个性之人，也有各自的理想。当彼此从对方身上获得驱逐孤独后的满足感时，矛盾也便逐渐显露出来了。

倪蔷薇最初对林浩的印象非常好，"俊朗有型""正气凛然""淳朴厚实"，会做菜，辛苦地操持着小超市，这些日常生活中温馨的场景对于一个孤身漂泊海外的女人来说具有极大的征服力，所以倪蔷薇心甘情愿地成为了"小三"。然而，外形俊朗掩盖不了文化水平低，厨艺精湛也无助于经商。与林浩相处越久，倪蔷薇就越深刻地感觉到这个男人的自负与愚蠢，两人共同的情感世界之中也掺杂进了越来越多异物，他们越来越隔膜了。最终当他不顾一切地将属于倪蔷薇名下的别墅抵押给银行时，他们之间积压已久的矛盾彻底爆发。这一矛盾的根源在于文化差异——不是芯与皮特之间的中西文化差异，而是身处异域的华人所选择的不同奋斗方向之间的矛盾。倪蔷薇依靠自己的知识可以过上平稳的生活，经商却需要冒险。当他们刚刚相识，这种差异在倪蔷薇和林浩的情感世界里被炽烈的爱情火焰挡住了。直到冰冷的异域生活不断地向他们泼出冰冷的污水，两人终于渐渐明白了他们各自要去的方向原来是不同的。最终，倪蔷薇毅然在放弃房产的公证书上签字，"她已经不想再为某个人焦虑了"。简单的手续办理完成之后，倪蔷薇感觉所有的矛盾与烦恼都随房产一起被迅速抛弃了。

其实，作者在这段大起大落的爱情故事中不断地暗示着，是异域世界造成了这场爱情悲剧。如果倪蔷薇和林浩两人生活在中国，那么按照他们早已熟悉的社会规则，他们可能会各自取得成功，至少不应该发生这样的悲剧。然而，他们身处异域，这样的大背景下一切的失败都蕴含着深刻的东西方文明冲突因素。在一个陌生的环境里，倪蔷薇的孤独精神世界只能更加理想化，更加执着地追求琴瑟和鸣的爱情，林浩恰恰与此完全相反，他不断追求着物质利益的最大化，作为背景的异域世界将这种差异衬托得异常刺眼。

二、外部世界的多维冲突

中国世界华文文学学会名誉主席张炯对吕红的小说给予高度评价："作品描写了一种更属于现代人的痛苦。他们追求自由，却不知绝对自由是不存在的。即便在号称多么'自由'的美国，他们的追求往往使自己陷于新的枷锁之中。"[1]

诚如作品中所展现的，"或许你也听过类似的经历，当一个人到了一个全

---

[1]　陈富瑞：《多元文化语境中蓬勃兴起的海外华文文学——吕红女士访谈录》，《世界文学评论》2008 年第 1 期，第 2 页。

然陌生的环境后，因失去所有的标签或者自己存在的证明(譬如护照、身份证、驾驶证、工作证之类)，突然就陷入巨大的茫然之中。这也算是一种'边缘情境'吧？你不知道该用什么方式来证明自己？偏偏身份是个看不见摸不着的东西。身份困惑可谓边缘人的共同感受。那些异国他乡的移民，尤其是文化人，更加感受孤独、矛盾和分裂的尖锐痛苦。因为任何一个寻梦者，不管来自哪个国家，在美国想要待下来都会面临着'status'或'identity'——身份转换或身份认同问题"。① 《美国情人》中的华人女性人物有着大同小异的文化背景，她们怀抱着各自的目标在美国相遇，又在这个异域环境中不断地改变着自己。有的人是在幸福的追寻之路上快乐疾行，直到幸福突然结束之后才发觉自己已经根本停不下来了，在巨大的惯性推动下她掉进了深渊之中，如芯；有的人是在清醒之中感受着困境日渐加深的过程，如倪蔷薇；有的人却自始至终都没有意识到旧的困境与新的枷锁，如霎霎。芯最痛苦，因为变故太突然；倪蔷薇最无助，因为明知是深陷困境却无力改变；霎霎等人最可悲，因为她们甚至对周围的环境始终毫无认知。

小说中的人物都挣扎在追求和羁绊中。芯欲追求自我价值的实现，却不断碰到沉重现实的羁绊；林浩到美国的目的是逃避国内法律的惩罚，空有豪情却无头脑；倪蔷薇和老拧在经济上可以自给自足，但需要寻找精神上的依赖；哪怕是美国白人皮特，也是无奈又小心翼翼地周旋于政治漩涡，情感追逐成为他的麻醉品；其他次要人物也莫不如此。这些人物被生活海洋的乱流裹挟着，生活于内外世界的多维度冲突之中，自身却依然在不断地努力向既定目标前进，最终的结果是在两者合力之中，他们被迫漂泊到无尽苦痛之中。"人的苦痛是不同质的。某些痛苦会使人的存在感更加强烈，某些痛苦只会使人的生活更加虚无。""对于个人生命价值的追寻，寻找身份认同，在不断的渴望之中行动，然而过多的渴望在现实面前落空而形成痛苦。"② 与这些异域世界的闯入者形成对照的，是作为市长助手的皮特。他深谙政治、权术与社交之道，在翻云覆雨与逢场作戏中游刃有余；他绝对不允许有任何人通过任何方式来撼动他所拥有的一切。整日周旋于复杂的人际关系中，上流社会才是他立足之地和归宿，华

---

① 陈富瑞：《多元文化语境中蓬勃兴起的海外华文文学——吕红女士访谈录》，《世界文学评论》2008 年第 1 期，第 2 页。

② 陈富瑞：《多元文化语境中蓬勃兴起的海外华文文学——吕红女士访谈录》，《世界文学评论》2008 年第 1 期，第 2 页。

人女性只不过是他生活中的调剂品，仅此而已。

林浩与老拧的身份是漂泊在美国的底层华人男性，他们追寻的首先是钱，其次才是感情。他们都有不愿提及的过去，在美国都有自己的经济来源，但是在精神上却没有任何立足之处。唯一能让他们感到亲切与稳定的便是金钱与爱情。倪蔷薇与芯成为了两人各自的目标，他们与皮特一样自私，但却采用了不同的伪装：林浩利用的是金钱与别墅，老拧利用的是芯初来乍到的无助。

小说还塑造了妮娜和霎霎这两个形象，她们的身份是美国底层华人女性，追寻的只有钱。她们没有任何职业技能，甚至连英语水平也很差；她们毫无"过去"可言，她们的"现在"同样乏善可陈；但这一群体却在美国底层华人女性中占有多数，妮娜想依靠各色外国男人站稳脚跟，霎霎想通过"按摩"来为儿子攒钱留学。作者写道："霎霎的英语词汇滚瓜烂熟的不多，不甚流利地应付老美，但笑容可掬，调侃，亲切自然，一开口就让人一下子放松，乐意让她放松自己的回头客不少。"这段文字虽然简单，但内涵却非常丰富。如同果戈理作品中"含泪的笑"一般，霎霎为适应残酷生活的种种努力凸显在读者面前，个中甘苦已经无须再多言。

意向与行动是痛苦的根源，那么彻底否定或者排斥意向与行动是否就能逃避痛苦？宗教的存在可以说明这是一条可选择的路，但是这条路与楚文化、楚人精神相悖！从数千年楚人的生活发展历程可以看出，楚文化当中蕴含着丰富的痛苦与承受痛苦之能力，"心不怡之长久兮，忧与愁其相接。惟郢路之辽远兮，江与夏之不可涉"（《哀郢》）。正因为在作家深层文化结构中存在着这一古老的传统，吕红才能将精神痛苦及其反抗深深地赋予笔下人物，才能将整部小说的意蕴从单纯的爱情小说升华为展示海外华人漂泊者崇高的心路历程："华人移民在迁徙异乡的漫长过程中，虽然可以跨越地域疆界，获得一个新地的居留权或身份位置，却无法从精神上获得归属感。也就是说，移民获得'永久居民'或'绿卡'，并不等于建立了真正的文化归属。有时甚至感觉身份更尴尬和模糊。即产生所谓的身份困惑：既疏离于故乡，又疏离于异乡。引起人们对自身存在以及全球化带来的各种变化因素的关注。"[1]

---

① 江少川：《海山苍苍——海外华裔作家访谈录》，北京：九州出版社2014年版，第182~183页。

源自爱情的痛苦是东西文学永恒的主题与母题，吕红对这一内容进行了大胆的充实与重构，将作为背景的异域世界所产生的影响凸显了出来，将怀抱梦想的闯入者及其种种遭遇进行了形象的描绘，还将不同文明之间的冲突进行了隐性的表达。

三、书写与痛苦

《美国情人》的叙事方式极有特点：两条主线交织，副线穿插时隐时现。作为主线，芯的故事与倪蔷薇的故事各自独立地发展，又偶有交织，而且，芯的过去与现在在叙述过程中交织在一起，时断时续，悬念不断，深深地抓住了读者的心。同时，作家有意将对美国风景的展示以及西方风俗文化的介绍融入作品中，使作品的叙述节奏时缓时急，错落有致。

需要特别注意的是，作家巧妙运笔，将书写进程与人物的喜怒哀乐联系了起来。芯与倪蔷薇各自经历着起伏不同的生活，当她们的生活滑向痛苦的深渊时，作品也便逐渐发展至高潮；作为背景的东西方文化冲突也蕴含在这跌宕起伏中。高超的叙事技巧使整部作品宛如一段柔美又略带感伤的音乐，人物的喜怒哀乐都如同流畅的音符一般或轻快跳跃，或奔放热烈，或沉郁顿挫。

总之，《美国情人》这部小说视角独特，对情感的描绘洞察入微，对故事细节精雕细刻。小说着力刻画几位身处美国的华人女性形象，展示了她们艰难坎坷的奋斗历程，深刻揭示了她们所遭遇到的来自家庭和社会的种种压力。在异域文明里，她们面临着源于亲情、友情、爱情、生存、事业和自我价值等多个方面的痛苦抉择。在《美国情人》中，上述内容组合成了一个完整的艺术综合体，向读者放射出多彩的光芒。

第四节　欧阳海燕小说中的身份探求与重构

旅欧华裔作家欧阳海燕在小说《巴黎，一张行走的床》和《假如巴黎相信爱情》中描写了华人移民（也包括阿拉伯人、印度人、莫斯科人、车臣人等移民）在法国的生存境遇；其中，"身份"被不断彰显和强调，它关乎着移民的生存与发展，决定着他们的荣辱甚至命运，因此移民纷纷在异域进行着自身"身份"的探寻。而身份本身又是一个复杂的概念，关涉人的种族、国籍、性别、出生地、死亡地、语言、最长居住地、职业、阶层、宗教信仰、价值观念以及作为特征辨识的身材、年龄等诸多方面。① 因此，对于移居他国的移民而言，对自身身份的探求就显得更加迫切，但正是在对自我主体身份的探寻之旅中，移民纷纷发现了自身的"他者"生存境遇，这主要表现在其对自身法律身份未合法的焦虑和文化身份难以被认同的困惑这两方面。不过与此同时，也不难看出移民对自身身份重构的努力和尝试。

一、法律身份的焦虑

法律身份，是指依据法律的规定一个人在一定条件下具有的身份，在欧阳海燕的小说中是指按照法国法律规定有法国国籍的人拥有的法国公民身份，它具有持久性；也指依法享有的留学生身份、因旅游签证获得的合法身份，但在法国的合法居留具有时间限制，此种身份，概言之，就是"纸张"（sans papier）。

（一）无身份生存的艰辛与悲剧性结局

在异域他乡，不具备公民身份或者没有临时合法居留证明的人是十分脆弱和危险的。他们不受所在国法律的保护，不能正大光明地谋生，被排斥于当地共同体的安全和福利之外。因此说，"没有国籍是一种无穷无尽的危险状态"。②

在欧阳海燕的这两部移民小说中，大多数移民都是怀揣着"淘金梦"并多以"偷渡"的方式踏上法国地界的，如时凯丰之父这帮人"是从中国南部一个破落的小渔村坐闷罐轮船偷渡到法国的"；③ 或者，仍是为了追求财富但以短暂的旅游签证为途径进入法国的，由于超过了居留签证所规定的时间，仍然成了无纸张的"黑户"，如刘春（叶子之母）、阿芝；或者，以留学生身份获取短暂的法国居留，却由于各种原因超过居留期限而失去了合法身份，如黄师兄、叶子。而小说中所描写的无身份生存的艰辛与悲剧性结局，则集中在前两类移民身上。

由于没有合法的身份，这些移民不得不东躲西藏，为了实现维持生存以及

---

① 肖薇：《异质文化语境下的女性书写——海外华人女性写作比较研究》，成都：巴蜀书社 2005 年版，第 86 页。

② 迈克尔·沃尔泽：《正义诸领域——为多元主义与平等一辩》，褚松燕译，南京：译林出版社 2002 年版，第 39 页。

③ 欧阳海燕：《假如巴黎相信爱情》，北京：中国电影出版社 2014 年版，第 5 页。

让国内的家人活得更好的初衷而被法国人、他国法籍移民甚至有合法身份的华裔移民（如魏"蛇头"、酒店和工厂的老板、"二房东"等）层层盘剥和压榨，工作时间极长，工作强度极大，往往依然只能勉强维持基本生活，或艰难地支撑着生存或最终因劳累过度而猝死（如时凯丰的工友小张、向敏之父）。生存之难，还体现在"搭铺"这种居住环境上：不仅一"铺"难寻、价格高昂，而且狭窄、昏暗，有的甚至是男女混住、臭气熏天，但即便这样不堪的居所，还会因为各种原因频繁变换，使无"纸张"的移民一直处于漂泊难居的状态。最关键的是，在艰难生存的同时，还要不时地因为"纸张"问题而心惊肉跳、手足无措，并要时常应付法国警察的突然降临，而法国警察的突袭搜捕或以老板繁重的罚款和工人的遣返而告终，或以心惊胆战的躲藏、侥幸逃脱而落幕（如叶子之母刘春多次把自己挂在高楼的窗檐下以躲过突然搜捕直到因此意外坠楼、阿芝跳进臭气熏天的垃圾桶躲过搜捕）。甚至，许多"黑户"女人为了生计、为了还债不得不出卖自己的肉身，还经常因此受到歧视和刁难（如许多"从东北偷渡而来的大姐大嫂大妈"、阿芝）……

在此，以身体博取生存的无"纸张"移民女性的生存境遇无疑更加艰辛。她们来自不同国家、肤色各异、年龄不等，但为了生存"穿得一个比一个少，像一只只拔光毛的裸体鸡，展示着法国最最灿烂的微笑，同生客熟客亲热地打着招呼"。[1] 即便没有直接出卖身体换取生存，"黑户"女性移民的身体在艰难谋生的同时也经常被男性控制和占有。如《巴黎，一张行走的床》中的阿香，为了供女儿上学，让女儿堂堂正正地来法国留学而到法国"淘金"，生存的重负让她遭遇房东的威胁和凌辱——"'你号什么号?!'房东狠狠地将阿香摔倒在床上，吼道：'你再叫，我就向警察告你没有身份、非法打工，让你回国去挣钱给你女儿治病，嘿嘿——'"[2]阿香在痛苦中挣扎，本想以搬家的方式逃离房东的压迫和欺辱，却最终无奈地选择了放弃——"我能往哪儿搬呢，到处都一样啊!"[3]道出了无身份、打黑工的女性在异域他乡遭受男性压迫的普遍性。故此，努力实现自身的合法化就成了非法移民女性执着追求的目标，而借助与有法籍身份的人（法国人或者加入法国国籍的人）结婚这一途径则是使自身合法化的一条捷径，如华姐因和法国人结婚换来了临时的合法身份，结束了东躲西

---

① 欧阳海燕：《假如巴黎相信爱情》，北京：中国电影出版社2014年版，第61页。
② 欧阳海燕：《巴黎，一张行走的床》，沈阳：春风文艺出版社2005年版，第56页。
③ 欧阳海燕：《巴黎，一张行走的床》，沈阳：春风文艺出版社2005年版，第58页。

藏的"黑户"生活，素素也因为与法国小伙子 Michel 结婚让合法身份更有保障，中国女子 Susan 与法籍华侨黄先生结婚也是为了获得合法身份，等等。

除了维持生存之艰难，想要维系爱情就更加奢侈。许强和米娜相恋多年，米娜怀揣着对许强深深的思念，为了许强的未来和许强重病的母亲来到法国"淘金"而被法国老板保罗利用和算计，最终导致陈静琪（时凯丰之妻）之死和时凯丰家庭的破碎，并招致了自身的牢狱之灾，也因此深受良心谴责，在出狱后自我放逐且最终沦落为荷兰"红灯区"的一名妓女；许强为了寻找米娜心力交瘁，但现实生存的艰辛和无合法身份的尴尬困境使他们的爱情彻底毁灭。车臣人罗斯托夫和其妻索菲娅怀揣着对未来美好生活的憧憬偷渡到法国"淘金"，而无合法身份也就无安全保障的异域生活最终使罗斯托夫丧命，索菲娅为了生存也不得不委身于法国警察保罗，爱情就这样如叶坠落。叶子与从莫斯科逃亡至法国的安德烈相爱了，但是安德烈由于没有合法身份，给不了叶子"正常、稳定"的生活，于是选择默默地离开，并支持法国人 Hugo 追求叶子；而在后期因无法办到法国延期居留证明成为"黑户"移民的叶子，也不得不答应与 Hugo 假结婚来获取合法的法国居留身份。爱情在现实的"黑户"身份面前悄然陨落，苍白无力。

总之，无合法身份的移民在法国的生存举步维艰，甚至多以悲剧告终。如时凯丰的工友小张和向敏之父均因劳累过度致死，叶子之母刘春因躲避法国警察的突然搜捕而坠楼致死（且死后"遗体按无国籍无身份的非法移民被警方火化处理掉了"①），罗斯托夫之死，安德烈之子伊凡的坠亡和安德烈之死……

因此，面对无身份生存的艰辛和悲剧性的现实境遇，米娜悲愤地说："没有身份，我们还有什么希望？"②许强说："巴黎永远只属于堂堂正正的人！"③甚至，后期因"纸张"过期成为"黑户"的叶子也深深体会到了没有合法身份的惊惶甚至是恐慌。也因此，能拥有合法的法国身份就成为了无"纸张"移民的生存目标。

---

① 欧阳海燕：《假如巴黎相信爱情》，北京：中国电影出版社 2014 年版，第 235 页。

② 欧阳海燕：《巴黎，一张行走的床》，沈阳：春风文艺出版社 2005 年版，第 201 页。

③ 欧阳海燕：《巴黎，一张行走的床》，沈阳：春风文艺出版社 2005 年版，第 293 页。

（二）有身份生存的相对"光鲜"与个人追求的幻灭

如前所述，"黑户"移民因其合法身份的缺失直接导致了他们在法国的"他者"性生存，也因此备尝缺失法律身份的焦虑和生存之艰，故而将获得合法化的"纸张"视作生存目标。没有"纸张"是导致移民"他者"性生存的直接原因，那么在千方百计获得法国国籍或者拥有了一定时间的法国合法居留证明之后呢？

在《巴黎，一张行走的床》中，时凯丰之父不甘心成天东躲西藏地过日子，靠在法国义务服兵役、为法国人卖命换来了法国国籍，在法国长大的时凯丰也顺理成章地拥有了法国公民的身份。的确，这个身份让他比没有身份的"黑户"移民活得相对"光鲜"：他可以光明正大地求职，不用像许强、米娜、华姐、"尖嗓子"之类的非法移民一样打黑工，受到"蛇头"或老板极为严厉的盘剥、压榨以及歧视；他可以用合法身份租房甚至买房（只要有足够的金钱），不用受"二房东"的高价勒索；他还可以利用合法身份在生意场上投机取巧，全心全意地追求丰厚的利润；最为重要的是，他完全不用担心总是会出其不意地出现的警察将其带走，不用忍受这种"黑户"移民常有的担惊受怕。不得不说，合法的身份，是时凯丰成功的基础，为时凯丰实现对金钱的狂热追求提供了便利条件。不过，虽然他最终成为了亿万富翁，也因此获得了相当的名声和社会地位，但还是并未真正融入法国上流社会。此外，其对于爱情的狂热追求终究以幻灭告终：他以真心和法国式的浪漫、热情俘获了陈静琪的芳心，但又因中国男人的传统思想（即男性是家庭的中心）使这段感情出现裂痕，因无法抗拒米娜的诱惑终将这段感情葬送；他以中西合璧的特质吸引了法籍华人越红，成为她一个临时停靠的港湾，但终究只是将其作为自己向上攀登、追求金钱的阶梯；他因"东方人"对东方人的莫名好感被尚晓真吸引，并在后期的合作中双双坠入爱河，但骨子里是法国人的他与作为中国传统正经女人的尚晓真最后还是因难以处理微妙的文化困惑和性别倾轧以及卡洛的出现而渐行渐远、分道扬镳；最终，时凯丰只能沉浸并沉沦于卡洛这一"尤物"的身体魅惑中，用这种"新鲜、刺激"的生活麻痹自己，虽拥有大把大把的金钱，但其精神最终陷入空虚和无意义。因此说，时凯丰的个人追求以幻灭告终。

在《假如巴黎相信爱情》中，叶子凭借留学生的合法身份，怀揣着寻找母亲刘春的愿望来到法国的土地上，在其丢失身份证件或者说在其合法居留证件过期之前，叶子的日子相对安宁，甚至留学生的身份也为她赢得了源自他人的尊重。而叶子也在法国的大学校园里努力学习，以优异的成绩确证着自己的身份和能力。也因此，叶子能够不断获得相应的留居法国的时间，并最终过三关斩五将，顺利地被法国著名的 M 生物研究所录取为实习生，成为进入该研究所的第一个中国女留学生，羡煞旁人。似乎，一切都是可以通过自身努力变得更有希望，个人的追求也能在留学生这一合法身份的"保驾护航"下风生水起。然而，正如欧阳海燕所说："希望这玩意儿，总是像在跟人捉迷藏。当你拼命去找寻它，往往不见踪影。"[1]叶子最终因与工作环境，与法国文化的格格不入遭到嘲讽、冷遇甚至歧视，并因同事芭芭拉的陷害入狱，由此导致了学业和事业的幻灭；也因得知母亲刘春意外坠亡的消息以及目睹伊凡和安德烈之死幻灭了其对于亲情和爱情的全部追求。

除了时凯丰和叶子，《巴黎，一张行走的床》中的越红、尚晓真，《假如巴黎相信爱情》中的房东黄先生和"二房东"Susan、素素等等，虽然他们都因法国公民身份或者暂时的合法居留证明堂堂正正地立足于法国的地域之上，也为自身的追求获得了一定的便利条件，但他们的个人追求最终还是幻灭在了"浪漫之都"巴黎。

究其原因，不得不说，移民们个人追求的幻灭具有一定必然性，且与其文化身份的难以被认同密切相关。在小说中，他们不断努力，但仍然不可避免地遭遇到法国社会文化的冷落甚至歧视；即便已经获得了法国公民身份，也仅仅只是一张"sans papier"，与公民身份相关的权利和义务则并未显现。福柯说："一种文化用划定边界来谴责处于边界之外的某种东西。"[2]正是巴黎这种对待他者(移民)的态度和处理与他者关系的做法，注定了移民在异域个人追求的最终幻灭。

二、文化身份的迷茫

文化身份，通常是指某一族群或个体与生俱来的、特有的能界定自身文化特征的标志，也是该族群或个体生活的精神依托。[3] 不论是偷渡而来的阿强、因旅游签证过期成为"黑户"的刘春、阿芰，还是留学至法国的素素和叶子，

---

① 欧阳海燕：《假如巴黎相信爱情》，北京：中国电影出版社 2014 年版，第 144 页。

② 转引自刘北城、杨远婴：《疯癫与文明》，北京：生活·读书·新知三联书店 1999 年版，第 274 页。

③ 张立新：《白色的国家黑色的心灵——论美国文学与文化中黑人文化身份认同的困惑》，《国外文学》2005 年第 2 期，第 63 页。

抑或加入法国国籍的越红、黄先生，甚至是生长在法国的华人后裔时凯丰，都是在异域探寻自我文化身份之旅中的迷茫者。他们的身份或非法或合法，但均能不同程度地体会到文化身份不被认同的迷茫感，甚至也因此幻灭了其个人追求。

不过，"黑户"移民对文化身份的迷茫感诚然存在，但生存的艰难使其更多地注目于解决生存这一首要问题，更多地渴盼身份的合法性及其可能带来的财富和荣耀。因此，在异域对文化身份的迷茫更突出也更迫切地体现在已经获得了合法身份，解决了基本生存问题，并在异域初步站稳了脚跟之后的移民身上。这些移民迫切地想要融入居住国的主流文化，而这些文化也不断刺激他们重新思考、寻找和建构自身的文化身份。然而，文化身份的边缘境遇则是此类移民在异域的普遍现状。

《巴黎，一张行走的床》的主人公时凯丰，拥有名正言顺的法籍身份，生在巴黎也长在巴黎，能说一口标准、流利的法语，从小到大接受的也是"法国是自己的国家"的教育，但他常常会有一种被视为"外国人"的感觉。他黄皮肤、黑头发、黑眼睛的外貌和他所说的让法国人感觉到怪异的语言以及某种难以道明的微妙原因，使他难以真正融入法国主流社会，也让其自身困惑不已；与此同时，他对中华文化又不甚了解，当然也就失去了父辈的中华文化的根基，尽管他对"中国"这个陌生的国度充满了向往和兴趣。尽管时凯丰在努力向法国主流文化靠近，甚至他的骨子里已经是个法国人——其生活、思维方式均已经是法国式的，但他的移民背景及其身上所呈现出来的一切决定了他在法国社会身处边缘的必然性。此外，混迹于酒吧的、浑噩度日的华裔小青年也能时常感受到身处边缘、不被认同的迷茫感，他们多以"另类的服饰、粗暴的眼神"甚至"下流的语言"和粗俗不堪的行动来疯狂发泄自己叛逆的个性和无根的困惑；他们漂泊于祖宗文化和居住国文化之间，无所适从又无能为力，最终只能成为他们自己，即无所归依的"边缘人"。正如欧阳海燕所说："他们正是所谓的'黄香蕉'——虽然长了个华人样，心眼里却最瞧不起具有中国文化的中国人，他们不学无术，最在行的莫过于向白人摇尾乞怜，向华人吹胡子瞪眼睛！但是正宗的法国人又瞧不起他们，他们只有围在这些早已丢失了自己祖宗文化的异族人身边耀武扬威。"[1]如此，他们个人追求的最终幻灭也就不难解

---

[1]　欧阳海燕：《巴黎，一张行走的床》，沈阳：春风文艺出版社 2005 年版，第 204 页。

释了。

《假如巴黎相信爱情》的主人公叶子，虽然凭借留学生的合法身份和自身的努力，成为进入 M 生物研究所实习的第一名中国女留学生，但还是强烈地感受到了与法国社会文化的格格不入。在叶子上班的第一天，身着 DIOR 职业女装的她在办公室得到了所有人的赞美——"哇，你真是超美"①、"你的衣服太漂亮了，和你真是绝配"②、"你是我见过的最最完美的中国女孩"！③ 但一转身，这些刚刚还在办公室对她进行夸张赞美的法国人则纷纷翻脸——"老板真是瞎了眼，怎么招了个中国女人，瞧她那傻样，真不知道她能干什么！"④"哈哈，她也穿 DIOR，也不撒泡尿照照自己，真是糟蹋了我们的 DIOR。"⑤由此见识了这个民族友好假象之下的傲慢与轻视。除此之外，对工作任劳任怨的叶子与法国人崇尚懒散、提倡个人享乐主义格格不入。即便是在叶子实习的著名的 M 研究所，也挤满了寄生虫——研究人员不是休年假就是请病假，而叶子实习期的老师保罗临走时也留给了叶子这样的"诤言"——"别管什么表现，别管什么业绩，那都是老板发明出来骗你的玩意儿。跟着老板定的游戏规则跑，最后只会把你自己给操劳死。摸鱼，打混，享受人生，才是最理想的工作态度。"⑥甚至，畅谈"懒散"的著作也在法国成为畅销之作：法国"超级懒虫"提尔里·F 在自传《我，职业求职者提尔里·F》畅谈自己的"懒虫秘诀"，即体面而滋润的生活取决于"千方百计不工作"，⑦ 风靡全法；还有一位名不见经传的经济学家柯琳娜·梅耶出了一部上班族的葵花宝典《日安懒惰》席卷法国，她在书中建议："所有上班族，让自己成为这无工作效率的个人主义者。生活的目的，就是为了自己爽！"⑧也因此，对工作认真负责、任劳任怨工作的叶子成了"研究所打混一族眼中的怪物"而遭到排斥，并且，最终遭到芭芭拉的陷害而使其对学业和事业的追求幻灭。

此外，法籍华侨也同样处于法国社会的"边缘"。如拥有法籍身份的工厂

---

① 欧阳海燕：《假如巴黎相信爱情》，北京：中国电影出版社 2014 年版，第 149 页。
② 欧阳海燕：《假如巴黎相信爱情》，北京：中国电影出版社 2014 年版，第 150 页。
③ 欧阳海燕：《假如巴黎相信爱情》，北京：中国电影出版社 2014 年版，第 150 页。
④ 欧阳海燕：《假如巴黎相信爱情》，北京：中国电影出版社 2014 年版，第 150 页。
⑤ 欧阳海燕：《假如巴黎相信爱情》，北京：中国电影出版社 2014 年版，第 150 页。
⑥ 欧阳海燕：《假如巴黎相信爱情》，北京：中国电影出版社 2014 年版，第 147 页。
⑦ 欧阳海燕：《假如巴黎相信爱情》，北京：中国电影出版社 2014 年版，第 147 页。
⑧ 欧阳海燕：《假如巴黎相信爱情》，北京：中国电影出版社 2014 年版，第 149 页。

老板、餐馆老板，虽然身份和金钱足以让他们在法国社会立足，物质生活也还算不错，但仍旧时常没有归属感。正如素素所说："楼下有个餐馆，老板是个法籍华侨，可是他却总说他没有国籍。刚开始我不理解，现在我算是明白了，虽说他有法国籍，可在法国人眼里，他分明就是个中国人；然而中国人呢，又不承认他是中国人。他甚至连人们常说的黄皮白心的香蕉人也不是。这样不被所有人认同地活着，难道不是一种悲哀。"①因为，中国人的外貌使他无论走到法国哪里都会被视为外国人，因而成为了法国社会的"边缘人"。

由此观之，"边缘人"陷入了双重困境，他们"对他或她自己的文化是矛盾的，想回又不能回，想离开又做不到；对待新的文化，同样感到矛盾，想被同化又不能，想拒绝（被同化）又做不到"。② 正是这种边缘处境和双重困境，使其成为了文化身份认同里的迷茫者。

三、身份重构的努力和尝试

萨义德说："身份，无论是东方的还是西方的，法兰西的或是英国的，作为不同集体经验的规程，最终是一个建构过程。"③它包含着历史、社会、智力和政治等人为因素，是竞争的结果，处于不断变化和重构中。故而，在异域他乡因"他者"身份而焦虑、困惑和迷茫的移民进行身份重构的努力和尝试就有了相应的理论依据和现实可能性。

首先，对于移民这个群体而言，吃苦耐劳、兢兢业业、坚韧顽强的品质是移民努力突破"他者"身份的起点和支点。不论是来到法国地域的"淘金者"（如阿强），还是留学至法国的学生（如叶子），抑或法籍华人（如时凯丰），都具有这些特质，并且均或多或少地凭借这些特质使自身逐渐能够自立于法国地域之上。阿强在法国靠专门上门理发过活，每天东奔西走，特别辛苦，但是，阿强将自己的辛苦视为实现理想（获得合法身份、获取相应财富）的一个步骤，不辞辛劳，信心坚定，在法国地域中的温州经济圈这一"微缩的家园"里不断努力，以期早日达成目标。叶子通过中介留学至法国，在法国的校园里加倍努

---

① 欧阳海燕：《巴黎，一张行走的床》，沈阳：春风文艺出版社 2005 年版，第 184 页。

② 转引自余建华、张登国：《国外"边缘人"研究略论》，《哈尔滨工业大学学报（社会科学版）》2006 年第 5 期，第 56 页。

③ 爱德华·W. 萨义德：《东方学》，王宇根译，北京：生活·读书·新知三联书店 1999 年版，第 122 页。

力，不断取得优异的成绩——或跻身全班头三甲或以专业总分第二名的成绩结束大学第三年的学业或者顺利到法国著名的 M 生物研究所实习，因此得到了许多人的认可和赞赏。时凯丰利用便利的合法身份、投机取巧的商人头脑以及不辞辛劳的工作在追逐金钱的道路上大获全胜，最终成为一名亿万富翁，伴随着金钱的逐渐积累，也收获了相应的名声；他不仅有能力买下巴黎十三区（富人区）的房子，还收到了法国富豪希里尔发出的参加富豪私人聚会的邀请，一定程度上实现了其社会身份和文化认同。如果说，移民身份的合法化是移民突破"他者"身份的必经之路，那么阿强之类的移民就已经凭借自身吃苦耐劳、兢兢业业、坚韧顽强的特质开始了其突破"他者"身份的尝试；而身份已经合法化（包括暂时性合法和持久性合法）的以叶子和时凯丰为代表的移民的努力和取得的成绩则显示出此尝试在一定程度上的深化。

其次，对于移民女性而言，巴黎这座城市性关系中男女平等的思想为女性所接受并将之从性别领域转移到了社会奋斗的领域之后，移民女性则以对中国传统"女性气质"的背离来尝试突破"他者"身份，建构自身的主体性。正如欧阳海燕女士所述，在巴黎这个特别崇尚自由和浪漫的城市，"性不是一件困难的事情，而是件简单明白直截了当的事情。走在大街上，一不小心撞见个男人，两厢有意了，便可脱衣上床。或者到脱衣舞夜总会走一遭，选一个中意的男人，即可享受一夜销魂。总之，在这里只要不触犯法律，以任何方式得到性都不为过"。① 正是受这种性关系中男女平等的思想所启发，以越红为代表的华人移民女性开始对"他者"身份进行突破尝试，并获得了一定主体性。小说中，越红为了让丈夫和儿子来到法国，"初来法国，她同别的淘金者没什么两样，四处打工，想尽一切办法赚钱"。② "她咬紧牙关，甚至一个人干着三份工……这样不要命地干了一年多后，她终于盘下了一家外卖店。"③最终，凭借自身的努力和"精明大胆、敢闯敢拼"成为了法国美丽大酒店的总经理，衣食无忧，羡煞旁人。虽然，在父权制文化塑造之下的女性往往被打造为"家庭的"、"柔弱的"、"顺从的"、"感性的"、"需要保护的"等角色，而与之相应的男性则通常被定义为"社会的"、"果敢的"、"刚强的"、"理性的"、"勇猛的"等角色，然而，来到法国的女性，不论国籍、肤色、年龄、文化程度如

---

① 欧阳海燕：《巴黎，一张行走的床》，沈阳：春风文艺出版社 2005 年版，第 79 页。
② 欧阳海燕：《巴黎，一张行走的床》，沈阳：春风文艺出版社 2005 年版，第 78 页。
③ 欧阳海燕：《巴黎，一张行走的床》，沈阳：春风文艺出版社 2005 年版，第 78 页。

何，都需要靠自身的努力来谋生，无一例外。她们纷纷进入社会这个"男人的世界"，不辞辛苦地工作，有的甚至比男性背负着更沉重的生存压力，但也因此更懂得了自我打拼的价值和意义，从而显现出了与传统"女性气质"相背离的特质，即坚韧、刚强和理性。因此说，越红之类的移民女性部分地具有了主体性，实现了自己的社会身份和文化认同。

综上所述，"身份"在旅欧华裔作家欧阳海燕的移民小说《巴黎，一张行走的床》和《假如巴黎相信爱情》中具有重要地位，它关乎着移民的生存与发展，决定着他们的荣辱甚至命运；它是进行价值判断的标尺，是移民在法国地域上堂堂正正立足的基础，更是移民确立其主体意识的"通行证"。因此，移民纷纷在异域中进行着自身"身份"的探寻。然而，正是在艰辛的身份探寻之旅中移民无奈地发现了自身的"他者"身份，这主要表现在其对自身法律身份的焦虑和文化身份的困惑这两方面。不过与此同时，也不难见出移民对自身身份重构的努力和尝试。

第五节　陈谦小说对人类生存困境的探索

20 世纪 80 年代以来，海外华文文学得到了快速发展，在这众多的海外华人作家中，旅美作家陈谦的小说有着与众不同的气质风貌。在海外文学发展历程中，作家往往关注的是在外界环境影响下的身份焦虑感，而陈谦的小说却直指人的灵魂世界，展现人的生存困惑与追求。纵观陈谦的作品，我们可以发现，她的写作主题在近两年发生了很大的变化，她在写作早期主要聚焦于个体生命对爱情、理想、人生的思考与追求，而现在她将眼光延伸到了整个人类的生存困境上，小说格局变得更加宏大，尤以《无穷镜》为代表。对高科技的关注、对自身灵魂的拷问与宏大的视角让陈谦的小说在当今时代具有了独特的价值。

一、早期：个体的心灵剖析

陈谦的小说在早期主要聚焦于对个体精神困境的探讨，反思人生的价值与意义。她的小说以爱情故事居多，但是她并不在于仅仅写爱情，而是重点探索爱情背后个体的精神与理想。作者对人的精神困境的探讨是建立在人物已经拥有衣食无忧的物质生活基础之上的，她笔下的人物对自我的反思和发现都生发在她们成为中产阶级之后，所以陈谦描绘的大多是中产阶级的精神困境。虽然陈谦笔下的角色以女性居多，但她曾经强调这并不是刻意写女性角色，只是自身的性别身份让她更加容易驾驭女性角色而已。为了追求"一种有灵性的生活"，苏菊离开了现实中既成功又优雅温和的同居恋人利飞；为了改变命运，依群嫁给了比自己大 30 岁的老德；为了实现理想，40 岁的南雁选择了离家出走……陈谦笔下的女性都有着鲜明的个性和不服输的精神，一次次遵从内心的选择让这些女性人物熠熠生辉。

（一）女性生存的精神困境

纵观陈谦的作品，主人公大多来自社会的中产阶层，物质上的充盈为她们追求自我实现奠定了基础。人是社会性动物，人的需求是有层次的，马克思曾指出：人们首先必须吃、喝、住、穿，然后才能从事政治、科学、艺术、宗教，等等。物质生活是精神生活的基础和保障，精神生活只有依赖物质生活才能够存在。只有当人的物质生活达到充分满足时，深度的生命诉求才会逐渐成为人们的主要追求目标，占据生活的主导。陈谦笔下的人物大多经历了从物质到精神的追求过程。长篇小说《爱在无爱的硅谷》中的苏菊，气质温婉，是美国硅谷一家引人注目的高科技新兴公司的年轻工程师，因为有对未来生活即对物质生活的向往，苏菊并没有时间去思考自己想要的生活，也忽视了男友利飞的商人身份和理性的生活态度。而当两人在硅谷一路打拼，相濡以沫，最终苦尽甘来，过上了令人艳羡的生活之后，这些问题都一一浮现出来。物质的丰富让苏菊感受到了和利飞一起生活的无趣，她这才发现自己想要的是一种有"灵性"的生活，陷入了中产阶级的精神困境。美国硅谷是一个以成败论英雄的地方，而成功的标准便是对物质财富的拥有，而当成功跻身中产阶级之后，一部分人便如苏菊一般思考生活的意义，陷入了现实构筑的精神困境之中。

中篇小说《覆水》和《爱在无爱的硅谷》发表在同一年——2002 年，这篇小说和《爱在无爱的硅谷》一样都展现了人们成为中产阶级之后的精神困境。女主人公依群具有先天性心脏病，身体上的缺陷给她的人生带来了一种无力的宿命感，她不能考大学，到了适婚年龄也没有人愿意娶她为妻，渐渐地她只有接受这份残酷的现实并有点自暴自弃。就在此时，老德出现在了她的生命中，老德曾经是依群姨妈的恋人，当他看到酷似自己昔日情人的依群，一下子就动了心。而对依群来说，"如果对命运不服的话，这是唯一的挑战机会了"①——嫁

---

① 　陈谦：《覆水》，南宁：广西人民出版社 2004 年版，第 16 页。

给老德去美国。老德比依群大了整整 30 岁，比依群的母亲树文都还大三岁，两人之间会有爱，但是那不是爱情，对昔日恋人的愧疚和对依群糟糕处境的恻隐之心让他决定要带依群离开，而依群急于抓住这次机会，改变命运，所以后来当依群身体上的疾病治好之后，逐渐成为社会的中产阶级时，这份跨国老少婚姻里的矛盾便日益凸显。初到美国后，老德先是带依群治好了先天性心脏病，之后又送她去上学，直至找到工作，依群在美国顺利完成了由底层到中产阶级身份的转换，但是当依群的世界逐渐被打开之后，老德开始了退隐，前者人到中年，生活刚刚开始，一心要打拼一份事业，后者却已经在慢慢衰老，两人生活的世界必然会越来越隔离，对老德报恩的心理情感困扰着她，束缚着她不能去寻找别处的生活，直至遇到职业生涯规划师艾伦。"艾伦的出现，的确是指给她看到了另一种生活的可能。"①她的情感在逐渐被点燃，但艾伦的最终退缩让依群明白了生活不在别处而在此处，"覆水"难收，生命不可逆转。

当我们遭遇人生的困境，总是渴望通过别处的生活来改变现状，只是别处的生活真的是更美好的吗？其实人生就是这样的，与其去砸碎手里的，不如试一试，能不能换一种态度，路其实是人走出来的，"我们常常会有误解，以为真正的生活是在别处，其实，这往往是一个美丽的误会"。② 生命中的任何一种选择和生活方式都是要付出代价的，不可能事事如意，依群选择了嫁给老德，"二十五岁来到硅谷，用了二十年的光阴，从一个弱不禁风、目不识丁(依群喜欢这样夸张地形容她早年的英文程度)的中国南疆小城里街道铁器厂的绘图员，成为世界顶尖级学府的 EE(电子工程)硕士、硅谷一家中型半导体设计公司里的中层主管"，③ 老德将她从生存的困境中解救出来，让她的人生有了色彩，但同时也给她带来了精神困境，老德年老后带给她的生理和心理上的寂寞空虚，报恩之情和人性的悲悯要求她必须给老德养老送终，命运总是会让人有些许无奈。当老德去世后，依群真正得到了精神上的解脱。陈谦在这部小说中将人的生活困境、人性的挣扎、命运的无奈刻画得淋漓尽致。

---

① 陈谦：《覆水》，南宁：广西人民出版社 2004 年版，第 25 页。
② 陈谦：《覆水》，南宁：广西人民出版社 2004 年版，第 72 页。
③ 陈谦：《覆水》，南宁：广西人民出版社 2004 年版，第 2 页。

（二）女性主体意识的觉醒

法国女性主义理论家波伏娃曾说："女人不是天生的，而是后天形成的。"①自古以来，在父权制文化的统治下，女性一直是以"他者"的身份而存在，她们受到男性的压抑，丧失了主体意识，完全按照男权文化对女性的要求而存在。在父权制文化影响下，女性受到"男主外女主内"、"女子无才便是德"等思想的影响，在爱情婚姻生活中完全丧失了自我。陈谦的小说以爱情婚姻中的女性人物为主，描写了女性的自我发现和对生活价值意义的追求，表现了女性的主体意识。

陈谦发表的首部长篇小说《爱在无爱的硅谷》中的女主人公苏菊能够勇敢地选择自己想要的生活正是女性主体意识的体现。苏菊一直认为自己是"艺术"的女人，她想要的是浪漫而有灵性的生活，而和男友利飞在一起的生活却是理性的、现实的、物质的。尽管利飞事业有成，对苏菊也百般疼爱，但是由于两人精神世界的不同，所以苏菊在遇到王夏后便做出了离开的决定。王夏的出现让苏菊一直渴望的"飞翔的人生"、"浪漫而有灵性的生活"有了实现的可能，他像一棵救命稻草一样给予了苏菊灵魂的生命。利飞和王夏有着截然相反的人生轨迹，利飞是商人，他脚踏实地，生活在计划的轨道里按部就班地行进，他是众人眼中的完美男性；而王夏是画家，他率性而为，"跟着感觉走"是他的人生态度，他是大多数人眼中的"loser"。苏菊毅然决然地选择了王夏，选择了"loser"，她放弃了利飞所代表的庸俗物质生活，选择与王夏一起寻求生活的诗意。但是究竟什么是不庸常的人生，王夏的那种脚不踏地的生活是否是她所向往的，她心里其实也没有肯定的答案，"说到底，她也还是有点害怕的，跟利飞过了这么久衣食无忧温暖舒适的生活，她是心中有数的，要说不知，只是自欺欺人"。②而和王夏在一起后，苏菊才发现王夏是满足不了她的期望的，他厌恶市场，甚至有点矫情，不愿意把绘画当成一种谋生手段，这与苏菊的期望背道而驰。当苏菊怀孕之后，王夏却仍然选择去和朋友出游，他的不在乎让苏菊最终失去信心，"王夏辜负了她，王夏亲手打碎了她对他所抱的

---

① 西蒙娜·德·波伏瓦：《第二性 II》，郑克鲁译，上海：上海译文出版社 2011 年版，第 9 页。

② 陈谦：《爱在无爱的硅谷》，上海：上海文艺出版社 2002 年版，第 48 页。

希望",①　而这时的利飞已经决定要结婚了,那个曾经属于她的完美男友,属于她的安逸生活也一下子被打碎了,苏菊对于灵性生活的追求以失败告终。尽管苏菊最终还是没有过上"飞翔的生活",但是至少她追求过、尝试过,虽败犹荣,是值得肯定的,这也是作者陈谦通过小说想要传达的,当财富的积累成为社会评判成功的标准时,我们还能否停下脚步去寻找失去的灵魂,"生活肯定是有一种比物质更高的境界,它是值得你追求的,哪怕只是尝试着追求"。②如果让苏菊重新选择,她依旧会选择这样过,即便没有遇到王夏,也总还会有别的人出现,因为一颗想要飞翔的心是无法被禁锢的。"I COME, I SUFFERED, I SURVIVED"(我来,我遭难,我存活),③　有意义的人生也许就在当现实与灵魂发生冲突时,仍能不断地叩问心灵,不断地尝试,不断地追求,在这个过程中收获丰盈的生命。

　　陪读是海外华文文学中常见的主题,大多数时候都是夫妻陪读,具体而言是妻子以陪读身份随丈夫到国外生活。陪读妻子为了家庭和孩子,为了丈夫专心读书做研究,不得不放弃自己的兴趣爱好而在异国他乡成为家庭主妇。"陪读"一词本身就暗示了他们在家庭中的从属地位。陈谦的中篇小说《望断南飞雁》也是以陪读为主题,该小说从沛宁的角度讲述了妻子南雁的陪读历程。从一开始,南雁跟随沛宁来到美国,就不是为了成为一名家庭主妇的,她当初嫁给沛宁,就是因为"沛宁代表了她人生前程中一种极具吸引力的可能性——美国。她那已经去了美国的好友张妮告诉她:在美国,你想是什么,你就可以是什么——只要你肯努力"。④　南雁来美国,深层次原因是想实现自己的设计梦想,而沛宁对她的这个梦想却总是一笑而过。南雁的行李中带的东西基本都是书,她是发自内心要来美国学设计的。然而,想象和现实总是有差距的。刚来美国,她感受到的只有内心的苦闷,而沛宁安慰她"来陪读的太太们,都要过这个关的,渐渐就会习惯"。⑤

　　毕业后的沛宁到俄大任职,南雁又跟随丈夫来到了尤金,生活看似一片光明。但是沛宁却一直都不了解南雁的内心想法,不理解她的美国梦。沛宁为尽快拿到终身教授日夜忙碌,家庭和孩子全部抛给了南雁,压抑的主妇生活终于

　　①　陈谦:《爱在无爱的硅谷》,上海:上海文艺出版社 2002 年版,第 279 页。
　　②　陈谦:《爱在无爱的硅谷》,上海:上海文艺出版社 2002 年版,第 3 页。
　　③　陈谦:《爱在无爱的硅谷》,上海:上海文艺出版社 2002 年版,第 304 页。
　　④　陈谦:《望断南飞雁》,《人民文学》2009 年第 12 期,第 20 页。
　　⑤　陈谦:《望断南飞雁》,《人民文学》2009 年第 12 期,第 28 页。

让她无力承受："我都没有活好，自己都没活出来，延续什么？我们这样一代代人，像我妈，到我，再到我的小孩，就这样重复着责任。让他们吃饱穿暖，念书长大。到他们结婚成家，又将这一切重复下去，为自己的孩子又去牺牲。这样的生命有什么意义？"①此时南雁的女性主体意识使她开始了无力的反抗，邻居阿娇的出现给了她最后出走的勇气。阿娇出生在越南，只读了初中，但是来到美国后拿到了物理治疗硕士的学位，拥有理疗师执照的她筹建了自己的理疗诊所，她和南雁的好友张妮一样鼓励南雁："其实在美国，你只要肯努力，你想是什么，就可以是什么。"②张妮美国梦的实现刺激着南雁，最终她选择了离家出走，去旧金山学习艺术设计，因为她别无选择，家庭和孩子的束缚不可能让她集中精力来实现梦想，脱离家庭的桎梏是唯一办法。在这部小说中，作者陈谦着重强调的并不是最后的结局，而是在于深入女性人物内心世界，讲述以南雁为代表的女性在面对现实与理想时的精神困境与自我实现的过程，作者曾说过："自我发现一直是我很感兴趣的……人的自我认识、自我寻找、自我完善、自我完成，该是贯穿终生的。"③我们每一个人都有自己的使命，但是在现实的压力下很多人都忘记了自己真正想要的生活，我们都曾经历过这种挣扎，只不过有的人选择了执着，有的人选择了妥协。对于女性而言，关注内心世界，去追求自我实现和生命的意义是非常需要有勇气的，南雁敢于离开家庭去追求自己的"美国梦"正是具有女性主体意识的体现。

陈谦的小说一直关注的是人的内心世界，展现了具有主体意识的中产阶级女性在面对精神困境时的追求与理想，而她之所以对人物内心格外关注，这和她自己的性格和兴趣有关，"这是我个性的一个方面，我比较关注内心，是往心里面深处去，是往内走的小说而不是往外走的"。"这个世界不管多么缤纷离奇，其实千疮百孔……每个人都有病，所以现在我很悲观。真的，就像张爱玲说的，华丽的旗袍下全是那种虱子。我是说人的内心非常重要，所以我的小说自然走这种方式。我就是想寻找'故事为什么会发生'。我的小说想回答这个问题，而不是'发生'、'怎么发生'，不是 how、what，而是 why，那肯定就

---

① 陈谦：《望断南飞雁》，《人民文学》2009 年第 12 期，第 37 页。

② 陈谦：《望断南飞雁》，《人民文学》2009 年第 12 期，第 41 页。

③ 陈谦：《对话黄伟林之一：我的小说就是要寻找 why（上）》，http://www.jintian. net/today/？uid-7-action-viewspace-itemid-19538，2010-02-02。

要走到人的心灵里去了。"①

虽然陈谦小说中的主人公大都是女性，但这并不是她刻意为之："我在写作中基本是没有性别意识的。也就是说，我不会想到我是个女作者，我专门要写女性或男性这样的问题。我就是写让我感动、觉得有探讨价值的东西。"所以我们可以发现，在这些作品中，最重要的矛盾冲突并不是性别冲突，而是现实与理想、物质与精神之间的矛盾，陈谦只不过是利用自己熟悉的女性主体经验来叙说，以此来完成她对人物灵魂的解剖认知。

二、转变：从对个体的关注到对人类生存困境的关注

陈谦近两年的代表作首推 2016 年出版的《无穷镜》，在这部小说中，我们可以明显地发现陈谦写作主题在发生变化，不论是和她第一部写硅谷的小说《爱在无爱的硅谷》相比还是和《覆水》与《望断南飞雁》比较，《无穷镜》在选材和主题上更具有当代性，更加发人深省。

（一）自我与镜像

《无穷镜》这部小说的结构非常有意思，从小说的名字到各个章节的题目，作者分别用了不同种类的镜子来命名，镜子是对自我的折射，不同的镜子暗喻着不同的选择带来的不同人生。小说之所以叫《无穷镜》，有两层原因："一是与题材相关，涉及女主角珊映的公司正在为'二代谷歌眼镜'开发设计芯片。再就是我希望在小说里作这样的表达：我们的人生道路是外部世界无数镜像的叠加。我们在哪里出生，由谁带大，受何种教育，结交什么样的人，到过什么地方等等，各种外部经验的细节映到我们内心的镜像，构成了我们人生道路的基础。这有点像人们常说的'命运'。但'命运'这词所带的被动色彩，使我不愿直接使用它。而'镜像'叠加后如何生成新的镜像，接受者能具有相当的把控能力，它反映出的人生轨迹是动态多元的。"②透过镜像，我们看到的其实是自我。

"镜"的意象必然和"看"相连，我们每个人在观看他者生活的同时也被他

---

① 陈谦：《对话黄伟林之一：我的小说就是要寻找 why（上）》，http://www.jintian.net/today/? uid-7-action-viewspace-itemid-19538,2010-02-02。

② 陈谦、王雪瑛：《选择：转动命运的魔方——关于长篇小说〈无穷镜〉的对话》，《南方文坛》2016 年第 3 期，第 28 页。

者关注着，"看"与"被看"是同时存在的，我们透过镜像中的他者来审视自我。《无穷镜》中的主人公珊映在清晨测试眼镜时偶然看到了对面的邻居，一个好看的东方女子，领着一对小儿女，一只大哈士奇狗围着他们跳跃。每当珊映看到这温馨的一幕总会想起前夫康丰，对面女子所拥有的生活是康丰曾经幻想的美国梦，但是她"远远地背离了康丰的梦想"，① 所以"每次在镜头里看到那个对面邻人家里的东方女子，都让她觉得其实是在看自己选择绕开的那条小径上的风景。它真切地印证着康丰那梦里的暖色"，② 离开镜头时她也会有"不舍和空落"。不可否认，邻居所拥有的"一炷香"似的生活她也是向往的，但是当你选择了其中的一种生活，就必然要承受失去另一种生活的代价。后来，珊映关注了一位昵称为"安吉拉·叶"的微博，因为它的英文题头——"The Road Not Taken"（未行之路）③让她动了心，透过微博，珊映"观看"着另一个人的生活，安吉拉的丈夫已经过世，她独自抚养一双儿女，安吉拉的经历让珊映不自觉地想起了自己夭折的女儿，似曾相识的经历让她对安吉拉有了同病相怜的感觉。其实，她在安吉拉身上，看到的是另一个自己。让珊映没想到的是，微博关注的"安吉拉·叶"就是对面的邻居，在她"观看"着他者——"安吉拉·叶"的生活的同时，她自己也被对方同时"观看"着，她也成为了对方的"镜像"。自我和他者通过镜像发生了联系，相互审视，自我反省。

（二）对人类整体困境的思考

《无穷镜》这部小说将叙事视角对准了硅谷高科技领域，探寻了新一代硅谷创业者的心路历程，主人公珊映一心想要活成"绚烂的烟花"而不是"燃成一炷香"，她为此选择了创业，"要做出一番事业，成为硅谷的成功创业者，对人们的生活产生积极的影响"。④ 和之前的精神写作一样，在这部小说中，作者陈谦同样探讨了人的生存困境与自我实现的问题，最突出的表现便是珊映对于生命方式的选择——是活成烟花还是燃成香？"烟花"和"一炷香"作为两个独立的意象，代表着两种截然不同的生活态度与追求，两种生活各有其魅力，然而无论选择哪种生活都是要付出代价的，每个人最后都需要承受自我选择的

---

① 陈谦：《无穷镜》，南京：江苏凤凰文艺出版社 2016 年版，第 63 页。
② 陈谦：《无穷镜》，南京：江苏凤凰文艺出版社 2016 年版，第 63 页。
③ 陈谦：《无穷镜》，南京：江苏凤凰文艺出版社 2016 年版，第 65 页。
④ 陈谦：《无穷镜》，南京：江苏凤凰文艺出版社 2016 年版，第 45 页。

结果。

但是与之前的写作不同的是，《无穷镜》中珊映遇到的生存困境不再来自家庭，不再来自个人现实与理想的冲突，而更多是来自科技发展所引发的社会关系变化与人文伦理冲突。珊映已经不像苏菊和南雁一样在追求理想生活的过程中犹疑不决，受到各种自我社会关系的制约，她的自我实现理想已经通过创业在不断地达成，家庭对她的选择几乎没有任何羁绊，相反，前夫的专利技术反倒还帮了她不少忙，"她的世界已不会因为私我情感而轻易崩塌"，① 同时，珊映比苏菊等人更加地有执念，在自我选择和实现上，她不再逃离而是更能够坚持。如果说陈谦之前的写作是在探索个体在追求理想与自我实现的道路上的不同困境，那么《无穷镜》便是在探讨当个体在脱离了自我困境之后所遇到的共同困境——人类整体的生存困境，这也是陈谦的写作追求，她曾说："我以为在互联网时代，小说存在的理由是表达人类生存困境，并探讨复杂的人性"，"这里所说的困境不仅是性别的、环境的或政治的，更是人类生物性基因和文化性基因所导致的，它使得人类在自然和超自然力量面前有乏力感。好的小说，还应该尽可能地探究人性在不同生存条件下的表现"。②

《无穷镜》以新兴技术革命为切入点，这与陈谦的经历有关，她曾经一度供职于美国硅谷高科技公司，是资深的集成电路芯片设计工程师。所以陈谦不仅看到了日新月异的科技革命给人类生活带来的便利，同时也看到了技术带来的新问题，"这里面包括人类社交行为的改变，对传统社会伦理的颠覆，给人类作为生物种类的前途带来的潜在影响"。③ 新兴的技术革命带给人生活的影响是方方面面的。《无穷镜》中，珊映的公司红珊科技主要研究供第二代谷歌眼镜使用的裸眼 3D 图像处理芯片技术，它能让人足不出户就能身临其境地观赏自然风景，相隔千里也能与亲友面对面地谈笑风生，科学渐渐地在打破现实和虚拟的界限，而当人类的各种需求都能通过技术实现而不必再事必躬亲，那么人的社会关系也会随之发生变化，而这就一定是进步吗？

科技进步带给人的另一重大问题是人的隐私安全以及由此带来的人文伦理的冲突。珊映最后创业的直接原因就是隐私被人偷窥。小说中精通高科技的尼

---

①　陈谦：《无穷镜》，南京：江苏凤凰文艺出版社 2016 年版，第 4 页。

②　陈谦、王雪瑛：《选择：转动命运的魔方——关于长篇小说〈无穷镜〉的对话》，《南方文坛》2016 年第 3 期，第 28 页。

③　陈谦、王雪瑛：《新技术的挑战与人生的命题——关于高科技与文学新空间的对话》，《名作欣赏》2017 年第 1 期，第 56 页。

克的口头禅是"No Evidence"（别留证据），"这是因为他们对现代技术太知其所以然，潜意识里对它反而没有信心。他们更信任人际交往间面对面的原始形态"。① 面对女儿"无图无真相"的调侃，尼克苦笑"有图也未必有真相"，发明高科技的人反而畏惧科技。科学技术不断拓宽了我们生活的空间，但同时也让每个人都暴露在了科技之下，互联网无处不在，我们很难让自己不受科技的控制和影响，更别谈个人隐私，"No Evidence"便是尼克对科技影响之下现实的担忧的写照。在这种情况下，如何处理人与人之间的安全距离，处理好技术进步与人文伦理的冲突是值得深思的。我们需要以敬畏之心来审视当下科技的利弊，当下前卫的技术，如虚拟现实、人工智能、现代生物技术等，都将会给人类带来更为根本性的挑战和改变，甚至有可能影响人类自身的生存，所以当我们在享受高科技带来的便利的同时，也必须要开始正视其带来的问题。

"现代科学技术的发展真可谓日新月异。这在许多方面对人类提出了新挑战，引发很多新问题。作家不需要，也不可能提供解决人类问题的方法，但一个好作家，要对人类生存困境敏感并关注，能通过自己的作品提出有质量的问题，引发人们的思考和反省，从而寻找解决之道。"②这是陈谦的小说观，她也一直都在践行着。从对个体灵魂的剖析到对整个人类命运的关注，陈谦的小说一直行走在生命的内部，闪耀着人性的光芒。

第六节　浪漫之都中自我的痴狂与追索

旅居法国的欧阳海燕出生于湖北省黄冈市浠水县，一直到青年时代都生活在这一拥有着浓厚的楚文化特色的环境中。她于 2003 年起定居法国，因而法国文化与楚文化之间的矛盾与碰撞在她的小说中占据着重要的地位。

至 2014 年为止，欧阳海燕女士已经发表了三部长篇小说，分别是《巴黎，一张行走的床》《婚劫》《假如巴黎相信爱情》。其中，第一部和第三部展示了旅法华人的生存境遇，尤其值得关注。

一、痴狂追索之理由与盲视

欧阳海燕女士作品中的主人公都有痴狂追索的充足理由，因而必须首先深

---

① 陈谦：《无穷镜》，南京：江苏凤凰文艺出版社 2016 年版，第 14 页。

② 陈谦、王雪瑛：《新技术的挑战与人生的命题——关于高科技与文学新空间的对话》，《名作欣赏》2017 年第 1 期，第 56 页。

入探讨主人公的行动原因，才能够更深刻地理解欧阳海燕女士的作品。

（一）金钱的魅惑

《巴黎，一张行走的床》①是欧阳海燕女士的第一部长篇小说。这部小说以充满激情的笔触，记述了法籍华人时凯丰在疯狂追求爱情失败之后，转而疯狂追求金钱的故事，为读者展示出了一幅别具特色的法国华人生活图景。

这部小说主要描写了男主人公时凯丰与四个女人的情感纠葛。在第一段感情中，男主人公时凯丰真诚的爱情令人感动，此时他是一家法国大型电器厂的高级技术员，经济状况为中等。在第二段感情中，时凯丰已经不再相信爱情，此时他偏激地认为，必须要成为有钱人才能够实现自我。于是他以越红为阶梯，经济状况为中上等。第三段感情中，时凯丰仿佛重新找回了当年情感生活的真诚，此时他已是大公司老板，经济状况为上等。第四段感情中，时凯丰完全在与卡洛一起互玩心机，此时他已经成为亿万富翁。金钱在不断地积累，时凯丰的社会地位在不断地提升，然而他的精神世界却越来越空虚，对待情感也由真诚滑向了堕落的深渊。

（二）亲情的不舍

《假如巴黎相信爱情》是欧阳海燕的第三部长篇小说，依旧以法国移民为关注对象，但是与之前的《巴黎，一张行走的床》和《婚劫》相比，它的叙述节奏变缓。这部小说用温馨的笔调，记叙了中国女孩叶子在巴黎寻找母亲的种种遭遇，"小说中描绘的两起坠楼事件，以及小说中所描写的其他几个案件，都是近年来发生在法国的真实事件；在法国曾经引起广泛而强烈的社会及舆论关注。"②为读者展示出了一幅无合法身份者惊心动魄的生活图景。

这部小说采用了明暗两条线索交织的结构：明线是中国留学生叶子来到巴黎寻找母亲；暗线是叶子母亲失踪的真相。明线与暗线的焦点在叶子身上：她在很短的时间内目睹了伊凡坠楼身亡、安德烈遭枪击身亡，又得知了母亲在法国死亡真相，难以承受这一切的她最终决定回国。

---

① 欧阳海燕：《巴黎，一张行走的床》，沈阳：春风文艺出版社2005年版。本文所引《巴黎，一张行走的床》段落均出自本书，以下引用时仅于正文中标出页数。

② 楚尘：《假如巴黎相信爱情·序》，北京：中国电影出版社2014年版，第2页。本文所引《假如巴黎相信爱情》段落均出自本书，以下引用时仅于正文中标出页数。

通过以上分析可以看出，女主人公叶子最大的精神支柱和动力便是对亲情的不舍，因此才会只身到法国寻找母亲，发掘母亲失去联系的真相。在这过程中，叶子对重新收获亲情始终抱有极大的希望，对母亲的下落充满期待。她的精神世界被这层迷雾所遮蔽，导致她在意识到自身已经偏离了母亲所希冀的轨道与方向后，只好自我安慰："她想，当她和母亲在法国重逢的那一刻，母亲会原谅她！"可见，此时她的自我是残缺的，她无法卸下因母亲为她的巨大付出而产生的精神负担，所以她才会义无反顾地来到法国——既是为了寻找母亲，也是为了让自己的精神世界变得完善。但是她孤身一人痴狂追索于法国会产生诸多不便，安德烈、Hugo以及素素等人为她提供了大量帮助。在追索亲情的道路上，叶子又得到了爱情、友情的帮助；然而越接近真相，叶子就越感觉无法承受真相的重量。真相终于大白之时，叶子完善自我的痴狂也终于得到了释放和终结。此时的叶子，留在法国这一伤心地的充足理由已经消失，她的精神支柱倒塌，痴狂的追寻终结，爱情破碎，最终只有选择回国这条路。

（三）自我的忽视

在《巴黎，一张行走的床》和《假如巴黎相信爱情》这两部小说中，欧阳海燕女士采用了大致相同的故事框架，即主人公因某种原因陷入困境当中，之后主人公定下某一目标，奋起反抗，努力摆脱自身的困境；然而在设定奋斗目标时，主人公已经忽视了自身，反而将自身价值的实现与某一短视目标牢牢捆绑在一起；最终当这一短视目标实现时，主人公才发现前路依然迷茫。时凯丰将自身与金钱捆绑在一起，叶子将自身与寻回亲情捆绑在一起。然而充足的金钱无法填补内心的空虚，也无法开拓通往人生更高境界的道路；亲人的下落终有确定之时，真相却让人不堪回首。两位主人公在实现自己短期目标的同时，将必然陷入更加深刻的迷茫之境。

欧阳海燕女士实质上展示出了人生意蕴在文化碰撞中的错位与动摇。所谓"生活在别处"，素有浪漫之都美誉的巴黎对不明真相的"城外人"而言充满着无穷的诱惑，这种诱惑是在自身文化语境中形成的。但在到达巴黎后，移民也会将自身文化语境带到这里。然而此时强势的、作为一个整体的法兰西文化与移民弱势的、分散的故国文化必然会产生碰撞。移民必须在短时间压抑甚至抛弃故国文化，迅速适应新的文化环境，这样才能适应法国生活。此中痛苦，非移民无法体验。更重要的是，压抑甚至抛弃安身立命的故国文化就有可能导致自我的迷失——如时凯丰一般，将钱看做衡量一切、获得幸福的标准，钱与幸福、自身价值完全被等同。欧阳海燕女士已经深刻认识到上述文化碰撞的结果必然是悲观的。

二、情感的极端化展开与内爆

欧阳海燕青年时代生活在中华文化非常独特的楚文化环境中，这种独特的文化主题已经很明显地体现在了作家的人生历程和精神世界当中。欧阳海燕女士从湖北省黄冈市浠水县走出来，虽然在国内从事过多种工作，但她一直没有放弃自己的文学梦。即使远走异国，也仍然坚持文学创作。从 2005 年的《巴黎，一张行走的床》到 2012 年的《婚劫》再到 2014 年的《假如巴黎相信爱情》，欧阳海燕女士在文学创作方面不断取得新的成果，不断证明着自己。

（一）极端化的情感

在《巴黎，一张行走的床》中，时凯丰在妻子陈静琪死后曾经短暂酗酒、赌博、堕落，但是令他重新振作起来的动力是为了完成当年对妻子许下的承诺，即买一栋属于自己的房子。这一承诺随后也成为他疯狂追逐金钱的最初动力。然而，最初的动机在后来异化成为对金钱变态的痴狂。当他成为亿万富翁的时候，他早已忘记了对陈静琪的爱情与承诺，他没有了快乐，只有疯狂。

时凯丰的法国公民身份为他顺利地游走于各色人等之间提供了极大的便利，因此在探讨时凯丰的追索与痴狂之悲剧时，必须将他独特的身份和所处环境结合起来才可以真正分析出深层次原因。在小说中，作者没有提到时凯丰利用自己法国公民的身份领取相应的保险、救济等，也没有刻意强调在他进行投机生意过程中合法身份所起到的保驾护航作用。但是，必须承认，拥有法国国籍是时凯丰成功的重要外部条件。拥有了这一重身份，再加上一口标准的法语，时凯丰完全不需要担心从天而降的警察进行突击身份验证，完全不用担心求职时的种种身份歧视，完全不用担心与人交易时的种种怀疑与限制；而上述三点内容，尤其是第一点却恰恰是非法移民整日担惊受怕、艰难挣扎甚至自甘堕落的重要外部因素。可以说，是便利的法国社会环境给了时凯丰投机的信心和勇气。

在《假如巴黎相信爱情》中，从女主人公叶子的精神世界来看，她的情感因为对亲情的痴狂追索而变得极端。母亲只身赴法赚钱，令叶子深感这份沉重的母爱。母亲失去联系后，不堪重负的她在自责和担忧的心情中踏上法国土地。来到这里之后的叶子执着地寻找母亲下落，又学习认真、富有爱心，不为法国帅哥的追求所动。但是叶子的精神世界在上述不变中却又悄悄地发生着变化。这种变化可以从她对俄罗斯车臣非法移民安德烈的爱情中看出。叶子始终深爱着安德烈，即使是安德烈主动退出，她也仍然不愿意放弃。这种极端的爱情与对亲情的痴狂追索完美地配合在了一起，典型地体现出了极端化情感的特色：将自己激烈的情感投射到某一现实中的人或物之上，随后对这一人或物产生深深的依赖感。欧阳海燕女士在塑造安德烈这一人物形象时，同样将极端化的情感成分赋予了他：虽然他仅求生存，只想把儿子养大成人，然而这一简单的愿望在其实现过程中也总是充满了坎坷，最终安德烈父子惨烈的结局使这一人物变得光彩照人。

（二）情感的内爆

欧阳海燕的上述两部小说都存在着强烈的"内爆特征"："小说真正的威胁，却是一场'内爆'：动机与结果，形式与内容，事件与人物，看着合情合理，内里的有机关系却早已四散崩裂，或更可怕的，从头就被掏空。"①

时凯丰的精神世界是法国文化与中国文化既融合又斗争的场所。但是在大部分时间、大部分情况下，法国文化占据上风。在时凯丰追求陈静琪阶段，浪漫的机场求婚代表着法国文化占据上风；随后，从他俩结婚开始，包括中间短暂而美好的生活，一直到时凯丰因陈静琪之死而悔恨堕落，这一时间段内是中国文化占据上风；然而很快，法国文化重新占据上风：时凯丰在发表了那一大段"奋斗宣言"之后，果然开始疯狂追逐金钱，一直到他堕入精神空虚的深渊之中。关于这种独特的法国文化，已经有学者作出了精辟的分析："不管人是否乐意都必须遵循这些过程的法则：资本、生产、进化，等等，甚至语言都表明人作为当事人的虚弱性；存在和越来越明显的非人结构对人的决定，这些非人化的知识结构把事物描述得就像是它们自我生产自我运作似的。"②确实是如此，时凯丰人生转折的重要内在动力就是对这种文化的认同。在这种思想因素影响下，时凯丰对自己所犯错误的悔恨轻易地被转化成为通过金钱来提升自身地位的极端信念，金钱在时凯丰观念中的"密度"越来越大。上述转化看似合情合理、顺其自然，但将对自身价值的追索与认同建立在外部一般等价物之

---

① 王德威：《历史的忧郁　小说的内爆》，《读书》2004 年第 4 期，第 151 页。

② 格拉汉姆·古德：《萨特的福楼拜，福楼拜的萨特——论萨特〈家庭白痴〉第三卷》，赵文译，《上海文化》2009 年第 1 期，第 90~91 页。

上，即将自身价值平分为了无数张纸币，看起来总量惊人，然而每一张纸币作为一块碎片却昭示着主人公内心世界的空虚、破碎与堕落，它最终将带来彻底的毁灭。

欧阳海燕在深刻地展示上述矛盾及转变时，始终采取冷静的视角与批判的态度。在描写时凯丰与越红、尚晓真这两位女性的爱情时，作者刻画出了越红人到中年的孤独与无奈，也勾勒出了尚晓真单身妈妈的彷徨与无助。在这两段故事里，最感人的总是漂泊在巴黎的华人女性卸下白天强人的外表后露出的女人柔弱的内质。尤其是越红，这个女强人也有着不堪回首的过去：她早年只身到巴黎谋生，将儿子留在国内；当她拥有了一定的经济实力之后，只能用更多的金钱来补偿对儿子的歉疚；最终，越红的儿子怀着强烈的报复心理，染上了毒瘾，跳楼身亡。越红与尚晓真轻易地绝对信任时凯丰，这其实是一种普通人渴望另一半与归宿的生动体现，在巴黎这个五光十色的大都市里，它变成了一种奢望。

叶子的精神世界也处在内爆状态，她在与周围世界不断地搏斗着，尤其是在与安德烈坎坷的恋爱过程中逐渐地成熟着：其一，她在寻找母亲的过程中，逐渐了解到了母亲工作之辛苦，慢慢意识到了法国底层华人艰难的生存景况，因而原谅了阿芝；其二，她从素素与 Michel 的爱情中了解了法国普通人对中国的印象仍然停留在清朝；第三，她从李冉痛苦地接受收养事件中看到了法国政客对非法移民所设下的残忍的圈套与阴谋；第四，她从自己工作的 M 研究所看到了人心之薄凉与叵测；第五，她从安德烈颇具好莱坞大片色彩的营救行动中深深地感觉到了这个男人果敢的行动能力。随着叶子痴狂的追索，有关巴黎的一切幻象都逐渐破碎了，巴黎也内爆了，终于向她展示出黑暗混乱甚至血淋淋的一面。

叶子面对如此真实的巴黎，她选择了离开，因为所有使她留下的理由都消失了。

三、自我与他者的悲剧性完成

从以上分析可知，时凯丰与叶子都在情绪高涨时盲目追索着，并且他们对自身及周围其他人的可怕氛围浑然不觉，直到悲剧性结局到来的那一刻。此结局也恰恰是作家欧阳海燕女士对法国社会多年深入观察的结果："多年来法国巴黎给中国人的是浪漫，美丽，奢华，品位的代名词。但是隐藏在这些背后的真实和谎言，大家不甚了解。"欧阳海燕说，她想通过这本书，让人们更全面认识到这个国家以及这个国家的人民的另一面。曾是一名优秀记者的欧阳海燕为写好这本书，采访了大量法国人、移民及无身份的移民，其中有中国人，俄罗斯人，车臣人，还有其他不同国度的人们，非法移民乃至合法移民……"真实，是这本小说的最大特点。"她说。[①]

时凯丰的报应来自他第四段情感纠葛的女主人公卡洛。卡洛的身份很特殊，是吉卜赛人。曾经短暂离家出走的海麦无意中闯入了他们的营地，与她有过一面之缘，那时她十四五岁，她成为了海麦记忆中的一段美好而梦幻的风景。之后时凯丰由于拒绝与尚晓真结婚，他也无意中闯入了吉卜赛人的营地，与卡洛打得火热。上述巧合成为他们人生悲剧的重要催化剂。当卡洛与海麦再次相见时，两人都已变得互不相识，甚至成为仇人。卡洛是吉卜赛女人，完全不似越红或尚晓真那样保守，她疯狂地勾引海麦。作者这般安排情节，可以看出是对时凯丰所作所为的深刻批判：越红、尚晓真所抱有的中华爱情观与时凯丰所抱有的法兰西爱情观构成了作品更深层次的、更有震撼力的矛盾。细究这种矛盾可以看出，欧阳海燕女士真正地把握住了文化冲突与碰撞当中双方的痛苦。爱情的狂热能够暂时遮蔽这种矛盾，然而却无法消除；随着时间的推移，上述冲突与碰撞及其带来的痛苦会对主人公造成越来越深刻的伤害。

叶子这一人物形象的价值在于其既代表了当下法国留学华人的境遇，又有着自身的独特性。在国外求学时，相同的文化根基很容易在留学生群体内部形成大大小小的圈子。这种圈子往往较为封闭，虽然在生活方面可以互助，但却阻碍了留学生与法国本土社会的交流。关于这一问题，已经有大量的文学作品进行过关注。欧阳海燕女士独出机杼、别出心裁地将华人留学生与其他欧洲族裔的非法移民结合起来，在给人耳目一新的同时，也令读者的关注范围更加开阔，思考程度更加深刻。欧阳海燕女士对叶子所处的外部环境的展示是通过她行走于寻找母亲之路来实现的。伴随着这条路的延伸，各色或合法或非法的移民进入了读者的视野。当然，在所有这些外部环境中，最令人震撼的还是警察抓捕非法移民的场景。欧阳海燕女士在这部小说中为读者多次生动描绘了警察突然闯入抓人的场景：有饭店内抓人，有学校门口抓人，还有警察在研究所里对叶子的抓捕。最震撼的当属安德烈父子之死。

以上四段警察抓捕场景各具特色，欧阳海燕不惜笔墨在书中对上述场景大

---

① 《旅法华裔女作家欧阳海燕新作出版：涉及移民话题》，《欧洲时报》2014 年 8 月
12 日，第 4 版。

肆铺陈，为读者展现出了另一种巴黎风景：警察抓捕可以针对任何人；可以突然出现在任何时刻、任何场合；可以使用暴力、警犬、催泪瓦斯甚至是开枪。女主角叶子或是听闻或是眼见甚或是亲历巴黎警察的种种手段，这样恐怖的外部环境对她这一拥有留学生身份的人员来说已经产生了巨大的负面影响，那么对于那些真正的非法移民来说，其精神负担就更加巨大了。

就是在这种对母亲生活下落和生活轨迹的痴狂追索当中，叶子不断地与巴黎不同阶层、不同身份、不同国籍的人们接触着，不断地体验着一个又一个新的社会环境。这一切都与她之前的认知犹如冰炭、判若云泥，她的精神世界也随之发生了巨大的改变。然而，令人感到悲痛的是，叶子却又偏偏必须在这种复杂的环境里一直走下去："那种宿命感特别让我着迷。一个严肃的、自以为聪明的人，怀着某种无法抗拒的使命感和英雄主义情结——或者糊里糊涂的骄傲和浪漫，完全看不到眼前和周围的真相，一步步为命运所诱惑、所戏弄，最终被命运击败，并且与自己的真爱失之交臂。"①亲情与爱情的双重破碎是叶子法兰西生活的结局。她拒绝了 Hugo 的挽留，因为她的精神世界已经彻底爆炸成为碎片，再也无法拼贴出快乐、幸福的图景。

总之，在欧阳海燕笔下，浪漫之都巴黎呈现出了颇为另类的风情，主人公精神世界内中法文化在激烈碰撞着，充足的行动理由所引发的是痴狂追索。三者结合在一起，其合力带来的结果是主人公精神和情感的内爆。最终，痴狂追索的终点变成了主人公悲剧的深渊。在 21 世纪中西文化交流日益频繁的大背景下阅读欧阳海燕女士的作品，启示尤多。

---

①　江少川：《海山苍苍——海外华裔作家访谈录》，北京：九州出版社 2014 年版，第 135 页。

第五章　地球村时代中的楚乡叙事

第一节　蔡铮和他的"三农"小说

农民、农村和农业这个"三农"问题不仅仅是关涉国计民生的政治问题，也是反映和体现中国传统和现代碰撞的文化问题，还是文学视域里的重要题材。旅美作家蔡铮的系列"三农"小说是在中国广袤农村的土地上生根发芽出来的。写农民、农村小说的很多，并不乏像鲁迅和莫言这样的大家，但他们的作品，无论是知名还是不知名的，大都是外部的观察和描写，站在"上帝"的万能视角，去全知全能地展现。蔡铮的小说却不同，他的作品自内而外，在生命内部生长开放。他由土地而来，他是在农村真实土壤中土生土长的，正因为如此，他的生命如同是江汉平原肥沃土地上长出的一片又一片看不到边际的水稻，结实、旺盛，充满生机和活力，充满诗意的热情以及来自朴实土地一般的纯真、广博和深厚。他由土地而来，而他的作品就是从土地而来的心中生成的庄稼，在他生命内部生长、抽穗，结出累累果实。蔡铮和他的作品，是中国农村大地上结出的果，是没有"转基因"，甚至没有"化肥"的文学硕果。

一、割舍不断的"三农"之根

作家蔡铮 1965 年出生于湖北红安，1981 考入黄冈师专，1984 年毕业后再次回到老家红安务农，1985 年参军，5 年后回到老家的中学任教，直到 1991 年到华中师范大学攻读硕士学位前，始终和生他养他的红安有着密切的直观联系。蔡铮的家乡红安也称作黄安，是全国有名的"将军县"，出了两任国家主席、数百个将军，是著名的革命之乡，也是中国贫困之地。蔡铮生在一个贫苦的农民家庭，在广阔的农村和农民中对中国的农村问题耳濡目染，从懵懂中成长，从青涩到成熟再到理性。贫苦且子女众多的农民父母无法给他优厚的生活条件和更多的照顾，让他"野"在地里，但野有野的好处，让他能从"三农"之根更自由更直接地吸收营养。

当然，仅此只是具备了天然的营养库，如同璞玉，还需要打磨和历练。蔡铮聪明，有个性，他一方面很野，但却不乏野的灵性，他刻苦读书、上进，有着一种传统农村孩子上进的共性，那就是根在农村却要跳出农村到更广泛的领域去。那时候，农村子弟走出农村的捷径有两条，一条是读书考学考出去，第二条就是通过到部队服役然后退役进入城市，我们俗称跳"农门"。这两条路蔡铮都走过，他通过自己努力读书考取了师专，这在那个文凭含金量极高的年代是一件了不起的事。师专毕业后很容易在城里谋到一个体面的教师职业来割舍和农村直接联系的纽带，然而奇怪的是，他毕业后却放弃了这个机会，自愿回乡务农。

由此可以看出，蔡铮选择考学并非像普通农家子弟那样是为了找到一条通往城市的路，他是为了一种历练，是扎根于广博农村之根上的一种攀登跳跃后的瞭望。这次读书的经历，他学的是英语专业，也开始接触到文学，英语和文学的结合，再加上传统农村的熏陶，让他在创作视角上既是中国传统的，也是世界的。世界上的文明起源有三种类型：一种是农耕文明，一种是游牧文明，还有一种是海洋文明。2019年春节，来源于著名科幻作家刘慈欣的作品《流浪地球》改编的同名电影搬上荧屏并创造了票房新高，标志着在前三种文明基础上即将产生的第四种文明"太空文明"中，中华民族率先迈出了重要一步，即便如此，我们的民族之根还是农耕文明，这和蔡铮小说之根是一致的。然而，只局限于传统，只寻根不成长也就失去了寻根的本质，蔡铮在读大学时选择了英语，这为他找到了一条通往现代和未来的文明之路，为他站在更高的视角上去审视农村、农业、农民之根提供了一把钥匙，提供了一个更好的平台。

为了寻根的蔡铮毕业后异乎寻常但也合情合理地自愿回乡务农，回乡后他的现实的寻根之旅并不顺利。他养鸡，鸡却死了个精光，在务农的历程中历经挫折后，他并没有像陶渊明那样"种豆南山下，草盛豆苗稀"却依旧能够怡然自乐、怡情山水。陶渊明的根不在农村，他对田园山水的寻觅是古代士族知识分子的一种逃避，是出世的释然，这种和入世反向的出世的寻根是体察不到三农之本是首先解决温饱这个生存前提的。对没有食物就会死没有根本体验的陶渊明、谢灵运们怎会体察到这一点，但经历过三年自然灾害，目睹过饥荒饿死人的蔡铮却明白眼前的失败意味着什么。饥饿在蔡铮的作品中是主旋律，失败的历练让他在作品中更深刻地表现着这一点，他的农村代表作品中几乎每一篇，都和吃、饥饿有关，饥饿中的农村并不是田园派眼中的诗情画意，而是鲜血淋漓。

他意识到自己并不适应从务农生存之本上去现实地解决好这个生存之本，他在师专学习的英语也不能让他具备直接的力量去解决这个问题，否则，他可以选择养鸡，在解决自己生存的前提下可以扩大规模办养鸡场，在自己富裕之后带领乡亲富裕，成为一个农民企业家，这是一条路，而现实中的养鸡失败注定了他不能走这条路。

失败后的他选择了"当兵"，他去部队服役也不是为了跳出农门而寻找另外一条捷径，要不然，他在此之前本可以成为城里学校里一名体面的英语教师，或者从事和翻译相关的工作。他投身军旅只是现实寻根务农挫折后对抗现实而谋生抗争的现实选择。在部队，他的起点是很高的，当时的部队战士中高学历的并不多，如果是大学生进部队直接成为干部或者提干的几率很大，师专毕业又是学外语专业的他很有优势，也正是因为如此，他去部队后不久就在军校成为代课老师。在军旅成为干部不断提升或者转业后在体制内生活本来是一条对当时的农家子弟来说很好的路，而以他的条件和基础实现这一点并不难。有人走过这条路，就是莫言，但蔡铮没有，他享受的不是前途光明的便利，而是在孤独、寂寞、与世隔绝中去回忆、去观察、去思考、去写作，五年后，他再次拿起笔，开始有成果的同时也放弃了本该很好的军旅生涯，选择了退役。

他再次回到了自己的家乡，选择了种地，回到了生命的起点。这个回环，不是倒退，而是螺旋式的上升，让他比上次从师专毕业后再次回到农村有了更高的视角去审视、表现、咀嚼这个三农之根，然后开始又一次的循环上升。他考取了华中师范大学的中国现代史专业的硕士研究生，研究生毕业后他在北京找到了一个图书馆员的工作，一方面解决了生计问题，另一方面也有更多的便利来拿起笔，从他的视角，以他的方式继续寻根。工作不是目的，安稳也不是他想要的生活，他时时想着辞职，去写小说，想回到红安，写作始终跟随着他，这是他生活的意义，也是他寻根的方式。他寻根的螺旋式上升的视角并没有停止，1996—2000年他出了国，到美国伊利诺斯大学芝加哥分校攻读社会学博士学位，毕业后旅居芝加哥北郊，但从没有放弃写作，以写作的方式来审视农村、农业和农民，回报反哺生育他养育他的乡土。

二、小人物视角中的大历史

农村、农民、农业问题是关注社会、关注民生、关注政治生态发展演变的现实主义文学永恒的主题之一。这方面的题材作品很多，塑造的经典形象也很多，比如中华人民共和国成立前后产生的一系列作品诸如《创业史》《暴风骤雨》《山乡巨变》《小二黑结婚》《浮躁》等等，这些作品以长篇居多，叙事视角宏大，从宏观到微观聚焦，和时代的脉搏共振，比如柳青的《创业史》和人民公社化运动，周立波的《暴风骤雨》和土地改革，贾平凹的《浮躁》和改革开放等等。蔡铮也是中华人民共和国成立后成长起来的农民作家，和周立波、孙犁、赵树理有着相似的时代背景，但同样三农题材的小说，蔡铮的立意、创作手法和表现形式却有着根本的不同。

　　蔡铮的"三农"小说以《种子》为代表，《种子》是蔡铮的一部中短篇小说的名字，也是他的中短篇小说集《种子》的名字，这部小说集除了小说《种子》以外，还有《最好的菜》《天德》《娘的信》《读书》《贵花》《会餐》《油条》《狼猪》《裤子》《猪精》《六根指头》《老师》《流氓》《走》共十五篇中短篇小说，这些小说最早的写于1988年，最近的写于2011年，取材非常广泛，有的是写匪患之事的，有的是写伦常之事的，如《贵花》《天德》《娘的信》，有的是写逃离的，诸如《走》。小说情节的背景时间跨度也很久，既有中华人民共和国成立以前的，也有中华人民共和国成立以后的，但无论是广泛的题材，还是漫长的时间跨度，实际上都聚焦生根在农村、农民和农业这个三农问题。当然，和其他农村题材小说不同，蔡铮"三农"小说自有特色、十分突出的地方就是并没有宏大叙事，而是从微观视角去观察，小切口，深挖掘，以小见大，或展示时代，或展示历史，或展示跨时代跨历史的永恒主题。而这个最根本的立足点，就是和安身立命最为直接相关的东西，那就是"吃"。

　　国以民为本，民以食为天，这是任何文明繁衍发展亘古不变的定律，农本的地位也是因此而奠定。而这个"本"，也是三农题材小说所立之本，所展现之本，但在表现形式上，大都是宏观的展示，放在大历史大文化的视角它就显得微不足道和九牛一毛了。在鲁迅的小说《狂人日记》和《药》里也谈到了"吃"。吃的对象不仅仅有食物，还有人。《狂人日记》里讲到的就是"吃人"，但"人血馒头"是抨击吃人的礼教，是从宏观的视角谴责批判几千年封建礼教对文化和对社会的批判，虽然创作的动机中有革命者的鲜血成为了药引子，但这个吃是抽象的，人血馒头也是抽象的，批判也是含蓄的，要借"狂人"之口说出来。

　　蔡铮的中短篇小说集《种子》中也谈到了吃，也是"民以食为天"这个"三农"之根上结出的果，但他却离这个根最近。蔡铮生活和创作的重要背景是湖北的红安县，红安县之前被称作黄安县，中华人民共和国成立后才改叫红安的，无论是黄安还是红安，都是以农业为主不富裕的地区，解放前自不必说，口耳相授关于吃的记忆不少，在蔡铮的小说里多有展现，中华人民共和国成立后并不富裕的红安县在人民公社化运动和三年困难时期的冲击中也是创伤颇深，而蔡铮是亲历者，他对"吃"的记忆和观感自然和生活虽然没落但也衣食无忧的地主家庭中的鲁迅是不同的。鲁迅眼中的农民必然是《故乡》中少年月下刺猹和中年麻木不仁的闰土这样他家聘用的长工佣人的形象，观感是从上至下，根本无法推己及人的，所展现的是同情怜悯，而蔡铮笔下的农民就是他自己，他眼中的父辈和口耳相传中了解的祖辈。他们对饿的记忆才是最直接的感触，因为他们就是当事人。蔡铮小说中"吃"的对象也是食物和人，而对吃人的描述显得更直观更真实也更震撼。小说《狼猪》里温顺的猪因为饥饿变成了狼，竟然把病弱的小女孩给吃了。这是客观的饿造成的血腥，让人无比悲伤却又无可奈何。而最好的菜里面，所谓的"最好的菜"，竟然是挖出来的土匪德福的心肝。土匪德福，被血腥砍杀之后，匪患暂消，地主家族举族狂欢，狂欢的顶点是最后一道菜，就是爆炒德福的心肝。蔡铮小说中的"吃"，是活生生的吃，现实的吃，是因为饥饿的本能而衍生出来的吃，是因为兽性未脱、残忍复仇的吃。吃的对象，既有食物，也有人；而吃的主体，既有善良的人，更有邪恶的人，还有在饥饿逼迫下本来温顺的动物。

《狂人日记》《药》是由宏观而微观的审视，视野太广泛，镜头宏大，笔触的细腻和深入就难以顾及，而《种子》系列小说则是由内而外的审视，是一种弥补，也是一种印证，或者更确切地讲是一种延伸，而这种延伸的本质，就是视角变了，观感也就变了，感触也就变了，变得更真实、更细腻。然而，由内而外、由下到上也有自己的弊端，就是主题展现的高度、深度、广度和代表性容易受限。鲁迅的"三农"小说，塑造了阿Q这个世界文学宝库中的经典形象，阿Q的代表性，其实超越了农民本身，也超越时代，横贯历史，这个高度很难企及，因为这个形象自身塑造就是由上而下的，站位很高，站在了人性和历史的巅峰去审视历史，审视人性。蔡铮的优势和特色在于自下而上，弥补和延伸，且自下而上自身的局限性他是注意到了，他的成就之一就在于努力突破这种局限性，从而达到一个高峰。《种子》中的小说，从创作的时间来讲跨度很长，而且继《种子》系列之后，作者仍笔耕不辍。蔡铮的人生，放在作品中审视，并不令人费解，他跳农门又回到农村，回到农村又到部队服役，再回到农村，再出去读书，再到北京工作，然后是移居海外，创作就是人生，人生就是创作，这种由农村到城市再到农村再到大都市再到海外的人生本身就是自下而上的一种突破，每一次看似向根部的触及其实是为了下一步更好的跳跃。蔡铮和他的"三农"小说，就如同是生长的毛竹，将广阔的根系，扎在土壤之中，然后一飞冲天，让他的作品既有广泛的根系，又能不断地突破新的高度。

还是以吃为例，蔡铮的作品，展现三农问题中的饥饿，展示农民为脱离饥饿而进行的抗争，由饥饿和吃延伸向上，渗透到经济领域、政治领域、社会领域和历史领域。三农本身就是一个政治和社会的话题，中央每年的一号文件，几乎都聚焦于三农领域，而社会领域和历史领域则在文学造诣和表现形式上有更高的体现。艺术真实的情节构成张力和穿透力深厚的故事，穿越历史、穿越时代、穿透人心，从饥饿和吃的抗争中看到人性的善与恶，机智和麻木，以及看似倒退的进步中的螺旋式上扬。吃人这个血淋淋的现实的直观的表现，并非日本所流行的暴力美学的展示，而是用血淋淋的真实的撕裂的伤口，来升华永恒的主题，其所要表现的同样有心中的"呐喊"、无助的"彷徨"，只是通过不同的视角，不同的方向，探索出新的领域，开辟出新的天地。

三、在终结和转身中螺旋飞跃

中国五千年的文明史长期处于农耕社会，创造了辉煌的农业文明，中华人民共和国成立后到改革开放前，城乡二元的社会结构也是长期存在的，改革开放"一江春水向东流"逐步打破了这种结构，大量农民进城务工、买房，成为都市人，都市、城镇面积不断扩大，传统意义上的农村不断缩小、农民不断减少，这一进程随着改革的深入、社会的发展和科技的进步还将日益扩大，农业文明辉煌的时代已然过去，城市文明乃至未来的太空文明正在姗姗走来。

文学作为文化的重要因子深深地打上了时代的烙印，而时代的发展将文学的发展带向何方还是个未知数。但可以明确的是农业文明的终结并不代表"三农"题材小说的终结，而是促进这类题材的文学在时代的转折中完成新的蜕变，在扬弃中实现新的发展。

"三农"文学题材的小说发展历程实际上已经呈现出这样一个规律。但是这个发展并不是直线的、没有波折的，秦的焚书坑儒、宋的乌台诗案、明清的永乐大典和四库全书的编纂，还有臭名昭著的文字狱，都曾重大地影响甚至暂时中断过这一进程。但是，以帝王将相、才子佳人为主题和对象的正统雅文学中，三农题材的小说只是潜在性的发展，但它生命的韧性却异常强劲，无论是正统的雅文学还是民间的俗文学，它作为一个暗线基础般地顽强存在，牧歌一般地赏心悦目，形成的千古绝唱并不少见。陶渊明的《桃花源记》已经具备了小说的情节，作品中所描写的桃花源中"阡陌交通""鸡犬相闻""黄发垂髫，怡然自乐"让人神往，引人陶醉。

"三农"文学的繁盛出现在新文化运动以后，鲁迅、茅盾等新文学大家直接投入"三农"小说的创作将它推向了一个高峰。而马克思主义的传入、无产阶级革命和文学的兴起，更是将帝王将相、才子佳人在正统文学中的主导地位予以剥夺，农民、农村和农业问题在文学领域得到更直接更全面的发展，三农文学繁盛的高峰来到了。

蔡铮就是出生成长在这样一个时代，得天独厚的条件和后天的努力让这个时代也成就了他和他的作品，《种子》系列中短篇"三农"小说就如同是撒向田野里的种子，不断地茁壮成长，也不断地发展壮大，时代的需求、个人的条件和后天的努力三位一体，密不可分。

但时代的洪流推进着社会的变革，改革开放，让自给自足自然经济笼罩着的中国农村、农民也能够开眼看世界，他们背井离乡，远赴广州、深圳、上海、北京，开辟着自己的天地，即使在农村的留守者，由于网络的普及，3G、4G乃至5G网络的手机深入田间地头，让他们和城市文明接得更紧。科技改变着农村，社会改变了农民，未来的农村，美国一般的农场化、工业资本一般的市场化也许是一种发展趋势，也许还会有新的远景和样式，可以预测，但并不能确定。可以肯定的是，传统的三农农村态势必将逐步地根本地得到改变。

在这个正在改变和即将到来的改变中蔡铮来到了都市，而且来到了美国，隔着太平洋，回忆观察和洞悉着这一切，和我们一样，感慨着时代的变迁，预测着未来的发展，而作为一个作家，也必将责无旁贷地承担着时代变迁、社会发展所赋予的新的历史使命。创作题材的变革如何，方向在哪里，题材如何革新，方法如何创新，是需要探索的，是需要创新思维的发展的。然而，这并不代表着《种子》和同样类型的已然形成的"三农"小说使命的终结，相反，像《种子》这样厚重穿透力强的作品，如同甘醇的美酒，年代即使久远，但却更加甘醇，它真实而又艺术地记录着曾经的时代，这个时代是我们的根。

在前进和发展的历程中我们不必也不能走回头路，但我们也不能忘却来时的路，不能忘记我们是从哪里来的。人不能忘本，无论走在哪里，走向再光辉的未来，都不能忘记来时的路。忘本会让我们迷茫，因为我们会失掉传统的根，没有根的文化没有未来，没有根的社会没有出路，这和无本之木无法生长、无源之水必将干涸的道理是一样的。蔡铮的三农小说寻找着这个根，保留好了这个根，无论在什么时代，我们读到《种子》都会亘古弥新，都有新的收获。

当然，我们也不能总活在过去，文学的发展也需要面向未来，在继承保留优秀传统成分的基础上实现新的发展。今天的蔡铮，远在海外，他依旧笔耕不辍，我们期待着新的作品能够问世，让更多更好的新的"种子"播撒在创新的沃土上，茁壮健康美丽地生长，顺利完成时代和文学发展赋予作为作家的他、作为评论者和阅读者的我们的使命，给人启迪，催人奋进，获取更多的精神力量去开辟更加幸福光辉的未来。

第二节　孙志卫《武汉谍战》中的武汉意象

孙志卫，湖北省武汉市人，1996 年移居新加坡。早年毕业于华中科技大学，主修工科。年少时，就对文学作品有着浓厚的兴趣，喜欢阅读文学、历史、哲学等方面的中外名著，由此打下了坚实的文学基础。2012 年孙志卫开始文学创作，长篇抗战历史小说《武汉谍战》是作者的第一部小说。本文从"主线与支线串联"书写间谍网络的结构手法；多层次的情节设计展现波诡云谲、扣人心弦的生死谍战；冈本矢一：人物形象的塑造达到了谍战小说的巅峰之境；"武汉"意象的美学意蕴四个方面来讨论《武汉谍战》在小说创作领域呈现出来的独特的审美价值。

一、"主线与支线串联"书写间谍网络的结构手法

作为谍战小说，《武汉谍战》展现了当时在武汉纷繁复杂、千头万绪的间谍网络。虽然间谍网络立体复杂，但是三条主线非常明确：第一条主线，以戴笠为首，代号"云和"潜伏在日本军队的间谍。这个"云和"是一个名叫冈本矢一的日本人，他是个有信仰的人，意志坚定，他很早就意识到中日战争中日军最多只能占领中国的重要战略要点和大中城市，而辽阔的农村地区根本没有办法控制。那么日本和中国这两个国家只能这样消耗下去，结果肯定是日本国力枯竭而战败，并从此一蹶不振。所以，冈本矢一从一开始就潜伏在日军系统里，为中国服务，希望日本政府尽快意识到自己的错误，结束这场对日本大和民族最终百害而无一利的战争。冈本矢一原来还有一个身份就是他很早就加入了中国共产党，是中共在日本的早期党员之一，此时却已经与党组织失去联系多年。他现在潜伏在日本军队内，一直以为自己的上线戴笠是中共的情报机

构，却不知戴笠欺骗了他。但是此时，国共共同抗日的背景，使得整个秘密暂时被遮掩了下来。第二条主线是中共潜伏在军统内部的间谍李国盛，原名李人伊，武昌金口镇人，1920年就读于董必武创办的武汉中学。1922年在南京高等师范学校就读期间加入中国共产党。1925年考入日本士官学校。1927年回国后娶了进步女学生张菲菲为妻。1928年进入莫斯科中山大学特别学习班，同学中有叶剑英和夏博等很多后来的中共领导人。1930年李国盛进入湘鄂西根据地工作，不久根据地展开肃反工作。党组织使用苦肉计将李国盛假托为肃反期间被开除出党籍和红军军籍的人员，逐出根据地。李国盛根据党组织的安排假意心灰意冷回到武汉，受到蒋介石侍从室秘书邓文仪的邀请（邓文仪觉得人才难得），担任南昌行营调查科的高级情报人员，开始了自己的特务生涯。李国盛从早期资历非常深的共产党员，后留学日本和苏联，之后成为通过苦肉计打入国民党情报机关的中共秘密情报员，但由于抗日战争时期国共两党共同的敌人是日本，从未暴露身份的李国盛一直潜伏在军统内部，成为戴笠的心腹。为了保密，李国盛一直和上线的夏博是单线联系，也就是说只有夏博一人知道他的真实身份。其他所有人，都以为他是在整风运动中被开除出党，投向国民党的离党分子。可不幸的是，夏博后来在长征中意外身亡，李国盛作为在我党安排下打入国民党内部的双面间谍身份已无人知晓，并已常年与党组织失去联系。李国盛的妻儿在延安也常年笼罩在丈夫和父亲是叛徒的阴影之下生活着。李国盛一心希望能够恢复自己的中共党员的身份，曾在1938年秘密到汉口八路军办事处找过中共长江局统领武汉情报工作的总负责人李天驰。但随着国家局势的瞬息万变，李国盛身份的问题继续不了了之。第三条主线是李天驰代表的中共长江局统领的武汉特别工作委员会里的成员王家瑞和向小雨。其中王家瑞是湖北黄安人，就是现在的湖北红安人。王家瑞1928年时从家乡考到位于汉口球场路的省立汉口中学读书，在表哥张子芳的引导下正式参加革命，成为鄂豫皖红军在汉口的地下党员。中学还没有毕业，上级便安排王家瑞秘密进入鄂豫皖根据地接受情报训练。完成特工训练后，王家瑞奉命返回汉口，以各式各样的店主身份作为掩护，建立秘密联络站，开始了他的情报工作生涯。王家瑞的真实身份只有几个人知道。向小雨，是中共武汉特别工作委员会安排与王家瑞对接的应急备用电台的情报发报员。向小雨现在作为掩护的身份是汉口圣约瑟女中的英语和音乐老师。小说整体上的三条主线，有日本人、有军统内部的人、有我党的情报人员，身份各异，三条主线在小说开篇不久就全部建立起来，呈现在我们的眼前。三条主线人物复杂的身份，一开始就把各类疑问深植于读者心中。冈本矢一这个日本人怎么会成为中共党员呢？在那样的年代，日本看起来如此极端的民族还会有这样的仁人志士，敢于超越民族和国家的鸿沟，看到全局的利害关系。冈本矢一最后联系上了中共党组织了吗？冈本矢一最后看破了戴笠欺骗他的阴谋了吗？八年抗战之后，作为日本人的他命运又会如何？李国盛最后能够恢复他的党组织身份吗？戴笠知道李国盛的真实身份之后能够放过他吗？王家瑞和向小雨两人组成的武汉情报发布站，会被日本人检测到吗？他们两人之间会有爱情发生吗？作者在呈现这三条线索的时候，不是平铺直叙的，而是一开始就分别为三条线索设下伏笔。三条线索本身的复杂性也牵引出无数的疑问，为谍战小说一开始就设下了层峦叠嶂的重重迷雾。

围绕着三条主线，还有众多纵横交错的支线，穿插其间，共同支撑起了主线和支线的立体谍战叙事网络。

比格亚为法裔美国人，幼年随父母移居美国。比格亚非常聪明，记忆力惊人，成绩非常优秀，但他同时冷静，思维缜密，谨慎，不喜欢哗众取宠。高中毕业后比格亚的天赋引起了美国情报部门的兴趣。比格亚在经过慎重的考虑之后，接受了美国海军情报局的招募。1932年比格亚以法国人的身份来到中国，成为海军情报局潜伏在远东的情报员，主要负责收集中国和日本的政治、经济和军事情报；分析中日两国之间的利益冲突，为美国政府制定美中、美日政策提供依据。刚到中国的比格亚在上海的一家法国洋行当职员，一年后，比格亚到汉口的法租界注册了一家进出口公司"比格洋行"。在海军情报局的暗中扶持下，比格亚的生意逐渐兴隆起来。比格亚成功游走于汉口的政商两界，同时拥有了很多的中国和日本"朋友"。武汉沦陷之前，李国盛在一次朋友聚会上认识了比格亚，李国盛希望能够招募比格亚成为军统局的间谍，认为可以从比格亚身上获得意想不到的收获。比格亚一开始是拒绝的，之后比格亚通过密电报告美国海军情报局，给出的答复是要求比格亚接受军统局的招募。美国一方面觉得，军统局间谍的身份可以为比格亚提供更深一层的保护，同时比格亚有可能从军统局获得更多日中情报。所以，比格亚真实身份是美国海军情报局特工，商人身份是第一层掩护，而此时军统特工身份是他的第二层掩护。

三浦太郎，在武汉伪装成医生，收集国共两党的情报传递给日本。吴应天，打入国军内部的日本间谍。夏文远，之前在伪满洲国，后来成为了双面间谍，真实身份是日本间谍。

身份各异，派别复杂，各自为各自所信仰和秉持的利益服务，让我们看到当时武汉抗战时局下，波诡云谲的情报战争。螳螂捕蝉黄雀在后，台前人永远不知道幕后的那只手到底是谁，下一步会如何，个人的命运在其中贱如草芥。但正是在这样的无助感之下，仍可以看到无数深怀信仰和爱国至深的仁人志士，可能自己都身陷囹圄，家破人亡，依然义无反顾。那些动人的故事正是在这样复杂的环境之下，更显出其可贵之处。

二、多层次的情节设计展现波诡云谲、扣人心弦的生死谍战

全书一开始就设计了一次"黄雀行动"。"黄雀行动"主要目的是戴笠为了保护潜伏在日军中的军统局间谍冈本矢一。冈本矢一对于戴笠来说意义重大，首先冈本矢一在日本驻武汉军部已经任职高官，掌握着日军最核心机密的情报，已经潜伏多年，并且之前提供的情报都十分有价值；同时戴笠已经知道冈本矢一中共党员的身份，但是冈本矢一还不知道戴笠的真实身份，并且一直误以为自己联系的上线是与自己失去多年的党组织，始终认为自己在为共产主义事业作出自己的牺牲。所以，戴笠在利用冈本矢一的同时，希望掌握更多中共内部的关系网络，并试图通过冈本矢一的身份打入中共的内部。所以这一切都是戴笠所辖的军统局在布的一盘很大的棋，丢失冈本矢一这个棋子，很可能造成满盘皆输的局面。所以冈本矢一，戴笠身边代号为"云和"的这个潜伏日本军队内部的间谍，戴笠断然不想失去。日军已察觉到内部有叛徒的存在，把目标锁定在了包括冈本矢一在内的三位日本籍军官身上。为了解除此次危机，戴笠派李国盛统领"黄雀行动"，这次行动直接让本书的两条最主要的主线以一次惊心动魄的间谍行动对接上。李国盛统领的这次"黄雀行动"跳开南京的情报部门，直接去保护冈本矢一。李国盛以及一批军统局的情报人员绑架被目标锁定的日本军官之一石原光夫，在绑架中杀死石原光夫，造成石原光夫畏罪自杀的假象，成功让日本军部调查人员转移怀疑的重心，并以此使得对冈本矢一的危险处境暂时得以化解。同时，戴笠情报网中最为关键的"云和"这颗棋子得以保住。一个"黄雀行动"，以别开生面的方式，让冈本矢一和李国盛都同时出现，并建立了联系。与此同时，也让我们看到以戴笠为首的军统局内部情报工作的步步惊心，每个人不过是棋子，这一刻你有利用价值，就让你活着，下一刻你毫无用处之时，随时都可以消失得无声无息。谍报生涯紧张的窒息感，透过书页，都让人有脊背发凉之感。并且随之而来的是，冈本矢一什么时候会发现自己是被军统局的戴笠利用了？冈本矢一要是知道了真相会如何？日本军部最后会发现冈本矢一就是那个潜伏在内部的间谍吗？冈本矢一要是被日本人发现了背叛自己的大和民族下场会怎么样？这一切紧张、充满悬念的疑

问，通过一次"黄雀行动"的情节设置，全部倾巢而出，也为后面情节的发展埋下了层层伏笔。

全书的情节设置除了"黄雀行动"这类紧张得令人窒息的谍战行动之外，还有就是正面战场上，通过间谍行动获取情报后，与日军醋畅淋漓的正面交锋战。李国盛收到戴笠的密电，通报日军将要发起湘赣会战，中国这边称之为第一次长沙会战。戴笠希望李国盛的军统武汉区去对武汉的日军机场进行破坏，特别是汉口的王家墩机场，以此削弱日军在长沙会战中的空中支援，减轻国军的压力。但是日军在武汉的机场戒备森严，难以靠近。特别是王家墩机场，以军统武汉区现在的实力强攻是完全没有胜算的，所以李国盛还是建议戴笠那边以空军空袭为主。但是武汉日军机场在日军纵深，空军已经尝试过几次，结果每次都还没接近武汉，就被日本空军拦截，被迫放弃行动。最近一次苏联航空志愿队的轰炸机奉命袭击武汉的王家墩机场，结果遭到日军多架战机拦截，未能破坏日军防线。苏联航空志愿队的三架轰炸机受伤，只能放弃任务返航。第一次长沙会战全面打响，日军凭借其空中优势面对第九战区各守军阵地进行轮番狂轰滥炸，给中国军队造成巨大伤亡；中国空军在武汉会战中几乎消耗殆尽，只能眼睁睁地看着日本空军在天空耀武扬威，无力对其发动反击。日军前线的作战飞机几乎全部都是从汉口王家墩机场起飞的，所以戴笠再次给李国盛下达死命令，敦促他尽快想办法对汉口王家墩机场发动袭击，摧毁机场的日军战机，减轻第九战区前线部队的伤亡和压力。李国盛和其军统的情报人员了解到：日军没有防空雷达设备，防空预警依然依靠地面防空哨与机场塔台以及机场塔台与空中飞行员联络，确认他们的方位和航向，进行敌我识别。如果地面防空哨和机场塔台发现来历不明的飞机接近，日军就会通知空军和防空高炮部队进行拦截。这样的防空系统存在的漏洞，终于被李国盛他们洞悉，并被加以利用。当我方的飞机接近武汉上空时，日军地面防空哨就会发现我们，所以此时如果我们的飞机能够让汉口王家墩机场塔台的航空管制人员误以为是日军飞机，就不会受到拦截，可以安全地飞到武汉对王家墩机场实施轰炸。根据李国盛他们搞到的情报，近日日军汉口王家墩机场将会接收一批新式轰炸机，届时我方的飞机就冒充这批飞机。当这批日军新式轰炸机从上海起飞后，我方利用电台发射噪音对日军的航空通信频率实施无线电干扰，使得日军这批飞机的日军飞行员与王家墩机场塔台暂时无法通信。我方飞机接近武汉上空时，由李国盛一行人在地面接管以日语与王家墩机场塔台人员的通信联络，成功骗过了王家墩机场的塔台控制人员。当王家墩机场列队欢迎新型空炸机的来临时，等来的是我方轰炸机投掷的炸弹。中国空军这次在抗战最艰苦、国人士气最低落的时期，成功袭击了汉口王家墩机场，并取得辉煌战果。这次袭击大大地鼓舞了国人的士气，增强了国人坚持抗战的信心。

此外，全书的情节还充满着巷战、刺杀等鲜血淋漓的残酷场面，以及王家瑞与向小雨之间的爱情故事，这样一类在暗箭不断的情报工作中让人感到可贵的温馨情节。情报战场的波诡云谲，让人窒息，正面战场酣畅淋漓的交锋，情报网络的暗箭频仍，爱情之花在残忍中热烈盛开无疑给各种暗战铺上了一层玫瑰底色。小说情节的组织，除充分展现谍战扑朔迷离和惊心动魄之外，设置上也张弛有度。因为情报工作本身的特殊性，谍战人员日夜处在挑战信任底线的环境之下，如果情节设置一味地追求紧张刺激，就会丢失抗日背景下谍战工作的信仰，成为狡诈之人之间周旋的游戏而已。而加入正面战场的胜利对决，情报工作的爱情故事，这些手法可以说一方面是客观再现历史的真实性；同时另一方面是一种巧妙的设计，犹如莎士比亚《麦克白》中麦克白在杀死了国王之后，突然出现的黑暗中的敲门声的作用是一样的。将人们从难以理解、恐怖紧张到不真实的感觉中，拉回到现实的环境里，让人感觉到人性的复归。如果说莎士比亚《麦克白》里的敲门声使得人性复归，让大家充分感受到麦克白为了权力嗜杀成性的话，那么本书中张弛有度的情节设计，让我们感受到了谍战本身让人窒息的危险性与为了民族的解放而在谍战中李国盛他们将生死置之度外的崇高性之外，王家瑞和向小雨的爱情就是时时牵扯着人们敏感神经的那条底线。他们的爱情会有结果吗？他们不会牺牲吧？等等一系列的担心，成为整部小说里最为人性化的地方，也时时刻刻体现着战争的最高境界，不是描写战争打得如何酣畅淋漓，而是激发大家都对战争感到深恶痛绝。大家都感受到如果这是个和平年代，王家瑞和向小雨这对恋人的爱情该是多么的顺理成章啊，但是在战争面前，平凡日子里的小幸福都成为了奢望，就像王家瑞在确认了对向小雨的心意后，自己暗暗在心里骂的那句话："这该死的战争。"由此可以看出，《武汉谍战》不仅仅是一部谍战小说，除反映出那个时代战争的残忍性之外，还折射出人的悲剧感与崇高感，以及人性的闪光。

三、冈本矢一：人物形象的塑造达到了谍战小说的巅峰之境

全书中人物众多，每个人物都几乎代表战争年代那个特定环境里的人性的某一面。李国盛的坚定信仰，胡永春被迫叛变的含恨而死，赵清云的游刃有余，每个人都是一个独特的个体同时也是人性完整的投射，没有一个人可以简

单地去被评价，而其中最为值得玩味的就是代号为"云和"的间谍，日本人冈本矢一。之前我们也说到了，冈本矢一这个人物一出现就带着挑战我们国人民族意识的底线。一个大和民族，一个在我们看来有点偏执到极端的民族，一个日本人，一个在当时全日本都在狂热地信仰天皇，对整个亚洲实施挞伐的年代，冈本矢一不但信仰了共产主义，而且还成为我党早期在日本的党组织里的党员。我们且不去谈，这其中存在的客观事实性，因为从中共党史来看，我党早期在日本的组织是非常成功的，而当时信仰共产主义成为进步青年的一种时尚和前卫的举动。我们的关注点在于《武汉谍战》里一开始就设置这样一个人物，这位人物本身思想的复杂性。冈本矢一不但在早期加入了中共，还在抗日战争中站在自己民族的对立面，打入日军军部，成为为中国人服务的间谍。而全书一开始戴笠就是为了化解这位被盯上的日本内部间谍的危机，而采取了"黄雀行动"，这个人物一出场这一切都在挑战我们的常识。同时，冈本矢一最让人动容的地方，就是抗战接近尾声的时候，他发现了原来他一直心心念念为之甘愿牺牲甘愿以一己之力与整个日本民族为敌而服务的党组织，却是军统局的头目戴笠设置的一场骗局而已，自己被利用了。

　　　　"上次军统的人打电话到你的办公室找我，也非常不合理！"

　　　　"是的！我也想到这个问题。就是因为这件事，使我产生了巨大的疑问。我希望你能帮我解开这个谜团。"

　　　　冈本矢一看着李国盛。

　　　　"你知道这意味着什么吗？冈本君！"

　　　　"我知道，这意味着我所谓的组织其实是军统，军统冒充党组织，让我给他们提供情报。他们从一开始就在欺骗我！"

　　　　冈本矢一的心里充满了屈辱和沮丧，当然还有愤怒。

　　　　李国盛此刻的心情非常复杂。他既为冈本受骗感到不平，又为军统的不义感到义愤，还为冈本现在的处境感到尴尬和同情。

　　　　二人沉默下来，足足有一两分钟。

　　　　短短的这一两分钟让冈本矢一感觉很漫长。他忽然觉得这么多年来自己就像是做了一个很长、很甜蜜的梦，现在终于从梦中醒来，却突然发现自己仍然是一个失去组织的日籍秘密中共党员。他现在的感受就像是一个无家可归、在外面受到欺负却又无处诉苦的流浪儿。

　　　　想到这里，冈本矢一的眼泪一下子涌进眼眶，他满腹的委屈和失望随着泪水流淌出来。

李国盛知道，现在用任何语言都无法安慰冈本矢一。他默默地看着冈本矢一，同病相怜的他眼眶里也慢慢浸满了泪水。

过了一会儿，冈本矢一才渐渐平静下来，他用手绢擦干脸上的泪水。

见冈本矢一的情绪平静下来，李国盛这才半开玩笑、半认真地安慰冈本矢一，就算戴笠欺骗了他这么多年，那也只不过是让他向军统提供日军情报，其效果和向党的情报机关提供情报几无差别，因此不必太过挂怀。不管怎么说，打败日本毕竟是国共两党目前的共同目标。

冈本矢一明白李国盛说的是实话，他冲着李国盛苦笑了一下，然后无可奈何地摇了摇头。①

随着谜底慢慢揭晓，我们逐渐发现，原来这个人物的存在有着非常重要的意义。首先，揭示出《武汉谍战》是更大更高层次上的战争军事历史小说。冈本矢一这个人物本身的跨民族性跨国家性，让我们看到真正的国际主义。更让我们意识到我们反对的战争，反对的日本，是那一批具有军国主义的日本。我们不应该还秉持那种一竿子打翻一船人的狭隘民族主义。其次，人性光辉的闪耀。孙志卫笔下的间谍和间谍故事，不是冷若冰霜，连家人都要相瞒一辈子的陌生人之间的悲剧。间谍这群人他们在成为战争里面调教出来的冷酷的工具之前，他们也是普通的人。无论环境如何的残酷，推动人走向极端选择的，不是人不再相信什么，而是在乱世颠沛流离之中，人们更愿意去相信什么，抓住最后的一线希望。最后，当冈本矢一在知道自己堵上全部的身家性命和最后的信仰，得来的是一场欺骗的时候，人生的荒诞感，不言而喻地满溢出来。谍战生涯里间谍们怕的不是危险与死亡，而是命悬一线的半生戎马，却不知为何而战，为谁而战，而自己又是谁？战争造成的悲剧性，不仅仅是撕心裂肺的伤痛，更是举目四望将人的希望和信仰毁灭殆尽的虚无感。当这一点和盘托出之时，冈本矢一这个人物的塑造可以说是达到了独特的艺术境界。

四、"武汉"意象的美学意蕴

如果说全书的可读性，主题深远性得益于线索、情节的设计和人物的塑造，那么独特的地域风情，则是由众多优美具有多义性的"武汉"意象构建而

---

① 孙志卫：《武汉谍战·下卷》，重庆：重庆出版社 2016 年版，第 230~231 页。

成的。

首先，"武汉"地理意象构建起厚重的历史视野。

> 已经是晚上 8 点多了。王家瑞坐在昌淇电器行的办公室里，听着从北面传来的枪炮声。
>
> 汉口北郊的岱家山，从早上开始就响起激烈的枪炮声，一直持续到现在。
>
> 1938 年 10 月 25 日，日军第 6 师团击败国军第 185 师 545 旅在汉口北面岱家山一线的象征性防守，于当天晚上真实占领汉口。
>
> 10 月 24 日，蒋委员长在武昌正式下令放弃武汉。……当晚，蒋委员长和夫人宋美龄在武昌南湖机场乘飞机离开武昌飞往衡阳。①

武汉沦陷时出现的每一个空间意义上的地理名词，均可以真切地感受到，虽然时过境迁，但是那些在武汉人看来耳熟能详的地名，那些地方现在早已成为人声鼎沸的市井之地，不去深究实在不知道原来那里曾发生过如此气壮山河的民族存亡之际的故事。当那些地名串联起小说中冈本矢一、李国盛、赵清云他们活动的背景之时，知道他们那些可歌可泣的故事就发生在我们现在安居乐业的市井之地时，我们突然透过小说的时空与那些久远的历史有了深切的情感上的联系。字字真切，刻骨铭心的伤痛感油然而生。作为长篇抗战历史小说，武汉作为真实的客观背景参与文学的虚构，除能够让读者真实感受当年抗战的腥风血雨之外，还为读者文学化地接受抗战提供了一种新角度。

其次，"武汉"景物意象具有情节的叙事功能。

> 李国盛走出汉口大智门火车站时，已经是黄昏了。
>
> 深秋的武汉，天气已经有些寒冷。黄昏的街道上，行人寥寥无几。树上的枯黄树叶，被萧瑟的秋风吹落，随风飘落下来。飘落到地面的落叶，又被呼啸的秋风卷起，翻滚着离开地面，在空中乱舞，随风而去，远离树根，就像一个没有归属、四处漂泊的灵魂，显得如此的无助，让人感到岁月的无情和世道的凄凉。
>
> 这个季节最令人讨厌的就是法国梧桐。它干枯的果毛从果实上脱落，

---

① 孙志卫：《武汉谍战·上卷》，重庆：重庆出版社 2016 年版，第 69 页。

随着凄冷的秋风，飘散在空气中。这些在空气中飘散的毛絮，被人吸入鼻腔和喉咙，会刺激黏膜，造成呼吸不适；如果飘进人的眼睛，会弄得眼睛刺痛难忍，影响视力。秋天的法国梧桐很容易让人忘记它曾经在夏天用它那巨大的树冠，庇荫过这个火炉般城市里的人们度过那炎热的夏天。①

此时武汉的梧桐不再仅仅是武汉标志性景观的一部分，更成为了小说情感基调的一部分，并且成为了此时李国盛这样一批爱国志士和普通民众哀伤颓唐的落寞心绪的一种写照。完全不用设计李国盛此时是否在夜深人静时，落下男儿英雄泪，哀叹国家时运不济的情节；不用明写市井百姓的整体情绪是怎么样的，爱国志士们如何痛心疾首、悔恨难当，这一切情绪和情感的渲染全部都在武汉街道两旁的梧桐成为作者笔下书写的意象进入小说之时，以其叙事性全部瞬间完成了。

最后，"武汉"风俗意象的情感价值。

"还没有吃晚饭吧？等下我请你喝排骨汤，暖暖身体。太冷了。"王家瑞终于想出了一个话题，试着打破沉默的尴尬。他觉得自己还不算太笨。

"真的？太好了。我就喜欢喝藕煨排骨汤。"向小雨本来是个个性活泼的年轻女人。

"那我给你推荐一家吧。离你的住处公新里不远，就在吉庆街，有一家叫'月湖藕'的排骨汤店很有名。去过没有？"

"没去过。我来汉口的时间不长，对汉口还不太熟悉。"

"那好。我今天就请你去尝尝'月湖藕'的排骨汤。保证你喝了以后还想喝。"王家瑞的话匣子打开了，"这武汉的排骨汤，是民间美食，不登大雅之堂。但武汉人并不在乎这些，人人爱喝。"

"藕煨排骨汤怎么做呢？"

"据说，正宗的藕煨排骨汤，用料是切成一寸长的猪横排，配以用花刀切成块的汉阳月湖藕。先将排骨在油锅里爆炒，然后将爆炒过的排骨放进沙铫子里，加满水，将沙铫子放在碳炉子上先用大火烧开，煨一段时间后，再加入藕块，继续用大火煨一段时间，然后改用文火煨。通常要从早上煨到下午，差不多煨一整天，到晚饭时才喝。煨好的排骨汤藕嫩、肉

---

① 孙志卫：《武汉谍战·上卷》，重庆：重庆出版社 2016 年版，第 70~71 页。

香、汤鲜。"

"你再尝尝这洪山菜薹，今天是清炒的。现在腊肉没有腌好。等腊肉腌好了，洪山菜薹炒腊肉，更香！"

王家瑞见向小雨很喜欢吃洪山菜薹，便给向小雨介绍了洪山菜薹的来历。

洪山菜薹有紫红色的茎、绿色的叶和黄绿色的花蕾，茎叶花都能吃。相传，冬季的阳光照射在武昌洪山宝塔的塔尖上，塔尖在地面投影范围内的一片土地，才能种出充满馥香、甜嫩、口感脆软的洪山菜薹。洪山菜薹不仅好吃，而且由于产量小，因此显得特别珍贵。①

王家瑞和向小雨都是我党安排在武汉地区的情报人员，向小雨专门负责将武汉地区收集到的情报发报传递给上级。他们第一次在圣约瑟女中大门口接头，王家瑞向向小雨传达当晚有情报需要发出。王家瑞第一眼就对向小雨有了好感，但是内心告诉自己这是工作。当晚，回去发报之前，王家瑞打破沉默约向小雨去吉庆街喝"月湖藕"排骨汤店的藕煨排骨汤。武汉的街道吉庆街，武汉的美食藕煨排骨汤、洪山菜薹，武汉美食的烹饪方法，这一切成为小说中独特存在的武汉意象，混合着爱情的萌芽流转在两人暧昧而倍感温暖的氛围之中。让人们感受到，一座城可以倾覆、一个国可以颠覆，可以山崩地裂、天地洪荒，但只要那些温润的念想还在，在这里武汉虽然陷落了，只要象征着武汉的、象征着民族的念想还在，在其中出生入死的人们，心中那最后一丝温暖就还在，心没有冷，希望就还在。那一口藕煨的排骨汤，那几筷子清炒洪山菜薹，温暖了凄凉时代游走在生死之间的人们的心；那些美食背后生猛的世俗之气，留住了人们对一个民族最后的念想。而其中两人的爱情，就像张爱玲《倾城之恋》里柳原和白流苏的爱情一样，战争与死亡也无法摧毁的就是人性里面"食色性也"的原始情感，而正是这些最为原初的情感，才是人类对抗所有危险、悲剧、宿命的力量，让人生找到坚实的落脚点。而这之后，王家瑞和向小雨这两位在小说里再也不是单纯的间谍，做着情报工作。他们的每一次发报，每一次命悬一线，都更为扣人心弦，因为两人的生死成败不仅仅是抗战情报工作的一个环节，而成为关乎他们个人幸福与否的关键。两人不再是情报人员里的两个符号化的人物，而成为呈现在读者眼前、牵动读者情感神经、产生共鸣

---

① 孙志卫：《武汉谍战·上卷》，重庆：重庆出版社 2016 年版，第 79~81 页。

的情感对象。

"武汉"的地理、景物、风俗意象的历史性、叙事性、情感性三者在作品中是交织在一起的。民族大义能够牵绊住人民的心，是因为那里面填充的情感是具体的，那么"武汉"意象起到的就是这样一个将情感具体化，找到坚实落脚点的功能。武汉的一草一木、一江一楼、一汤一菜，人们在这里面感受共同的民族集体的记忆和情感，与悲壮年代里面的众多无名英雄们一起，诉说着悲欢离合的故事。

没有办法想象王安忆的《长恨歌》没有上海的鸽子、弄巷会是什么样子；帕慕克的《我的名字叫红》少了博斯普鲁斯海峡两岸的伊斯坦布尔会是什么样子，《武汉谍战》注定会打上深深的"武汉"烙印。

第三节　沈从文与聂华苓的故乡纪事

沈从文先生是五四新文化运动所孕育出来的优秀作家之一，聂华苓是在抗战的烽火中成长的天分极高的一位才女。每位作家在青少年时代所接受的宗教习俗、风物景物、民间艺术及亲友关系等因素会影响其情感模式和审美倾向，并经常内化为作家的气质而多方作用于其言行。这由一定文化禀赋所造就的气质会有意或无意间支配着作家的审美视角和审美趣味，从而促使其独特艺术风格的形成。那么，沈从文青少年时代在湘西感受到的主要文化跟聂华苓在其母亲故乡三斗坪感受到的主要文化是否有同质性？这两种文化的基本特征是什么？又在哪些具体方面影响了两位作家风格的形成？这便是本文试图回答的问题。

一、沈从文的故乡纪事

沈从文青少年时期在凤凰城区及辰沅水系城乡所接触的文化，主要是因种种历史的、地理的原因而遗存的楚地巫文化。湘西是个多民族的聚居地，其文化也是多样的。沈从文笔下的湘西故事多发生在沅水中上游的辰州和沅州水系地区，这片区域经战国时期楚国的大力经营，辰沅间那些地势平坦、水土丰沃的水边城乡已大量为楚人占据，而高山大峒的村寨才属于"五陵蛮"、"五溪蛮"等少数民族。这就决定了当时辰沅间文化分布的格局：辰沅水系城乡文化主要是楚文化；而辰沅山系村寨文化则大都属于"诸蛮"文化。

令人难以置信的是，两千多年后的清末民初，沈从文在辰沅水系间所感受到的文化其形式到神韵还和两千多年前辰沅水系文化相同。他在《湘行散记·箱子岩》中，描写过眼前所见沅水中游箱子岩下端午节划龙舟的景象后说："两千年前，那个楚国逐臣屈原，若本身不被放逐，疯疯癫癫来到这充满奇异光彩的地方，目击身经这些惊心动魄的景物，两千年来的读书人或许就没有福分读《九歌》那类文章，中国文学史也就不会如现在的样子了。"接下来，沈从文说到眼前"这些人根本上似乎与历史进展毫无关系，从他们应付生存的方法与排泄感情的娱乐看上来，竟好像今古相同，不分彼此。这时节我所眼见的光景，或许就和两千年前屈原所见的完全一样"。[①] 在历史的长河中，这种灿烂神秘，产生过屈原《九歌》的楚文化历久弥新。

沈从文在《湘西·沅陵的人》中称自己故乡人为"楚人"，在讲述了几个神性与魔性杂糅的故事后，即刻联想到"历史上楚人的幻想情绪，必然孕育在这种环境中，方能滋长成为动人的诗歌"。这种对楚文化的高度认同是颇带几分自豪感的，因而在《长庚》一文中，他自称身上流淌的是"楚人的血液"。作为凤凰人，他在《湘西·凤凰》中写道："苗人放蛊的传说，由这个地方出发。辰州符的实验者，以这个地方为集中地。三楚子弟的游侠气概，这个地方因屯丁子弟兵制度，所以保留得特别多。在宗教仪式上，这个地方有很多特别处，宗教情绪（好鬼信巫的情绪）因社会环境特殊，热烈专诚到不可想象……湘西的神秘，只有这一个区域不易了解，值得了解。"[②]

二、聂华苓的故乡纪事

聂华苓的青少年时代是伴着滔滔江水成长的，抗战时期这位 13 岁的女孩在外婆家乡三斗坪度过了她一生都魂牵梦绕的一年，其后的桅子湾的中学生活及嘉陵江畔沙平坝的国立中央大学一年级的新生生活也深深地感受着长江三峡的特色风物。

聂华苓 1925 年出生在三峡门户湖北宜昌，母亲是宜昌孙姓世家的女儿，父亲是驻宜昌的青年军官。少女时代的她在峡中山野小镇三斗坪度过了一段难忘的时光，这段三峡生活对她产生了深远的影响，以至于离开三斗坪 20 年后，

---

① 沈从文：《箱子岩》，《沈从文选集》第 1 卷，成都：四川人民出版社 1983 年版，第 229 页。

② 沈从文：《湘西·凤凰》，《沈从文选集》第 1 卷，成都：四川人民出版社 1983 年版，第 129 页。

她在台湾因所谓"雷震组党案"身陷困境之时，想到了三斗坪，并以在此的这段生活经历为小说背景，创作了她的第一部长篇小说《失去的金铃子》，并在80年代她回国时专程拜访了少女时代的圣地。《三生三世》里，聂华苓重回故乡时悲喜交加地感慨："我在老人、孩子、年轻人之间挤来挤去。汗臭，体臭。感到切身的亲，好像我从来没有离开过，三十年来，一直和他们在一起，在江上一起挣扎，一起拼命，一起活过来了。"①三斗坪镇位于宜昌市夷陵区西南部，地处风景秀丽的长江西陵峡中段南岸，黄牛岩北麓，西接巴楚，南抵荆襄，既靠近屈原家乡乐平里，又毗邻昭君故里秭归。这样一个不知名的小镇，因抗日战争中许多国共要人及社会名流在这里逗留，并在镇下游的石牌一带打过号称东方斯大林格勒保卫战的鄂西保卫战而知名过一阵，后来渐渐被人遗忘了，直到三峡大坝的兴建它才又重被世界关注。仔细考察三斗坪会发现其在很早就是中华民族一个有分量的文化重镇。坐落在黄牛峡中的这个小镇，镇下游有一座诸葛亮为祭奠大禹和黄牛开山治水而兴建的黄牛庙，千百年来从此经过的著名诗人几乎都留下了感人肺腑的诗篇。西陵峡以轩辕黄帝正妃西陵神女得名，而传说中的轩辕洞就在黄牛峡的后山上。直到孙中山的遗愿在中华人民共和国领袖们的运筹中成为现实的时候，在作为三峡大坝基座的中堡岛不仅钻探出了花岗岩，而且几十年来陆续出土了从新石器时代到元、明、清的上万件历史文物，才使我们大吃一惊：以石灰岩为主的三斗坪不仅生就了一道花岗岩地带，而且还有一部立体的中国通史作为强大的支撑，怪不得历史特别垂青它。

聂华苓对这方水土寄予了深深的回忆，她说："抗战中我到过三斗坪，那时我才十三岁……没有想到多少年后的今天，那个地方与那儿的人物如此强烈地吸引着我，使我渴望再到那儿去重新生活。也许就是由于这份渴望，我才提起笔，写下三斗坪的故事吧。在回忆中，我又回到那儿，又和那些人生活在一起了。我仿佛又闻着了那地方特有的古怪气味——火药、霉气、血腥、太阳、干草混合的气味。"长江三峡小镇的这股古怪气味给聂华苓留下了深刻的情绪记忆，并且作家在其青少年成长期都深受三峡文化的浸染，聂华苓说："我年轻的日子，几乎全是在江上度过的。武汉、宜昌、万县、长寿、重庆、南京。不同的江水，不同的生活，不同的哀乐。一个个地方，逆江而上；一个个地方，顺江而下——我在江上经历了四分之一世纪的战乱。"

---

① 聂华苓：《三生三世》，天津：百花文艺出版社2003年版，第287~288页。

在《失去的金铃子》中有她在三峡行船搁浅与险滩激流抗争的亲身经历和见闻，《桑青与桃红》的第一部写的正是桑青坐木船搁浅瞿塘峡的困境，《千山外，水长流》里有更多的对山城重庆和三峡风物传说的描写。聂华苓为了在小说中写好三峡阅读了许多关于三峡的书，这份深厚的"三峡情结"，既是浓烈的游子思乡之情，又是她内心深处渴望沐浴淳朴温馨的人伦情感，执着地返归自然之情。

　　考察沈从文与聂华苓两人青少年时代所处的文化环境，不难得出这样的结论：沈从文十六岁前在凤凰古城所熏染的文化与他十六岁后直至二十一岁去北京前在沅水城镇芷江、怀化、辰溪、沅陵、桃源、常德、保靖等地所淋浴的是同一种文化，一支存于辰沅民间的巫风特盛的活生生的楚文化。聂华苓在13岁之后直至抗战胜利后去南京之前在三峡城镇三斗坪、恩施、万县、酆都、重庆、柏溪等地所感染是三峡的巴楚文化。这两位作家虽风格有异，但其艺术个性和青少年时代在故乡所获得的一份文化禀赋却有不少同质性因子。两种文化是中国腹地长江流域两种各具特色的峡江文化，但又都源于楚文化，正是这份重生命、重自由、重情感、重声音和色彩的楚文化孕育了沈从文和聂华苓，使他们后来从事艺术创作时有了这样一份禀赋与灵气，具备了形成各自特异风格的可能性。那么两人青少年时期受同一种文化的影响，这份楚文化禀赋到底给两位作家的创作带来了什么样的影响，他们笔下的自然风物与人事纠葛又有什么异同之处呢？由于两位作家作品众多，本文仅比较两人充满故乡记忆的代表作《边城》和《失去的金铃子》，从两人各自描绘的富有峡江特色的山野风情画和社会浮世图中或许能找寻到答案。

三、《边城》和《失去的金铃子》中的山乡风情

　　首先，我们来看看两人笔下的山野小城各是何种风情。先看沈从文小说《边城》开始的两段：

　　　　由四川过湖南去，靠东有一条官路，这官路将近湘西边境到了一个地方名为"茶峒"的小山城时，有一小溪，溪边有座白色小塔，塔下住了一户单独的人家。这人家只一个老人，一个女孩子，一只黄狗。

　　　　小溪流下去，绕山岨流，约三里便汇入茶峒大河，人若过溪越小山走去，则只一里路就到了茶峒城边。溪流如弓背，山路如弓弦，故远近有了小小差异。小溪宽约廿丈，河床为大片石头作成。静静的河水即或深到一

篙不能落底，却依然清澈透明，河中游鱼来去皆可计数……①

　　人物如山水画上淡淡几笔的点染，自然风物则用清新简朴的文字娓娓道来，构筑的是人与自然和谐共生的意境。沈从文所描绘的边城茶峒依山临水，风景如画："近山一面，城墙俨然如一条长蛇，缘山爬去。临水一面则在城外河边留出余地设码头，湾泊小小篷船。""贯串各个码头有一条河街，人家房子多一半着陆，一半在水"，而且到处设有吊脚楼，寥寥数笔便勾勒出湘西山城特有的自然风光。对这"茶峒"小城的描写不是写生式的写实而是在追记一个写意的桃源世界，因而我们在作品中处处能看到传统山水田园诗中出现的自然景观。难怪夏自清在《沈从文的短篇小说》中评价沈从文小说"有玲珑剔透牧歌式的文体，里面的山水人物，呼之欲出"。对湘西的民俗风情作者也善于从不同角度作细致的描绘：人们的重义轻利；走马路还是走车路的求爱方式；月夜中倾吐爱情的山歌；端午时节家家锁门闭户到河边、上吊脚楼观赏壮小伙子们在河上赛龙舟。沈从文自己也很欣赏《边城》的艺术手法与创作意图，他在《习题》一文中说："这作品原本近于一个小房子的设计，用料少，占地少，希望它既经济而又不缺少空气和阳光。我要表现的本是一种"人生的形式"，一种"优美、健康、自然，而又不悖乎人性的人生形式"。② 作者曾说其主意不在领导读者去桃源旅行，却想借重桃源上行七百里西水流域一个小城市中几个愚夫俗子，被一件人事牵连在一处时，各人应有的一分哀乐，为人类"爱"字作一个恰如其分的说明。所以在《边城》中的景物往往有山水画的特质，安静而唯美，人与景和谐相融在一起，即便是端午赛龙舟和河中捉鸭子等欢乐热闹的场景描写也透露出一种小城生活的原始纯朴之感。

　　两相比较，沈从文的《边城》是在叙说一个以湘西为背景的童话世界，里面充满了牧歌情调，他将民间世界中一切藏污纳垢的混浊的东西都过滤掉，所有的自然环境和社会环境是那么和谐纯净，所有人都好像生活在与现实隔绝的桃源仙境中。这是现代人找不到却又天天梦想的情境，而这里的人也仿佛不食人间烟火，毫无现代人的功利心。人人都表现得慷慨豪爽、大方洒脱、公正无私、重情轻利，体现出一种在大自然熏陶下的人情美、人性美。当然，沈从文

---

　　① 沈从文：《边城》，西安：陕西师范大学出版社 2009 年版，第 1 页。
　　② 沈从文：《习作选集代序》，《沈从文选集》第 5 卷，成都：四川人民出版社 1983年版，第 231 页。

这是拿它与都市与现实作对照，反衬现实的丑陋，所以他不仅以"边城"这样一个空间名词为作品命名，而且笔下的茶峒小城也像一幅山水写意画一样。而聂华苓的《失去的金铃子》更像是一幅浓墨重彩的油画，并且作者有意增添不少她所感知的时代的色彩。作者曾说《失去的金铃子》是一部"关于抗战"的小说，作者虽没有正面描绘战争的残酷，但也花了不少笔墨将那个充满血与火的时代风云投影在三斗坪这一临近前线的山乡小镇。小说开头就描画了这样一幅战争中特有的嘈杂混乱、畸形繁荣中却透着血腥气息的场景：

> 河坝上到处是茶馆、面摊、小饭馆以及卖纤绳的铺子。河边停着大大小小的木船，有的在卸棉花，有的装上灰布军装。一个女人站在一条船上，抖着一条湿漉漉的红布裤子，连笑带骂地向另一条船上叫嚷着。我一眼望去，看见那一抹通往镇上的土阶，上上下下的，有吊着一只胳臂的伤兵，穿着浆硬的白布裤褂的船老板，沉着脸的挑水夫，高谈阔论、叼着旱烟袋到船上看货的花纱行老板……漠然流去的长江，夏夕柔软的风，一股血腥、泥土、阳光混合的气味。①

在其后的小说章节中作者又借苓子的双眼看到了敌机轰炸后的焦土、废墟中仅存的祠堂、祠堂外无人照料的女尸、断臂残腿的伤兵、无家可归的难民。但除却这些跟战争相关的恐怖、残破、血腥的场景之外，更多的则是她双眼看到的山野之间随处可见的充满生命力量的自然景物和生活画卷。出现在《失去的金铃子》中的三峡风物丰富多彩，壮美者有咆哮的大江、翻腾的白浪、悬崖峭壁、雪野森林、峭壁栈道、江中行船、半裸纤夫等；秀丽者有古镇河坝、山间溪流、山野小花、轻烟细雨、青石小街、疏落人家；还有那山林间常能听到的丝丝欢愉中又透着深深寂寞的金铃子的鸣唱，正是这些带有浓郁峡江气息的自然风物构成了一幅别具特色的三峡风情画。在这幅画作中则汇聚了作者对故乡的亲切的记忆和目睹山野乡民的生命韧性后的种种感动。比如苓子在去三斗坪路上所看到的一幕：

> 我一口气跑到山路转弯的地方，可以看见长江了。崖壁临江，崖下的缺口有些小木房子。我坐在路边石头上，雨又纷纷落下。我又没戴起斗

---

① 聂华苓：《失去的金铃子》，北京：人民文学出版社 1980 年版，第 1 页。

笠。微茫烟波里，三两只木船由上游流下，船夫在船头两旁摇着桨，唱着调情小调，夹着粗野的话，对于四周翻滚的白浪视若无睹的样子。船上晾着花布衣服随风招展。而远处，在下游，十几个纤夫拉着纤绳，半裸着身子，在陡峭的崖壁上匍匐着前进，身子越弯越低，几乎碰着地面。河里的木船像一把小小的钝刀，吃力地切开白浪，向上驶来。船过了滩，纤夫们有的在崖石上呆望着那条已经过滩的木船；有的跑下河里洗澡，一面捧起水喝；有的站在崖石上，两手叉腰破口大骂，裤子吊在肚子底下。一场多么庄严美丽的挣扎啊！①

　　这幅生动的三峡纤夫图中展现的是坚韧的生命、实在的人生，而这种山里人的执着与实在，在她笔下的其他人物身上也随时可见。当苓子看到山坡上一位农夫细雨中披着湿透的黑布吆喝着劳作的时候，"忽然感染到山里人对那块土地的爱，只要能爱一天，就爱一天"。苓子爬山途中看到一位山村女子赤着双脚背着一大捆木柴，却能在乱石嶙峋、坡陡路滑的山路上如履平地，感受到"那乡下女人身上有一股飞扬、腾跃的原始力量"。主人公苓子也受着这山野生活的熏陶和峡江人物的感染，成了"一个执拗的人——执拗地爱，执拗地活着，执拗地追寻"，这又何尝不可以理解为作者借人物之口追忆自己少女时代的成长体验呢？

　　可以说沈从文是以囿于都市中的"乡下人"的浪漫怀想，用一支牧笛唱出了对故乡的诗意赞美；聂华苓则是借一个好奇的现代都市少女的视角对三峡山野风俗景物进行细致描写，对这山乡风物的摹写中又融入了许多作者对生活的哲理思考和对生命的深刻体验。

　　其次，两部作品都是围绕两位少女展开的，我们可比较以下两篇作品中的这两位核心人物：翠翠和苓子。《边城》之所以被读者接受、称颂，很大程度上是因为都市人需要有一个寄托内心向往的理想空间，而这种桃花源式的超现实的寄托在作品里主要体现在主人公翠翠身上。小说中是这样描绘她的：

　　　翠翠在风日里长养着，故把皮肤变得黑黑的，触目为青山绿水，故眸子清明如水晶。自然既长养她且教育她，故天真活泼，处处俨然如一只小兽物。人又那么乖，如山头黄麂一样，从不想到残忍事情，从不发愁，从

━━━━━━━━━━━━━━

①　聂华苓：《失去的金铃子》，北京：人民文学出版社1980年版，第89页。

不动气。平时在渡船上遇陌生人对她有所注意时，便把光光的眼睛瞅着那陌生人，作成随时皆可举步逃入深山的神气，但明白了人无心机后，就又从从容容地在水边玩耍了。①

翠翠是自然之子，纯净、透明，她的生命气质是跟整日给她以熏陶的青山绿水一样的，是没有沾染人世间的一切是非功利思想，与自然融为一体的境界。《边城》就是他在追寻这种境界，在追寻内心中的一个梦，翠翠就是他的这个梦，这是他叩问自己灵魂深处的回响，一个他所尊重和赞赏的人情美和人性美的好梦。而为了这样一个好梦不会轻易醒来，沈从文把主人公翠翠的命运留给了不可知的未来："这个人也许永远不回来了，也许明天回来！"任读者猜想和期待。这猜想和期待在时间中变成了长长的历史，使得翠翠这一艺术形象在一代代读者的阅读审美过程中形成无数美的体验。至高至上的美是对现实的超越，这种超越现实的美不是以具体的形象作用于人的感官，而是以无形的神韵作用于人的灵魂，它只有在时间的连续上获得无限的生命力，才会充分显示其价值。

翠翠这一形象是有生活原型的，当沈从文在青岛崂山小溪边看到一个戏水的小女子时，很快便想到十多年前在湘西泸溪绒线铺子里看到的翠翠。于是他凭着一个作家的敏感，自然地将这两个形象联结起来，成了他要创作的人物具象。开始写作以后，沈从文回湘西看望重病的母亲时，路过泸溪，又特地到了那个绒线铺。但这时，原来的翠翠不见了，见到的是原来那个翠翠的女儿，同当年的翠翠一样似出水芙蓉。时间只隔十七年，可这已是两代人生命的连接。沈从文从这些在时空中流动的翠翠们身上，已经洞悉了她们的命运，于是他借边城作背景，把翠翠母女两代人的悲剧命运置于时间的连续中。显然，作品中的翠翠已不仅仅是湘西少女的典型，不仅仅是作者沈从文将他自幼所沾染的湘西世界中所有美好的品性凝成了"翠翠"这一形象，而是年年岁岁无数个流动于时空中的翠翠的综合。作品作为人们认识生命之美的一面镜子，始终在时间的延续中，对不同的接受对象产生不同的效力。当翠翠作为艺术形象形成以后，又在时间中生存下来，不同地区、不同时代的读者都会从她身上领悟到人性的善良处和命运的艰难处。

同样是少女形象，聂华苓的《失去的金铃子》中苓子身上则满是充满好奇

---

①　沈从文：《边城》，西安：陕西师范大学出版社 2009 年版，第 1 页。

的执拗女孩的青春萌动。少女苓子在战乱中从城市来到鄂西山野的大自然，迥异于都市文化的峡江文化氛围不仅让这位接受过现代学校教育的年轻知识女性开了眼界，而且其少女隐秘内心的成长故事也在离三斗坪不远的三星寨展开了。三星寨是苓子母亲借住的村寨，苓子来到三星寨不久就暗自爱上了比她年长的尹之舅舅，而这位在伤兵医院工作、带着些叛逆性格的年轻医生却只是把她当做有共同语言的大孩子，而和端庄美丽的寡妇巧姨偷偷相爱了。风情绰约的巧姨，这个仅比苓子大五岁的寡妇，在烟鬼丈夫死后，挽起拘谨的小髻，鬓角偎着一朵服服帖帖的小白绒花，在婆家低眉顺眼地做着守节的寡妇。然而，对爱情和幸福的渴望，使得她与尹之偷偷相爱。这本是一个再普通不过的偷情故事，但作者却将它描写得十分美丽，眉眼传情，书鸿往来，深情缠绵，直至东窗事发时男人的决断和女性的软弱，故事的凄美令人唏嘘感叹。当苓子发现尹之与巧姨的恋情后，烦闷、苦恼、嫉妒、怨恨的心理使然让她故意使尹之与巧姨的私情败露。事后，巧姨被送走，巧姨的公公设计让尹之蒙冤入狱，而苓子灵魂深处善恶较量的结果是理性良知与美好人性的回归，她开始审视自己非理性的爱情，责备自己的冲动与蛮干，并冒着生命危险去为一对恋人传递消息，误入雪野山林并大病一场。苓子经过一番"灵魂的探险"最后找到的答案是："世界所需要的就是爱，唯有靠着爱，生命才能变成一片光华。"

少女暗恋的情怀，守节女子的苦涩，妻妾之间的争斗，女性向往自由的憧憬，这一切作者都通过苓子的所看所感所想被一一细腻地、舒缓地展现出来，像一幅细致的工笔画，看似素淡实则热情内敛、意味隽永。在经过了这一段"庄严而痛苦"的成长经历后苓子怅然离开了故乡，但当她和母亲从三峡小镇乘船驶向城市时，苓子感到城市并不是她的家，"到什么地方也没有自己的家"，我想小说最后的这句话中所透露出来的无家可归的悬浮感、无可附着的漂泊感才是作家聂华苓真实的内心体验，抗战烽火中的山乡自然对作家进行了精神洗礼，在离开这片热土时，当时的少女正逐渐成熟。"这段生活教我开始认识人生，教我学习宽容。德性是一步步痛苦地爬上去的。""生活不是诗，而是一块粗糙的顽石，磨得人叫痛，但也更为光彩，更为坚实。人的一生都会沾上一些黑点，只要我们在适当的地方将黑点调节起来，加上休止符，黑点就变成了一首美丽和谐的音乐。"这是苓子对生活的总结，也是作者对生活的感悟。

翠翠是沈从文内心深处美好理想的化身，是超现实的桃源理想的形象寄托，所以她不仅出现在《边城》中，还在沈从文处于精神危机时所写下的狂言式的笔记中出现。他在《五月卅下十点北平宿舍》中动情地呼唤着："翠翠，翠翠，你是在一零四小房间中酣睡，还是在杜鹃声中想起我，在我死去以后还想起我？"①也就是说，当作者精神处于紧张状态乃至疯癫状态时，翠翠这一虚构的形象成为超越了现实层面的精神慰藉。相比之下，苓子身上则更多注入了作者自己真切的心路历程。《失去的金铃子》发表后，或许因为作者身为女性，又是第一人称独白的叙事手法，苓子形象也格外逼真动人，这使得许多读者问"苓子"是否为作者自己，聂华苓的回答很巧妙："苓子是我吗？不是我！她只是我创造的。但是，苓子也是我！因为我曾经年轻过。"②可见苓子身上是多少含有作者对自己青葱岁月的追忆的，而那段峡江社会的山乡生活也让当年的作者迅速成长，正如苓子在作品中自述："这几个月之中，我所体验到的、看到的、感受到的，使我由单纯中逐渐分裂。死亡、生命、爱情、欲望，透着真情的虚伪，在动物的本性中闪着人性的火花……这就是人生，而我开始体会到了。"

最后，我想试着对两篇作品进行题解，进而比照出两种都源于楚文化又各具特色的峡江社会风情对两位作家的深远影响。沈从文在北平的一枣一槐庐写《边城》时是他最幸福的人生时光，他好不容易从乡下人变成了文明绅士，当了大学教授，又是新婚燕尔，人生所追求的诸多美好理想都达到了，但在内心的超越世俗的更高要求则化成了翠翠这一形象。在现实生活中，沈从文作为一位大学教授，在高等学府里面教书，又有一位美丽的妻子，一个非常幸福的家庭，这样一种生命状态肯定就不是青山绿水中的一头充满自然灵气的鹿的状态，他可能已经得到了所谓现代知识分子在都市世俗生活中期许的一切，但反过来，他心灵当中的冲动、生命最原始的起点却失去了。"边城"这一空间名词，从字面意上指有别于中心城市的边地城镇，湘西世界充满原始的神秘感，人们的生活朴素而自然，作者对其中包含的优美的文化内涵的深为认同；而从另一层意义上则包含了作者对偏僻边塞之地也正受着都市重利轻义的市侩文化侵蚀的隐忧，眼见完美之人性正逐渐腐蚀、理想田园正趋瓦解，作者忧心忡忡。沈从文几次返乡的经历，让他发现以往桃源世界的浪漫情调正在消失。沈从文为了表现这种今不如昔的转变，故意安排两年中的中秋之夜都没有好月亮，浪漫因素因而减弱。翠翠的母亲不知引来多少恋歌，而翠翠只有一次就消

---

① 沈从文、张兆和：《从文家书》，上海：上海远东出版社1996年版，第161页。

② 聂华苓：《苓子是我吗？》，《黑色，黑色，最美丽的颜色》，北京：生活·读书·新知三联书店1986年版，第256页。

失了，而且只是在梦中隐约地听到，傩送的情歌成了单方面的情意表达，整夜的男女对唱成为往事，只剩下河街吊脚楼中妓女通宵达旦的陪客歌声。这两种歌唱正代表了过去与现在的社会风尚的演变，良好的风俗传统正趋没落，代之而起的是以金钱物质为基础的别样声音。尽管天保和傩送都不要碾坊而要渡船，表现出对爱情执着的精神至上主义，但更多来边城的商人和水手们一上岸就急着追求的却是妓女。爱情至上与纵欲主义的行为对比，精神与物质的冲突，沈从文已用或隐或显的笔法将这一块最有原始民风的桃源乐土的困境表达了出来。

所以他在写完《边城》之后又在《题记》中说他还预备在另一个作品里，给当前的农村与过去的农村"一种对照的机会"，去表现农民的性格灵魂被大力所压，"失去了原来的朴质，勤俭，和平，正直的型范以后，成了一个什么样子的新东西：他们受横征暴敛以及鸦片烟的毒害，变成了如何穷困与懒惰"！他想把这个民族因历史原因走向一个不可知的命运时，一些小人物在变动中的忧患，与由于营养不足所产生的"活下去"以及"怎样活下去"的观念和欲望，来作朴素的叙述。因而他后来又写了《长河》，他在《长河·题记》中说："最明显的事，即农村社会所保有那点正直素材人情美，几乎快要消失无余，代替而来的却是近二十年实际社会培养成功的一种唯实唯利庸俗人生观。"所以《长河》这一作品的作用是用来"认识这个民族过去伟大处与目前堕落处"，以期给"各在那里很寂寞的从事于民族复兴大业的人"和苦难的农民"一种勇气和信心"，"以及在重重灾难中，促进了全民族的觉醒和新生"！① 由此可见沈从文尽管忧心于故乡被商业市侩文化熏染，但对生养他的这片湘西热土和生活在其上的人们从来都是抱有信心的，他坚信那美好的人情人性终有被重新唤醒的时候。

《失去的金铃子》是 1960 年代身处困境的女作家聂华苓隔着海峡编织关于鄂西故乡山野小镇的传奇故事，是追忆自己在三峡小镇度过的那难以忘怀的年少时光。作品虽通过人物的爱情婚姻悲剧对封建礼俗作了批判，对愚昧的国民劣根性也进行了有力的贬斥，但作者的用意更在于以苓子的成长过程写出三斗坪的山野自然生活对一位少女的人性升华作用，写她离开山野之后对故乡的亲切追忆与怀念。而暗喻着少女情怀的金铃子的轻唱，好像一根金丝，柔柔地隐

---

① 沈从文：《长河·题记》，《沈从文选集》第 5 卷，成都：四川人民出版社 1983 年版，第 235 页。

现在全书中，从头到尾不断出现，不仅成为小说暗伏的主线，更使得整个故事情节披上了一缕诗意的薄纱。"金铃子"是自然的精灵，其叫声飘忽而动听，是三斗坪山野风物的一种，因被作者反复描写，构成了作品对整个三峡风情描绘的一个不可或缺的组成部分，更是一个被作者赋予了浓厚诗意与哲理意蕴的象征体。这一象征体既代表了淳朴的山野自然，又代表了纯真的少女情怀。而失去的金铃子则暗示女主人公在离开了山野故乡后也随之失去的少女情怀，作品中直到苓子无意间撞见小舅舅与巧姨的地下恋情，其玻璃般的初恋才宣告结束。战乱与峡江社会的浮世绘都只是个布景，但这个玻璃般的初恋故事放在那样的布景前面，一切的迷乱与暧昧都被放大了，那是一个小姑娘和成人世界的一场生死之战，无所谓输赢，只是对曾经的青涩时光的浪漫追记。正如小说结尾意味深长地写道："生命有一段段不同的行程，走过之后，就不会再走了，正如同我的金铃子，失去之后，也不会再回来了。"

同时这部小说的标题也暗示了作者创作时的心态，在《自由中国》半月刊工作了 11 年的聂华苓眼见刊物停刊、同事被捕入狱，自己也处于和外界隔绝状态，她称："那是我一生中最暗淡的时期：恐惧、寂寞，穷困。我埋头写作。《失去的金铃子》就是在那个时期写出的。它使我重新生活下去，它成了我与外界默默沟通的工具。"[①]为何创作这部作品能为作者排遣恐惧和寂寞，能让作者振奋起重新生活下去的勇气呢？我想是因为在三斗坪的这一段年少时期的生活经历让聂华苓见证了淳朴的自然和美好的人性，所以每当黑暗来袭时，聂华苓总能从对故国家园的怀想中获取精神力量，这已然成为其创作的动力和源泉。如果把她三部代表性的长篇作品联系起来看的话，《失去的金铃子》写出了鄂西山野自然对一小姑娘的精神洗沥以及离开自然后的无处归依感，《桑青与桃红》唱出了一位从长江三峡的激流中走出的纯朴少女桑青如何在离开自然后四处漂泊并在异域堕落成纵欲少妇桃红的悲歌，《千山外，水长流》则以具有半中国半美国的血统的莲儿留美访亲为线索，找寻能打通国家与民族之间隔阂的血脉联系。三部作品实则都在唱着一曲渴望返归自然、呼唤人性复归的爱的颂歌。

通过以上诸方面比较，我们可以发现沈从文与聂华苓两位作家对故乡的风情记事、主人公的形象塑造以及创作的内在动因都深受其故乡文化风习的影响，也都显示他们内心的渴望。他们都渴望用坦荡的真情冰释偏见与误会，用

---

① 聂华苓：《失去的金铃子·写在前面》，北京：人民文学出版社 1980 年版。

诚挚的爱意去赢得友谊与爱情，人与人、人与自然能和谐相处，让人向着纯然的自然与美好的人性复归，这也是他们所执拗追寻的人生理想的最高境界。

第四节　张劲帆小说中的原乡记忆

张劲帆是旅居澳大利亚华文作家，先是供职于湖北省社科院文学研究所，于 1990 年移居澳大利亚。从张劲帆的小说中我们感觉到那就是他个人经历与个人内心的一个缩影，他过往的经历成为其小说创作的宝贵财富。这些过往的经历内化到他的小说中，形成了其小说特色鲜明的家园记忆书写，这些家园记忆书写是张劲帆人生的艺术化表达，本文试着对其家园记忆书写的特征与作用进行分析。

一、家园记忆书写的蕴含

第一，家园记忆书写展现对家园美好生活的眷恋。

张劲帆的小说中多次出现主人公对以往生活的回忆，虽然主人公的回忆充满了各种苦难，但真正让主人公念念不忘的却是那苦难中的美好记忆。所以张劲帆小说的家园记忆书写不单单在于叙述苦难，更在于表现对过去美好生活的眷恋。然而这种美好生活却是一去不复返的，它也仅仅存在于小说主人公的回忆中。比如在《不尽的旅程》这篇小说中，秦越在旅途的过程中看到伊丽丝而想起了以前的秀秀，由此引出了主人公秦越与农村女孩秀秀的过往故事，秦越与秀秀相互爱慕，秦越说秀秀"真是山里的一只凤凰"，这段经历让秦越倍感珍贵，念念不忘。再如在《初夜》这篇小说中，主人公白玫总是时不时地想起在国内的过往经历，她回忆自己和初恋洪毅刚的恋爱经历，她回忆农村青年春旺对她的一片痴情，恋恋不舍，她还回忆了与她志同道合的挚爱男友林宇从见面到谈理想，从建立恋爱关系到走进婚姻，领取结婚证的每一个瞬间，这里面无不表现出白玫对昔日种种美好的留恋与向往。然而现在身在澳大利亚的她却是孤身一人，没有爱人，没有家庭，饱受着精神与身体的双重煎熬，昔日的美好只能是一个回不去的梦想。而《西行》这篇小说在这方面的特征更为明显，梦昙在即将有可能移民澳洲时，美梦破灭，病榻上的她想到最多的是家乡的臭豆腐和小时候父亲所演奏的《梁祝》小提琴曲，美好的生活一去不复返，移民澳洲的美梦破灭，而她却以另外一种形式永远地留在了她曾经梦寐以求的土地上，这样的结局实在令人深省。

　　第二，张劲帆小说家园记忆书写着重表现了小说人物在历史洪潮中那不可抗拒的悲剧命运。

　　张劲帆的小说所呈现的多是社会灾难背景下普通人的悲剧命运。著名文艺理论家陶东风在谈到"社会灾难"时说它是"与自然灾难相对，是指特定时期由于人为因素，特别是重大决策失误或政治文化偏见给全社会的政治、经济、文化、道德造成重大伤害并波及大量受害者人群的集体性灾难，这个灾难不仅制造了大量的受害者，而且制造了大量的施害者，毒害了大量的普通大众，使他们道德堕落，良知丧尽，甚至把他们降低为动物"。① 张劲帆的小说所写的多是大背景下的普通人，这些普通人在历史的洪潮中无法选择自己的命运，只能在时代的大潮下向前摸索人生的方向。《不尽的旅程》中的秦越和秀秀，由于身份和背景的差距，注定了他们不能走到一起，他们的相遇与分离就是这种悲剧命运的最具体体现，更进一步讲，人在大背景下不能决定自己命运本身就是一个悲剧，这是全社会的悲剧。再如《初夜》中的白玫和洪毅刚，由于成分的差距，洪毅刚单独回到了城里，孤零零地剩下白玫一个人忍受黎明前的黑暗，在这里，我们从人性出发，很难说洪毅刚及其父亲的选择是完全错误的，也不能因此对洪毅刚个人进行道德评价，因为小说人物的种种抉择并不能完全归结为个体的主观想法，那广泛存在着的不可抗拒的社会诅咒和精神枷锁才是小说人物悲剧命运的重要源头。另外再如《热土》当中很多人的悲剧也无不是与当时社会大环境有着密切的关系，小说中着重表现的社会背景就是战争，战争使得普通老百姓无家可归，颠沛流离，使得本来相互爱慕的男女反目成仇。再如《云与鸟》当中的霁云，她的所作所为在某种程度上也是社会加给她的，她想挣脱现实的困难生活，可是这种社会环境对她的天然影响却使她在改善物质条件的同时失去了家庭和爱情，这不免也是另一种形式的社会悲剧。所以张劲帆在他的小说中塑造了一系列的人物，这些人物可能身份不同，经历不同，人生走向不同，但有一点是相同的，那就是他们都是洪潮之下悲剧的实际承受者。

　　第三，张劲帆小说的家园记忆书写表现了人性之善与人性的扭曲。

　　社会的悲剧所造成的必然是人性的变异，善良的人们在群体的变异中苦苦地挣扎，他们试图在社会中寻找人生的理想，可他们是失败的，所以小说中所呈现的只能是在寻找理想的过程中那还没有泯灭的人性和在大环境下群体的平

---

　　①　陶东风：《关于当代中国社会灾难书写的几个问题——以梁晓声的知青小说为例》，《当代文坛》2013年第5期，第67页。

庸之恶，亦即人性的扭曲。在《初夜》这篇小说当中，出现了曾守德以及大环境下一大群没有公布名字的人物，这些人在大环境之下好像丧失了自己，在对别人的声讨中丝毫没有一点自己的想法，他们失去了作为个体那独立思考的能力。除此之外，人性的扭曲还表现在这种大环境中对于人性之恶的激发，比如白玫想通过大队书记的关系回城，可是大队书记却见色起意，心生不端，此时恶被激发出来了。《终生追求》这篇小说也是类似的情节，老李的妻子在特殊时期竟然公然批斗她的丈夫，并且要与老李划清关系，这种人性的扭曲让人看来无不唏嘘。在小说的家园回忆描写中，一切平常的事都变得反常，在那无法反抗的社会的蹂躏中，亲情、爱情这些人世间最宝贵的东西都被摧毁。虽然人性出现异化和扭曲，但人性的善并没有就此消失，它在黑暗的夹缝之中得以生根发芽，《初夜》中白玫与洪毅刚、林宇的美好情感记忆便是这善的实际表现。《西行》中梦昙记忆中的臭干子和父亲的《梁祝》小提琴曲便是人性之善的最具有代表性的符号化的表现。正是那些有追求的人们没有放弃对人世间的真情的追逐，没有放弃对于正义的追求，使得他们的人性在特殊时代熠熠生辉，这种熠熠生辉的人性之善成为小说主人公在多年之后无比留恋的珍贵记忆。

二、家园记忆书写的特色

张劲帆小说中的这些家园记忆书写占有大量的篇幅，是小说内容的重要组成部分，这些文字特色鲜明，对其小说艺术产生了重要的作用，具体如下：

第一，张劲帆小说的家园记忆书写对人物形象塑造起到了重要作用。这主要表现在两个方面：

首先，张劲帆小说家园记忆书写展现了人物心理上的矛盾状态，使得人物形象更具生命，避免了脸谱化、概念化。心理上的矛盾状态主要来自过去国内生活的记忆与现在国外生活现状的鲜明对照。在张劲帆的小说中，过去与现在在主人公的大脑里相互交替着出现。比如《初夜》中的白玫，她在上山下乡的时期里与那两个年轻小伙子的情感纠葛总是和现在一无所有的老处女状态合在一起呈现，她会回忆当时的无数种可能，而伴随她的却是现实中孤零零一个人待在房中的孤独寂寞状态。在抉择中，她是矛盾的，也是艰难的，而内心的矛盾与艰难正是通过对过去进行回忆的形式真切地呈现出来。这种矛盾心理的呈现，使白玫的形象变得立体、生动、深刻。张劲帆小说中对人物内心矛盾状态的呈现，乃是从灵魂深处对人物进行塑造，我们通过人物的心理状态去想象人物的整个形象，由心理而至形象，由无形而至有形，矛盾心理的呈现使得其小说人物塑造有了更为广阔的表现空间和想象空间，使得小说人物真正地活了起来。

其次，张劲帆小说家园记忆书写使得人物形象更加完整。人物形象是通过他的过去、现在乃至未来等所有经历才得以完全展现的。而张劲帆小说的家园记忆书写正好具备这方面的作用，他的家园记忆书写使我们了解了小说主人公的过去，这样我们所看到的小说人物便不再是现在某一个时刻的人物，而是在命运、情感、生活等诸多方面变化着的具体人物形象。比如小说《云与鸟》中的霁云，在她的记忆里，上海老家是那样的让人厌恶，她的过去是暗淡的、贫穷的，她立志要改变自己的命运，而上海小市民的心态又不是她所独有的，这是社会的通病，不能单单从这里去认为她人品上的问题。她想让孩子留在澳大利亚，也是因为她对国内太了解了。所以当我们真正知道了霁云的过去，我们便会理解霁云现在的所作所为，从而避免了从单一的角度片面地去看待霁云。家园记忆书写使人物形象变得厚重，完整，有气象。

第二，张劲帆小说家园记忆书写加深了中外不同文化的矛盾冲突，对推动情节的发展起到了重要的作用。

勤勉、内敛、含蓄、矜持是中国人引以为豪的传统美德，可是国外的直白、开放等等特征是非中国人所有的，这就形成了一种矛盾。而家园记忆书写则是诠释这种矛盾最好的方法，过去属于国内，它里面所包含的一切生活、想法、语言都是中国式的，而小说中所描写的现在则是异国他乡，那些东西与中国大陆完全不同。小说主人公是这两种文化的载体，而这两种文化的矛盾也通过小说主人公自身的回忆呈现出来，这种矛盾冲突又进一步推进了小说故事情节的发展。比如《初夜》中的白玫，就是一个典型的保守、内敛的中国女性，小说中写到她与林宇已经领了结婚证书，可是她却不能接受没有举办婚礼而有性生活这种事情，一直保持着自己的贞操，直到最后。可是当她来到澳大利亚后，却是完完全全的另一番景象，婚前性生活被认为是天经地义的，而且被认为是必须有的事情，可她却不能接受。但到最后又不得不用自己非常珍惜的贞操去换取保释，最终其贞操在与丹尼斯的一夜情后不复存在。传统的保守思想对白玫影响至深，使她不能接受来自异域的民俗，可是到最后她却不得已用自己的贞操换取自由，她认为是很神圣的东西，在西方人看来很平常。这种思想文化上的不同所形成的矛盾在那一夜都呈现出来了，白玫最后匆匆离开了丹尼斯的住所，而丹尼斯却对她的处女身份感到不可思议。在《初夜》中，白玫来到澳洲后，感受到两种文化的不同，使得她在生活中处处都表现出一种矛盾的状态，而小说在很大程度上就是围绕这种文化冲突所产生的矛盾状态展开的，进一步说就是家园记忆书写表现的文化冲突是推进小说情节发展的重要因素。再如小说《云与鸟》中主要围绕女主人公霏云展开，而推进小说情节得以展开的重要因素便是霏云与她的丈夫之间生活方式和思想观念的不同而产生的矛盾冲突。霏云想留在澳洲，不喜欢国内的环境，而她的丈夫却想将生意做到中国去，两个人由此产生了矛盾，这个矛盾进一步扩大，最后导致了两个人的分道扬镳。整个小说基本上围绕这个矛盾的萌芽、发展、激化展开叙述，其矛盾从本质上还是文化的差异。而《云与鸟》这篇小说在表现文化的差异时，也是以家园记忆描写作为铺垫的，作者以家园记忆的形式着重描述了霏云在国内的生活经历，这样国内生活经历所带来的文化印记就与异国文化形成了更为鲜明的对比，使得文化的冲突表现得更为深刻，进而推进情节的发展。

　　第三，这种家园记忆书写使得其小说形成了独特时空的叙事结构。

　　回忆性的描写在张劲帆小说中占有重要的地位，这种描写在其小说中大段大段地出现，更有甚者几乎全篇都是回忆性的文字。张劲帆小说中的回忆性部分，与现实的描写共同构成了其小说的主体。而笔者认为这种写作的意义还不仅仅在于现实与过去本身，更在于它形成了一个独特的时空叙事结构，其主要表现为两个方面：一是通过现在、过去的描写而生发出对于未来的期盼与设想，形成了一个贯通现在、过去、未来的时间叙事模式。二是通过对过去与现实的描写，将国内和国外两个地域都包含在小说的创作中，呈现出广阔的空间叙事结构。这种全时空叙事结构使故事得以在更为广阔的视野下展开，这在一定程度上加深了小说的厚重感与思想深度。可以说，这种叙事模式本身就是一种厚重的体现，而其小说又是在鲜明的历史大背景下展开叙述的，那么其小说厚重的一面就展现得一览无余了。比如《不尽的旅程》中，主人公秦越在旅途中遇到少女伊丽丝，从而想起下乡时遇到的农村姑娘秀秀，进而展开对过去回忆的书写，这样过去与现在便通过回忆描写得以相联系，国内与国外的经历也有了沟通的可能，于是《不尽的旅程》这篇小说便在广阔的空间和悠长时间中得以全面展开，其表现内容更为丰富，视野也更为开阔。再如《初夜》也是如此，白玫在澳洲的每一个生活经历都不由自主地使她联想起在国内所经历的一切，现在和过去得以在这种联想中自由地切换，伴随着时间维度的变化，空间自然也随之变化，时而是澳洲的异国他乡，时而是多年前的国内，时空叙事结构呈现出一种超越感，超越当下而进入过去与现在的自由转换，超越现实时空而从更为开阔的思维变换层面进行叙述。总之，家园记忆描写使得小说形成了

独特的时空叙事结构，这种结构使得小说的叙事更加自由，更利于作品主题的呈现。

张劲帆的小说中呈现出很多家园记忆书写的内容，这些内容更进一步来说带有华文文学中原乡书写的意味，所以张劲帆小说所表现的家园记忆描写不仅仅是一种单纯的小说中人物的回忆，也带有小说作者对已经过去了的生活的一种认知，代表着他对历史的一种认识，是他以写作的形式进行人生思考的一个重要表现。正是其在家园记忆描写中表现出了这种思考的深度，也使小说在艺术上呈现出较为突出的成就。

第六章　海外湖北作家研究的新视野

第一节　欧阳昱《独夜舟》：从小说到现实的
本真性还原

　　《独夜舟》(2016)是欧阳昱第三部汉语长篇小说，具有极强的先锋性、实验性。欧阳昱认为先锋的意义在于："1. 不写别人写的东西；2. 写别人不敢写也不愿意写的东西；3. 写发表不了的东西。"他又在《〈独夜舟〉创作谈》中指明其小说追求的三个要素："小说至少要具有先锋性、语言性和思想性。纯粹以讲故事为目的的小说，可能是我最不屑的。"①这表明欧阳昱并没有沉溺于单一的先锋性，他所追求的先锋性并非仅仅作为艺术姿态的先锋性，而是将其用做勘察现代世界的一种刀锋般的利器，以探寻出现代性的隐忧，与语言性共同探得艺术思想性的先锋性。在此意义上，先锋性是艺术精神、语言表达、思想追求等的全方位的先锋。三者构成"三位一体"关系，彼此间具有极强的互文关系。

　　现实世界显得丑态十足，但小说并没有无视、漠视它而虚构出一个"美丽新世界"以慰藉人心，而是与现实世界保持了一致性。"总的来说，现在写的小说，如果不脏一点，不丑一点，不可恶一点，就不好玩。一定要像我们生活的这个世界，又脏又臭又垃圾，才让人有点希望。否则，连希望都没有，如果看了充满希望的小说的话。那哪是小说？那是舔人家屁股的唾余。"②《独夜舟》正是这样一部现代性语境中追求本真性的小说。

---

　　① 欧阳昱：《要失败就失败得更好：写到发表不了为止》，《华文文学》2015 年第 6 期，第 65 页。

　　② 欧阳昱：《独夜舟》，台北：猎海人文化出版公司 2016 年版，第 273 页。

一、非故事的小说诗学

对于小说应该是怎样的这一主题的探讨，尽管在之前的两部汉语小说《愤怒的吴自立》(1999)和《淘金地》(2014)中已经开始，但做出系统性论述则非《独夜舟》莫属，因而《独夜舟》可视为欧阳昱汉语小说的诗学宣言。按照威廉·加斯对元小说(Metafiction)最早也最为经典的定义"小说形式被当做素材"的"所谓反小说是真正的元小说"，[①]《独夜舟》显然是部元小说。《独夜舟》的元小说特质主要表现在非故事(non-story)的小说诗学。某作家认为，"所有的非小说，包括 memoir，包括 autobiography，都是小说，都是 fiction"，[②] 不仅仅名为 fiction（既有虚构之意，又有小说之意）的小说是虚构的，就连非虚构作品也是虚构的。所谓非故事在很大程度上等同于非虚构(nonfiction)，非故事的小说作为现代小说，所"非"的是包括故事在内的传统小说的诸多虚构性因素。

"按照贝克特的话来说，真正的现代小说，要寻找一种能承载一团乱麻的形式，把读者逃避现实的幻象剥光，同时残酷无情地真实反映作者的体验。"[③] 这是《独夜舟》中引用 Tim Martin 的评论文章《B. S. 约翰逊：英国的文学先锋独人》(B. S. Johnson: Britain's one-man literary avant-garde) 中的话，在很大程度上反映了欧阳昱的小说理想。对现代小说的强烈诉求，折射出作者对传统小说的反抗意志。欧阳昱让传统小说和现代小说在《独夜舟》中共同发声，形成具有激烈对抗性、论辩性的两种声部。

"众声喧哗起来，有一个声音特别响：你写小说，没有一个音容笑貌俱全的人怎么可能成其为、称其为小说？我们正在回到古代，一个现代的古代，当代的古代。"[④]为传统小说的合法性发声、辩护的，既有谆谆教诲的著名作家，他认为小说的意义在于为人们提供梦境，让人们"能暂时忘掉他们当前的处境，进入一个崭新的世界，一个迥然不同的世界，在那里短暂地逃避一下"，[⑤] 也有苦口婆心劝说的亲人，"哥，我不希望你总是这样，一写书就进入不开心的状态。这样写出来的书，让人看了也不开心，人家就不想买了。……在所有

---

① William Gass. *Fiction and the Figures of Life*[M]. New York: Alfred A. Knopf, 1970: 25.

② 欧阳昱：《独夜舟》，台北：猎海人文化出版公司 2016 年版，第 414 页。

③ 欧阳昱：《独夜舟》，台北：猎海人文化出版公司 2016 年版，第 442 页。

④ 欧阳昱：《独夜舟》，台北：猎海人文化出版公司 2016 年版，第 16 页。

⑤ 欧阳昱：《独夜舟》，台北：猎海人文化出版公司 2016 年版，第 308 页。

的人都大唱赞歌的时候，你却出语就不高兴，出语就伤人，出语就勾勒出一幅
灰暗沉闷的风景。……你就给他们 happiness 吧。如果你给不了，你就写得让
他们笑一笑吧。如果这也给不了，你就只给他们一点什么也说不上来，有意思
也没意思，但至少文字很美的东西吧"。① 传统小说的强势话语权可以在《独夜
舟》中的如下统计数据中得到证明："故事的市场占有率约为百分之九十五，
诗歌约占百分之一，反故事或非故事又称 anti-story，所占比例大约跟诗歌差不
多，约为百分之一点五。"②

　　传统小说之所以遭到反对，就在于其因虚构而造成的失真。在一则专论
"不可靠的叙述者"片段中，"我"坦承自己是位不可靠叙述者，所讲的故事基
本都是谎话。为何要讲谎话呢？因为"人们都爱听"，"社会'会'要求你'会'
讲谎话"。③ 传统小说的失真具体体现在两个维度：传统小说本身的内在失真
与出版、评价等的外在失真。传统小说的内在系统的失真又可具体到小说故事
的失真、小说语言的失真等层面。首先，来看故事的失真。传统小说制定了很
多规矩，"例如，人物、情节（最令人痛恨的莫过于情节）、铺垫（可以打一个
比喻：做爱时一铺垫，爱就做不成了）、高潮、人物性格（现在不需要性格，
都是电脑外面长的一个肉电脑）、姓名（不需要了，比如，写这些文字的'你'，
可用数字代替，就叫他 8.59，这是写到这个地方时的准确时间）、想象（也不
必要）、创意（可要可不要，有创意的就会有创意，没创意的人，一辈子都不
会有创意），等等"。④ 莱昂内尔·特里林注意到当代艺术对本真性的特别关
注，认为这最集中地体现为："在文学中，叙述、讲故事的地位急剧下降"，
"叙述曾经是小说创作最重要的手法，但现在写小说的人总是千方百计躲避、
模糊或掩饰讲述行为"。⑤

　　其次，来看小说语言的失真。"写得太好，以至于完全无法看"，以诗歌
和散文诗为甚，"所有的大词，所有被认为最美的词，都被他们用尽了还嫌不
够，还在不断为他们的隐喻库存添置更多的隐喻暗喻明喻比喻"。小说尽管稍
微好一些，"但喜欢玩弄文字者不在少数，以为他那个是美文。美文是一种很

---

①　欧阳昱：《独夜舟》，台北：猎海人文化出版公司 2016 年版，第 368 页。

②　欧阳昱：《独夜舟》，台北：猎海人文化出版公司 2016 年版，第 457 页。

③　欧阳昱：《独夜舟》，台北：猎海人文化出版公司 2016 年版，第 78 页。

④　欧阳昱：《独夜舟》，台北：猎海人文化出版公司 2016 年版，第 10 页。

⑤　莱昂内尔·特里林：《诚与真》，刘佳林译，南京：江苏教育出版社 2006 年版，第
133 页。

快就会发霉的文字，不如称作霉文更合适"。①

传统小说之所以会呈现上述面貌，事实上并非作家的"一己之功"，而是有着批评系统、出版系统、评奖系统等诸多共谋。批评失去了其应有的讲真话的勇气，"在这个越来越自恋的时代，已经没有任何意义。人们需要的是盛赞家、自赞家，不是批评家"。② 文学出版系统由文学商人所掌控。一方面，文学出版受商业利益所驱使。"普天下的出版商不是为了出书而出书，而是为了挣钱而出书"，"来多少有才气的作品，就杀死多少有才气的作品"。③ 另一方面，文学出版商又遭受到审查制度以及社会文化心理的限制，平庸成为出版的标准与准则。编辑如是自道："我们做编辑的，一天要看好多稿，能够用的不多，过于政治化的不行，过于先锋走极端的也不行，一大批稿子看过来看过去，最后选的都是中不溜儿。"④平庸不仅成为出版的最低门槛与条件，也成为评价系统的最高价值，"所有的评奖，总是掐头去尾，去掉一个最高分，去掉一个最低分，谁最平庸，谁就最可能取胜"。⑤ 事实上，这是一种被阉割了的价值准则，"他们所坚持的，就是表现光明、乐观、积极、向上的一面。他们这样做，等于是把黑夜一笔勾销，把那些曾被黑暗吞噬的人一个个抹掉"。⑥平庸造成了传统小说的严重同质与重复："无论写多长，写多细，怎么刻画，都不是我想看的那种东西，都已经看过，或者看起来像别人已经写过，只是人名、地名、故事情节稍有不同而已或大有不同而已。"⑦

"这个世界有70多亿种活法，就至少有70多亿种写法，用不着像任何人，也用不着不像任何人。"⑧按模式、套路写成的都不是小说，"小说是最不清楚的前沿"，"小说可能是一种尚未生成的理论"。⑨ 欧阳昱在《独夜舟》中写道："他已无法有血有肉有性格地去按前几个世纪的固定方式讲故事了。他只会呈现骨头，只能呈现骨头。"⑩这里的血肉与骨头，应看做身体隐喻：所谓血肉，

① 欧阳昱：《独夜舟》，台北：猎海人文化出版公司2016年版，第34页。
② 欧阳昱：《独夜舟》，台北：猎海人文化出版公司2016年版，第46页。
③ 欧阳昱：《独夜舟》，台北：猎海人文化出版公司2016年版，第408页。
④ 欧阳昱：《独夜舟》，台北：猎海人文化出版公司2016年版，第65页。
⑤ 欧阳昱：《独夜舟》，台北：猎海人文化出版公司2016年版，第460页。
⑥ 欧阳昱：《独夜舟》，台北：猎海人文化出版公司2016年版，第367页。
⑦ 欧阳昱：《独夜舟》，台北：猎海人文化出版公司2016年版，第100页。
⑧ 欧阳昱：《独夜舟》，台北：猎海人文化出版公司2016年版，第7页。
⑨ 欧阳昱：《独夜舟》，台北：猎海人文化出版公司2016年版，第110页。
⑩ 欧阳昱：《独夜舟》，台北：猎海人文化出版公司2016年版，第83页。

隐喻着矫饰、美化，小说与人的本真性存在之间处于脱嵌状态，小说成为生存的矫饰与虚妄；所谓骨头，隐喻着本真性，既指小说的本真性，更指人的本真性存在状态。

非故事意味着对虚构的因果律的颠覆，因而我们看到《独夜舟》的架构逻辑并非是前后连贯的，而呈现为很大程度上的混乱。小说由许许多多的断片并置而成，断片彼此之间往往并非前后承接关系。值得注意的是，每一断片并非以有意义的标题或者数字加以命名，而是以电影场记板图标来区隔彼此。这在很大程度上显示出小说文本与现实世界在碎片化上的互文关系。因而小说中的"阅读此书的要领"特别提醒读者："书，是可以从任何地方开始阅读……这本书可以从最后一页开始读。也可从中间开始读，而且是往回读。"①诚如小说封面所提示读者的那样，《独夜舟》的"主线"由一个在空难中失联的作家串起：

> 我是一个已经死了的人。通过活人讲我的故事。我在一次飞机失事中丧生。我的尸体炸成碎片，在空中纷纷扬扬地飘落下来时，每一小片肉片都像眼睛，向四面八方看去，把周围那个从来没有去过的地方，连做梦、连旅游、连想象都没有涉及的地方看了个够，因为眼睛的聚焦，我在那一瞬间看到的，比我一生看到的都多，也就是后人所看到的那个样子。②

但是由许多眼睛之所见构成的诸多细节断片之间是没有必然逻辑因果联系的，正如作家之失联一样，小说各组成断片之间也处于失联状态。失联并非仅仅指作家在空难中失联，而是现代世界的面相，这正如小说中经常引用到的《绝对批评》中所论述的现代主义艺术自我意识的两大主题："一方面是断联和失落——社会稳固的过去的失落，父母传统的失落；另一方面是艺术的自我解放。"③

非故事、非叙述的小说强调的是细节。细节其实就是真实的同义语。小说接受者如是说："我这个不写东西只看东西的人，最不要看的就是叙述"，"细节、细节、细节，我要的就是细节，活着的就是一个细节的世界，其他一切留

---

① 欧阳昱：《独夜舟》，台北：猎海人文化出版公司 2016 年版，第 6 页。
② 欧阳昱：《独夜舟》，台北：猎海人文化出版公司 2016 年版，第 9~10 页。
③ 罗伯特·休斯：《绝对批评：关于艺术和艺术家的评论》，欧阳昱译，南京：南京大学出版社 2016 年版，第 36 页。

给机器或电脑记住就行了"。① 细节真实呈现在多个方面，比如荧幕时代、雾霾、地沟油等社会现象的展现，这一层面留待下文再详细展开。小说艺术的真实则首推小说的互文性。首先，小说的注释多达122条，这种细节真实的展现方式，其实达到了严苛的学术论著的标准。事实上，如果算上小说中插入的《强烈要求澳大利亚政府为人头税向华人道歉》所附的19条注释的话，注释则达到141条之多。其次，小说本身是关于文学创作的，因而插入了很多投稿文章或是文学创作课程学生的习作片段等。最后，经常提到许多作家、作品，比如贝克特、伯恩斯坦、乔伊斯、布劳提根、维勒贝克、哈代等等，甚至欧阳昱及其作品《散漫野史》《金斯勃雷故事全集》《柔埠》等也进入小说之中。

二、荧幕时代的伪装与失真现实

如果说小说失真指的是传统的话（传统并非意味着在现时代的终结，事实上传统小说在现时代仍占主流），那么，现实世界失真的批判矛头则指向了现时代（同样，并非说前现代就是不失真的，只是说前现代社会里个人嵌入宗教、社会等宏大体系中，本真性的问题尚未真正呈现）。

与其说《独夜舟》批判的是这个国家或那个国家，不如说批判的是一个这样的时代："谁活在这样的时代不疯才怪。当你看到你的手机一下子长出了那么多的哲学家、文学家、道德家、评论家、摄影家、绘画家、说教家、诗人、散文家，其实都是转载家，没有一样东西属于自己家时，你唯一做的就是你现在做的，把手机关掉，从而让心灵稍息。"②小说中描绘了一个独特动人而发人深省的场景：患有便秘的名叫香香（极具反讽意味的名字）的女人坐在马桶上，想象出一个目光所到之处皆为荧幕的荧幕世界。荧幕时代正是作者对这个世界的有力概括。"他们的眼睛嫁给了手机荧幕。他们的手娶了手机。"③荧幕时代是一个虚拟化的时代，这个时代的人们极易从现实的真实滑入荧幕的虚拟。然而"所有这些虚的东西，始终无法产生实的效果"。④《独夜舟》中引用了实验小说家 B. S. Johnson 第二部长篇小说《阿尔伯特·安杰洛》（*Albert Angelo*）中的一句话："我憎恶只部分生活的人。我是那种要么全活，要么不活的人。"⑤这

① 欧阳昱：《独夜舟》，台北：猎海人文化出版公司2016年版，第35页。
② 欧阳昱：《独夜舟》，台北：猎海人文化出版公司2016年版，第40页。
③ 欧阳昱：《独夜舟》，台北：猎海人文化出版公司2016年版，第107页。
④ 欧阳昱：《独夜舟》，台北：猎海人文化出版公司2016年版，第93页。
⑤ 欧阳昱：《独夜舟》，台北：猎海人文化出版公司2016年版，第442页。

在很大程度上反映出欧阳昱对现实世界的看法，部分生活的言外之意就是生活在自我选择、设定的领域之内，这是一种高级而隐蔽的自我欺骗。"生活被平庸化和狭隘化，与之相连的是变态的和可悲的自我专注。"①

这个时代提供给人们太多的面具，确切来说是用来伪装和遮蔽丑陋呈现美好的假面。事实上，这是现时代的幻觉，是大多数人自愿选择营造的乌托邦。他们乐于沉浸于美的幻象之中，尽最大努力屏蔽掉时代的痛楚，因为一切伤疤、丑陋都会使他们感到难堪与尴尬。然而，遮羞布从来都不会消除难堪之物，"人已经坏到无以复加的地步，正在微信中越来越道德起来。微信外面，成亿的人在拉屎，和抛垃圾"。② 马尔库塞在《文化的肯定性质》中阐释了肯定的文化的双重特性，一方面，在新社会勃兴之际它是革命的、积极的，另一方面，当社会固化之后，它"就愈发效力于压抑不满之大众，愈发效力于纯为自我安慰式的满足"。③ 文化的肯定性质呈现在日常生活的方方面面，欧阳昱对此展开多层面批判，以下仅举其中几个具有代表性的例子加以说明：

对电子产品的批判。由超薄型电视机所引发的感慨："从前看重的是厚重，瞧不起的是轻薄。而现在，一切都要轻薄"，"难道人不也是如此？一个个都是微人，做的都是微事，轻薄到不再需要感情，不再需要内容"。由手机、打印机等电子产品的更新换代这一现象，引发出多重哲思："日新月异的世界，把一切逼得日旧月异"，"其实变化不快，计划更快，早就跑到变化之前，把变化预定到计划中去了"，进而引申到爱情的短暂易逝，"这种更新和淘汰，跟爱情相似、近似、酷似，也貌似。不需要永久了，或者说，只需要一秒钟的永久"。④ 对微信、脸书等自媒体的批判。在荧幕时代，人已然异化成为微信人，民族也成为微信民族。"（微信）这个产生于二十一世纪十年代早中期的魔鬼，顺应了自恋的潮流，一夜之间席卷了那个没有哲学家没有艺术家没有文学家没有精神领袖没有英雄没有猛士——连说真话都没有的民族的人！"⑤ 每个自我之间达成了共谋：微信成为自我表演的私密而又公开的工具。自我私

---

①　查尔斯·泰勒：《本真性的伦理》，程炼译，上海：上海三联书店 2012 年版，第 5 页。

②　欧阳昱：《独夜舟》，台北：猎海人文化出版公司 2016 年版，第 41 页。

③　马尔库塞：《审美之维》，李小兵译，桂林：广西师范大学出版社 2001 年版，第 9 页。

④　欧阳昱：《独夜舟》，台北：猎海人文化出版公司 2016 年版，第 76～77 页。

⑤　欧阳昱：《独夜舟》，台北：猎海人文化出版公司 2016 年版，第 53～54 页。

底下认为可以靠转发而分享原创的神圣性，靠成为转发大师而成为表演艺术家。对身体美容整形的批判。身体遭受着无以复加的美化，不仅仅身体的影像需要靠 PS 技术才能供他人观赏，身体的外表需要靠化妆品的装扮才可示人，就连身体的内部构造都在美容整形中得到残酷的改造，以至于"不假不成身"。①

不难发现，以上对日常生活的批判均集中于现代技术与自我的共谋关系上。现代技术在极大限度上释放了自我，自我利用现代技术膨胀了自己，之所以说是膨胀了的自我，理由在于这种自我的高大、光辉形象并非源自自我的真实扩充。也就是说，现代技术如同魔术师所施的魔法，自我并没有本质改变，它之所以看起来光鲜耀人无非是借魔法之力。"这是表达的机会与欲望使然，而不管'信息'的实质为何，且借助一个媒介得以被传播、放大。为了交流而交流，表达基于表达，除了博取寥寥几声应和外而无其他目的，因循着空虚的逻辑，自恋在此表现出其与后现代的空泛化进程之间的默契。"②

"你有没有自己的一点东西啊？说到底，你不就是一个转发家吗？你不就是一个微家吗？不消说，你在网子里面生活得很适宜，像一只蜘蛛一样适宜，还不断地吐丝，扩大网子，有人在看着你在那儿自肥呢。你什么都自，自媒体、自炫、自夸、自我感觉超好、自耀、自赞、自洽，几乎到了自宫的边缘，你唯一缺乏的就是自由。"③《独夜舟》对"自为"进行了无情揶揄、嘲讽。这里的"自为"指的并非是人们所追求的自我自立之意的自为，而且虚假的自为。"人，已经成了一个自为的人，自己为自己活着的人，自己听自己好话，自己为自己说好话的人。"④不难看出，欧阳昱通过将词语从中间断裂、隔开的方式（"自为"通过添加限定语而扩展成为句式"自己为自己"，这种添加、扩展破坏了原来的意义结构，"自"与"为"被割裂开来）将词语原本的含义解构了，"自为"作为一个整体所具有的崇高意蕴经此而得到消解。绍莫吉·瓦尔加指出了自律面临的困境与局限性："我可以自主地行动，过一种自律的生活（康德哲学意义上的），而我的实际行动甚至生活方式仍未能展示出我所理解的应然的自己。"进而指出本真性是超越了自律的一种伦理理想，"本真性关乎超越自律

①　欧阳昱：《独夜舟》，台北：猎海人文化出版公司 2016 年版，第 147 页。
②　利波惟茨基：《空虚时代：论当代个人主义》，方仁杰、倪复生译，北京：中国人民大学出版社 2007 年版，第 13 页。
③　欧阳昱：《独夜舟》，台北：猎海人文化出版公司 2016 年版，第 108 页。
④　欧阳昱：《独夜舟》，台北：猎海人文化出版公司 2016 年版，第 46 页。

或自主的一种能力，在区分外围的与核心的个人许诺、原则、愿望，或真正值得追随的感觉等方面的定向能力"。① 但值得注意的是，欧阳昱的真实意图并不在于批判自为，而在于批判假自为。正是通过这种解构，他划定了两种自为，通过两者之间界限的划定而保护了自为的本真意义。

在歌舞升平的美好幻象的对立面，欧阳昱不吝笔墨地描绘了苦难惨景。比如暴力事件，《独夜舟》中写到一位暴力眼球游客，他只对吸引眼球的暴力感兴趣。再比如，作者也在书中揭露了环境污染（雾霾）、食品安全（地沟油）等诸多问题。而最能体现现实世界失真的莫过于要求澳大利亚政府道歉。澳大利亚政府长期对华人征收人头税，实施白澳政策，"澳大利亚、新西兰、加拿大和美国这四个国家中，澳大利亚是唯一推行了'白澳政策'这种国家恐怖主义政策的国家"，② 但却对此民族歧视行为拒不认错，失联作家曾强烈要求澳大利亚政府就此事道歉。"白人，这是最排外的一类人，他们一唱雄鸡天下白之后，就恨不得把所有的其他颜色抹掉，他们的恨跟他们的白一样，他们的爱，也跟他们的白一样。……所有的颜色中，白是最脆弱的，也最不能容忍的，因此时时刻刻高度警惕，害怕其他颜色入侵，不让其他颜色浸染。"③欧阳昱提醒我们：国家如同个人一样，会存有偏见并犯下过错。个体要求国家这样的庞然大物作出道歉的行为，无疑是对本真性的追求。

三、本真性的还原路径

小说界的问题在于，小说家太拘泥于小说的传统，陷入虚构的程式化，没有小说家的自我呈现；现实界的问题在于人人都太自我，滑入自我中心主义的程式化，表面上是在呈现自我，事实上呈现的却是程式化的自我。表面看来，这是两种对立现象，但在本真性沦丧的意义上，却形成了闭合的圆圈，取得了惊人的同一。两种程式化其实是将原本复杂多变的世界进行简化，旨在将世界打扮得井然有序、干干净净。事实上，欧阳昱在 20 世纪 80 年代一首题为《净化》的诗中曾无情嘲讽了这种净化的文化心理："总有人在提净化/要净化人的心灵/要净化作品、舞台、电影/像抹桌子、擦屁股、剔牙/……伪君子，让我

---

① Somogy Varga. *Authenticity as an Ethical Ideal*［M］. New York & London：Routledge，2011：2.

② 欧阳昱：《独夜舟》，台北：猎海人文化出版公司 2016 年版，第 485 页。

③ 欧阳昱：《独夜舟》，台北：猎海人文化出版公司 2016 年版，第 132 页。

摁下电钮告诉你/蒸馏水中开不出鲜花/养活她必须以猪粪牛粪和人的屁屁！"①

　　净化反映出自我设限的封闭和欺骗心理。小说和现实世界充满了幻象，如何将幻象破除，还原出一个本真性的世界呢？小说中樊鲑的"ABCD，四进四出"论在很大程度上可以看做欧阳昱给出的本真性价值的还原方法。小说中仅仅阐释了 ABCD 的含义，没来得及解说四进四出的意思。所谓 A，即先锋（avant-garde），"先，就是一切都要先行，走在前面。锋，就是要有锋芒，像一把尖刀，直指最前面"。所谓 B，即 break，"不破不立的'破'，破除一切陋习的'破'"。所谓 C，即 creative 和 critical，"前者指创，既可以是创意，也可以是创作、创造、创想，后者指批，主要指批评"。所谓 D，指 discovery，发现的"意思是说，通过发掘，使之呈现"。② 四者（实为五者）之间存在交叉叠合，事实上可以概括为一种精神和两种实践论阶段：对待万事万物的先锋精神，破—批、发现—创造两种实践论阶段。

　　考虑到樊鲑是做翻译工作的，他"ABCD"论可进一步溯源至语言学，而这也同时涉及欧阳昱所讲的小说语言性。从洪堡特到萨丕尔、沃尔夫，他们都认为语言是一种世界观。洪堡特指出语言的民族性与世界观之间的关联，"语言无时无刻不具备民族的形式，民族才是语言真正的和直接的创造者"，"每一语言都包含着一种独特的世界观"。③ 朱竞的观点正好反映了捍卫汉语纯洁性的民族语言观，他在《拯救世界上最美的语言》中说："对用中文写作的作家来讲，真正意义上的文学就是以典雅、蕴藉的汉语为载体的文学。因此，有必要确立汉语写作的价值和意义，需要对汉语精神进行深入的体认，重新发现汉语的'诗性品质'。"④典雅、蕴藉的语言观用美学概念来讲就是优美的语言观，这一语言观所追求的不是别的，正是优美的世界。然而，这种在朱竞看来需要拯救、捍卫的优雅语言观，正是欧阳昱所要批判的。"凡是通过翻译进入汉语的东西，都已经变得残缺不全常常是被活摘器官"，"这些被删削、被肢解、被审查后颠簸了的文字，已经失去了原有的活力，不值得一读。汉语的纯洁是保留了，但它的活力却被阉割了"。⑤

---

①　Ouyang Yu. *Second Drifting*[M]. Kingsbury：Otherland Publishing，2005：21.

②　欧阳昱：《独夜舟》，台北：猎海人文化出版公司 2016 年版，第 211~214 页。

③　威廉·冯·洪堡特：《论人类语言结构的差异及其对人类精神发展的影响》，姚小平译，北京：商务印书馆 1999 年版，第 72 页。

④　朱竞：《汉语的危机》，北京：文化艺术出版社 2005 年版，第 3 页。

⑤　欧阳昱：《独夜舟》，台北：猎海人文化出版公司 2016 年版，第 217 页。

　　樊鲆从他的翻译实践中提炼出了一门"反正学"。"整个中国文字和英国文字，包括两国的文化，所呈现的核心，就是倒，互为倒影，互为反正，互为敌友。"①反正学是在翻译学的双语视界基础上扩展到文化领域形成的学问，其核心是在两种甚至多种异质性文字、文化中通过对比、对照而得出洞见。在此反正学的路径下，他针对严复的翻译三字经"信达雅"，对"雅"字做出自己的文化分析，他列举出 Cunt: the Declaration of Independence，Language Most Foul，The Vagina Monologues，More Pricks than Kicks 等几种英文书名，在汉语语境中均受到雅化、净化处理，"这个国家培养教育出来的翻译，一为尊者讳，一为白人讳，凡是遇到语言方面的问题，他们都会拿起译笔、敲起译键，主动、自动、免费地为他们的作品来一次大扫除的。他们一天到晚在那儿奢谈什么归化、异化的，却见到个鸡巴，硬要译成阳具。阳具多好听、多美、多雅，那是阳光的阳、阴阳的阳啊"!② 面对语言所带来的失真现象，小说中提供了一种破解之途，即多学几门外语。"会一种外语，就等于是给自己的监狱设置一次永久的放风，放到风里面想回来就回来，想不回来也可以永远都不回来或仅仅只是半回来。"③这正好与洪堡特的语言观不谋而合："人从自身中造出语言，而通过同一种行为，他也把自己束缚在语言之中；每一种语言在它所隶属的民族周围设下一道樊篱，一个人只有跨过另一种语言的樊篱进入其内，才有可能摆脱母语樊篱的约束。所以，我们或许可以说，学会一种外语就意味着在业已形成的世界观的领域里赢得一个新的立足点。"④

　　除了语言学，小说中的另一个独特现象也值得引起注意。欧阳昱在《独夜舟》中经常直白地写到性、屎、暴力等现象，甚至有"诗意产生于丑、臭。美是最要不得的东西"⑤、"丑才是真理的真实面目"⑥的论断。阿多诺解释了艺术审丑与本真性之间的隐秘关联："艺术应当追究那些被打上丑的烙印的东西的起因。在这方面，艺术不应借助幽默的手法来消解丑，也不应借此调节丑与丑的存在，因为这会比所有的丑更令人反感。相反地，艺术务必利用丑的东

　　① 欧阳昱：《独夜舟》，台北：猎海人文化出版公司 2016 年版，第 173 页。
　　② 欧阳昱：《独夜舟》，台北：猎海人文化出版公司 2016 年版，第 176 页。
　　③ 欧阳昱：《独夜舟》，台北：猎海人文化出版公司 2016 年版，第 35 页。
　　④ 威廉·冯·洪堡特：《论人类语言结构的差异及其对人类精神发展的影响》，姚小平译，北京：商务印书馆 1999 年版，第 72 页。
　　⑤ 欧阳昱：《独夜舟》，台北：猎海人文化出版公司 2016 年版，第 81 页。
　　⑥ 欧阳昱：《独夜舟》，台北：猎海人文化出版公司 2016 年版，第 392 页。

西，借以痛斥这个世界，也就是这个在自身形象中创造和再创了丑的世界。"①
欧阳昱也如此阐释审丑背后的文化批判意图："有意要对文化中的禁锢因素进
行对抗和颠覆，其实就是对文化的虚伪性进行颠覆，特别是中国文化中那种做
得说不得，说得写不得，写得发表不得的虚伪性。"②

　　这体现出作者"以反来说明正"③、以崇低来消解崇高的平衡哲学。小说中
有一则片段是崇低者的独白，"崇低者喃喃自语：一切崇低……孤独地把那些
东西都低过去、低下去"，低的终极目的其实不是消灭高的存在，而是"跟云，
跟天，跟空"。④ 除了"空"，欧阳昱还用了"生"字来表达同样的意图："这个
国家的文人，应该把喜欢吃生鱼、吃生蚝的劲头，用在写字上。写一些生的东
西给人看，而不是那种涂脂抹粉、乔装打扮、过度包装的东西。"⑤"空"、
"生"反映出还原万物本然面相的意志和本真性的价值追求。只有在"空"、
"生"的语境之中，人们才不会被一种话语强权所遮蔽，才会同时拥有真正意
义的双重思维、视界。一方面，直面本真性，还原世界本有的另样面相；另一
方面，也形成了一种惊奇效果，是一种言说策略，具有作者自己所说的去学
（unlearn）或者阿多诺所言的去升华（desublimation）的清除效果。"unlearn 不是
不学，而是去学，去掉的去，去殖民化的去，把所学的一切都抹去，把写满字
的纸刷白，让大脑记不住（不是忘掉）以前所学的所有规矩。"⑥

　　小说中的反正学和平衡哲学均是欧阳昱本真性还原的策略，莱昂内尔·特
里林的见解直指要害所在："按照本真性的标准，过去被认为是文化组织肌理
之构成的许多东西现在似乎就变得无足轻重了，它们只不过是幻想或仪式，或
者干脆就是彻头彻尾的弄虚作假。相反，由于本真性自身的要求，许多过去的
文化所谴责并试图加以排斥的东西则被赋予了相当多的道德真实性，比如无
序、暴力、非理性。"⑦一方面，如特里林所言，人们赋予无序、暴力、非理性

---

① 阿多诺：《美学理论》，王柯平译，成都：四川人民出版社 1998 年版，第 87 页。

② 梁余晶、欧阳昱：《关于反学院、"愤怒"与双语——欧阳昱访谈》，《华文文学》
2012 年第 2 期。

③ 欧阳昱：《独夜舟》，台北：猎海人文化出版公司 2016 年版，第 408 页。

④ 欧阳昱：《独夜舟》，台北：猎海人文化出版公司 2016 年版，第 352 页。

⑤ 欧阳昱：《独夜舟》，台北：猎海人文化出版公司 2016 年版，第 82 页。

⑥ 欧阳昱：《独夜舟》，台北：猎海人文化出版公司 2016 年版，第 10 页。

⑦ 莱昂内尔·特里林：《诚与真》，刘佳林译，南京：江苏教育出版社 2006 年版，第
12 页。

等以本真性，另一方面，对本真性的追求也必然产生使人感到无序、暴力、非理性等带来的不悦感。上文引述了小说中失联作家大量眼睛的聚焦式观看，紧接着来观看欧阳昱写的血液："我的很多血滴，都在溅洒的那一刹那化为蒸气，剩下的不是落在陌生的屋顶，就是某头鸟的眼边，或几头牛的头上，它们以为下雨了，抬头一看，什么也没有，低头吃草时，沾了血液的草色更加鲜绿，吃在口里似乎更加有味。"①血液使人联想到暴力，汉语中暴力与血腥的连用即最好地说明了这一点。然而血液又不只是引起不悦感，也指向了直面精神与求真意志，尼采有言："在所有写就的著作里，我只喜爱作者用他的鲜血写成的。以鲜血写成的著作：你将体验到，鲜血即精神。"②

在此意义上讲，《独夜舟》不仅仅是小说，而且是关于"美丽—金钱—性的三位一体，是否将取代上帝（既然上帝已死），成为最接地气的下帝"③的哲学著作。对于"下"的哲学关注，在现代性语境中其实就是对于本真性的关注，"本真性意味着向下运动，穿过所有文化的上层建筑，到达一个地方，一切运动都在这里结束，也在这里开始"。④ 因而我们不难看到，欧阳昱喜欢在小说中将异质性的词语并置，如《独夜舟》—《毒液舟》、诗—屎—死、史记—屎记、文艺—瘟疫、优秀—疣臭、思想家—家思想、无涯状态—无牙状态、教师—叫虱、理想—非理之想、华人—滑人—滑动人—滑头人—滑而不实之人—华而不实之人……这种彼此关联微弱的词语并置，打破了人们常规的认知体系与思维惯性。面对认知惊愕，必然有人愤怒，无法接受此种并置，也必然有人深思其背后所隐含的本真性。

本真性被特里林看成比真诚更具繁殖力的现代价值观，"比之于真诚，本真性要求更繁重的道德经验，更苛刻的自我认识，对'忠实于它'是指什么有更严格的理解，它更关注外部世界和人在其中的位置，但却不会轻易地屈服于社会生活环境"。⑤ 从反正学里引发的先锋精神与破—批、发现—创造实践论，

①　欧阳昱：《独夜舟》，台北：猎海人文化出版公司2016年版，第10页。
②　尼采：《扎拉图斯特拉如是说：一本为所有人又不为任何人所写之书》，黄明嘉、娄林译，上海：华东师范大学出版社2008年版，第78页。
③　欧阳昱：《独夜舟》，台北：猎海人文化出版公司2016年版，第10页。
④　莱昂内尔·特里林：《诚与真》，刘佳林译，南京：江苏教育出版社2006年版，第13页。
⑤　莱昂内尔·特里林：《诚与真》，刘佳林译，南京：江苏教育出版社2006年版，第12页。

与《独夜舟》中的崇低哲学和平衡哲学具有同样的思维路径：反对以净化观、美化观为代表的虚假的一元性思维，直面被遮蔽的丑、臭、性等，以形成真正的二元性思维，从而对失真的小说与现实进行本真性还原。

第二节 《失去的金铃子》成长小说的深层结构研究

结构主义批评理论是 20 世纪西方文论的一个重要流派，它主要运用结构主义的思维方法，注重从整体和关系入手，揭示文学作品的结构模式特征。结构主义对于文章过于理性化的研究方式，使得文本阐释常带有某种被"肢解"的意味，这种与自然科学发生碰撞的"科学"方法，令以情感打动人心的文学逐渐消失它的体温，与此同时也将更为严密的思维与逻辑推理方式引入文学。尽管结构主义理论有许多不足，其理论观点也受到许多文学批评家的质疑，但是，它对文本的"另类"解读则不失启发性。

《失去的金铃子》是时居台湾的女作家聂华苓的代表作，也是她的首部长篇小说，写于 1960 年。小说的情节并不复杂，作者采用第一人称的叙事手法，截取了主人公少女苓子生活的一个横断面，以抗战时期的一个偏僻山乡为背景，描述了这位纯真无邪的少女经历"一段庄严而痛苦的过程"①后成长的故事。作品发表后，当即在台湾引起轰动，在短短几年里，此书多次再版。海内外学人对这部作品投去了较多关注的目光。当前，关于它的研究多集中于三个方面：一是通过其自传性质而展开，尤其强调作家的海外华裔身份；二是从性别出发，以女性主义视角观照文本；三是从社会历史的角度，透析少女成长背后的战争与革命。总的来说，关于小说的研究可以说还停留在"表层"结构，而它的深层结构，却少有人触及，为此，笔者试图运用结构主义文学批评理论对《失去的金铃子》进行解读，管窥文本的深层意义，领略其文学价值。

一、永不停息的成长

(一)成长小说

"成长小说"几乎是现代中国文学绕不开的一个话题，20 世纪多变的时势为生存在动荡社会里沉浮的创作主体提供了绝好的素材：战争、政治、饥饿、

---

① 聂华苓：《失去的金铃子》，北京：人民文学出版社 1980 年版，第 207 页。

死亡。与此相伴的是人在面对不可知的世界中产生的精神上的变化，从个人层面来说，这种变化常被称为成长。《失去的金铃子》所描述的内容便是关乎成长的故事，主人公苓子便是"成长"的一个典型。小说反映的是少女苓子在战乱中偶尔来到"世外桃源"般的三斗坪的岁月里所经历的心灵的巨大蜕变。我们将文本与巴金的《家》、杨沫的《青春之歌》等作品相比较，便会发现它们都讲述了某个少年从稚嫩到经过外界的洗礼，一步步走向成熟的故事。关于成长的故事千千万，而"讲法"却各有不同。笔者无意于对成长中各不相同的故事加以归纳，而是试图对成长小说隐藏的共同结构进行探寻。

在《失去的金铃子》中，刚入三斗坪的苓子充满活力、锋芒毕露，是一个浑身散发着朝气的少女形象，骨子里透出纯真和不谙世事，自由不羁、不受世俗约束，"我和风扭在一起，打着、笑着"。① 随着时间的推移，她开始对尹之舅舅产生不正常的爱慕之情，这种小女儿暗恋的痛苦在窥破尹之与巧巧偷情时转为嫉恨，于是高声假喊"在院子里！一条又粗又长的花蛇！"，② 引人前来，致使他们两人偷情之事败露，从而受到残酷的惩罚，尹之被关入监狱，巧巧被远送大伯家。苓子为此心生不安，她开始审视自己那没有"理性基础"的爱情，责备自己的冲动与莽撞，以差点付出生命的代价替二人传信，以期通过实际行动来赎罪。在经历了这一系列"成长"过程之后，苓子终于开始了解人生不同的面目，自己也"真的长大了"。③

《家》中的觉慧、《青春之歌》中的林道静，同样经历了生活的安宁与心灵上的平静，到这种表面的宁静被外力打破，最终重新确立了自己生命方向的过程。不同人物的不同成长之间仿佛有着极为密切的关系。当这些关于成长的不同"讲法"被放在一起观照时，一种熟悉感扑面而来。我们发现，在结构主义者看来，所有的"讲法"都可以被看做一个更大的"故事"——成长叙事——的不同"讲法"，它们都遵循同样的"语法"。

不论是对现当代作家中有关成长的作品，例如茅盾"蚀"三部曲、巴金"激流"三部曲等的分析，还是将目光放至《新爱洛伊丝》《威廉·麦斯特的漫游时代》《简·爱》等世界著名的成长小说身上，都能从它们当中发现一种隐秘的熟悉感。从刘半九对成长小说（教育小说）的定义中，我们可以管窥一二："往往

---

① 聂华苓：《失去的金铃子》，北京：人民文学出版社 1980 年版，第 94 页。
② 聂华苓：《失去的金铃子》，北京：人民文学出版社 1980 年版，第 157 页。
③ 聂华苓：《失去的金铃子》，北京：人民文学出版社 1980 年版，第 204 页。

是以一个所谓'白纸状态'的青少年为主人公，通过他毫不离奇的日常生活，通过一生与其他人相处和交往的社会经历，通过他的思想情感在社会熔炉中的磨炼、变化和发展，描写他的能力、道德和精神的成熟过程，他的整个世界观的形成过程。"①那么，从前也许未全部接触这些作品的我们，为什么会产生这样的感觉呢？

在研究民间故事形态时，普罗普发现任何故事都"可以看出不变的因素和可变的因素。变换的是角色的名称(以及他们的物品)，不变的是他们的行动或功能。由此可以得出结论说，故事常常将相同的行动分派给不同的人物。这就使我们有可能根据角色的功能来研究故事"。② 根据普罗普的研究，功能有着高度的重复性，它的实现方法可变而本身不变，这样，"功能"就是有限的，人物只是"承担""功能"。在关于故事的整体性著述大多流于玄想时，普罗普这种在无数庞杂的故事中注重它们之间元素的结构关系的思维方式，无疑颇有启发性，这也正是后来结构主义的基本观点：作为一个整体的对象是由诸成分组成的，作为组成部分的个体的个别属性并不重要，一切个体的性质都由整体的结构关系决定着。世界不是由"事物"组成的，而是由"关系"组成的。③

沿着这条路径，列维·斯特劳斯开创了神话"深层结构"的解读方法。④ 他一方面认为在神话中似乎任何事情都可能发生，这里没有逻辑，没有连贯性；但是另一方面，在不同地区收集到的神话显示出惊人的相似性。"神话同语言的其他部分一样，是由构成单位组成的"，但"神话中的构成单位更高级、更复杂"，因此称为大构成单位，"每一个大构成单位都由一种关系构成"。在他看来，每个神话都可以被看成包括它所有讲法的大的故事，神话的内在结构渗透在不同的讲法中，这种深层的内在结构通过对同类型的神话进行结构分析后可以得到。

---

① 刘半九：《绿衣亨利》(译本序)，北京：人民文学出版社 1980 年版。
② 弗·雅·普罗普：《故事形态学》，贾放译，中华书局 2006 年版，第 17 页。
③ 李幼蒸：《结构与意义》，中国人民大学出版社 2013 年版，第 465 页。
④ 列维·斯特劳斯：《结构人类学》，北京：文化艺术出版社 1989 年版，第 46 页。在神话的结构研究中，他认为每个神话都应被界说为包括它的所有讲法的神话，而结构分析应考虑由所有不同讲法构成的神话故事。通过系统运用结构分析，我们就有可能将所有已知讲法组成系列，形成一种置换群，从而在混乱中建立起某种秩序，使我们领悟到神话思想深处的某些基本逻辑程序。

（二）线性结构

将上述观点应用到《失去的金铃子》中，不局限于单纯的情节而将文本放入成长小说，"抽离"出它的叙事单元，我们可以得到表1。

状态	"功能"	作品
A 顺从状态	A1 纯真时代	《失去的金铃子》《绿山墙的安妮》《哈克贝利·芬历险记》《麦田里的守望者》《威廉·麦斯特漫游时代》
	A2 感情幸福	《简·爱》《爱玛》
	A3 家庭美满	《约翰·克里斯多夫》
	A4 ……	
B 叛逆状态	B1 理想受挫	《失去的金铃子》《幻灭》《红与黑》
	B2 感情破裂	《青春之歌》《动摇》
	B3 亲人干预	《家》
	B4 ……	
C 皈依状态	C1 心灵成长	《失去的金铃子》《哈克贝利·芬历险记》
	C2 追逐理想	《青春之歌》《家》
	C3 创伤平复	《失去的金铃子》
	C4 ……	

根据上表，我们可以看出一部成长小说可以被描述为"A（顺从状态）+B（叛逆状态）+C（皈依状态）"，其故事单元可以任意组合。例如，《失去的金铃子》既是一部讲述天真烂漫的少女苓子如何在烽火岁月中避难到世外桃源般的三星寨，并生活其中，经历了一系列事件并最终成长的故事，又可以简要地概括为"A1+B1+（C1+C3）"的形式。在具体作品中，人物是能够被随心所欲替换的，可以是从天真懵懂到理想破灭到最终成长的苓子，也可以是绿山墙的安妮，是威廉·麦斯特，甚至是唐璜，但正如普罗普所说，"神奇故事已知的功能项是有限的"，换句话说，被抽象出来的"功能"是有限的。数百年来，这些能通过叠加而组成的故事正是按照上表的基本模式进行编码的。

同样，我们可以对其他成长小说进行 An（±An±1）Bn（±Bn±1）Cn（±Cn±1）的线性模式解读，亦即每一部成长小说都可以通过 A 功能中任意一种或一种以上或加上 B 功能中任意一种或一种以上或加上 C 功能中任意一种或一种以上方式组合。当然，也存在部分成长小说中并没有 C 状态出现，也就是没有达到平和状态，主人公仍在探寻或仍陷入分裂之中的情况。在这样的组合中，可变换的是人物和词汇（句子），保持稳定的是基本结构：它们是同一语法位置上的更替。在 ABC 的联想轴上选取不同的功能组合，用人物和词汇进行替代，新的故事会不断地产生。这也自然解释了为什么我们在阅读这些作品中产生挥之不去的熟悉感。这种生产带有复制性，正是在这个意义上，我们说，《失去的金铃子》中表现的"成长"，固然是具体而有限的，同时更是无尽的。

二、永在漂泊的外乡人

外乡人与本地人的隔膜，在所有有着背井离乡经历的创作主体的作品中，都是一个无论显在或隐在都始终不能摆脱的问题。聂华苓离开生活了 20 多年的大陆前往我国台湾地区，在陌生的台湾又感受到政治严霜的寒冷，不能不对"外乡人"身份更有体会。上述谈到，在普罗普看来，叙事必须遵循一个连续顺序，功能项的排列顺序永远是同一的，但对功能之间关系的分析，从 ABC 的历时性一维结构分析作品显然是不够的。现在，让我们将目光转向作品的另一重结构，看"外乡人"情结是如何在深层结构上显现的，如下图所示。

图 1：庄家的大儿子娶了寡妇，还是"嫁过两次"，又死了丈夫的女人。庄家姨爷爷深以为耻，不让儿子儿媳进门，赶他们去离家很远的地方住，变相"放逐"。

图 2：从重庆来的医生杨尹之与庄家二儿子的遗孀巧巧相恋，却苦于庄家人的压力以及三星寨的浓厚的传统伦理道德观念而不得不压抑自己的感情。被苓子"出卖"后，杨尹之被庄家姨爷爷诬陷入狱，巧巧被送入大儿子家。

图 3：黎家姨妈逼迫自己十几岁的女儿丫丫嫁给一个人尽皆知的痨病鬼，只关心对方送来的聘礼丰厚与否。终于导致丫丫选择逃婚，与一个外来军官私奔。

图示中 a、b，分别是矛盾的施方与受方，而 c 则是造成矛盾的直接原因。由于 c 的出现，激化了本来就存在于 a、b 之间的潜在矛盾，使价值冲突由隐性层面转向显性层面。再看 c 的身份，大儿媳、杨尹之、郑姓军官，相较于封闭的三星寨，三者无一不是"外乡人"。与本地人相比，外乡人永远是格格不入的，这与居住时长并无干系，而是全部世界观上的分歧。外部世界带来的冲击，正逐步摧毁着三星寨这个偏远落后的准战争前线。在这个视域下，我们可以很清晰地看到古老的缺乏人性的伦理道德标准正被要求女性解放与婚姻自由的现代意识一步步侵蚀着，这是我们对作品进行的共时性二维的文化分析。

然而上述图画仅仅说明了这些吗？让我们将目光集中到 a、b 关系上，返回原文寻找论据，我们会惊讶地发现，a、b 表面激烈的冲突下竟有着深层的文化认同。图 1 中的大儿子，默默接受了父亲对于自己的放逐和对自己妻子的不承认。图 2 中的巧巧，背负着巨大的心理压力与杨尹之相恋，数次拒绝尹之同去重庆的要求，被撞破后想以死谢罪，最后更是情愿吃斋念佛，"一辈子也不见他了"。① 图 3 中的丫丫在大胆地冲破母亲的禁锢后，不到几个月的时间，放弃了私逃生活，又再次回到了三星寨。可见，b 的反抗行为并不代表与 a 的价值观存在冲突，甚至从根本上他们认同 a 的价值观，他们认为自己的行为应当被否定，被鞭挞，被惩罚。这种认同甚至比拼命捍卫传统道德更加可怕，因为这是整个灵魂的献祭。可见，即使怀有想要融入当地的愿望，和当地的居民保持着良好的关系，"乡情"也并不能维系外乡人和当地大环境的两端。上述外乡人带来的冲击，就在深层结构上被再次消解，外乡人也始终逃不脱"格格不入"的命运。

三、道德：二元对立的统一维度

结构主义符号学家格雷马斯以索绪尔语言学为基础，采用了数学的非连续性观念，并对照了语言与构成元语言学的语言学工具这两个不同的分析层面，他希望超越人类历史中的偶然性，凸显出科学性的重要性，进入演绎提取阶

---

① 聂华苓：《失去的金铃子》，北京：人民文学出版社 1980 年版，第 185 页。

段，"符号学矩阵"的基本观念便被摆在了这里。① 他的符号矩阵从二元对立的原则发展起来，最初由一组对立义素产生，这两个对立义素衔接于一根轴（即"语义轴"）的两端，组成了意义的基本结构。格雷马斯提出，一切意义都依赖于其对立面的意义，不能独存。②

　　将格雷马斯的观点应用到文本中，我们可以得出图4：

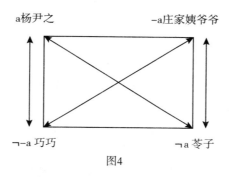

图4

　　在《失去的金铃子》爱情与反对爱情的表层结构中，我们可以很轻松地理解上面的矩阵：杨尹之(a)与巧巧相爱(¬-a)，作为巧巧公公的庄家姨爷爷(-a)坚决反对，对尹之舅舅有不正常爱恋的苓子(¬a)也对二人妒火中烧。其中，a与¬-a构成同盟关系，与-a、¬a构成矛盾关系，-a与¬a构成同盟关系，-a与¬-a构成对立关系，¬a与¬-a也是对立关系。以a为主体，则¬-a为同盟者，-a与¬a同属反对者，肯定项与否定项对应得十分清晰。在对文本表层显示结构的解读中，我们得出的两两结对的关系模式构成了上面矩阵图的稳定结构。

　　但当我们将视线投向斜对角线连接的a与¬a，-a与¬-a时，我们会发现什么？从表层结构看，他们具有显在冲突，在爱情和伦理上矛盾激烈，庄家姨爷爷坚持要一个忠贞的儿媳妇，即使儿子早已死去；苓子更因为嫉恨而出卖尹之的恋情。尽管如此，将目光聚焦在各自身份后我们却发现，a与¬a均来自与封闭的三星寨不同而开放的外部世界，受过外部文化环境的熏陶，接受的是同样的价值教育，有着相近的世界观，在小说中的活动都是试图颠覆隐在的秩

　　① 詹庆生：《西厢记的结构主义解读》，《中国比较文学》2003年第2期，第95页。

　　② 弗朗索瓦·多斯：《从结构到解构——法国20世纪思想主潮》，北京：中央编译出版社2004年版，第283页。

序；-a 与 ¬ -a 均是本地人，从小生存活动的地点都十分受局限，认同的都是同样的伦理道德观念，-a 是秩序的象征，¬ -a 是秩序的牺牲品和不自觉的维护者，他们拥有共同维护的道德体系。表层结构中看似存在矛盾的对立体，在深层结构中竟然奇异地统一了，外表看似牢固的矩阵图也面临着被解构的危险。这种对文章深层结构的颠覆性解读，其奇妙感正是由结构主义带来的。小说中，苓子和尹之的"还乡"，丫丫与巧巧的"离乡"，是双向同构的对立维度，各自有其新颖的结构内涵，这也是矩阵带给我们的启示。

当我们抛弃传统的视角看《失去的金铃子》，将文本纳入整个"成长小说"大的范畴，我们会得到一个基本稳定的线性模式，在人物和词汇的变换中看出故事与故事在结构关系上的紧密联系，解答了我们在阅读成长小说时始终存在的熟悉感的由来。从历时性的结构转入共时性结构分析，通过对小说中三对三角关系的深入挖掘，我们发现，表层结构并不像我们想象的那样稳定，深层结构可以轻而易举地颠覆表象，从而让我们领悟作品中更多不同寻常的含义。总之，采用结构主义的视角，在深层结构分析中把握文本价值，的确是件有趣的事。

当然，应该注意的是，在运用结构主义方法分析文学作品时，我们既要看到结构主义研究方法的合理性，如强调文学研究的客观性和科学性，又要认识到它所存在的一些问题，如过分追求形式研究以及抽象性过于浓厚等等。

第三节 《莲露》直面人的心理镜像

旅美作家陈谦开创了独具特色的"文革"书写方式，《特蕾莎的流氓犯》讲述的是施害者的负罪与忏悔，《下楼》从心理学的角度讲述对受害者的精神疗治，《繁枝》则描写了两代女人的自我救赎。这些作品的文字虽细腻绵长，但并不过多地描绘"文革"的具体发展过程及惨烈景象，而是将视角投射进女性的内心，聚焦于人性命运和精神世界，用大量的笔墨渲染特殊时期民族历史对个体心灵所造成的难以平复的精神创伤，在对民族历史深刻反思的同时，唤起人们对于个体精神世界重建以及民族创伤疗治的关注，正如陈谦所说："我意识到，面对历史的重创，如何疗伤，其实是更重要的。其实我们整个民族在'文革'中遭到的重创到今天也还没有得到足够而有效的医治。"①

---

① 陈谦：《莲露》，《北京文学·中篇小说月报》2013 年第 6 期，第 5~31 页。

发表于 2013 年的《莲露》在很大程度上也是一部这样的心理探究小说，细心的读者能够通过莲露的悲惨境遇，深切地感受到治愈精神创伤的困难与反复。因为"文革"，莲露从小被父母"遗弃"，三岁起就与外婆和舅舅一起生活在上海普陀杂乱肮脏的棚户区里。外婆的保护与舅舅的怜惜使莲露不像个没有父母关爱的孩子，舅舅与外婆成了莲露的"爹娘"。在莲露零碎的童年记忆中，在普陀的弄堂里"不停地移动着她和舅舅一小一大的剪影，偶有外婆穿插其间"。① 不幸的是，正是这个对莲露疼爱的舅舅在她 14 岁那年性侵了她，给她造成了难以磨灭的心灵创伤。"文革"以后，在大学时代关于处女、贞操问题大讨论的背景下，莲露变得更加沉默，内心的创伤一直挥之不去，直到遇到朱老师，莲露向其坦白了自己的遭遇，并得到了朱老师的谅解。婚后，莲露以为精神得到了拯救，却因为朱老师一次"处女"情结的"出轨"，再次将莲露推向了痛苦的深渊——朱老师这个"解铃人"又变成了"系铃人"。内心的压抑使得莲露通过参加众多社交活动来淡忘过去，却在与白种情人亲昵时被女儿发现，导致情感崩溃去看心理医生。而心理医生"我"却因所谓"职业原则"，将视自己为"拐杖"的莲露推开。最终，莲露选择了"老人与海"般的死亡。

莲露的悲剧是时代的悲剧，"文革"时期的特殊历史环境为莲露、外婆和母亲三代人的悲歌定下了基调。如果没有对所谓"资产阶级"的政治打压，莲露的外公就不会在政治批斗中遭打致死，聪颖好学的莲露外婆也不会在生活遭遇种种外界剧烈冲击后失去自尊和自信，从而导致心理大厦坍塌最终在弄堂里郁郁而终。如果没有"资本家小姐"这么个出身包袱，身为越剧小花旦的莲露母亲也不会"人强命不强"，为了保住上海户口而嫁给性格不合的莲露生父，造成后来离婚再嫁给大她 20 多岁的莲露继父并与和她年纪相仿的继子辉哥乱伦，更不会因为逃避运动而将幼小的女儿留在上海棚户区，最终导致伦理的悲剧出现。没有突如其来的政治运动，斯文好看的舅舅不会从名校育才中学高中一毕业就撞上"文革"，升学梦碎，被分到区里的铸造厂当翻砂工，最终因为失意苦闷与极度的压抑而犯下人生无可挽回的错误。可以说，时代的不安与动荡造成了人心的剧烈波动，个体的命运无法把握成为那个时代所有国人的困局。非正常的社会环境造就了非正常的家庭环境，个体如浮萍般随风飘荡，并随着家庭的激变而愈发不幸。外婆和母亲的遭遇早已为莲露的人生埋下了悲情的种子，使得莲露的悲剧成为历史洪流中的必然。

---

① 陈谦：《莲露》，《北京文学·中篇小说月报》2013 年第 6 期，第 5~31 页。

　　在思考中回味是陈谦小说独具魅力的地方，《莲露》是一部充满"命运感的小说"，除了故事本身震撼人心之外，更为吸引人的是，它能使读者情不自禁地随作者一起去"探究故事为什么会发生"，去"直面人类内心世界的种种镜像"，从而去思考造成莲露式悲剧的根由究竟在哪里？在探究的过程中，我们能够更加深切地领会作者创作的初衷和作品的深刻主题，在不断的回味中赞叹作者的语言魅力和创作功底。与《特蕾莎的流氓犯》和《下楼》不同的是，《莲露》并没有将人物的悲剧命运和心灵创伤全部归咎于"文革"历史，作者陈谦试图采用更加多元的视角和更为客观的心态去关注造成莲露式悲剧的超越"文革"历史背景之外的更多因素。

　　首先，莲露的悲剧并不完全在于行之于表层的身体伤害，而更在于叠加在肉体之上的难以磨灭的精神创伤，而这种精神创伤的根源就在于传统文化强加在女性身上的贞操观念。少女遭受性侵后本应尽快得到心理辅导和治疗，但莲露母亲在得知真相后不是帮助女儿疏导情绪，而是立刻堵住了莲露的嘴巴，从而阻断了莲露被尽快救赎的最初可能："这事姆妈求你了，你千万不能出去说，千千万万啊。任何人都不能说。将来就是嫁人，也不能跟你男人说。要不你会是千刀万剐的命。姆妈别的话你可以不听，但这个一定要牢记，一辈子都不能忘记。"①这些近似"哀求"的"叮咛"话语，所隐含的是传统文化对于贞操观念的固有认识，是男权思想施加于女子身上的道德枷锁，以及女子近乎逆来顺受的沉默与隐忍。当这种道德歧视混杂在"文革"的政治偏见和所谓的亲情观念中时，被害者精神的压抑与心灵的伤害就显得愈发沉重与严酷："如果你说出去，你舅舅会被枪毙的，怎么说他也是你舅舅，他养育过你啊。"②因此，作为受害者的莲露只能默默吞下本不应由她来承担的苦果，将痛苦放在心灵的最深处尽力消解。她以为这样，童年的伤害就会像"舅舅从此会从你的生活里消失得无影无踪，再也影响不到你"一样而一去不归。而事实是，这种隐忍将在今后的生活中对她造成更大的伤害，从而影响她的人生观和处事态度，不管她是否说出真相，关于"非处女"的罪责将伴随她一生，这不能不说是人生悲剧。更为糟糕的是，这种对于女性的道德绑架并非个体间的纠葛，而是源于历史和文化的废墟，没有对民族文化的深刻反省，个体的精神创伤并不会简单地因为施害者的消失而消失，从这种意义上来说，莲露的悲剧折射出的是一种文

---

　　①　陈谦:《莲露》,《北京文学·中篇小说月报》2013 年第 6 期, 第 5~31 页。
　　②　陈谦:《莲露》,《北京文学·中篇小说月报》2013 年第 6 期, 第 5~31 页。

化的悲哀。

其次，作者试图揭示个体命运在面对精神伤害时的无望与无助，即使想努力"逃离"，但伤害并不会随着时间的推移和地点的改变而轻易消失，反而会结痂生根，成为抹不去跨不过的人生禁忌和挥之不去的命运魔咒，在将来的人生道路上给受害人致命一击。"文革"后走进校园的莲露，本该成为个性解放、追求爱情的时尚女孩，却因为人生的阴影而影响到对于异性的态度——舞会上从来不见莲露的身影，总是悄悄撕碎男生的字条，对于男生写来的信，她也总是没拆就处理了。她看着那些一头墨黑头发、满脸青春痘的同龄男生，心里会不耐烦。即使后来跟着朱老师来到美国开始新的生活，远离了那片生长过恐惧的土地，但心灵的痛楚仍会悄然突袭，她常会整夜失眠，梦境常杂乱无章。"我非常绝望，真的，就是到了美国，也没人能救我。"①面对心理医生时，她常常会刻意回避一些过往的细节，尤其持续回避当年在上海遭受舅舅性侵犯事件的细节和受创后心理状态的反复——"我们现在谈论它，你甚至都是用'那件事''上海那次'这样的话语，你甚至无法将舅舅的名字跟那件性侵事件联系在一起说出来"，② 这些都是心灵创伤对人生活的消极影响，而这种影响并不是受害者想逃离就能逃离，即使莲露认为自己已经从过去的阴影中走了出来，但更为可怕的却是难以预知的将来："我的问题不在过去，而是在眼前。我要解决的是如何处理眼下的问题。"更为绝望的是，身处于受害者周围的最亲的人，往往会给受害人带来二次伤害——莲露短暂的精神解脱因为朱老师这个"解铃人"的"处女情结"而再次被"系铃"，自己与白人情人亲热时被自己的女儿撞见从而造成精神崩溃。种种难以预知的现实打击成为压垮莲露的一根根稻草，而这一切的根源还都在于幼年时期的精神创伤对其人生命运潜移默化的影响，这些悲惨过去似乎已成为永不消逝的"原罪"，越是"逃离"越陷入其中，最终将人推向毁灭的边缘。因此，从对人性挖掘与人生命运无常的真实呈现这个角度来说，陈谦的小说无疑是深刻而耐人寻味的。

此外，我们还应注意到作品中心理医生"我"这个角色，这是一个特别的角色，也是一个值得深思的角色，与莲露的悲剧也有着千丝万缕的联系。故事是在"我"和莲露的交替叙述中展开的，整个叙事过程呈现的就是心理治疗的场景，那么"我"对于莲露到底产生了怎样的影响？一开始，"我"只是将莲露

① 陈谦：《莲露》，《北京文学·中篇小说月报》2013年第6期，第5~31页。
② 陈谦：《莲露》，《北京文学·中篇小说月报》2013年第6期，第5~31页。

看做一名普通的心理病患者，是诸多心理学典型案例中的一个复现，她的所谓"处女"问题，在我这个医学博士看来只不过是"前现代的一个文化符号"。所谓"自责，负疚，缺乏安全感，不稳定的情绪，深度的悲伤，处理两性关系、婚姻关系的困难，是不幸有过童年遭遇的人在成年后会遇到的典型问题"。①正是带着这样的心态，"我"认为通过"认知行为心理学临床实践经验的结晶"是完全可以帮助莲露解决这些心理问题的。但是，随着心理治疗的深入，事情的发展并不如"我"所料：一方面，莲露的治疗效果并不如"我"预期的那样好，甚至出现在"我"看来的一定程度的不配合，治疗一度因难有进展而陷入困境；另一方面，"我"对于莲露慢慢开始抱有个人化的同情，甚至向她讲了自己的感情经历，"我清晰地感到自己对莲露生出一股带着亲密的情愫，我对她的出现，有了一种超越职业感情的盼望，这令我忧虑"。最终，这些"忧虑"使"我"不得不以所谓的"职业的理性"放弃了继续为她治疗，将她介绍给别的心理医生。在"我"看来，作为心理医生的我已经不能再为莲露提供任何专业上的帮助，"疗程已错过了最佳时机"。而在莲露看来却完全不是这样："有我这双拐杖，她发现自己走得好多了，她甚至都不再需要去跳舞，社交，心理平静多了。"而"我"却始终以"专业"为由将她推开："从专业的评估来看，治疗效果并不显著。根本的问题不解决，那旧伤随时可能复发。"②最终，莲露还是被"我"从半道上推开，不得不孤独地离去。

值得深思的是，"我"到底为莲露的治疗提供了帮助没有？"我"这样做到底是不是在拯救莲露？故事的最终结局似乎告诉我们，正是因为"我"的推开，使得莲露失去了精神的依靠，本应作为"施救者"的群体，最终却并没有成为莲露企盼的救命稻草和精神拐杖，反而由于自身刻意的冷漠和所谓的"职业"，迫使莲露一步步走向死亡，而"我"最终也陷入了无尽的内疚与忏悔之中："我将挂件放回屉里的瞬间，无法再否认自己心里的内疚———莲露是被我推出去的。在她和我相处的那三个月中，其实我是她唯一交往的男性。作为心理治疗师，我应该知道这种可信任异性关系对莲露的极端重要。她甚至说了，在那三个月里，我是唯一一副支撑她的拐杖。"③不得不说，作者陈谦写出了作品的现实意义：我们应该怎样去疗救那些曾经受过心灵伤害的人？我们现已所知的专

---

① 陈谦：《莲露》，《北京文学·中篇小说月报》2013 年第 6 期，第 5~31 页。
② 陈谦：《莲露》，《北京文学·中篇小说月报》2013 年第 6 期，第 5~31 页。
③ 陈谦：《莲露》，《北京文学·中篇小说月报》2013 年第 6 期，第 5~31 页。

业心理治疗案例是否适合于所有文化背景的病患者？民族文化心理的精神创伤该如何治疗？心理治疗师的个人同情是否毫无必要且毫无作用？诸如此类的问题，是在我们阅读文本之后所产生的疑问，不要说普通人，连作为心理医生的"我"也会产生这样的迷茫与困惑——"我真的越来越像一位合格的心理医生，却不知该喜或悲。"人性是如此的复杂，命运是如此的无常，施救者同样也面临着自我救赎的命运，我想这正是作者想让我们去思索的难题，也是这部作品值得反复咀嚼的地方。当然，我们并不能将造成莲露最终悲剧的原因全部指归于作为心理医生的"我"的"失职"，也不能一味强调周围人的"冷漠"，我们还应该看到莲露自身的性格特点和心理因素，正如"我"所说："如果你心理上足够强大，对过去的事真的放下了，舅舅就再也击不倒你；而朱老师做什么，也不会让你滑倒。"

同样是探寻人性心理的实验性作品，较之于《繁枝》《下楼》等前期创作，这部《莲露》对于心理小说的建构和把握显得更加纯熟，更能在润物细无声之处展现生活中"客观的真实"。陈谦在谈到小说创作的时候曾说，为了"使小说看起来更'真'，我必须去掉真实生活里更为复杂的戏剧性元素"，① 表明了她最大程度还原真实生活的创作态度。孤苦无依的外婆、内心压抑的舅舅、人强命不强的母亲、自责内疚的"我"等等人物，陈谦虽没有亲身经历过他们的人生，但通过大量的资料搜集和合理的艺术想象，依然能够细腻而丰满地写出各自的人生沉浮与心理状态，使读者如见其面，如闻其人，在阅读的过程中屏息凝神，身临其境地随着人物的命运而思潮起伏。为了去追求这种真实，她付出了许多努力——"选择以心理医师的视角直接进入，却相当冒险，又极具挑战性。幸运的是，我获得了作为美国临床心理医师的友人耐心而专业的帮助。当小说完成的时候，我对当下临床心理学前沿理论和实践有了更好的理解。"② 确实，这部小说包罗了大量的心理学现象，让我们领略到"人类内心世界的种种镜像"。例如，莲露对于舅舅的情感，很大程度上是"恋父情结"的一种表现，她不止一次表达出舅舅对于自己来说就是父亲，"他其实就是阿爸"，"她也是有爹娘的人"，"跟弄堂里的人家相比，年幼的莲露并不觉得自己家庭的特别"，舅舅悉心的照顾给莲露的童年带来了一丝温暖，使失去父母照料的她不再孤独无依。莲露对舅舅的感情是复杂的，即使舅舅强暴了她，她仍然在心里

① 陈谦：《莲露创作谈》，《北京文学·中篇小说月报》2013 年第 6 期，第 31 页。
② 陈谦：《莲露创作谈》，《北京文学·中篇小说月报》2013 年第 6 期，第 31 页。

保留了对舅舅美好的回忆，"莲露提到他时，她那两颗仿佛久浸在酸坛里的梅子般瞳仁突然明亮起来，褶皱被撑开"。甚至于在今后的生活中，莲露对于恋爱对象的选择也受到"恋父情结"的影响，不管是朱老师还是辛普森，他们都是大莲露十几岁甚至二十岁的人，可见舅舅已成为她人生中抹不去的符号，这些信息都在莲露不经意的叙述中传达出来。再如朱老师的出轨，源于心理上的所谓"补偿心理"，即使表面接受了莲露非处女的身份，但内心的不安与不甘还是表现了人性最真实的想法，正如莲露所说："大部分的人活着，后天获得的教养、道德、规范，都是用来压紧那些可能跟现世安稳相抵触的屉盖，让盒子能够平稳地搁置在人世间的大柜子里。其实那些屉里的东西是人类基因的各种搭配，无所谓对错，朱老师那次'意外'，无意间让她揭开了自己盒子里那些令人难安的屉子。"此外，令人印象深刻的还有莲露撞见母亲与小她二十岁的"继父儿子"乱伦，这种极富冲击力的童年画面为她去美国后与白人情人亲热被女儿发现最终造成心理崩溃埋下了伏笔，也印证了童年创伤对于人心理的毁灭作用。至于莲露的梦境，老人与海的意象表现出人物内心真实的渴望与灵魂的归宿。作品中人物的种种表现看似怪诞不经，似乎离真实很远，但细细想来，却极其真实地反映出人性心理最本能的状态，正如陈谦所说："在《莲露》的写作过程中，我常想到西方评论家对生活和小说家关系的这一说法——'人类行为形形色色的无限性远远超越小说家的想象力。'"①

第四节　融传统于现代的小说语言特色

文学语言是作家精神风貌在作品中的折射。美国学者艾布拉姆斯曾说："风格是作者在作品中的说话方式，我们可以通过一部作品或者一位作者的措辞，来分析这部作品或这位作家的风格。"②作为艺术成就极高的海外华文文学作家，聂华苓善于将内心的情感体验、思想内蕴以及审美感受用恰当的语言表现出来，以她独特的视角和精神个性去选择、创用语言，并按照语境的需要，有意识地捕捉语言中的风格因素进行组合，形成了独具一格的文学风格。

鄂西地区特定的人文地理风貌对聂华苓的语言风格产生了深远影响。她生

---

① 陈谦：《莲露创作谈》，《北京文学·中篇小说月报》2013 年第 6 期，第 31 页。

② 艾布拉姆斯：《欧美文学术语词典》，北京：北京大学出版社 1990 年版，第 354 页。

于长江边，长于长江边，是地地道道的"楚人"。其童年在宜昌和武汉度过，13岁那年流亡到离地处鄂西的宜昌不远的三峡小镇"三斗坪"，在三斗坪的一年经历在她稚嫩的心中留下了深深的印记。鄂西特定的风光气候、文化土壤、语言乡音等，都对聂华苓的性格气质、审美情趣、艺术思维产生了潜移默化的熏陶，并影响到她以后的创作，在《失去的金铃子》《千山外，水长流》《桑青与桃红》等作品中都有关于鄂西景物和鄂西文化的描绘。在《失去的金铃子》中，她为我们描绘了一幅秀美而深沉的鄂西风情画卷：

"我一口气跑到山路转弯的地方，可以看见长江了。崖壁临江，崖下的缺口有些小木房子。我坐在路边石头上，雨又纷纷落下。我又没戴起斗笠。微茫烟波里，三两只木船由上游流下，船夫在船头两旁摇着桨，唱着调情小调，夹着粗野的话，对于四周翻滚的白浪视若无睹的样子。船上晾着花布衣服随风招展。而远处，在下游，十几个纤夫拉着纤绳，半裸着身子，在陡峭的崖壁上匍匐着前进，身子越弯越低，几乎碰着地面。河里的木船像一把小小的钝刀，吃力地切破白浪，向上驶来……一场多么庄严美丽的挣扎啊！我感动得愣住了。"（《失去的金铃子》）

烟波浩渺的长江、状如刀切的崖壁、漂流江心的木船、伫立船头的船夫、岸边辛劳的纤夫，鄂西如诗如画的自然风光和古朴纯洁的民风民俗，让我们不禁联想起沈从文笔下的湘西世界。作为海外华文文学领域最早描绘鄂西风情和人文风貌的作家，聂华苓深受沈从文的影响。如果说沈从文在湘西世界中体现出了人性的纯美，那么聂华苓的鄂西世界体现的是一种思乡之情和民族精神——那半裸着的在崖壁上匍匐前进的身躯和在湍急江流中吃力挣扎的木船，那调情的小调、粗野的话语和视若无睹的神情，都体现了鄂西人民直面生活困苦时的顽强与坚韧，是楚人坚强、浪漫、乐观的精神风貌。特定的童年记忆、自然风物与人文精神的结合，使得"我"发出的感叹不是空灵飘渺的，而是具有一种撼人心旌的力度。深情、隽永、神秘、恬淡的语言风格与鄂西精神的内涵浑然天成，使得她笔下的鄂西风情画有了促人深思和引人感悟的艺术力量。

神秘的鄂西风情使聂华苓的语言浸透着深沉的美学意蕴，体现为一种"诗化的语言"和一组组丰富多彩的意象。在《失去的金铃子》中，聂华苓多次对秋虫金铃子的叫声作了细致入微的描写：

"忽然听见一个声音，若断若续，低微清越，不知从何处飘来，好像一根金丝，一匝匝的，在田野上绕，在树枝上绕，在我心上绕，越绕越长，也就越明亮，我几乎可以看见一缕细悠悠的金光，那声音透着点儿什么？……只要有生命，就有它的存在，很深，很细，很飘忽……

"那叫声好像一张金色的网，牵牵绊绊，<u>丝丝缕缕</u>，罩在我们四周。……

"又一群飞机飞过去了。死亡、血腥、呻吟。然而，金铃子仍然动人地叫着。

"金铃子就挂在窗口的小篮子里。仍然闪着金光。……那点金光就是屋子里唯一的一点光彩，是三星寨唯一的一点光彩了。"

作品讲述的是一个青春期少女的成长故事，18 岁的少女苓子考完大学，到三星寨这个地方看望母亲，在这个美丽的地方，苓子感到轻松、舒适，仿佛同大自然融为一体，同时又感到一种希冀和向往，似有似无，若断若续，在朦胧的爱情中迷失了自己。小说中多次将金铃子的叫声比做金色的网，闪着金色的光芒，笔墨细腻，格调柔美，节奏舒展，在这如诗的语言中散发着动人的纤秀美、阴柔美；但细细品味，又可感受到柔婉中带有一股内心的坚毅。作为一个重要的象征意象，金铃子的叫声并不是偶然出现的，也并非闲笔，而是蕴含了作者痛苦、隐忍、希望的精神内涵。抒情文学必须借助于语言完成审美传达，而语言本身所具有的抽象性和概括性，又与抒情文学所要传达的作家内在情感的无法言说相矛盾。这就促使作家寻找到一条表达难言之情的途径，将感性事物心灵化，使情感表露既真实自然，又含蓄隽永。聂华苓通过"诗美"的语言，通过视觉、触觉、听觉、味觉等感觉，将审美意象通过审美思维创造出来，并融入主体的思想、感情、意愿、理想，康德称之为"想象力所形成的一种形象显现"，达到了"心物交融"的境界，形成了"立象以尽意"的审美情趣。

细细品味，我们还能发现蕴含在"诗美"语言之下的哲理性思考。

"秋晨的阳光，柔和的潭水，闪烁的沙滩，粗糙的石头……这一切我在哪儿见过，在遥远的日子里，在古老蛮荒时代。不是吗？山呀，风呀，树木呀，流泻的蓝光呀，都还是原样儿，而我经过了世世代代的生与死，突然才记起原来我也是它们的同类。……现在，是不是自然唤醒了我那一部分沉睡的灵魂，而令我想起了原始的故乡呢？"

这种含蓄而哲理的语言表达与作者的创作环境和创作心态密切相关。一个作家的语言风格是他的内心生活的准确标志，也是精神个体的形式体现。写作《失去的金铃子》时，因"雷震案"的影响，聂华苓内心十分凄凉，其工作的自由中国杂志社被查封，赋闲在家的同时被人监视，失去了人身自由，在寂寞和孤独中写出了这部作品，字里行间充溢着一股深切的悲哀。她曾说："我必须承认，我感到生命中有点东西很悲哀，是什么呢？难说。我不是指一般人全都了解的那种悲哀，例如疾病、贫穷、死亡。不，是点儿不同的东西，它就在那儿，很深，很深，属于人的一部分，宛如人的呼吸。"在这样的创作心境下，正是因为感受到人的这种与生俱来的悲哀是难以言说的，所以作者在语言表达上并没有采用直抒胸臆、直言其事的言说风格，而是"秘响旁通，伏采浅发"，在看似平淡的景物描写中，将"不可说"的隐忍内涵与质朴的语言浑然天成，在犹如呼吸般细腻的笔墨中暗含着意在言外的深远。在小说的后记中，聂华苓在回答"苓子是我吗"这个问题时，指出"文学除供欣赏乐趣外，最重要的是使人思索，使人不安，使人探究"。

聂华苓的大部分小说没有奇异的语法，也没有冗长难读的欧化句式，语句都是简短、生动、流畅的，她能活用中国文字去构成相当精彩且准确的意象、意念、情绪和事件。她十分善于在有限的篇幅内发掘可观的深度，三言两语将人物的神态、外貌、心理勾画出来，写得透彻明白。如她写庄家姨爷爷的外貌："庄家姨爷爷大块头，两道浓眉像两沓茅草，罩在眼睛上，一小撮胡子像把小白锥子。"用两沓茅草来形容他的两道眉毛，其浓、乱、长之状便活灵活现地呈现在我们面前。用一把小白锥子去比喻他的胡子，则更形神皆备。寥寥几笔，就活画出了一个又老又倔的庄家姨爷爷形象。在短篇小说《爱国奖券》中，在介绍出场人物时，几乎是全用静态素描的方式，将一群小人物的灰色灵魂刻画得生动逼真、惟妙惟肖："正中间四平八稳地坐着他们的处长，站在处长右手的乌效鹏，飞扬的眉峰、奕奕的两眼、有棱有角的下颚、咬着牙、昂着头，一脸挑衅的神情，仿佛是被人挤得无可奈何才忍气吞声站在那儿的；与他并排站着的是顾丹卿，他未老先衰，一副无形的千斤重担压得他扛着肩、微驼着背，晦暗的高高的额头下，是一双怯怯的、惊惶的、疲倦的眼睛；万守成垂手立在最后一排，他个头儿小，又上了年纪，不但别人瞧不起他，连他自己也瞧不起自己，只有离人远远的，一个人呆在一边，躲在他那套终年不离身的旧中山装里，低着头，翻着小三角眼，欲哭无泪。"这段描写将一群曾经为"党国"拼命，而今却失魂落魄、有家难回的"故人"描写得惟妙惟肖，在幽默、讽刺的语言中隐射出孤独、绝望、消沉的情绪。寥寥数笔，虽着墨不多，却能凸显各种不同人物的性格，是典型的中国传统小说的笔法风格，充分显示了聂华苓在小说语言方面的继承与传承。

聂华苓的小说语言具有巨大的修辞张力，她善于运用转喻和隐喻来描写场景、烘托气氛。所谓转喻和隐喻，即当我们描述客体事物时，不直接说出这件事物本身，而是利用思维的相关性或相似性特征来描述这件事物。转喻和隐喻本质上是一种语言表达的替换方式，不直接表述一件事物，而替换成别的事物。转喻替换依据是毗邻性原则，隐喻替换依据是相似性原则，戴维·洛奇举了一个例子："上百条龙骨耕耘着海浪。""耕耘"是隐喻，指船在航行，与犁的耕耘之间有一种相似性，由一个认知域投射到另一个认知域，有本体和喻体，类似于比喻修辞。而龙骨则是转喻，指船，依据的是船与龙骨的毗邻性、连接性，龙骨是船的一部分，用部分来代替整体，类似于借代修辞。现实主义小说的人物或风景描写运用的大都是转喻方式，如：

"三年前，也是冬天。一个骨瘦如柴的女人来到我家门前。她头发蓬乱，脸色苍黄，穿着一件空荡荡的破旧花袄，和一条褪色的灰布裤子，手中提着一个白布口袋，她轻轻地推开我家虚掩的大门，缩缩瑟瑟地探头进来，我正站在窗口。"（《人又少了一个》）

这段文字作者聂华苓没有直接描述人物的外貌，而是"毗邻性"地描述了和这个人物密切相关的相邻近的事物或局部，通过描述这个人所穿的破旧的花袄、褪色的裤子和所提的白布口袋等，一样可以了解这个人本身所具有的特征。

从聂华苓的小说中，能看出作者写作的独到之处。有的比喻使人物刻画得更加生动、传神，如：

"婵媛的脸一下子绯红，那艳射的容光，正像雪中的一捻红。"

"婵媛就像一个无生命的美丽的标本，贴在一个灰苍的大匣子里。"（《一捻红》）

《一捻红》写的是一个跟随国民党撤退到台湾，丈夫被隔大陆的年轻女人婵媛，为求生计，委身他人，却又爱恋着自己的丈夫的故事，以上两例分别将人物在大陆和台湾的外貌进行对比，生动地写出了普通人经历战争离乱，逃至台湾后生活的窘迫与不幸，两种比喻两种情境，同时也蕴含了作家对这些小人物的同情。尤其当本体和喻体并不是普遍认知中的固定搭配时，更凸显了比喻的新奇性，她的比喻是视觉与听觉、颜色与声音、动态与静态的结合，激发了读者丰富的联想。

有的比喻能使抽象的哲理具象化、生活化，如：

"生活不是诗，而是一块粗糙的顽石，磨得人叫痛，但也更有光彩，更为坚实。人的一生都会沾上一些黑点，只要我们在适当的地方将黑点调节起来，加上休止符，黑点就变成了一首美丽和谐的音乐。"（《失去的金铃子》）

这段描写中一个本体对应了多个喻体，将"人生"这个看似平常认知域分别投射到"诗歌"、"顽石"、"黑点"、"音乐"这些认知域上，获得了新鲜且生动的感知。比喻在这里已不单单是一种化抽象哲理为具体的认知方式，而是显示出了作者对人生的独特审视——将"顽石""黑点"喻指生活中的种种挫折，"和谐的音乐"喻指只有勇敢地面对生活中的种种磨难，生命才能显出光辉，深刻地指出生活不是风花雪月，而是需要不断的磨练，更加体现了作者思想的深刻性。主人公苓子目睹了在三斗坪的尹之与巧姨的爱情悲剧后，性格从内向走向开朗，心理从懵懂走向成熟，与其说这是苓子对生活与命运的体悟，不如说是聂华苓在"雷震案"后内心的彷徨与哀愁以及对出路的思索和探求。

作为一种语言表达方式，隐喻还可以体现艺术家对人类生存本质和境遇的领悟能力，现代主义小说中的深层结构基本上是隐喻结构。如《尤利西斯》本身就隐藏了一个神话结构，意味着小说既有表层的情节结构，又有深层的隐喻结构。同样，聂华苓将她对生命的深层次体悟也寓言式地融入创作中，通过对人物性格的塑造和人物心态的透视完成了艺术性极高的隐喻性叙事文本。在《珊珊，你在哪儿》中，作者将主人公寻访女友的过程浓缩在公共汽车的行驶过程中，隐喻的是"人生在路上"的主题，本身就具有一种象征意味——理想与现实的距离很远，心灵的飘泊犹如正在行驶的汽车，上得去却下不来。长篇《桑青与桃红》也是一部带有隐喻的寓言体小说，以桑青(桃红)在动乱中因逃亡造成精神分裂的故事，象征着流浪的中国人的历史境遇和现实遭遇，是一曲凄苦的"浪子悲歌"。小说遍布着象征的意象——瞿塘峡搁浅是抗战时期中国人民苦难的象征；沈老太太的死象征着中国旧制度的崩溃与灭亡；台北阁楼是台湾黑暗现实的象征；桑青的精神分裂象征着海外游子心灵的分裂。雅可布逊强调，隐喻和转喻不仅仅是修辞学手法，同时也是人类语言风格类型的倾向，是语言思维和语言组织的深层机制。

在语体风格上，聂华苓借鉴了西方现代文学在小说结构上的构思，在语言表现上深受欧美现代文学的影响，在艺术上追求"融传统于现代，融西方于中国"这种形式。

《桑青与桃红》描写一个中国女子从大陆到台湾再到美国的坎坷历程，通过主人公桑青——桃红一生中的四个片段概括了她一生在围困中不断追求自由及不堪精神重负而性格分裂的过程。它不同于聂华苓以往的作品，它不仅主题相当"现代"——当今世界人类的困境，形式上也相当"前卫"，以日记的形式倒叙过去，以信的形式描述现在，以戏剧的方法展开情节，以诗的方法捕捉人物内心世界，不时融入寓言笔法，并用不同的语言表现人物不同的精神状态，每条线索呈分裂状，既有利于桑青性格分裂过程的展示，加强人物的形象性，也节省许多篇幅，扩大作品的容量，其风格深受美国黑人作家拉尔夫·艾利森《看不见的人》的影响。这种艺术形式上的创新，是作者在一定语境中对语言常规进行变异的结果，小说故事情节上的人为断裂，显然是作者要强化主人公人格分裂这一主题，可见语言并不只是内容的表现形式，其本身也是有意义的。

意识流是一种符合人类心理特点、表现人类心理活动和思维形式的语体形式，是将印象、回忆、想象、推理以至直觉、幻觉等多种成分混杂在一起并构成一种"流"的写作技法。意识流这种方法不是描述，而是呈现，可以更加形象地展示人物纷乱如麻、离奇复杂的意识活动。传统小说中，人物的心理是合乎逻辑的、条理化的"流"，而意识流的流动，则不一定是合乎逻辑的、条理化的"流"，其中常有时间的颠倒与空间的重叠，而用新形态的、陌生化的艺术时空，机智地表达小说作家的立意。《珊珊，你在哪儿》为聂华苓意识流语言的典型代表。小说写男主人公李鑫想去会见15年没见面的初恋女友，可作品只写了李鑫在去吉林路的公共汽车上的一个事件的片断。但在这个"横断面"的叙述中，作家以李鑫的眼睛和心灵为线索，不断地切入一些李鑫对15年前生活的记忆，十分巧妙地形成了"现实—往事—现实—往事—现实"的时空交错模型。李鑫特别注意到两个女人，一个生着酒糟鼻，另一个挺着大肚子，像个"老母鸭"。作者让车上那个粗俗做作、令人生厌的妇女，与十几年来让李鑫魂牵梦绕的清纯女孩珊珊重叠，把理想与现实、美与丑进行了鲜明而强烈的对照。李鑫脑海中断断续续地映出了与珊珊的三段交往，先是李鑫听到有位乘客在四川做过专员便想起在四川与珊珊的相识。那时的珊珊，纯洁美丽，仿佛是由那"天国的光辉中走出来的"。接着，街摊上的橘子引发李鑫回想起他们兄妹与珊珊一同去橘林偷摘橘子的有趣情景。不久，车里上来一位年轻姑娘，又使他回忆起在重庆街头与珊珊的最后一次见面。正想时，车到站了，当那位俗不可耐的"老母鸭"下车时，李鑫突然由她口中得知她就是自己所要找的珊珊。戛然而止的结局，令我们感受到了生活的残酷和青春的幻灭，令人惋惜，这种方法取消了作者的插入与转述，而将复杂的心态客观地呈现出来。看似杂乱无章的方式，却意在表现混乱跳跃意识，达到了形式与内容的另类统一，这种艺术效果，是一般的叙述手法所难以达到的。

后　记

　　《海外湖北作家小说研究》是我主持的湖北省教育厅高等学校哲学社会科学研究重大项目"楚文化视域中的湖北籍海外作家小说研究"的结题成果。这本书首次把研究湖北文学的视野投向海外，追寻、梳理从荆山楚水移居海外的作家的足迹，绘制全球范围内湖北作家的文学分布地图，研究这个特殊的作家群体小说创作的流脉、成就与艺术特征。

　　我与首义学院中文专业"硕博"青年教师团队通力合作，共同研讨，历时三载，力图在地球村视域下，从荆楚地域与文化的角度，探讨海外鄂籍作家的共有特征与个体风格特色。这种地域性海外作家群体研究在湖北文学研究中尚属首次，虽然几经修改成书出版，但仍然感到时间仓促，钻研打磨不够，问题与疏漏在所难免，恳请专家学者批评指正。

　　从当初湖北省教育厅立项，到现在成书，感谢武昌首义学院校领导周进教授、吴昌林教授，科研处胡容玲、韩汉，特别感谢石长顺教授的鼓励扶持，此书凝聚着他的心血，感谢张会容的辛勤劳动，正是他们的倾力支持，才使本书得以顺利付梓出版，在此表示真诚的谢忱！

　　本书由我负责总策划与整体设计，各部分均围绕主题组织"专门撰写"，并特邀华中师大、中南财大、武汉大学的教授博士加盟。书稿完成后，由本人审稿统稿。此书各章节执笔人如下：江少川：导论，第三章第一、二节，第四章第二节；邹建军：第一章第一节；胡德才：第一章第二节；庄丽：第一章第三节、第三章第四节、第四章第四节；刘玉杰：第二章第一节、第六章第一节；董福升：第二章第二节、第六章第三、四节；王爽：第二章第三节，第四章第五节；李耀威：第四章第三节、第六节；袁循：第三章第三节、第四章第一节；宫春科、刘瑞雪：第五章第一节；彭珊珊：第五章第二节；吴正平：第五章第三节；张勇会：第五章第四节；王婧苏：第六章第二节。

　　最后感谢邹建军教授与胡德才教授的友情加入，感谢赵小琪教授的大力支持，以及刘玉杰博士在统稿中的参入与协助。感谢武汉大学出版社领导与聂勇军编辑的辛劳与付出。

江少川

2019 年 7 月 8 日于武昌桂子山